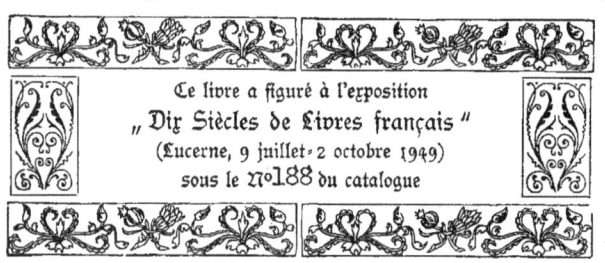

Ce livre a figuré à l'exposition
„ Dix Siècles de Livres français "
(Lucerne, 9 juillet - 2 octobre 1949)
sous le N° 188 du catalogue

M. l'abbé Desaunais.                    Paris, Ce 2 juillet, 1791.


Depuis longtems, Monsieur, on me pressait d'offrir
à la Bibliothèque du Roi, Un Exemplaire des Œuvres
de Voltaire ; Mais les Motifs dont on usait pour m'engager
au Sacrifice, étaient précisément ce qui m'en détournait.
Il me Semblait qu'on ne me crût pas libre de me refuser
à ce don, j'aurais crû, moi, le dégrader, Si je ne l'eusse
fait librement. les Aspects Sont changés. La Nation
rend à Voltaire les honneurs que le Despotisme et le
Fanatisme lui refusèrent. il me paraît juste aujourd'hui
que Celui qui a Consolé Ses mânes de tant d'outrages
qu'on leur fit, reconnaisse en Son nom que les Français
devenus libres, ont réparé les torts d'un Gouvernement
arbitraire.

À ce Titre, Monsieur, Je prie Ceux qui dirigent

La Bibliothèque Nationale, de recevoir, au nom de ce grand homme, L'hommage que je fais, du plus bel Exemplaire orné d'Estampes, et Satiné, que j'aye pû Composer de Ses Œuvres Complettes. Si Je L'envoye en feuilles, C'est pour Laisser La liberté de le relier Comme on le jugera Convenable.

Cette Collection des fruits d'un immortel Génie, aura Sa place à la translation de Voltaire, devant les Gens de Lettres Ses Disciples et Ses Enfans, C'est de là qu'elle Sera portée à la Bibliothèque Nationale. En présentant Monsieur, Cet Exemplaire à mes Concitoyens, je ne suis que L'Echo du Vœu que ce grand homme en eut formé Lui même, S'il eut eté présent aux honneurs mérités que la Nation et Son Siecle lui rendent, et je l'acquite avec plaisir.

Je Vous Salue, Vous Estime et Vous aime.

Caron Beaumarchais

# OEUVRES

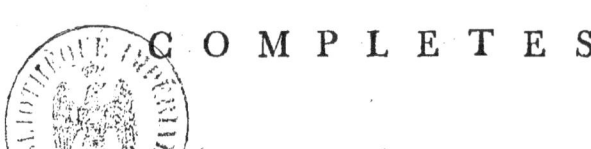

## COMPLETES

### DE

# VOLTAIRE.

VOLTAIRE.

N. De Largilliere pinx.                    P. Alex. Tardieu Sculp.

# OEUVRES

## COMPLETES

### DE

# VOLTAIRE.

## TOME PREMIER.

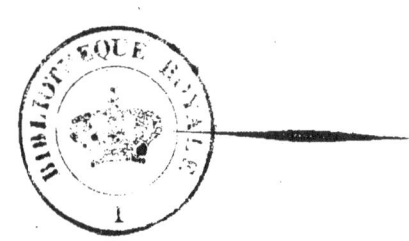

1 7 8 5.

# PREFACE

## DES REDACTEURS

### DE LA NOUVELLE EDITION.

M. de *Voltaire* n'a donné aucune édition de ses ouvrages avant celle que MM. *Cramer* publièrent en 1757.

Voici la lettre qu'il leur écrivit alors, et qui fut imprimée à la tête du premier volume :

" Je ne peux que vous remercier, Messieurs, de " l'honneur que vous me faites d'imprimer mes " ouvrages; mais je n'en ai pas moins de regret de " les avoir faits. Plus on avance en âge et en con- " naissances, plus on doit se repentir d'avoir écrit. " Il n'y a presque aucun de mes ouvrages dont je " sois content, et il y en a quelques-uns que je " voudrais n'avoir jamais faits. Toutes les pièces " fugitives que vous avez recueillies, étaient des " amusemens de société qui ne méritaient pas d'être " imprimés. J'ai toujours eu d'ailleurs un si grand " respect pour le public, que, quand j'ai fait imprimer " la Henriade et mes tragédies, je n'y ai jamais mis " mon nom. Je dois à plus forte raison n'être point " responsable de toutes ces pièces fugitives qui " échappent à l'imagination, qui sont consacrées à

*Théâtre.* Tome I.                                        *a*

,, l'amitié , et qui devaient refter dans les porte-
,, feuilles de ceux pour qui elles ont été faites.

,, A l'égard de quelques écrits plus férieux , tout
,, ce que j'ai à vous dire, c'eft que je fuis né français
,, et catholique ; et c'eft principalement dans un pays
,, proteftant que je dois vous marquer mon zèle pour
,, ma patrie, et mon profond refpect pour la religion
,, dans laquelle je fuis né, et pour ceux qui font à
,, la tête de cette religion. Je ne crois pas que dans
,, aucun de mes ouvrages il y ait un feul mot qui
,, démente ces fentimens. J'ai écrit l'hiftoire avec
,, vérité ; j'ai abhorré les abus, les querelles et les
,, crimes ; mais toujours avec la vénération due aux
,, chofes facrées, que les hommes ont fi fouvent fait
,, fervir de prétexte à ces querelles, à ces abus et à
,, ces crimes. Je n'ai jamais écrit en théologien : je
,, n'ai été qu'un citoyen zélé , et plus encore un citoyen
,, de l'univers. L'humanité, la candeur , la vérité
,, m'ont toujours conduit dans la morale et dans
,, l'hiftoire. S'il fe trouvait dans ces écrits quelques
,, expreffions repréhenfibles , je ferais le premier à
,, les condamner et à les réformer.

,, Au refte , puifque vous avez raffemblé mes
,, ouvrages, c'eft-à-dire, les fautes que j'ai pu faire,
,, je vous déclare que je n'ai point commis d'autres
,, fautes ; que toutes les pièces qui ne feront point
,, dans votre édition font fuppofées, et que c'eft à
,, cette feule édition que ceux qui me veulent du
,, mal ou du bien doivent ajouter foi. S'il y a dans

,, ce recueil quelques pièces pour lefquelles le public
,, ait de l'indulgence, je voudrais avoir mérité encore
,, plus cette indulgence par un plus grand travail;
,, s'il y a des chofes que le public défapprouve, je
,, les défapprouve encore davantage.

,, Si quelque chofe peut me faire penfer que mes
,, faibles ouvrages ne font pas indignes d'être lus des
,, honnêtes gens, c'eft que vous en êtes les éditeurs.
,, L'eftime que s'eft acquife depuis long-temps votre
,, famille dans une république où règnent l'efprit, la
,, philofophie et les mœurs; celle dont vous jouiffez
,, perfonnellement, les foins que vous prenez, et
,, votre amitié pour moi, combattent la défiance
,, que j'ai de moi-même. Je fuis, &c.....

Cette première édition de Genève eft la
feule que l'auteur ait avouée. Les ouvrages
qu'il a publiés depuis ont été recueillis et ajoutés
à l'édition fous le titre de *nouveaux mélanges*;
mais ces additions faites fans ordre, fans correc-
tion, renferment un grand nombre de pièces
fauffement attribuées à M. de *Voltaire*. Quelques-
uns de fes propres ouvrages n'y ont été inférés
qu'avec des retranchemens qu'exigeait alors la
prudence.

L'édition in-4°., l'édition in-8°. encadrée
ont à peu-près les mêmes défauts. D'ailleurs,
quelques foins qu'euffent pu prendre les éditeurs,

toute édition faite du vivant de M. de *Voltaire*
ferait devenue défectueufe en très-peu de temps.
Ce n'était plus pour fa gloire qu'il écrivait :
c'était tantôt par des motifs d'utilité publique,
tantôt pour obéir à l'impulfion de fon génie ,
tantôt pour fatisfaire à un premier mouvement,
foit d'humeur perfonnelle , foit d'indignation
contre les perfécuteurs ou les oppreffeurs. Ces
ouvrages imprimés fur le champ , quelquefois
arrêtés par lui - même avant qu'ils fuffent
répandus , corrigés ou changés de forme , et
réimprimés avant d'être connus , ne pouvaient
être raffemblés avec ordre , et il n'aurait pas
été moins difficile de ne pas en laiffer échapper
un très-grand nombre , et de n'y en pas inférer
qui fuffent d'une autre main.

L'édition qui paraît aujourd'hui peut donc
être regardée comme la feule vraiment authen-
tique et vraiment complète.

On n'a rien négligé pour fe procurer tous
les ouvrages imprimés ou manufcrits attribués
à M. de *Voltaire* ; mais on a exclu de la collection parmi les ouvrages manufcrits :

1°. Ceux dont les auteurs inconnus au
public ne l'étaient ni aux rédacteurs ni aux
gens de lettres qui cultivent cette partie de
l'hiftoire de la littérature :

2°. Ceux pour lesquels on n'avait aucune preuve qu'ils fussent réellement de M. de *Voltaire*, et qui n'avaient d'ailleurs rien de la manière de ce grand homme :

3°. Un très-petit nombre de morceaux restés trop imparfaits pour que le respect dû à sa mémoire permît de les publier.

Quant aux ouvrages déjà imprimés, et surtout à ceux qui étaient inférés dans les éditions précédentes, on a cru n'être autorisé à les supprimer que dans le cas où l'on avait une véritable preuve qu'ils n'étaient pas de M. de *Voltaire*.

Nous citerons parmi les additions un *Traité de métaphysique* ( 1 ) adressé à madame la marquise *du Châtelet* ; un morceau d'histoire ecclésiastique ( 2 ) assez étendu ; plusieurs autres ouvrages historiques ou polémiques, tels que *les Lettres chinoises*, ( 3 ) *le Chrétien contre six juifs* ; ( 4 ) *la Dissertation sur le feu*, ( 5 ) envoyée par M. de *Voltaire* à l'académie des sciences,

( 1 ) *Philosophie*, tome I.

( 2 ) *Philosophie*, tome IV, pages 239 et suiv.

( 3 ) *Mélanges historiques*, tome I.

( 4 ) *Ibid.*

( 5 ) Vol. de *Physique.*

pour concourir au prix en 1740 ; une autre
differtation *fur les forces vives* ; (6) les tragédies
d'*Eryphile* , d'*Irène*, d'*Agathocle* ; l'opéra des *Rois
pafteurs* ; *le Baron d'Otrante* et *les deux Tonneaux*,
opéra comiques ; plufieurs épîtres, et beaucoup
de petits ouvrages en vers et en profe, dont une
partie n'avait jamais été imprimée, et le refte
n'avait été recueilli dans aucune édition.

Quelques morceaux en affez grand nombre
fe trouvaient répétés dans les anciennes éditions :
on a cherché à éviter cet inconvénient. Mais
en même temps on a cru, pour la commodité
des lecteurs, devoir laiffer quelques pages qui
fe trouvaient répétées dans des ouvrages différens , fur-tout lorfqu'on y a trouvé quelques
changemens , ou que ces pages étant également
néceffaires dans les deux ouvrages, leur fup-
preffion eût obligé les lecteurs de recourir à un
autre volume.

On a choifi pour les différens ouvrages la
leçon qui a paru la meilleure , en obfervant
feulement de fuivre dans ce choix l'opinion de
M. de *Voltaire* lui-même , toutes les fois qu'on
n'était pas sûr que fon choix avait été dirigé
par des motifs étrangers à la bonté de l'ouvrage.

(6) Vol. de *Phyfique*.

Il n'y a point de variantes pour les ouvrages de profe ; mais on a raffemblé pour la poëfie toutes celles qui ont paru pouvoir être utiles aux littérateurs, ou donner lieu à des obfervations fur les opinions de l'auteur à différentes époques de fa vie.

On a cherché à mettre le plus d'ordre qu'il a été poffible.

L'édition eft partagée en ouvrages de poëfie et en ouvrages de profe.

Le Théâtre, les Poëmes grands et petits, les Epîtres, les Odes, les Stances, les Satires, les Contes, et enfin les pièces qui n'appartiennent à aucun des genres précédens, forment autant de divifions. Les *Lettres en profe et en vers* font une partie féparée.

Les grands morceaux d'Hiftoire, les ouvrages faits pour les éclaircir et pour les défendre, les écrits fur la Légiflation et la Politique, ceux qui ont la Phyfique pour objet, ceux qui traitent de matières philofophiques, les écrits purement littéraires, les Romans, les Facéties font autant de divifions de la partie de profe, qui eft terminée par un Dictionnaire philofophique, formé des articles de plufieurs dictionnaires publiés du vivant de l'auteur, de ceux qui ont été trouvés dans fes papiers, de plufieurs morceaux féparés qu'on a placés fous l'ordre alphabétique, parce qu'il eût été difficile de les claffer diffé-remment. Enfin le recueil des lettres complètera l'édition. Mais ces lettres feront choifies : c'eft-à-dire qu'on n'imprimera que celles qui paraîtront dignes du public, foit en elles-mêmes, foit par les particularités qu'elles renferment, les cir-conftances où elles ont été écrites, les lumières qu'elles donnent fur l'ame et le caractère d'un homme vraiment unique, et digne par fon génie et la fingularité de fes talens d'être pour les philofophes un objet d'étude, comme il eft un objet d'admiration pour tous les hommes impar-tiaux et éclairés.

Les lettres qui pourraient bleffer des per-fonnes vivantes ont été févèrement retranchées.

Les rédacteurs ne fe font permis qu'un petit nombre de corrections de dates et de noms pro-pres. Cependant, comme une grande partie des ouvrages a été imprimée fur un exemplaire corrigé par M. de *Voltaire* en 1777 et 1778, on y trouvera un grand nombre de change-mens et d'augmentations affez importantes.

On a raffemblé quelques notes deftinées à éclaircir, à défendre, quelquefois à combattre M. de *Voltaire*. Les lecteurs pourront y recon-naître différentes mains, et n'y pas trouver toujours ni les mêmes idées , ni les mêmes opinions. En recueillant ces notes on n'a pas prétendu leur enfeigner ce qu'ils devaient penfer , mais les mettre en état de prononcer fur les objets qu'on a cru que M. de *Voltaire* n'avait pas fuffifamment éclaircis. Au refte , on a pris dans ces notes le même ton qu'on aurait eu en écrivant à M. de *Voltaire* lui-même. Ce ton feul eft convenable en parlant d'un grand homme qui vient de difparaître , dont le génie a confervé toute fon autorité , dont les amis font encore au milieu de nous.

Les préfaces qui font à la tête de quelques ouvrages particuliers ont été écrites dans le même efprit. On y trouvera toujours du refpect pour le génie, et un refpect plus grand pour la vérité. Ces deux fentimens ne fe combattent point : ils font même inféparables. Comment celui qui aime la vérité fe permettrait-il d'infulter l'homme qui a fu la lui faire connaître et la lui faire aimer ?

Permettra-t-on aux rédacteurs de placer ici une remarque qui les a frappés ? Perfonne n'admirait plus fincèrement qu'eux M. de *Voltaire* : perfonne n'avait plus lu fes ouvrages ; cependant en revoyant dans la nouvelle édition ces mêmes ouvrages diftribués avec ordre , et de manière qu'on puiffe en faifir l'enfemble, M. de

*Voltaire* s'eſt encore agrandi à leurs yeux, et ils ont appris que juſque-là ils ne l'avaient pas connu tout entier.

On a diſtingué dans le *Proſpectus* les éditeurs des rédacteurs ; ainſi on ne peut déſapprouver que nous rendions ici aux éditeurs la juſtice qu'ils méritent, en témoignant qu'ils n'ont épargné ni ſoins ni dépenſes pour rendre l'édition auſſi belle, auſſi complète, auſſi exacte que les circonſtances ont pu le permettre.

# THEATRE.

THEATRE

# THEATRE

## DE

# VOLTAIRE.

## AVERTISSEMENT

### DE L'EDITION DE 1775.

Nous donnons ici toutes les pièces de théâtre de M. de *Voltaire*, avec les variantes que nous avons pu recueillir. Toutes les éditions qu'on en a données à Paris font très-informes ; cela ne pouvait être autrement. Il arriva plus d'une fois que le public, féduit par les ennemis de l'auteur, fembla rejeter aux premières repré-fentations les mêmes morceaux qu'il redemanda enfuite avec empreffement quand la cabale fut diffipée.

Quelquefois les acteurs, déroutés par les cris de la cabale, fe voyaient forcés de changer eux-mêmes les vers qui avaient été le prétexte du murmure ; ils leur en fubftituaient d'autres

*Théâtre.* Tome I.    A

au hafard. Prefquetousfesouvrages dramatiques ont été repréfentés et imprimés à Paris dans fon abfence. De-là viennent les fautes dont fourmillent les éditions faites dans cette capitale.

Par exemple, dans la pièce de Gengis, imprimée par nous, in-8°, fous les yeux de l'auteur, on trouve dans la fcène où *Gengis* paraît pour la première fois les vers fuivans :

> Ceffez de mutiler tous ces grands monumens,
> Ces prodiges des arts confacrés par les temps ;
> Refpectez-les : ils font le prix de mon courage.
> Qu'on ceffe de livrer aux flammes, au pillage,
> Ces archives des lois, ce vafte amas d'écrits,
> Tous ces fruits du génie, objets de vos mépris ;
> Si l'erreur les dicta, cette erreur m'eft utile ;
> Elle occupe ce peuple et le rend plus docile, &c.

Ce morceau eft tronqué et défiguré dans l'édition de *Duchefne* et dans les autres. Voici comme il s'y trouve :

> Ceffez de mutiler tous ces grands monumens,
> Ces prodiges des arts confacrés par les temps,
> Echappés aux fureurs des flammes, du pillage ;
> Refpectez-les : ils font le prix de mon courage, &c.

On voit affez que ce qu'on a retranché était abfolument néceffaire et très à fa place.

Ce vers qu'on a fubftitué,

> *Echappés aux fureurs des flammes, du pillage,*

eft un vers indigne de quiconque eft inftruit des

règles de fon art, et connaît un peu l'harmonie.
*Echappés aux fureurs des flammes*, eſt une céſure
monſtrueuſe.

Ceux qui ſe plaiſent à étudier l'eſprit humain
doivent ſavoir que les ennemis de l'auteur,
pour faire tomber la pièce, inſinuèrent que les
meilleurs morceaux étaient dangereux, et qu'il
fallait les retrancher ; ils eurent la malignité de
faire regarder ces vers comme une alluſion à la
religion, qui rend le peuple plus docile. Il eſt
évident que par ce paſſage on ne peut entendre
que les ſciences des Chinois, mépriſées alors
des Tartares. On a repréſenté cette pièce en
Italie ; il y en a trois traductions, et les inquiſiteurs ne ſe ſont jamais aviſés de retrancher
cette tirade.

La même difficulté fut faite en France à la
tragédie de Mahomet ; on ſuſcita contre elle
une perſécution violente ; on fit défendre les
repréſentations : ainſi le fanatiſme voulait
anéantir la peinture du fanatiſme. Rome vengea
l'auteur. Le pape *Benoît XIV* protégea la pièce,
elle lui fut dédiée, des académiciens la repré-
ſentèrent dans pluſieurs villes d'Italie et à Rome
même.

Il faut avouer qu'il n'y a point de pays au
monde où les gens de lettres aient été plus
maltraités qu'en France : on ne leur rend juſtice
que bien tard.

La tragédie de Tancrède eſt défigurée d'un bout à l'autre d'une manière encore plus barbare. Dans les éditions de France, il n'y a preſque pas une fcène où il ne fe trouve des vers qui péchent également contre la langue, l'harmonie et les règles du théâtre. Le libraire de Paris eſt d'autant plus inexcufable, qu'il pouvait confulter notre édition, à laquelle il devait fe conformer.

Les éditeurs de Paris ont porté la négligence juſqu'à répéter les mêmes vers dans pluſieurs fcènes d'Adélaïde du Guefclin. Nous trouvons dans leur édition, à la fcène feptième du fecond acte, ces vers qui n'ont pas de fens :

Gardez d'être réduit au hafard dangereux
Que les chefs de l'Etat ne trahiſſent leurs vœux.

Il y a dans notre édition :

Tous les chefs de l'Etat, laſſés de ces ravages,
Cherchent un port tranquille après tant de naufrages.
Gardez d'être réduit au hafard dangereux
De vous voir ou trahir, ou prévenir par eux.

Ces vers font dans les règles de la fyntaxe la plus exacte ; ceux qu'on a fubſtitués dans l'édition de Paris font de vrais foléciſmes, et n'ont aucun fens. *Gardez d'être réduit au hafard que les chefs de l'Etat ne trahiſſent leurs vœux.* De quels vœux s'agit-il ? Que veut dire *Etre réduit au hafard qu'un autre ne trahiffe fes vœux ?* On s'imagine qu'il n'y a qu'à faire des vers qui riment, que le public ne s'aperçoit pas s'ils font bons ou mauvais, et que la rapidité de la déclamation fait difparaître les défauts du ftyle ; mais les connaiffeurs remarquent ces fautes, et ils font bleffés des barbarifmes innombrables qui défigurent prefque toutes nos tragédies. C'eft un devoir indifpenfable de parler purement fa langue.

Nous avons fouvent entendu dire à l'auteur, que la langue était trop négligée au théâtre, et que c'eft là que les règles du langage doivent être obfervées avec le plus de fcrupule, parce que les étrangers y viennent apprendre le français. Il difait que ce qui avait nui le plus aux belles-lettres était le fuccès de plufieurs pièces qui, à la faveur de quelques beautés, ont fait oublier qu'elles étaient écrites dans un ftyle barbare. On fait que *Boileau*, en mourant, fe plaignait de cette horrible décadence. Les éloges prodigués à cette barbarie ont achevé de corrompre le goût.

Les comédiens croient que les lois de l'art d'écrire, l'élégance, l'harmonie, la pureté de la langue, font des chofes inutiles ; ils coupent, ils retranchent, ils tranfpofent tout à leur plaifir, pour fe ménager des fituations qui les faffent valoir. Ils fubftituent à des paffages néceffaires des vers ineptes et ridicules, ils en chargent leurs manufcrits ; et c'eft fur ces manufcrits que des libraires ignorans impriment des chofes qu'ils n'entendent point.

L'extrême abondance des ouvrages dramatiques a dégradé l'art au lieu de le perfectionner; et les amateurs des lettres, accablés fous l'immenfité des volumes, n'ont pas eu même le temps de diftinguer fi ces ouvrages imprimés font corrects ou non.

Les nôtres du moins le feront : et nous pouvons affurer les étrangers qui attendent notre édition, qu'ils n'y trouveront rien qui offenfe une langue devenue leurs délices et l'objet conftant de leurs études.

# AVERTISSEMENT

## SUR L'OEDIPE.

L'AUTEUR compofa cette pièce à l'âge de dix-neuf ans. Elle fut jouée en 1718, quarante-cinq fois de fuite. Ce fut le fieur *Dufrefne*, célèbre acteur, de l'âge de l'auteur, qui joua le rôle d'*Oedipe*. La demoifelle *Defmares*, très-grande actrice, joua celui de *Jocafte*, et quitta le théâtre quelque temps après. On a rétabli dans cette édition le rôle de *Philoctète*, tel qu'il fut joué à la première repréfentation.

La pièce fut imprimée pour la première fois en 1718. M. de *la Motte* approuva la tragédie d'Oedipe. On trouve dans fon approbation cette phrafe remarquable : *Le public, à la repréfentation de cette pièce, s'eft promis un digne fuccefseur de Corneille et de Racine ; et je crois qu'à la lecture il ne rabattra rien de fes prétentions.*

L'abbé de *Chaulieu* fit une mauvaife épigramme contre cette approbation : il difait que l'on connaiffait *la Motte* pour un mauvais auteur, mais non pour un faux prophète. C'eft ainfi que les grands hommes font traités au commencement

A 4

de leur carrière ; mais il ne faut pas que tous ceux que l'on traite de même, s'imaginent pour cela être de grands hommes. La médiocrité insolente éprouve les mêmes obstacles que le génie ; et cela prouve seulement qu'il y a plusieurs manières de blesser l'amour propre des hommes.

La première édition d'Oedipe fut dédiée à *Madame*, femme du *Régent*. Voici cette dédicace : elle ressemble aux épîtres dédicatoires de ce temps-là. Ce ne fut qu'après son voyage en Angleterre, et lorsqu'il dédia Brutus au lord *Bolingbrocke*, que M. de *Voltaire* montra qu'on pouvait, dans une dédicace, parler à celui qui la reçoit d'autre chose que de lui-même.

### *MADAME*,

*Si l'usage de dédier ses ouvrages à ceux qui en jugent le mieux n'était pas établi, il commencerait par VOTRE ALTESSE ROYALE. La protection éclairée dont vous honorez les succès ou les efforts des auteurs, met en droit ceux mêmes qui réussissent le moins, d'oser mettre sous votre nom des ouvrages qu'ils ne composent que dans le dessein de vous plaire. Pour moi dont le zèle tient lieu de mérite auprès de vous, souffrez que je prenne la liberté de vous offrir les faibles essais de ma plume.*

*Heureux ſi , encouragé par vos bontés , je puis travailler long-temps pour VOTRE ALTESSE ROYALE, dont la conſervation n'eſt pas moins précieuſe à ceux qui cultivent les beaux arts , qu'à toute la France dont elle eſt les délices et l'exemple.*

*Je ſuis, avec un profond reſpect ,*

    *MADAME ,*

*De Votre Alteſſe Royale ,*

        *le très-humble et très-obéiſſant ſerviteur ,*
        *AROUET DE VOLTAIRE.*

On trouvera ici une préface imprimée en 1729 , dans laquelle M. de *Voltaire* combat les opinions de M. de *la Motte* ſur la tragédie. *La Motte* y a répondu avec beaucoup de politeſſe, d'eſprit et de raiſon. On peut voir cette réponſe dans ſes œuvres. M. de *Voltaire* n'a répliqué qu'en feſant Zaïre, Alzire, Mahomet, &c. Et juſqu'à ce que des pièces en proſe, où les règles des unités feraient violées, aient fait autant d'effet au théâtre et autant de plaiſir à la lecture, l'opinion de M. de *Voltaire* doit l'emporter.

# LETTRES

## A

## M. DE GENONVILLE, (*)

*Contenant la critique de l'Oedipe de Sophocle, de celui de Corneille, et de celui de l'Auteur.*

### 1719.

## LETTRE PREMIERE.

JE vous envoie, Monfieur, ma tragédie d'Oedipe, que vous avez vu naître. Vous favez que j'ai commencé cette pièce à dix-neuf ans : fi quelque chofe pouvait faire pardonner la médiocrité d'un ouvrage, ma jeuneffe me fervirait d'excufe. Du moins, malgré les défauts dont cette tragédie eft pleine, et que je fuis le premier à reconnaître, j'ofe me flatter que vous verrez quelque différence entre cet ouvrage, et ceux que l'ignorance et la malignité m'ont imputés.

(*) Mort confeiller au parlement de Paris : il fut, depuis ces lettres, l'intime ami de M. de *Voltaire.*

Vous favez mieux que perfonne (*a*) que cette fatire intitulée les *J'ai vu*, eft d'un poëte du Marais, nommé *le Brun*, auteur de l'opéra d'Hippocrate amoureux, qu'affurément perfonne ne mettra en mufique.

(*a*) Je fens combien il eft dangereux de parler de foi; mais mes malheurs ayant été publics, il faut que ma juftification le foit auffi. La réputation d'honnête homme m'eft plus chère que celle d'auteur; ainfi je crois que perfonne ne trouvera mauvais qu'en donnant au public un ouvrage pour lequel il a eu tant d'indulgence, j'effaie de mériter entièrement fon eftime, en détruifant l'impofture qui pourrait me l'ôter.

Je fais que tous ceux avec qui j'ai vécu font perfuadés de mon innocence: mais auffi bien des gens, qui ne connaiffent ni la poëfie ni moi, m'imputent encore les ouvrages les plus indignes d'un honnête homme et d'un poëte.

Il y a peu d'écrivains célèbres qui n'aient effuyé de pareilles difgrâces; prefque tous les poëtes qui ont réuffi ont été calomniés, et il eft bien trifte pour moi de ne leur reffembler que par mes malheurs.

Vous n'ignorez pas que la cour et la ville ont de tout temps été remplies de critiques obfcènes qui, à la faveur des nuages qui les couvrent, lancent, fans être aperçus, les traits les plus envenimés contre les femmes et contre les puiffances; et qui n'ont que la fatisfaction de bleffer adroitement, fans goûter le plaifir dangereux de fe faire connaître. Leurs épigrammes et leurs vaudevilles font toujours des enfans fuppofés dont on ne connait point les vrais parens; ils cherchent à charger de ces indignités quelqu'un qui foit affez connu pour que l'on puiffe l'en foupçonner, et qui foit affez peu protégé pour ne pouvoir fe défendre. Telle était la fituation où je me fuis trouvé en entrant dans le monde. Je n'avais pas plus de dix-huit ans; l'imprudence attachée d'ordinaire à la jeuneffe pouvait aifément autorifer les foupçons que l'on fefait naître fur moi: j'étais d'ailleurs fans appui, et je n'avais pas fongé à me faire des protecteurs, parce que je ne croyais pas que je duffe jamais avoir des ennemis.

Il parut, à la mort de *Louis XIV*, une petite pièce imitée des *J'ai vu* de l'abbé *Regnier :* c'était un ouvrage où l'auteur paffait en revue tout ce qu'il avait vu dans fa vie; cette pièce eft auffi négligée aujourd'hui qu'elle était alors recherchée : c'eft le fort de tous les ouvrages qui n'ont d'autre mérite que celui de la fatire. Cette pièce n'en avait point d'autre; elle n'était remarquable que par les injures groffières qui y étaient indignement répandues, et c'eft ce qui lui donna un cours prodigieux : on oublia la baffeffe du ftyle en faveur de la malignité de l'ouvrage. Elle finiffait ainfi : *J'ai vu ces maux, et je n'ai pas vingt ans.*

Plufieurs perfonnes crurent que j'avais mis par-là mon cachet à cet

Ces *J'ai vu* font groſſièrement imités de ceux de l'abbé *Regnier* de l'académie , avec qui l'auteur n'a rien de commun ; ils finiſſent par ce vers :

*J'ai vu ces maux , et je n'ai pas vingt ans.*

Il eſt vrai que je n'avais pas vingt ans alors ; mais ce n'eſt pas une raiſon qui puiſſe faire croire que j'aie fait les vers de M. *le Brun.*

*Hos le Brun verſiculos fecit : tulit alter honores.*

J'apprends que c'eſt un des avantages attachés à indigne ouvrage ; on ne me fit pas l'honneur de croire que je puſſe avoir aſſez de prudence pour me déguiſer. L'auteur de cette miſérable ſatire ne contribua pas peu à la faire courir ſous mon nom , afin de mieux cacher le ſien. Quelques-uns m'imputèrent cette pièce par malignité , pour me décrier et pour me perdre ; quelques autres , qui l'admiraient bonnement, me l'attribuèrent pour m'en faire honneur ; ainſi un ouvrage que je n'avais point fait , et même que je n'avais point encore vu alors, m'attira de tous côtés des malédictions et des louanges.

Je me ſouviens que, paſſant par une petite ville de province , les beaux eſprits du lieu me prièrent de leur réciter cette pièce qu'il diſaient être un chef-d'œuvre ; j'eus beau leur répondre que je n'en étais point l'auteur et que la pièce était miſérable ; ils ne m'en crurent point ſur ma parole ; ils admirèrent ma retenue, et j'acquis ainſi auprès d'eux, ſans y penſer , la réputation d'un grand poëte et d'un homme fort modeſte.

Cependant ceux qui m'avaient attribué ce malheureux ouvrage continuèrent à me rendre reſponſable de toutes les ſottiſes qui ſe débitaient dans Paris , et que moi-même je dédaignais de lire. Quand un homme a eu le malheur d'être calomnié une fois, on dit qu'il le ſera long-temps. On m'aſſure que de toutes les modes de ce pays-ci, c'eſt celle qui dure davantage.

La juſtification eſt venue, quoique un peu tard, le calomniateur a ſigné, les larmes aux yeux, le déſaveu de ſa calomnie devant un ſecrétaire d'Etat ; c'eſt ſur quoi un vieux connaiſſeur en vers et en hommes m'a dit : *Oh , le beau billet qu'a la Châtre !* Continuez, mon enfant , à faire des tragédies , renoncez à toute profeſſion ſérieuſe pour ce malheureux métier ; et comptez que vous ſerez harcelé publiquement toute votre vie , puiſque vous êtes aſſez abandonné de Dieu pour vous faire de gaieté de cœur un homme

la littérature, et fur-tout à la poëfie, d'être expofé
à être accufé fans ceffe de toutes les fottifes qui

public. Il m'en a cité cent exemples; il m'a donné les meilleures raifons du
monde pour me détourner de faire des vers. Que lui ai-je répondu? Des vers.

Je me fuis donc aperçu de bonne heure qu'on ne peut ni réfifter à fon
goût dominant, ni vaincre fa deftinée. Pourquoi la nature force-t-elle un
homme à calculer, celui-ci à faire rimer des fyllabes, cet autre à former
des croches et des rondes fur des lignes parallèles?

> *Scit Genius, natale comes qui temperat aftrum.*

Mais on prétend que tous peuvent dire:

> *Ploravère fuis non refpondere favorem,*
> *Speratum meritis.*

*Boileau* difait à *Racine:*

> „ Ceffe de t'étonner fi l'Envie animée,
> „ Attachant à ton nom fa rouille envenimée,
> „ La calomnie en main, quelquefois te pourfuit. „

*Scudéri* et l'abbé d'*Aubignac* calomniaient *Corneille; Montfleuri* et toute
fa troupe calomniaient *Molière: Térence* fe plaint dans fes prologues d'être
calomnié par un vieux poëte: *Ariftophane* calomnia *Socrate: Homère* fut
calomnié par *Margites.* C'eft-là l'hiftoire de tous les arts et de toutes les
profeffions.

Vous favez comment M. le *Régent* a daigné me confoler de ces petites
perfécutions; vous favez quel beau préfent il m'a fait. Je ne dirai pas
comme *Chapelain* difait de *Louis XIII:*

> „ Les trois fois mille francs qu'il met dans ma famille
> „ Témoignent mon mérite, et font connaître affez
> „ Qu'il ne hait pas mes vers, pour être un peu forcés. „

*Chœrile, Chapelain* et moi, nous avons été tous trois trop bien payés
pour de mauvais vers.

> *Retulit acceptos, regale numifma, Philippos.*

Le *Régent,* qui s'appelle *Philippe,* rend la comparaifon parfaite. Ne
nous énorgueilliffons ni des méchancetés de nos ennemis, ni des bontés
de nos protecteurs; on peut être avec tout cela un homme très-médiocre:
on peut être récompenfé et envié fans aucun mérite.

courent la ville. On vient de me montrer une épître de l'abbé de *Chaulieu* au marquis de *la Fare*, dans laquelle il fe plaint de cette injuftice. Voici le paffage :

. . . . . . . . . .

Accort, infinuant, et quelquefois flatteur,
    J'ai fu d'un difcours enchanteur
    Tout l'ufage que pouvait faire
    Beaucoup d'imagination,
    Qui rejoignît avec adreffe,
    Au tour brillant, à la jufteffe,
    Le charme de la fiction;
    Et fon impétueufe ivreffe,
    Entre le tabac et le vin.

. . . . . . . . . .

. . . . . . . . . .

    J'appris, fans rabot et fans lime,
    L'art d'attraper facilement,
    Sans être efclave de la rime,
    Ce tour aifé, cet enjouement
    Qui feul peut faire le fublime.

Que ne m'ont point coûté ces funeftes talens!
Dès que j'eus bien ou mal rimé quelque fornette,
    Je me vis tout en même temps
    Affublé du nom de poëte.

    Dès-lors, on ne fit de chanfon,
    On ne lâcha de vaudeville,
    Que fans rime ni fans raifon,
    On ne me donnât par la ville.

    Sur la foi d'un ricanement,
Qui n'était que l'effet d'un gai tempérament,

Dont je fis, j'en conviens, affez peu de fcrupule,
    Les fats crurent qu'impunément
Perfonne devant moi ne ferait ridicule.
Ils m'ont fait là-deffus mille injuftes procès;
    J'eus beau les fouffrir et me taire,
On m'imputa des vers que je n'ai jamais faits;
    C'eft affez que j'en fuffe faire.

Ces vers, Monfieur, ne font pas dignes de
l'auteur de la Tocane et de la Retraite; vous les
trouverez bien plats, (*b*) et auffi remplis de fautes
que d'une vanité ridicule; je vous les cite comme
une autorité en ma faveur; mais j'aime mieux
vous citer l'autorité de *Boileau*. Il ne répondit un
jour aux complimens d'un campagnard qui le louait
d'une impertinente fatire contre les évêques, très-
fameufe parmi la canaille, qu'en répétant à ce pauvre
louangeur :

Vient-il de la province une fatire fade,
D'un plaifant du pays infipide boutade;
Pour la faire courir on dit qu'elle eft de moi,
Et le fot campagnard le croit de bonne foi.

Je ne fuis ni ne ferai *Boileau;* mais les mauvais
vers de M. *le Brun* m'ont attiré des louanges et des
perfécutions qu'affurément je ne méritais pas.

Je m'attends bien que plufieurs perfonnes, accou-
tumées à juger de tout fur le rapport d'autrui,

_____

(*b*) Tout ce morceau fut retranché dans l'édition qu'on fit de ces
Lettres, parce qu'on ne voulut pas affliger l'abbé de *Chaulieu :* on doit
des égards aux vivans; on ne doit aux morts que la vérité.

feront étonnées de me trouver fi innocent, après m'avoir cru, fans me connaître, coupable des plus plats vers du temps préfent. Je fouhaite que mon exemple puiffe leur apprendre à ne plus précipiter leurs jugemens fur les apparences, et à ne plus condamner ce qu'ils ne connaiffent pas. On rougirait bientôt de ces décifions, fi l'on voulait réfléchir fur les raifons par lefquelles on fe détermine.

Il s'eft trouvé des gens qui ont cru férieufement que l'auteur de la tragédie d'Atrée était un méchant homme, parce qu'il avait rempli la coupe d'*Atrée* du fang du fils de *Thyefte;* et aujourd'hui il y a des confciences timorées qui prétendent que je n'ai point de religion, parce que *Jocafte* fe défie des oracles d'Apollon. C'eft ainfi qu'on décide prefque toujours dans le monde; et ceux qui font accoutumés à juger de la forte, ne fe corrigeront pas par la lecture de cette lettre : peut-être même ne la liront-ils point.

Je ne prétends donc point ici faire taire la calomnie, elle eft trop inféparable des fuccès; mais du moins il m'eft permis de fouhaiter que ceux qui ne font en place que pour rendre juftice, ne faffent point de malheureux fur le rapport vague et incertain du premier calomniateur. Faudra-t-il donc qu'on regarde déformais comme un malheur d'être connu par les talens de l'efprit, et qu'un homme foit perfécuté dans fa patrie, uniquement parce qu'il court une carrière dans laquelle il peut faire honneur à fa patrie même?

Ne croyez pas, Monfieur, que je compte parmi les preuves de mon innocence, le préfent dont

M.

M. le *Régent* a daigné m'honorer ; cette bonté pourrait n'être qu'une marque de fa clémence : il eft au nombre des princes qui, par des bienfaits, favent lier à leur devoir ceux mêmes qui s'en font écartés. Une preuve plus sûre de mon innocence, c'eft qu'il a daigné dire que je n'étais point coupable, et qu'il a reconnu la calomnie lorfque le temps a permis qu'il pût la découvrir.

Je ne regarde point non plus cette grâce que Monfeigneur le duc d'*Orléans* m'a faite, comme une récompenfe de mon travail, qui ne méritait tout au plus que fon indulgence ; il a moins voulu me récompenfer que m'engager à mériter fa protection.

Sans parler de moi, c'eft un grand bonheur pour les lettres, que nous vivions fous un prince qui aime les beaux arts autant qu'il hait la flatterie, et dont on peut obtenir la protection plutôt par de bons ouvrages que par des louanges, pour lefquelles il a un dégoût peu ordinaire dans ceux qui, par leur naiffance et par leur rang, font expofés à être loués toute leur vie.

# LETTRE II.

MONSIEUR, avant que de vous faire lire ma tragédie, fouffrez que je vous prévienne fur le fuccès qu'elle a eu, non pas pour m'en applaudir, mais pour vous affurer combien je m'en défie.

Je fais que les premiers applaudiffemens du public ne font pas toujours de sûrs garans de la bonté d'un ouvrage. Souvent un auteur doit le fuccès de fa

*Théâtre.* Tome I.          B

pièce ou à l'art des acteurs qui la joüent, ou à la décifion de quelques amis accrédités dans le monde, qui entraînent pour un temps les fuffrages de la multitude ; et le public eft étonné, quelques mois après, de s'ennuyer à la lecture du même ouvrage qui lui arrachait des larmes à la repréfentation.

Je me garderai donc bien de me prévaloir d'un fuccès peut-être paffager, et dont les comédiens ont plus à s'applaudir que moi-même.

On ne voit que trop d'auteurs dramatiques qui impriment, à la tête de leurs ouvrages, des préfaces pleines de vanité ; *qui comptent les princes et les princeffes qui font venus pleurer aux repréfentations ; qui ne donnent d'autres réponfes à leurs cenfeurs que l'approbation du public ;* et qui enfin, après s'être placés à côté de *Corneille* et de *Racine*, fe trouvent confondus dans la foule des mauvais auteurs, dont ils font les feuls qui s'exceptent.

J'éviterai du moins ce ridicule : je vous parlerai de ma pièce, plus pour avouer mes défauts que pour les excufer ; mais auffi je traiterai *Sophocle* et *Corneille* avec autant de liberté, que je me traiterai moi-même avec juftice.

J'examinerai les trois Oedipes avec une égale exactitude. Le refpect que j'ai pour l'antiquité de *Sophocle* et pour le mérite de *Corneille*, ne m'aveuglera pas fur leurs défauts ; l'amour propre ne m'empêchera pas non plus de trouver les miens. Au refte, ne regardez point ces differtations comme les décifions d'un critique orgueilleux, mais comme les doutes d'un jeune homme qui cherche à s'éclairer.

La décifion ne convient ni à mon âge ni à mon peu de génie; et fi la chaleur de la compofition m'arrache quelques termes peu mefurés , je les défavoue d'avance, et je déclare que je ne prétends parler affirmativement que fur mes fautes.

# L E T T R E   I I I.

*Contenant la critique de l'Oedipe de Sophocle.*

Monsieur, mon peu d'érudition ne me permet pas d'examiner *fi la tragédie de Sophocle fait fon imitation par le difcours , le nombre et l'harmonie ; ce qu'Ariftote appelle expreffément un difcours agréablement affaifonné.* (a) Je ne difcuterai pas non plus *fi c'eft une pièce du premier genre, fimple et implexe : fimple , parce qu'elle n'a qu'une feule cataftrophe ; et implexe , parce qu'elle a la reconnaiffance avec la péripétie.*

Je vous rendrai feulement compte, avec fimplicité, des endroits qui m'ont révolté, et fur lefquels j'ai befoin des lumières de ceux qui, connaiffant mieux que moi les anciens, peuvent mieux excufer tous leurs défauts.

La fcène s'ouvre dans *Sophocle* par un chœur de Thébains profternés aux pieds des autels , et qui, par leurs larmes et par leurs cris, demandent aux dieux la fin de leurs calamités. *Oedipe*, leur libérateur et leur roi, paraît au milieu d'eux.

_____

(a) M. *Dacier* , préface fur l'Oedipe de *Sophocle.*

*Je suis Oedipe*, leur dit-il, *si vanté par tout le monde.* Il y a quelque apparence que les Thébains n'ignoraient pas qu'il s'appelait *Oedipe*.

A l'égard de cette grande réputation dont il se vante, M. *Dacier* dit que c'est une adresse de *Sophocle*, qui veut fonder par-là le caractère d'*Oedipe*, qui est orgueilleux.

*Mes enfans*, dit *Oedipe*, *quel est le sujet qui vous amène ici?* Le grand prêtre lui répond : *Vous voyez devant vous des jeunes gens et des vieillards. Moi qui vous parle, je suis le grand prêtre de Jupiter. Votre ville est comme un vaisseau battu de la tempête, elle est prête d'être abîmée, et n'a pas la force de surmonter les flots qui fondent sur elle.* De-là, le grand prêtre prend occasion de faire une description de la peste, dont *Oedipe* était aussi bien informé que du nom et de la qualité du grand prêtre de Jupiter ; d'ailleurs ce grand prêtre rend-il son homélie bien pathétique, en comparant une ville pestiférée, couverte de morts et de mourans, à un vaisseau battu de la tempête ? Ce prédicateur ne savait-il pas qu'on affaiblit les grandes choses quand on les compare aux petites ?

Tout cela n'est guère une preuve de cette perfection où l'on prétendait, il y a quelques années, que *Sophocle* avait poussé la tragédie; et il ne paraît pas qu'on ait si grand tort, dans ce siècle, de refuser son admiration à un poëte qui n'emploie d'autre artifice pour faire connaître ses personnages, que de faire dire à l'un : *Je m'appelle Oedipe, si vanté par tout le monde ;* et à l'autre, *Je suis le grand prêtre de Jupiter.* Cette grossièreté n'est plus regardée aujourd'hui comme une noble simplicité.

La defcription de la pefte eft interrompue par l'arrivée de *Créon*, frère de *Jocafte*, que le roi avait envoyé confulter l'oracle, et qui commence par dire à *Oedipe* :

*Seigneur, nous avons eu autrefois un roi qui s'appelait Laïus.*

### OEDIPE.

*Je le fais, quoique je ne l'aie jamais vu.*

### CREON.

*Il a été affaffiné, et Apollon veut que nous puniffions fes meurtriers.*

### OEDIPE.

*Fut-ce dans fa maifon, ou à la campagne, que Laïus fut tué ?*

Il eft déjà contre la vraifemblance qu'*Oedipe*, qui règne depuis fi long-temps, ignore comment fon prédéceffeur eft mort : mais qu'il ne fache pas même fi c'eft aux champs ou à la ville que ce meurtre a été commis, et qu'il ne donne pas la moindre raifon, ni la moindre excufe de fon ignorance ; j'avoue que je ne connais point de terme pour exprimer une pareille abfurdité.

C'eft une faute du fujet, dit-on, et non de l'auteur ; comme fi ce n'était pas à l'auteur à corriger fon fujet lorfqu'il eft défectueux. Je fais qu'on peut me reprocher à peu-près la même faute ; mais auffi je ne me ferai pas plus de grâce qu'à *Sophocle*, et j'efpère que la fincérité avec laquelle j'avouerai mes défauts, juftifiera la hardieffe que je prends de relever ceux d'un ancien.

Ce qui suit me paraît également déraisonnable :
*Oedipe* demande s'il ne revint personne de la suite de
*Laïus*, à qui l'on puisse en demander des nouvelles.
On lui répond, qu'*un de ceux qui accompagnaient ce
malheureux roi s'étant sauvé, vint dire dans Thèbes que
Laïus avait été assassiné par des voleurs, qui n'étaient
pas en petit, mais en grand nombre.*

Comment se peut-il faire qu'un témoin de la
mort de *Laïus* dise que son maître a été accablé sous
le nombre, lorsqu'il est pourtant vrai que c'est un
homme seul qui a tué *Laïus* et toute sa suite ?

Pour comble de contradiction, *Oedipe* dit, au
second acte, qu'il a ouï dire que *Laïus* avait été
tué par des voyageurs, mais qu'il n'y a personne
qui dise l'avoir vu : et *Jocaste*, au troisième acte,
en parlant de la mort de ce roi, s'explique ainsi à
*Oedipe* :

*Soyez bien persuadé, Seigneur, que celui qui accom-
pagnait Laïus a rapporté que son maître avait été assassiné
par des voleurs : il ne saurait changer présentement, ni
parler d'une autre manière : toute la ville l'a entendu
comme moi.*

Les Thébains auraient été bien plus à plaindre,
si l'énigme du Sphinx n'avait pas été plus aisée à
deviner que toutes ces contradictions.

Mais ce qui est encore plus étonnant, ou plutôt
ce qui ne l'est point après de telles fautes contre la
vraisemblance, c'est qu'*Oedipe*, lorsqu'il apprend que
*Phorbas* vit encore, ne songe pas seulement à le
faire chercher ; il s'amuse à faire des imprécations
et à consulter les oracles, sans donner ordre qu'on
amène devant lui le seul homme qui pouvait lui

fournir des lumières. Le chœur lui-même, qui eft fi intéreffé à voir finir les malheurs de Thèbes, et qui donne toujours des confeils à *Oedipe*, ne lui donne pas celui d'interroger ce témoin de la mort du feu roi; il le prie feulement d'envoyer chercher *Tiréfie*.

Enfin *Phorbas* arrive au quatrième acte. Ceux qui ne connaiffent point *Sophocle*, s'imaginent, fans doute, qu'*Oedipe*, impatient de connaître le meurtrier de *Laïus*, et de rendre la vie aux Thébains, va l'interroger avec empreffement fur la mort du feu roi. Rien de tout cela. *Sophocle* oublie que la vengeance de la mort de *Laïus* eft le fujet de fa pièce. On ne dit pas un mot à *Phorbas* de cette aventure, et la tragédie finit fans que *Phorbas* ait feulement ouvert la bouche fur la mort du roi fon maître. Mais continuons à examiner de fuite l'ouvrage de *Sophocle*.

Lorfque *Créon* a appris à *Oedipe* que *Laïus* a été affaffiné par des voleurs, qui n'étaient pas en petit, mais en grand nombre, *Oedipe* répond, au fens de plufieurs interprètes : *Comment des voleurs auraient-ils pu entreprendre cet attentat, puifque Laïus n'avait point d'argent fur lui ?* La plupart des autres fcholiaftes entendent autrement ce paffage, et font dire à *Oedipe* : *Comment des voleurs auraient-ils pu entreprendre cet attentat, fi on ne leur avait donné de l'argent ?* Mais ce fens-là n'eft guère plus raifonnable que l'autre : on fait que des voleurs n'ont pas befoin qu'on leur promette de l'argent pour les engager à faire un mauvais coup.

Puifqu'il dépend fouvent des fcholiaftes de faire dire tout ce qu'ils veulent à leurs auteurs , que leur coûterait-il de leur donner un peu de bon fens?

*Oedipe* , au commencement du fecond acte , au lieu de mander *Phorbas* , fait venir devant lui *Tiréfie*. Le roi et le devin commencent par fe mettre en colère l'un contre l'autre; *Tiréfie* finit par lui dire :

*C'eft vous qui êtes le meurtrier de Laïus ; vous vous croyez fils de Polybe , roi de Corinthe ; vous ne l'êtes point ; vous êtes thébain. La malédiction de votre père et de votre mère vous a autrefois éloigné de cette terre; vous y êtes revenu , vous avez tué votre père , vous avez époufé votre mère, vous êtes l'auteur d'un incefte et d'un parricide; et fi vous trouvez que je mente, dites que je ne fuis pas prophète.*

Tout cela ne reffemble guère à l'ambiguité ordinaire des oracles. Il était difficile de s'expliquer moins obfcurément ; et fi vous joignez aux paroles de *Tiréfie* le reproche qu'un ivrogne a fait autrefois à *Oedipe* , qu'il n'était pas fils de *Polybe ;* et l'oracle d'Apollon, qui lui prédit qu'il tuerait fon père et qu'il épouferait fa mère; vous trouverez que la pièce eft entièrement finie au commencement de ce fecond acte.

Nouvelle preuve que *Sophocle* n'avait pas perfectionné fon art, puifqu'il ne favait pas même préparer les événemens ni cacher fous le voile le plus mince la cataftrophe de fes pièces.

Allons plus loin. *Oedipe* traite *Tiréfie* de *fou* et de *vieux enchanteur :* cependant , à moins que l'efprit ne lui ait tourné, il doit le regarder comme un véritable prophète. Eh ! de quel étonnement, de quelle horreur ne doit-il point être frappé, en apprenant de la bouche de *Tiréfie* tout ce qu'*Apollon* lui a prédit autrefois ? Quel retour ne doit-il point faire fur lui-même, en apprenant ce rapport fatal qui fe trouve entre les reproches qu'on lui a faits à Corinthe qu'il n'était qu'un fils fuppofé, et les oracles de Thèbes qui lui difent qu'il eft thébain ? entre *Apollon* qui lui a prédit qu'il épouferait fa mère et qu'il tuerait fon père, et *Tiréfie* qui lui apprend que fes deftins affreux font remplis ? Cependant, comme s'il avait perdu la mémoire de ces événemens épouvantables, il ne lui vient d'autre idée que de foupçonner *Créon*, fon *ancien et fidèle ami*, ( comme il l'appelle ) d'avoir tué *Laïus;* et cela fans aucune raifon, fans aucun fondement, fans que le moindre jour puiffe autorifer fes foupçons, et ( puifqu'il faut appeler les chofes par leur nom ) avec une extravagance dont il n'y a guère d'exemples parmi les modernes, ni même parmi les anciens.

*Quoi, tu ofes paraître devant moi !* dit-il à *Créon : tu as l'audace d'entrer dans ce palais, toi qui es affurément le meurtrier de Laïus, et qui as manifeftement confpiré contre moi pour me ravir ma couronne !*

*Voyons, dis-moi, au nom des Dieux, as-tu remarqué en moi de la lâcheté ou de la folie, pour que tu ayes entrepris un fi hardi deffein ? N'eft-ce pas la plus folle de toutes les entreprifes que d'afpirer à la royauté fans*

*troupes et sans amis ; comme si, sans ce secours, il était*
*aisé de monter au trône ?*

*Créon* lui répond :

*Vous changerez de sentiment si vous me donnez le temps*
*de parler. Pensez-vous qu'il y ait un homme au monde qui*
*préférât d'être roi avec toutes les frayeurs et toutes les*
*craintes qui accompagnent la royauté, à vivre dans le*
*sein du repos avec toute la sureté d'un particulier, qui,*
*sous un autre nom, posséderait la même puissance ?*

Un prince qui serait accusé d'avoir conspiré
contre son roi, et qui n'aurait d'autre preuve de
son innocence que le verbiage de *Créon*, aurait
grand besoin de la clémence de son maître. Après
tous ces longs discours, étrangers au sujet, *Créon*
demande à *Oedipe :*

*Voulez-vous me chasser du royaume ?* ( *b* )

OEDIPE.

*Ce n'est pas ton exil que je veux ; je te condamne à la*
*mort.*

CREON.

*Il faut que vous fassiez voir auparavant si je suis*
*coupable.*

OEDIPE.

*Tu parles en homme résolu de ne pas obéir.*

CREON.

*C'est parce que vous êtes injuste.*

( *b* ) On avertit qu'on a suivi par-tout la traduction de M. *Dacier.*

OEDIPE.

*Je prends mes suretés.*

CREON.

*Je dois prendre aussi les miennes.*

OEDIPE.

*O Thèbes! Thèbes!*

CREON.

*Il m'est permis de crier aussi : Thèbes! Thèbes!*

*Jocaste* vient pendant ce beau discours, et le chœur la prie d'emmener le roi ; proposition très-sage : car, après toutes les folies qu'*Oedipe* vient de faire, on ne ferait pas mal de l'enfermer.

JOCASTE.

*J'emmènerai mon mari, quand j'aurai appris la cause de ce désordre.*

LE CHOEUR.

*Oedipe et Créon ont eu ensemble des paroles sur des rapports fort incertains. On se pique souvent sur des soupçons très-injustes.*

JOCASTE.

*Cela est-il venu de l'un et de l'autre?*

LE CHOEUR.

*Oui, Madame.*

JOCASTE.

*Quelles paroles ont-ils donc eues?*

### LE CHŒUR.

*C'est assez, Madame ; les princes n'ont pas poussé la chose plus loin, et cela suffit.*

Effectivement, comme si cela suffisait, *Jocaste* n'en demande pas davantage au chœur.

C'est dans cette scène qu'*Oedipe* raconte à *Jocaste*, qu'un jour, à table, un homme ivre lui reprocha qu'il était un fils supposé : *J'allai, continue-t-il, trouver le roi et la reine ; je les interrogeai sur ma naissance ; ils furent tous deux très-fâchés du reproche qu'on m'avait fait. Quoique je les aimasse avec beaucoup de tendresse, cette injure qui était devenue publique, ne laissa pas de me demeurer sur le cœur, et de me donner des soupçons. Je partis donc, à leur insu, pour aller à Delphes : Apollon ne daigna pas répondre précisément à ma demande ; mais il me dit les choses les plus affreuses et les plus épouvantables dont on ait jamais ouï parler ; que j'épouserais infailliblement ma propre mère ; que je ferais voir aux hommes une race malheureuse qui les remplirait d'horreur ; et que je serais le meurtrier de mon père.*

Voilà encore la pièce finie. On avait prédit à *Jocaste* que son fils tremperait ses mains dans le sang de *Laïus*, et porterait ses crimes jusqu'au lit de sa mère. Elle avait fait exposer ce fils sur le mont Cithéron, et lui avait fait percer les talons : ( comme elle l'avoue dans cette même scène ) *Oedipe* porte encore les cicatrices de cette blessure ; il sait qu'on lui a reproché qu'il n'était point fils de *Polybe* : tout cela n'est-il pas pour *Oedipe* et pour *Jocaste* une démonſtration de leurs malheurs? et n'y a-t-il pas un aveuglement ridicule à en douter?

Je ſais que *Jocaſte* ne dit point dans cette ſcène qu'elle dût un jour épouſer ſon fils ; mais cela même eſt une nouvelle faute. Car lorſque *Oedipe* dit à *Jocaſte : On m'a prédit que je ſouillerais le lit de ma mère, et que mon père ſerait maſſacré par mes mains, Jocaſte* doit répondre ſur le champ, *on en avait prédit autant à mon fils;* ou du moins elle doit faire ſentir au ſpectateur qu'elle eſt convaincue dans ce moment de ſon malheur.

Tant d'ignorance dans *Oedipe* et dans *Jocaſte* n'eſt qu'un artifice groſſier du poëte qui, pour donner à ſa pièce une juſte étendue, fait filer juſqu'au cinquième acte une reconnaiſſance déjà manifeſtée au ſecond, et qui viole les règles du ſens commun, pour ne point manquer en apparence à celles du théâtre.

Cette même faute ſubſiſte dans tout le cours de la pièce.

Cet *Oedipe*, qui expliquait les énigmes, n'entend pas les choſes les plus claires. Lorſque le paſteur de Corinthe lui apporte la nouvelle de la mort de *Polybe*, et qu'il lui apprend que *Polybe* n'était pas ſon père, qu'il a été expoſé par un thébain ſur le mont Cithéron, que ſes pieds avaient été percés et liés avec des courroies, *Oedipe* ne ſoupçonne rien encore. Il n'a d'autre crainte que d'être né d'une famille obſcure ; et le *chœur*, toujours préſent dans le cours de la pièce, ne prête aucune attention à tout ce qui aurait dû inſtruire *Oedipe* de ſa naiſſance. Le *chœur*, qu'on donne pour une aſſemblée de gens éclairés, montre aussi peu de pénétration qu'*Oedipe*; et dans le temps que les Thébains devraient être saisis de pitié et d'horreur à la vue des malheurs dont ils sont témoins, ils s'écrient : *Si je puis juger de l'avenir, et si je ne me trompe dans mes conjectures, Cithéron, le jour de demain ne se passera pas que vous ne nous fassiez connaître la patrie et la mère d'Oedipe, et que nous ne menions des danses en votre honneur, pour vous rendre grâces du plaisir que vous aurez fait à nos princes. Et vous, Prince, duquel des dieux êtes-vous donc fils ? Quelle nymphe vous a eu de Pan, dieu des montagnes? Etes-vous le fruit des amours d'Apollon ? car Apollon se plaît aussi sur les montagnes. Est-ce Mercure, ou Bacchus, qui se tient aussi sur les sommets des montagnes?* &c.

Enfin celui qui a autrefois exposé *Oedipe* arrive sur la scène. *Oedipe* l'interroge sur sa naissance; curiosité que M. *Dacier* condamne après *Plutarque*, et qui me paraîtrait la seule chose raisonnable qu'*Oedipe* eût faite dans toute la pièce, si cette juste envie de se connaître n'était pas accompagnée d'une ignorance ridicule de lui-même.

*Oedipe* fait donc enfin tout son sort au quatrième acte. Voilà donc encore la pièce finie.

M. *Dacier*, qui a traduit l'Oedipe de *Sophocle*, prétend que le spectateur attend avec beaucoup d'impatience le parti que prendra *Jocaste*, et la manière dont *Oedipe* accomplira sur lui-même les malédictions qu'il a prononcées contre le meurtrier de *Laïus*. J'avais été séduit là-dessus par le respect que j'ai pour ce savant homme, et j'étais de son sentiment lorsque je lus sa traduction. La repréfentation de ma pièce m'a bien détrompé ; et j'ai reconnu qu'on peut fans péril louer tant qu'on veut les poëtes grecs, mais qu'il eft dangereux de les imiter.

J'avais pris dans *Sophocle* une partie du récit de la mort de *Jocafte* et de la cataftrophe d'*Oedipe*. J'ai fenti que l'attention du fpectateur diminuait avec fon plaifir au récit de cette cataftrophe ; les efprits remplis de terreur au moment de la reconnaiffance, n'écoutaient plus qu'avec dégoût la fin de la pièce. Peut-être que la médiocrité des vers en était la caufe ; peut-être que le fpectateur, à qui cette cataftrophe eft connue, regrettait de n'entendre rien de nouveau ; peut-être auffi que la terreur ayant été pouffée à fon comble, il était impoffible que le refte ne parût languiffant. Quoi qu'il en foit, je me fuis cru obligé de retrancher ce récit, qui n'était pas de plus de quarante vers ; et dans *Sophocle*, il tient tout le cinquième acte. Il y a grande apparence qu'on ne doit point paffer à un ancien deux ou trois cents vers inutiles ; lorfqu'on n'en paffe pas quarante à un moderne.

M. *Dacier* avertit dans fes notes que la pièce de *Sophocle* n'eft point finie au quatrième acte. N'eft-ce pas avouer qu'elle eft finie, que d'être obligé de prouver qu'elle ne l'eft pas ? On ne fe trouve pas dans la néceffité de faire de pareilles notes fur les tragédies de *Corneille* et de *Racine ;* il n'y a que les Horaces qui auraient befoin d'un tel commentaire ; mais le cinquième acte des Horaces n'en paraîtrait pas moins défectueux.

Je ne puis m'empêcher de parler ici d'un endroit

du cinquième acte de *Sophocle*, que *Longin* a admiré et que *Boileau* a traduit.

> Hymen, funeſte hymen, tu m'as donné la vie ;
> Mais dans ces mêmes flancs où je fus renfermé,
> Tu fais rentrer ce ſang dont tu m'avais formé ;
> Et par-là tu produis et des fils et des pères,
> Des frères, des maris, des femmes et des mères,
> Et tout ce que du fort la maligne fureur
> Fit jamais voir au jour et de honte et d'horreur.

Premièrement, il fallait exprimer que c'eſt dans la même perſonne qu'on trouve ces mères et ces maris ; car il n'y a point de mariage qui ne produiſe de tout cela. En ſecond lieu, on ne paſſerait pas aujourd'hui à *Oedipe* de faire une ſi curieuſe recherche des circonſtances de ſon crime, et d'en combiner ainſi toutes les horreurs ; tant d'exactitude à compter tous ſes titres inceſtueux, loin d'ajouter à l'atrocité de l'action, ſemble plutôt l'affaiblir.

Ces deux vers de *Corneille* diſent beaucoup plus.

> Ce ſont eux qui m'ont fait l'aſſaſſin de mon père ;
> Ce ſont eux qui m'ont fait le mari de ma mère.

Les vers de *Sophocle* ſont d'un déclamateur, et ceux de *Corneille* ſont d'un poëte.

Vous voyez que dans la critique de l'Oedipe de *Sophocle*, je ne me ſuis attaché à relever que les défauts qui ſont de tous les temps et de tous les lieux ; les contradictions, les abſurdités, les vaines déclamations ſont des fautes par tout pays.

Je

Je ne fuis point étonné que, malgré tant d'imperfections, *Sophocle* ait furpris l'admiration de fon
fiècle. L'harmonie de fes vers et le pathétique qui
règne dans fon ftyle ont pu féduire les Athéniens
qui, avec tout leur efprit et toute leur politeffe, ne
pouvaient avoir une jufte idée de la perfection d'un
art qui était encore dans fon enfance.

· *Sophocle* touchait au temps où la tragédie fut
inventée : *Efchyle*, contemporain de *Sophocle*, était le
premier qui fe fût avifé de mettre plufieurs perfonnages fur la fcène. Nous fommes auffi touchés
de l'ébauche la plus groffière dans les premières
découvertes d'un art, que des beautés les plus
achevées lorfque la perfection nous eft une fois
connue. Ainfi *Sophocle* et *Euripide*, tout imparfaits
qu'ils font, ont autant réuffi chez les Athéniens
que *Corneille* et *Racine* parmi nous. Nous devons
nous-mêmes, en blâmant les tragédies des Grecs,
refpecter le génie de leurs auteurs ; leurs fautes
font fur le compte de leur fiècle, leurs beautés
n'appartiennent qu'à eux ; et il eft à croire que s'ils
étaient nés de nos jours, ils auraient perfectionné
l'art qu'ils ont prefque inventé de leur temps.

Il eft vrai qu'ils font bien déchus de cette haute
eftime où ils étaient autrefois; leurs ouvrages font
aujourd'hui ou ignorés, ou méprifés ; mais je crois
que cet oubli et ce mépris font au nombre des
injuftices dont on peut accufer notre fiècle. Leurs
ouvrages méritent d'être lus, fans doute ; et s'ils
font trop défectueux pour qu'on les approuve, ils
font auffi trop pleins de beautés pour qu'on les
méprife entièrement.

*Théâtre.* Tome I.                                    C

*Euripide* fur-tout, qui me paraît fi fupérieur à *Sophocle*, et qui ferait le plus grand des poëtes s'il était né dans un temps plus éclairé, a laiffé des ouvrages qui décèlent un génie parfait, malgré les imperfections de fes tragédies.

Eh ! quelle idée ne doit-on point avoir d'un poëte qui a prêté des fentimens à *Racine* même ? Les endroits que ce grand homme a traduits d'*Euripide*, dans fon inimitable rôle de Phèdre, ne font pas les moins beaux de fon ouvrage.

Dieux, que ne fuis-je affife à l'ombre des forêts !
Quand pourrai-je, au travers d'une noble pouffière,
Suivre de l'œil un char fuyant dans la carrière !
........ Infenfée ! où fuis-je et qu'ai-je dit ?
Où laiffai-je égarer mes vœux et mon efprit ?
Je l'ai perdu ; les dieux m'en ont ravi l'ufage.
Oenone, la rougeur me couvre le vifage ;
Je te laiffe trop voir mes honteufes douleurs,
Et mes yeux, malgré moi, fe rempliffent de pleurs.

Prefque toute cette fcène eft traduite mot pour mot d'*Euripide*. Il ne faut pas cependant que le lecteur, féduit par cette traduction, s'imagine que la pièce d'*Euripide* foit un bon ouvrage. Voilà le feul bel endroit de fa tragédie, et même le feul raifonnable ; car c'eft le feul que *Racine* ait imité. Et comme on ne s'avifera jamais d'approuver l'Hippolyte de *Sénèque*, quoique *Racine* ait pris dans cet auteur toute la déclaration de *Phèdre* ; auffi ne doit-on pas admirer l'Hippolyte d'*Euripide*, pour trente ou quarante vers qui se sont trouvés dignes d'être imités par le plus grand de nos poëtes.

*Molière* prenait quelquefois des scènes entières dans *Cyrano de Bergerac*, et disait pour son excuse : *Cette scène est bonne, elle m'appartient de droit; je reprends mon bien par-tout où je le trouve.*

*Racine* pouvait à peu-près en dire autant d'*Euripide*.

Pour moi, après vous avoir dit bien du mal de *Sophocle*, je suis obligé de vous en dire tout le bien que j'en fais ; tout différent en cela des médisans, qui commencent toujours par louer un homme, et qui finissent par le rendre ridicule.

J'avoue que peut-être, sans *Sophocle*, je ne serais jamais venu à bout de mon Oedipe ; je ne l'aurais même jamais entrepris. Je traduisis d'abord la première scène de mon quatrième acte : celle du grand prêtre qui accuse le roi est entièrement de lui : la scène des deux vieillards lui appartient encore. Je voudrais lui avoir d'autres obligations, je les avouerais avec la même bonne foi. Il est vrai que, comme je lui dois des beautés, je lui dois aussi des fautes, et j'en parlerai dans l'examen de ma pièce, où j'espère vous rendre compte des miennes.

# L E T T R E   I V.

*Contenant la critique de l'Oedipe de Corneille.*

Monsieur, après vous avoir fait part de mes sentimens sur l'Oedipe de *Sophocle*, je vous dirai ce que je pense de celui de *Corneille*. Je respecte beaucoup

plus, fans doute, ce tragique français que le
grec; mais je refpecte encore plus la vérité, à qui
je dois les premiers égards. Je crois même que
quiconque ne fait pas connaître les fautes des
grands hommes, eft incapable de fentir le prix de
leurs perfections. J'ofe donc critiquer l'Oedipe de
*Corneille;* et je le ferai avec d'autant plus de liberté,
que je ne crains point que vous me foupçonniez
de jaloufie, ni que vous me reprochiez de vouloir
m'égaler à lui. C'eft en l'admirant que je hafarde ma
cenfure; et je crois avoir une eftime plus véritable
pour ce fameux poëte, que ceux qui jugent de
l'Oedipe par le nom de l'auteur, non par l'ouvrage
même, et qui euffent méprifé dans tout autre ce
qu'ils admirent dans l'auteur de Cinna.

*Corneille* fentit bien que la fimplicité, ou plutôt
la féchereffe de la tragédie de *Sophocle,* ne pouvait
fournir toute l'étendue qu'exigent nos pièces de
théâtre. On fe trompe fort, lorfqu'on penfe que
tous ces fujets, traités autrefois avec fuccès par
*Sophocle* et par *Euripide,* l'Oedipe, le Philoctete,
l'Electre, l'Iphigénie en Tauride, font des fujets
heureux et aifés à manier; ce font les plus ingrats
et les plus impraticables : ce font des fujets d'une
ou de deux fcènes tout au plus, et non pas d'une
tragédie. Je fais qu'on ne peut guère voir fur le
théâtre des événemens plus affreux ni plus atten-
driffans; et c'eft cela même qui rend le fuccès plus
difficile. Il faut joindre à ces événemens des paffions
qui les préparent : fi ces paffions font trop fortes,
elles étouffent le fujet; fi elles font trop faibles, elles
languiffent. Il fallait que *Corneille* marchât entre ces

deux extrémités, et qu'il suppléât, par la fécondité de son génie, à l'aridité de la matière. Il choisit donc l'épisode de *Thésée* et de *Dircé* ; et quoique cet épisode ait été universellement condamné, quoique *Corneille* eût pris dès long-temps la glorieuse habitude d'avouer ses fautes, il ne reconnut point celle-ci ; et parce que cet épisode était tout entier de son invention, il s'en applaudit dans sa préface : tant il est difficile aux plus grands hommes, et même aux plus modestes, de se sauver des illusions de l'amour propre!

Il faut avouer que *Thésée* joue un étrange rôle pour un héros. Au milieu des maux les plus horribles dont un peuple puisse être accablé, il débute par dire que,

Quelque ravage affreux que fasse ici la peste,
L'absence aux vrais amans est encor plus funeste.

Et parlant, dans la seconde scène, à *Oedipe :*

Il veut lui faire voir un beau feu dans son sein,
Et tâcher d'obtenir un aveu favorable,
Qui peut faire un heureux d'un amant misérable.
. . . . . . . . Il est vrai, j'aime en votre palais;
Chez vous est la beauté qui fait tout mes souhaits.
Vous l'aimez à l'égal d'Antigone et d'Ismène,
Elle tient même rang chez vous et chez la reine ;
En un mot, c'est leur sœur, la princesse Dircé,
Dont les yeux. . . .

*Oedipe* répond :

. . . . Quoi! ses yeux, Prince, vous ont blessé?

C 3

Je fuis fâché pour vous que la reine fa mère
Ait fu vous prévenir pour un fils de fon frère.
Ma parole eft donnée, et je n'y puis plus rien :
Mais je crois qu'après tout fes fœurs la valent bien.

### T H E S É E.

Antigone eft parfaite, Ifmène eft admirable ;
Dircé, fi vous voulez, n'a rien de comparable ;
Elles font, l'une et l'autre, un chef-d'œuvre des cieux;
Mais...
Ce n'eft pas offenfer deux fi charmantes fœurs,
Que voir en leur aînée auffi quelques douceurs.

Il faut avouer que les difcours de *Guillot-Gorju*
et de *Tabarin* ne font guère différens.

Cependant l'ombre de *Laïus* demande un prince
ou une princeffe de fon fang pour victime ; *Dircé*,
feul refte du fang de ce roi, eft prête à s'immoler
fur le tombeau de fon père : *Théfée*, qui veut mourir
pour elle, lui fait accroire qu'il eft fon frère, et ne
laiffe pas de lui parler d'amour, malgré la nouvelle
parenté.

J'ai mêmes yeux encore, et vous mêmes appas.
Mon cœur n'écoute point ce que le fang veut dire;
C'eft d'amour qu'il gémit, c'eft d'amour qu'il foupire;
Et pour pouvoir fans crime en goûter la douceur,
Il fe révolte exprès contre le nom de fœur.

Cependant, qui le croirait ? *Théfée*, dans cette
même fcène, fe laffe de fon ftratagême. Il ne peut pas
foutenir plus long-temps le perfonnage de frère; et

fans attendre que le frère de *Dircé* foit connu, il lui avoue toute la feinte et la remet par-là dans le péril dont il voulait la tirer, en lui difant pourtant :

Que l'amour, pour défendre une fi chère vie,
Peut faire vanité d'un peu de tromperie.

Enfin, lorfque *Oedipe* reconnaît qu'il eft le meurtrier de *Laïus;* *Théfée*, au lieu de plaindre ce malheureux roi, lui propofe un duel pour le lendemain; et il époufe *Dircé* à la fin de la pièce. Ainfi la paffion de *Théfée* fait tout le fujet de la tragédie, et les malheurs d'*Oedipe* n'en font que l'épifode.

*Dircé*, perfonnage plus défectueux que *Théfée*, paffe tout fon temps à dire des injures à *Oedipe* et à fa mère; elle dit à *Jocafte*, fans détour, qu'elle eft indigne de vivre.

Votre fecond hymen peut avoir d'autres caufes;
Mais j'oferai vous dire, à bien juger des chofes,
Que, pour avoir puifé la vie en votre flanc,
J'y dois avoir fucé fort peu de votre fang.
Celui du grand Laïus dont je m'y fuis formée,
Trouve bien qu'il eft doux d'aimer et d'être aimée;
Mais il ne trouve pas qu'on foit digne du jour,
Lorfqu'aux foins de fa gloire on préfère l'amour.

Il eft étonnant que *Corneille*, qui a fenti ce défaut, ne l'ait connu que pour l'excufer. *Ce manque de refpect*, dit-il, *de Dircé envers fa mère, ne peut être une faute de théâtre, puifque nous ne fommes pas obligés de rendre parfaits ceux que nous y fefons voir*. Non, fans doute, on n'eft pas obligé de faire des gens de bien de tous fes perfonnages ; mais les bienféances exigent du moins, qu'une princeffe qui a affez de vertu pour vouloir fauver fon peuple aux dépens de fa vie, en ait affez pour ne point dire des injures atroces à fa mère.

Pour *Jocafte*, dont le rôle devrait être intéreffant, puifqu'elle partage tous les malheurs d'*Oedipe*, elle n'en eft pas même le témoin ; elle ne paraît point au cinquième acte, lorfque *Oedipe* apprend qu'il eft fon fils : en un mot, c'eft un perfonnage abfolument inutile, qui ne fert qu'à raifonner avec *Théfée*, et à excufer les infolences de fa fille qui agit, dit-elle,

En amante à bon titre, en princeffe avifée.

Finiffons par examiner le rôle d'*Oedipe*, et avec lui la contexture du poëme.

*Oedipe* commence par vouloir marier une de fes filles avant que de s'attendrir fur les malheurs des Thébains ; bien plus condamnable en cela que *Théfée* qui, n'étant point chargé comme lui du falut de tout ce peuple, peut fans crime écouter fa paffion.

Cependant, comme il fallait bien dire au premier acte quelque chofe du fujet de la pièce, on en touche un mot dans la cinquième fcène. *Oedipe* foupçonne que les dieux font irrités contre les Thébains, parce que *Jocafte* avait autrefois fait expofer fon fils, et trompé par-là les oracles des dieux, qui prédifaient que ce fils tuerait fon père et épouferait fa mère.

Il me femble qu'il doit plutôt croire que les dieux

font satisfaits que *Jocaſte* ait étouffé un monſtre au berceau; et vraiſemblablement ils n'ont prédit les crimes de ce fils qu'afin qu'on l'empêchât de les commettre.

*Jocaſte* ſoupçonne, avec auſſi peu de fondement, que les dieux puniſſent les Thébains de n'avoir pas vengé la mort de *Laïus*. Elle prétend qu'on n'a jamais pu venger cette mort ; comment donc peut - elle croire que les dieux la puniſſent de n'avoir pas fait l'impoſſible ?

Avec moins de fondement encore, *Oedipe* répond :

Pourrons-nous en punir des brigands inconnus,
Que peut-être jamais en ces lieux on n'a vus ?
Si vous m'avez dit vrai, peut-être ai-je moi-même
Sur trois de ces brigands vengé le diadême.

. . . . . . . . . . . . . . .

Au lieu même, au temps même, attaqué ſeul par trois,
J'en laiſſai deux ſans vie, et mis l'autre aux abois.

*Oedipe* n'a aucune raiſon de croire que ces trois voyageurs fuſſent des brigands, puiſqu'au quatrième acte, lorſque *Phorbas* paraît devant lui, il lui dit :

Et tu fus un des trois que je fus arrêter
Dans ce paſſage étroit qu'il fallut diſputer.

S'il les a arrêtés lui-même, et s'il ne les a combattus que parce qu'ils ne voulaient pas lui céder le pas, il n'a point dû les prendre pour des voleurs, qui font ordinairement très-peu de cas des cérémonies, et qui ſongent plutôt à dépouiller les paſſans qu'à leur diſputer le haut du pavé.

Mais il me femble qu'il y a dans cet endroit une faute encore plus grande. *Oedipe* avoue à *Jocafte* qu'il s'eft battu contre trois inconnus au temps même et au lieu même où *Laïus* a été tué. *Jocafte* fait que *Laïus* n'avait avec lui que deux compagnons de voyage. Ne devait-elle donc pas foupçonner que *Laïus* eft peut-être mort de la main d'*Oedipe* ? Cependant elle ne fait nulle attention à cet aveu, de peur que la pièce ne finifle au premier acte; elle ferme les yeux fur les lumières qu'*Oedipe* lui donne ; et jufqu'à la fin du quatrième acte, il n'eft pas dit un mot de la mort de *Laïus*, qui pourtant eft le fujet de la pièce. Les amours de *Théfée* et de *Dircé* occupent toute la fcène.

C'eft au quatrième acte qu'*Oedipe*, en voyant *Phorbas*, s'écrie :

C'eft un de mes brigands à la mort échappé,
Madame, et vous pouvez lui choifir des fupplices :
S'il n'a tué Laïus, il fut un des complices.

Pourquoi prendre *Phorbas* pour un brigand ? et pourquoi affirmer avec tant de certitude qu'il eft complice de la mort de *Laïus* ? Il me paraît que l'Oedipe de *Corneille* accufe *Phorbas* avec autant de légèreté que l'Oedipe de *Sophocle* accufe *Créon*.

Je ne parle point de l'action gigantefque d'*Oedipe*, qui tue trois hommes tout feul dans *Corneille*, et qui en tue fept dans *Sophocle*. Mais il eft bien étrange qu'*Oedipe* fe fouvienne, après feize ans, de tous les traits de ces trois hommes ; *Que l'un avait le poil noir , la mine affez farouche, le front cicatrifé, et le regard un peu louche; que l'autre avait le teint frais et l'œil perçant, qu'il était chauve fur le devant et mêlé fur le derrière;* et pour rendre la chofe encore moins vraifemblable, il ajoute :

> On en peut voir en moi la taille et quelques traits.

Ce n'était point à *Oedipe* à parler de cette reffemblance ; c'était à *Jocafte* qui , ayant vécu avec l'un et avec l'autre, pouvait en être bien mieux informée qu'*Oedipe* qui n'a jamais vu *Laïus* qu'un moment en fa vie. Voilà comme *Sophocle* a traité cet endroit; mais il fallait que *Corneille*, ou n'eût point lu du tout *Sophocle*, ou le méprisât beaucoup, puifqu'il n'a rien emprunté de lui, ni beautés ni défauts.

Cependant, comment fe peut - il faire qu'*Oedipe* ait feul tué *Laïus*, et que *Phorbas*, qui a été bleffé à côté de ce roi, dife pourtant qu'il a été tué par des voleurs? Il était difficile de concilier cette contradiction; et *Jocafte*, pour toute réponfe, dit que

> C'eft un conte,
> Dont Phorbas, au retour, voulut cacher fa honte.

Cette petite tromperie de *Phorbas* devait-elle être le nœud de la tragédie d'Oedipe ? Il s'eft pourtant trouvé des gens qui ont admiré cette puérilité ; et un homme, diftingué à la cour par fon efprit , m'a dit que c'était-là le plus bel endroit de *Corneille*.

Au cinquième acte, *Oedipe*, honteux d'avoir époufé la veuve d'un roi qu'il a maffacré, dit qu'il veut fe bannir et retourner à Corinthe ; et cependant il envoie chercher *Théfée* et *Dircé*,

> Pour lire dans leur ame
> S'ils prêteraient la main à quelque fourde trame.

Et que lui importent les fourdes trames de *Dircé*, et les prétentions de cette princeffe fur une couronne à laquelle il renonce pour jamais ?

Enfin, il me paraît qu'*Oedipe* apprend avec trop de froideur fon affreufe aventure. Je fais qu'il n'eft point coupable, et que fa vertu peut le confoler d'un crime involontaire. Mais s'il a affez de fermeté dans l'efprit pour fentir qu'il n'eft que malheureux, doit-il fe punir de fon malheur ? Et s'il eft affez furieux et affez défefpéré pour fe crever les yeux, doit-il être affez froid pour dire à *Dircé*, dans un moment fi terrible :

> Votre frère eft connu, le favez-vous, Madame ?
> Votre amour pour Théfée eft dans un plein repos.
>
> . . . . . . . . . .
>
> Aux crimes, malgré moi, l'ordre du ciel m'attache ;
> Pour m'y faire tomber, à moi-même il me cache ;
> Il offre, en m'aveuglant fur ce qu'il a prédit,
> Mon père à mon épée et ma mère à mon lit.
> Hélas ! qu'il eft bien vrai qu'en vain on s'imagine
> Dérober notre vie à ce qu'il nous deftine !
> Les foins de l'éviter font courir au-devant,
> Et l'adreffe à le fuir y plonge plus avant.

Doit-il refter fur le théâtre à débiter plus de quatre-vingts vers avec *Dircé* et avec *Théfée* qui eft un-étranger pour lui, tandis que *Jocaſte*, ſa femme et ſa mère, ne ſait encore rien de ſon aventure, et ne paraît pas ſur la ſcène?

Voilà à peu-près les principaux défauts que j'ai cru apercevoir dans l'Oedipe de *Corneille*. Je m'abuſe peut-être; mais je parle de ſes fautes avec la même ſincérité que j'admire les beautés qui y ſont répandues; et quoique les beaux morceaux de cette pièce me paraiſſent très-inférieurs aux grands traits de ſes autres tragédies, je déſeſpère pourtant de les égaler jamais; car ce grand homme eſt toujours au‐deſſus des autres, lors même qu'il n'eſt pas entièrement égal à lui-même.

Je ne parle point de la verſification; on ſait qu'il n'a jamais fait de vers ſi faibles et ſi indignes de la tragédie. En éffet, *Corneille* ne connaiſſait guère la médiocrité, et il tombait dans le bas avec la même facilité qu'il s'élevait au ſublime.

J'eſpère que vous me pardonnerez, Monſieur, la témérité avec laquelle je parle, ſi pourtant c'en eſt une de trouver mauvais ce qui eſt mauvais, et de reſpecter le nom de l'auteur ſans en être l'eſclave.

Et quelles fautes voudrait-on que l'on relevât? Serait-ce celles des auteurs médiocres, dont on ignore tout juſqu'aux défauts? C'eſt ſur les imperfections des grands hommes qu'il faut attacher ſa critique; car ſi le préjugé nous feſait admirer leurs fautes, bientôt nous les imiterions, et il ſe trouverait peut-être que nous n'aurions pris de ces célèbres écrivains que l'exemple de mal faire.

# LETTRE V.

*Qui contient la critique du nouvel Oedipe.*

MONSIEUR, me voilà enfin parvenu à la partie de ma diſſertation la plus aiſée, c'eſt-à-dire, à la critique de mon ouvrage ; et pour ne point perdre de temps, je commencerai par le premier défaut, qui eſt celui du ſujet. Régulièrement, la pièce d'Oedipe devrait finir au premier acte. Il n'eſt pas naturel qu'*Oedipe* ignore comment ſon prédéceſſeur eſt mort. *Sophocle* ne s'eſt point mis du tout en peine de corriger cette faute ; *Corneille*, en voulant la ſauver, a fait encore plus mal que *Sophocle* ; et je n'ai pas mieux réuſſi qu'eux. *Oedipe*, chez moi, parle ainſi à *Jocaſte* :

> On m'avait toujours dit que ce fut un thébain
> Qui leva ſur ſon prince une coupable main.
> Pour moi qui, ſur ſon trône élevé par vous-même,
> Deux ans après ſa mort, ai ceint le diadême ;
> Madame, juſqu'ici, reſpectant vos douleurs,
> Je n'ai point rappelé le ſujet de vos pleurs ;
> Et de vos ſeuls périls chaque jour alarmée,
> Mon ame à d'autres ſoins ſemblait être fermée.

Ce compliment ne me paraît point une excuſe valable de l'ignorance d'*Oedipe*. La crainte de déplaire à ſa femme, en lui parlant de ſon premier mari, ne doit point du tout l'empêcher de s'informer des circonstances de la mort de son prédécesseur. C'est avoir trop de discrétion et trop peu de curiosité. Il ne lui est pas permis non plus de ne point savoir l'histoire de *Phorbas*. Un ministre d'Etat ne saurait jamais être un homme assez obscur pour être en prison plusieurs années, sans qu'on en sache rien.

*Jocaste* a beau dire :

> Dans un château voisin conduit secrétement,
> Je dérobai sa tête à leur emportement.

on voit bien que ces deux vers ne sont mis que pour prévenir la critique ; c'est une faute qu'on tâche de déguiser, mais qui n'est pas moins une faute.

Voici un défaut plus considérable, qui n'est pas du sujet, et dont je suis seul responsable. C'est le personnage de *Philoctete*. Il semble qu'il ne soit venu à Thèbes que pour y être accusé ; encore est-il soupçonné peut-être un peu légèrement. Il arrive au premier acte, et s'en retourne au troisième : on ne parle de lui que dans les trois premiers actes, et l'on n'en dit pas un seul mot dans les derniers. Il contribue un peu au nœud de la pièce, et le dénouement se fait absolument sans lui. Ainsi il paraît que ce sont deux tragédies, dont l'une roule sur *Philoctete*, et l'autre sur *Oedipe*.

J'ai voulu donner à *Philoctete* le caractère d'un héros ; mais j'ai bien peur d'avoir poussé la grandeur d'ame jusqu'à la fanfaronnade. Heureusement j'ai lu dans madame *Dacier*, qu'un homme peut parler avantageusement de soi lorsqu'il est calomnié : voilà le cas où fe trouve *Philoctete*. Il eft réduit par la calomnie à la néceffité de dire du bien de lui-même. Dans une autre occafion, j'aurais tâché de lui donner plus de politeffe que de fierté ; et s'il s'était trouvé dans les mêmes circonftances que *Sertorius* et *Pompée*, j'aurais pris la converfation héroïque de ces deux grands hommes pour modèle, quoique je n'euffe pas efpéré de l'atteindre. Mais comme il eft dans la fituation de *Nicoméde*, j'ai donc cru devoir le faire parler à peu-près comme ce jeune prince, et qu'il lui était permis de dire, *Un homme tel que moi*, lorfqu'on l'outrage. Quelques perfonnes s'imaginent que *Philoctete* était un pauvre écuyer d'*Hercule*, qui n'avait d'autre mérite que d'avoir porté fes flèches, et qui veut s'égaler à fon maître, dont il parle toujours. Cependant il eft certain que *Philoctete* était un prince de la Gréce, fameux par fes exploits, compagnon d'*Hercule*, et de qui même les dieux avaient fait dépendre le deftin de Troye. Je ne fais fi je n'en ai point fait, en quelques endroits, un fanfaron ; mais il eft certain que c'était un héros.

Pour l'ignorance où il eft, en arrivant, des affaires de Thèbes, je ne la trouve pas moins condamnable que celle d'*Oedipe*. Le mont Oeta où il avait vu mourir *Hercule*, n'était pas fi éloigné de Thèbes qu'il ne pût favoir aifément ce qui fe paffait dans cette ville. Heureufement cette ignorance vicieufe de *Philoctete* m'a fourni une expofition du fujet qui m'a paru affez bien reçue ; c'eft ce qui me perfuade que les beautés d'un ouvrage naiffent quelquefois d'un défaut.

Dans toutes les tragédies, on tombe dans un

écueil

écueil tout contraire. L'expofition du fujet fe fait
ordinairement à un perfonnage qui en eft auffi bien
informé que celui qui lui parle. On eft obligé,
pour mettre les auditeurs au fait, de faire dire aux
principaux acteurs ce qu'ils ont dû vraifemblable-
ment déjà dire mille fois. Le point de perfection
ferait de combiner tellement les événemens, que
l'acteur qui parle n'eût jamais dû dire ce qu'on
met dans fa bouche, que dans le temps même où
il le dit. Telle eft, entre autres exemples de cette
perfection, la première fcène de la tragédie de
Bajazet. *Acomat* ne peut être inftruit de ce qui fe
paffe dans l'armée; *Ofmin* ne peut avoir de nouvelles
du férail; ils fe font l'un à l'autre des confidences
réciproques, qui inftruifent et qui intéreffent également le fpectateur; et l'artifice de cette expofition
eft conduit avec un ménagement dont je crois que
*Racine* feul était capable.

Il eft vrai qu'il y a des fujets de tragédie où l'on
eft tellement gêné par la bizarrerie des événemens,
qu'il eft prefque impoffible de réduire l'expofition de
fa pièce à ce point de fageffe et de vraifemblance. Je
crois, pour mon bonheur, que le fujet d'Oedipe eft
de ce genre; et il me femble que, lorfqu'on fe trouve
fi peu maître du terrain, il faut toujours fonger à être
intéreffant plutôt qu'exact; car le fpectateur pardonne
tout hors la langueur; et lorfqu'il eft une fois ému,
il examine rarement s'il a raifon de l'être.

A l'égard de ce fouvenir d'amour entre *Jocafte*
et *Philoctète*, j'ofe encore dire que c'eft un défaut
néceffaire. Le fujet ne me fourniffait rien par lui-
même pour remplir les trois premiers actes; à peine

*Théâtre.* Tome I.                                D

même avais-je de la matière pour les deux derniers. Ceux qui connaissent le théâtre, c'est-à-dire, ceux qui sentent les difficultés de la composition aussi bien que les fautes, conviendront de ce que je dis. Il faut toujours donner des passions aux principaux personnages. Eh ! quel rôle insipide aurait joué *Jocaste*, si elle n'avait eu du moins le souvenir d'un amour légitime, et si elle n'avait craint pour les jours d'un homme qu'elle avait autrefois aimé ?

Il est surprenant que *Philoctete* aime encore *Jocaste* après une si longue absence : il ressemble assez aux chevaliers errans, dont la profession était d'être toujours fidèles à leurs maîtresses. Mais je ne puis être de l'avis de ceux qui trouvent *Jocaste* trop âgée pour faire naître encore des passions ; elle a pu être mariée si jeune, et il est si souvent répété dans la pièce qu'*Oedipe* est dans une grande jeunesse, que, sans trop presser les temps, il est aisé de voir qu'elle n'a pas plus de trente-cinq ans. Les femmes seraient bien malheureuses si l'on n'inspirait plus de sentimens à cet âge.

Je veux que *Jocaste* ait plus de soixante ans dans *Sophocle* et dans *Corneille* ; la construction de leur fable n'est pas une règle pour la mienne ; je ne suis pas obligé d'adopter leurs fictions ; et s'il leur a été permis de faire revivre dans plusieurs de leurs pièces des personnes mortes depuis long-temps, et d'en faire mourir d'autres qui étaient encore vivantes, on doit bien me passer d'ôter à *Jocaste* quelques années.

Mais je m'aperçois que je fais l'apologie de ma pièce, au lieu de la critique que j'en avais promise : revenons vîte à la censure.

Le troisième acte n'est point fini ; on ne sait pourquoi les acteurs sortent de la scène. *Oedipe* dit à *Jocaste* :

Suivez mes pas, rentrons ; il faut que j'éclaircisse
Un soupçon que je forme avec trop de justice.
. . . . . . . Suivez-moi,
Et venez dissiper ou combler mon effroi.

Mais il n'y a pas de raison pour qu'*Oedipe* éclaircisse son doute plutôt derrière le théâtre que sur la scène : aussi, après avoir dit à *Jocaste* de le suivre, revient-il avec elle le moment d'après ; et il n'y a aucune autre distinction entre le troisième et le quatrième acte, que le coup d'archet qui les sépare.

La première scène du quatrième acte est celle qui a le plus réussi ; mais je ne me reproche pas moins d'avoir fait dire dans cette scène à *Jocaste* et à *Oedipe* tout ce qu'ils avaient dû s'apprendre depuis long-temps. L'intrigue n'est fondée que sur une ignorance bien peu vraisemblable : j'ai été obligé de recourir à un miracle pour couvrir ce défaut du sujet.

Je mets dans la bouche d'*Oedipe* :

Enfin, je me souviens qu'aux champs de la Phocide,
(Et je ne conçois pas par quel enchantement
J'oubliais jusqu'ici ce grand événement :
La main des dieux sur moi si long-temps suspendue,
Semble ôter le bandeau qu'ils mettaient sur ma vue.)
Dans un chemin étroit je trouvai deux guerriers, &c.

Il est manifeste que c'était au premier acte qu'*Oedipe* devait raconter cette aventure de la Phocide ; car

dès qu'il apprend de la bouche du grand prêtre
que les dieux demandent la punition du meurtre de
*Laïus*, fon devoir eft de s'informer fcrupuleufement et
fans délai, de toutes les circonftances de ce meurtre.
On doit lui répondre que *Laïus* a été tué en Phocide,
dans un chemin étroit, par deux étrangers ; et lui
qui fait que, dans ce temps-là même, il s'eft battu
contre deux étrangers en Phocide, doit foupçonner
dès ce moment que *Laïus* a été tué de fa main. Il eft
trifte d'être obligé, pour cacher cette faute, de fuppofer que la vengeance des dieux ôte dans un temps
la mémoire à *Oedipe*, et la lui rend dans un autre.
La fcène fuivante d'*Oedipe* et de *Phorbas* me paraît
bien moins intéreffante chez moi que dans *Corneille*.
*Oedipe*, dans ma pièce, eft déjà inftruit de fon
malheur avant que *Phorbas* achève de l'en perfuader :
*Phorbas* ne laiffe l'efprit du fpectateur dans aucune
incertitude, il ne lui infpire aucune furprife ; il
ne doit donc point l'intéreffer. Dans *Corneille*,
au contraire, *Oedipe*, loin de fe douter d'être le
meurtrier de *Laïus*, croit en être le vengeur, et il fe
convainc lui-même en voulant convaincre *Phorbas*.
Cet artifice de *Corneille* ferait admirable, fi *Oedipe*
avait quelque lieu de croire que *Phorbas* eft coupable,
et fi le nœud de la pièce n'était pas fondé fur un
menfonge puéril.

C'eft un conte,
Dont Phorbas, au retour, voulut cacher fa honte.

Je ne poufferai pas plus loin la critique de mon
ouvrage ; il me femble que j'en ai reconnu les
défauts les plus importans. On ne doit pas en exiger

davantage d'un auteur, et peut-être un cenfeur ne m'aurait-il pas plus maltraité. Si l'on me demande pourquoi je n'ai pas corrigé ce que je condamne, je répondrai qu'il y a fouvent dans un ouvrage des défauts qu'on eft obligé de laiffer malgré foi; et d'ailleurs il y a peut-être autant d'honneur à avouer fes fautes qu'à les corriger : j'ajouterai encore que j'en ai ôté autant qu'il en refte. Chaque repréfentation de mon Oedipe était pour moi un examen févère, où je recueillais les fuffrages et les cenfures du public, et j'étudiais fon goût pour former le mien. Il faut que j'avoue que monfeigneur le prince de *Conti* eft celui qui m'a fait les critiques les plus judicieufes et les plus fines. S'il n'était qu'un particulier, je me contenterais d'admirer fon difcernement; mais puifqu'il eft élevé au-deffus des autres autant par fon efprit que par fon rang, j'ofe ici le fupplier d'accorder fa protection aux belles lettres dont il a tant de connaiffance.

J'oubliais de dire que j'ai pris deux vers dans l'Oedipe de *Corneille*. L'un eft au premier acte:

Ce monftre à voix humaine, aigle, femme et lion :

L'autre eft au dernier acte; c'eft une traduction de *Sénèque*.

*Nec vivis miftus, nec fepultis :*

Et le fort qui l'accable
Des morts et des vivans femble le féparer.

Je n'ai point fait fcrupule de voler ces deux vers, parce qu'ayant précifément la même chofe à dire que *Corneille*, il m'était impoſſible de l'exprimer mieux; et j'ai mieux aimé donner deux bons vers de lui, que d'en donner deux mauvais de moi.

Il me reſte à parler de quelques rimes que j'ai haſardées dans ma tragédie. J'ai fait rimer *héros* à *tombeaux; contagion* à *poiſon*, &c. Je ne défends point ces rimes parce que je les ai employées, mais je ne m'en ſuis ſervi que parce que je les ai crues bonnes. Je ne puis ſouffrir qu'on ſacrifie à la richeſſe de la rime toutes les autres beautés de la poëſie, et qu'on cherche plutôt à plaire à l'oreille qu'au cœur et à l'eſprit. On pouſſe même la tyrannie juſqu'à exiger qu'on rime pour les yeux encore plus que pour les oreilles. *Je ferois*, *j'aimerois*, &c. ne ſe prononcent point autrement que *traits* et *attraits*: cependant on prétend que ces mots ne riment point enſemble, parce qu'un mauvais uſage veut qu'on les écrive différemment. M. *Racine* avait mis dans ſon Andromaque :

> M'en croirez-vous ? Laſſé de ſes trompeurs attraits,
> Au lieu de l'enlever, Seigneur, je la fuirois.

Le ſcrupule lui prit, et il ôta la rime *fuirois* qui me paraît, à ne conſulter que l'oreille, beaucoup plus juſte que celle de *jamais*, qu'il lui ſubſtitua.

La bizarrerie de l'uſage, ou plutôt des hommes qui l'établiſſent, eſt étrange ſur ce ſujet comme ſur bien d'autres. On permet que le mot *abhorre*, qui a deux *r*, rime avec *encore* qui n'en a qu'une. Par la même raiſon, *tonnerre* et *terre* devraient rimer avec *père* et *mère* : cependant on ne le ſouffre pas, et perſonne ne réclame contre cette injuſtice.

Il me paraît que la poësie française y gagnerait beaucoup, si l'on voulait secouer le joug de cet usage déraisonnable et tyrannique. Donner aux auteurs de nouvelles rimes, ce serait leur donner de nouvelles pensées ; car l'assujettissement à la rime fait que souvent on ne trouve dans la langue qu'un seul mot qui puisse finir un vers : on ne dit presque jamais ce qu'on voulait dire ; on ne peut se servir du mot propre ; et l'on est obligé de chercher une pensée pour la rime, parce qu'on ne peut trouver de rime pour exprimer ce que l'on pense.

C'est à cet esclavage qu'il faut imputer plusieurs impropriétés qu'on est choqué de rencontrer dans nos poëtes les plus exacts. Les auteurs sentent encore mieux que les lecteurs la dureté de cette contrainte, et ils n'osent s'en affranchir. Pour moi, dont l'exemple ne tire point à conséquence, j'ai tâché de regagner un peu de liberté ; et si la poësie occupe encore mon loisir, je préférerai toujours les choses aux mots, et la pensée à la rime.

# LETTRE VI.

*Qui contient une dissertation sur les chœurs.*

MONSIEUR, il ne me reste plus qu'à parler du chœur que j'introduis dans ma pièce. J'en ai fait un personnage qui paraît à son rang comme les autres acteurs, et qui se montre quelquefois sans parler, seulement pour jeter plus d'intérêt dans la scène, et pour ajouter plus de pompe au spectacle.

D 4

Comme on croit d'ordinaire que la route qu'on a tenue était la feule qu'on devait prendre, je m'imagine que la manière dont j'ai hafardé les chœurs eft la feule qui pouvait réuffir parmi nous.

Chez les anciens, le chœur rempliffait l'intervalle des actes, et paraiffait toujours fur la fcène. Il y avait à cela plus d'un inconvénient ; car, ou il parlait dans les entr'actes de ce qui s'était paffé dans les actes précédens, et c'était une répétition fatigante ; ou il prévenait de ce qui devait arriver dans les actes fuivans, et c'était une annonce qui pouvait dérober le plaifir de la furprife ; ou enfin il était étranger au fujet, et par conféquent il devait ennuyer.

La préfence continuelle du chœur dans la tragédie me paraît encore plus impraticable. L'intrigue d'une pièce intéreffante exige d'ordinaire que les principaux acteurs aient des fecrets à fe confier. Eh ! le moyen de dire fon fecret à tout un peuple ? C'eft une chofe plaifante de voir *Phèdre*, dans *Euripide*, avouer à une troupe de femmes un amour inceftueux qu'elle doit craindre de s'avouer à elle-même. On demandera peut-être comment les anciens pouvaient conferver fi fcrupuleufement un ufage fi fujet au ridicule ; c'eft qu'ils étaient perfuadés que le chœur était la bafe et le fondement de la tragédie. Voilà bien les hommes, qui prennent prefque toujours l'origine d'une chofe pour l'effence de la chofe même. Les anciens favaient que ce fpectacle avait commencé par une troupe de payfans ivres qui chantaient les louanges de *Bacchus*, et ils voulaient que le théâtre fût toujours rempli d'une troupe d'acteurs qui, en chantant les louanges des dieux, rappelaffent l'idée que le peuple avait de l'origine de la tragédie. Long-temps même, le poëme dramatique ne fut qu'un fimple chœur ; les perfonnages qu'on y ajouta ne furent regardés que comme des épifodes ; et il y a encore aujourd'hui des favans qui ont le courage d'affurer que nous n'avons aucune idée de la véritable tragédie, depuis que nous en avons banni les chœurs. C'eft comme fi, dans une même pièce, on voulait que nous miffions Paris, Londres et Madrid fur le théâtre, parce que nos pères en ufaient ainfi lorfque la comédie fut établie en France.

M. *Racine*, qui a introduit des chœurs dans Athalie et dans Efther, s'y eft pris avec plus de précaution que les Grecs ; il ne les a guère fait paraître que dans les entr'actes ; encore a-t-il eu bien de la peine à le faire avec la vraifemblance qu'exige toujours l'art du théâtre.

A quel propos faire chanter une troupe de juives, lorfque *Efther* a raconté fes aventures à *Elife*? Il faut néceffairement, pour amener cette mufique, qu'*Efther* leur ordonne de lui chanter quelque air.

Mes filles, chantez-nous quelqu'un de ces cantiques....

Je ne parle pas du bizarre affortiment du chant et de la déclamation dans une même fcène ; mais du moins il faut avouer que des moralités mifes en mufique doivent paraître bien froides, après ces dialogues pleins de paffions, qui font le caractère de la tragédie. Un chœur ferait bien mal venu après la déclaration de *Phèdre*, ou après la converfation de *Sévère* et de *Pauline*.

Je croirai donc toujours, jufqu'à ce que l'événement me détrompe, qu'on ne peut hafarder le chœur dans une tragédie qu'avec la précaution de l'introduire à fon rang, et feulement lorfqu'il eft néceffaire pour l'ornement de la fcène : encore n'y a-t-il que très-peu de fujets où cette nouveauté puiffe être reçue. Le chœur ferait abfolument déplacé dans Bajazet, dans Mithridate, dans Britannicus, et généralement dans toutes les pièces dont l'intrigue n'eft fondée que fur les intérêts de quelques particuliers; il ne peut convenir qu'à des pièces où il s'agit du falut de tout un peuple.

Les Thébains font les premiers intéreffés dans le fujet de ma tragédie; c'eft de leur mort ou de leur vie dont il s'agit; et il n'eft pas hors des bienféances de faire paraître quelquefois fur la fcène ceux qui ont le plus d'intérêt de s'y trouver.

# LETTRE VII.

*A l'occafion de plufieurs critiques qu'on a faites d'Oedipe.*

M ONSIEUR, on vient de me montrer une critique de mon Oedipe, qui, je crois, fera imprimée avant que cette feconde édition puiffe paraître. J'ignore quel eft l'auteur de cet ouvrage. Je fuis fâché qu'il me prive du plaifir de le remercier des éloges qu'il me donne avec bonté, et des critiques qu'il fait de mes fautes avec autant de difcernement que de politeffe.

J'avais déjà reconnu, dans l'examen que j'ai fait de ma tragédie, une bonne partie des défauts que l'obfervateur relève ; mais je me fuis aperçu qu'un auteur s'épargne toujours quand il fe critique lui-même, et que le cenfeur veille lorfque l'auteur s'endort. Celui qui me critique a vu, fans doute, mes fautes d'un œil plus éclairé que moi. Cependant je ne fais fi, comme j'ai été un peu indulgent, il n'eft pas quelquefois un peu trop févère. Son ouvrage m'a confirmé dans l'opinion où je fuis, que le fujet d'Oedipe eft un des plus difficiles qu'on ait jamais mis au théâtre. Mon cenfeur me propofe un plan fur lequel il voudrait que j'euffe compofé ma pièce ; c'eft au public à en juger : mais je fuis perfuadé que fi j'avais travaillé fur le modèle qu'il me préfente, on ne m'aurait pas fait même l'honneur de me critiquer. J'avoue qu'en fubftituant, comme il le veut, *Créon* à *Philoctete*, j'aurais peut-être donné plus d'exactitude à mon ouvrage ; mais *Créon* aurait été un perfonnage bien froid, et j'aurais trouvé par-là le fecret d'être à la fois ennuyeux et irrépréhenfible.

On m'a parlé de quelques autres critiques : ceux qui fe donnent la peine de les faire, me feront toujours beaucoup d'honneur, et même de plaifir, quand ils daigneront me les montrer. Si je ne puis à préfent profiter de leurs obfervations, elles m'éclaireront du moins pour les premiers ouvrages que je pourrai compofer, et me feront marcher d'un pas plus fûr dans cette carrière dangereufe.

On m'a fait apercevoir que plufieurs vers de ma pièce fe trouvaient dans d'autres pièces de théâtre.

Je dis qu'on m'en a fait apercevoir ; car , foit qu'ayant la tête remplie de vers d'autrui , j'aye cru travailler d'imagination quand je ne travaillais que de mémoire, foit qu'on fe rencontre quelquefois dans les mêmes penfées et dans les mêmes tours, il eft certain que j'ai été plagiaire fans le favoir ; et que, hors ces deux beaux vers de *Corneille* , que j'ai pris hardiment et dont je parle dans mes lettres, je n'ai eu deffein de voler perfonne.

Il y a dans les Horaces :

Eft-ce vous , Curiace ? en croirai-je mes yeux ?

Et dans ma pièce il y avait :

Eft-ce vous, Philoctète ? en croirai-je mes yeux ?

J'efpère qu'on me fera l'honneur de croire que j'aurais bien trouvé tout feul un pareil vers. Je l'ai changé cependant, auffi-bien que plufieurs autres, et je voudrais que tous les défauts de mon ouvrage fuffent auffi aifés à corriger que celui-là.

On m'apporte en ce moment une nouvelle critique de mon Oedipe : celle-ci me paraît moins inftructive que l'autre , mais beaucoup plus maligne. La pre- mière eft d'un religieux, à ce qu'on vient de me dire ; la feconde eft d'un homme de lettres : et ce qui eft affez fingulier, c'eft que le religieux pofsède mieux le théâtre, et l'autre le farcafme. Le premier a voulu m'éclairer, et y a réuffi ; le fecond a voulu m'outrager , mais il n'en eft point venu à bout. Je lui pardonne fans peine fes injures, en faveur de quelques traits ingénieux et plaifans dont fon ouvrage m'a paru femé. Ses railleries m'ont plus diverti qu'elles ne m'ont offenfé ; et même de tous ceux qui ont vu cette fatire en manufcrit, je fuis celui qui en ai jugé le plus avantageufement. Peut-être ne l'ai-je trouvée bonne que par la crainte où j'étais de fuccomber à la tentation de la trouver mauvaife : le public jugera de fon prix.

Ce cenfeur affure, dans fon ouvrage, que ma tragédie languira triftement dans la boutique de *Ribou*, lorfque fa lettre aura deffillé les yeux du public ; heureufement il empêche lui-même le mal qu'il me veut faire. Si fa fatire eft bonne, tous ceux qui la liront, auront quelque curiofité de voir la tragédie qui en eft l'objet ; et au lieu que les pièces de théâtre font vendre d'ordinaire leurs critiques, cette critique fera vendre mon ouvrage. Je lui aurai la même obligation qu'*Efcobar* eut à *Pafcal*. Cette comparaifon me paraît affez jufte ; car ma poëfie pourrait bien être auffi relâchée que la morale d'*Efcobar* ; et il y a dans la fatire de ma pièce quelques traits qui font peut-être dignes des Lettres Provinciales, du moins par la malignité.

Je reçois une troifième critique ; celle-ci eft fi miférable, que je n'en puis moi-même foutenir la lecture. On m'en promet encore deux autres. Voilà bien des ennemis ; fi je fais encore une tragédie, où fuirai-je ?

# LETTRE

## AU PERE PORÉE, JESUITE.

JE vous envoie, mon cher Père, (a) la nouvelle édition qu'on vient de faire de la tragédie d'Oedipe. J'ai eu foin d'effacer, autant que je l'ai pu, les couleurs fades d'un amour déplacé, que j'avais mêlées, malgré moi, aux traits mâles et terribles que ce fujet exige.

Je veux d'abord que vous fachiez, pour ma juftification, que tout jeune que j'étais quand je fis l'Oedipe, je le compofai à peu-près tel que vous le voyez aujourd'hui. J'étais plein de la lecture des anciens et de vos leçons, et je connaiffais fort peu le théâtre de Paris ; je travaillai à peu-près comme fi j'avais été à Athènes. Je confultai M. *Dacier*, qui était du pays ; il me confeilla de mettre un chœur dans toutes les fcènes, à la manière des Grecs. C'était me confeiller de me promener dans Paris avec la robe de *Platon*. J'eus bien de la peine feulement à obtenir que les comédiens de Paris vouluffent exécuter les chœurs qui paraiffent trois ou quatre fois dans la pièce ; j'en eus bien davantage à faire recevoir une tragédie prefque fans amour. Les comédiennes fe moquèrent de moi, quand elles virent qu'il n'y avait point de rôle pour l'*Amoureufe*. On trouva la fcène de la double confidence entre *Oedipe* et *Jocafte*, tirée en partie de

(a) Cette lettre a été trouvée dans les papiers du père *Porée*, après fa mort.

*Sophocle*, tout à fait infipide. En un mot, les acteurs, qui étaient, dans ce temps-là, petits-maîtres et grands feigneurs, refusèrent de repréfenter l'ouvrage.

J'étais extrêmement jeune ; je crus qu'ils avaient raifon. Je gâtai ma pièce pour leur plaire, en affadiffant, par des fentimens de tendreffe, un fujet qui le comporte fi peu. Quand on vit un peu d'amour, on fut moins mécontent de moi ; mais on ne voulut point du tout de cette grande fcène entre *Jocafte* et *Oedipe* : on fe moqua de *Sophocle* et de fon imitateur. Je tins bon, je dis mes raifons, j'employai des amis ; enfin ce ne fut qu'à force de protections que j'obtins qu'on jouerait Oedipe.

Il y avait un acteur, nommé *Quinault*, qui dit tout haut que, pour me punir de mon opiniâtreté, il fallait jouer la pièce telle qu'elle était, avec ce mauvais quatrième acte tiré du grec. On me regardait d'ailleurs comme un téméraire d'ofer traiter un fujet où *P. Corneille* avait fi bien réuffi. On trouvait alors l'Oedipe de *Corneille* excellent ; je le trouvais un fort mauvais ouvrage, et je n'ofais le dire : je ne le dis enfin qu'au bout de dix ans, quand tout le monde eft de mon avis.

Il faut fouvent bien du temps pour que juftice foit rendue. On l'a faite un peu plus tôt aux deux Oedipes de M. de *la Motte*. Le révérend père de *Tournemine* a dû vous communiquer la petite préface dans laquelle je lui livre bataille. M. de *la Motte* a bien de l'efprit : il eft un peu comme cet athlète grec qui, quand il était terraffé, prouvait qu'il avait le deffus.

Je ne fuis de fon avis fur rien ; mais vous m'avez appris à faire une guerre d'honnête homme. J'écris

avec tant de civilité contre lui, que je l'ai demandé
lui-même pour examinateur de cette préface, où je
tâche de lui prouver son tort à chaque ligne ; et il
a lui-même approuvé ma petite differtation polé-
mique. Voilà comme les gens de lettres devraient
fe combattre ; voilà comme ils en uferaient, s'ils
avaient été à votre école ; mais ils font d'ordinaire
plus mordans que des avocats , et plus emportés que
des janféniftes. Les lettres humaines font devenues
très-inhumaines. On injurie, on cabale, on calomnie,
on fait des couplets. Il eft plaifant qu'il foit permis
de dire aux gens, par écrit, ce qu'on n'oferait pas
leur dire en face! Vous m'avez appris , mon cher
Père, à fuir ces baffeffes, et à favoir vivre comme
à favoir écrire.

> Les Mufes, filles du ciel,
> Sont des fœurs fans jaloufie :
> Elles vivent d'ambrofie,
> Et non d'abfinthe et de fiel ;
> Et quand Jupiter appelle
> Leur affemblée immortelle
> Aux fêtes qu'il donne aux dieux,
> Il défend que le Satyre
> Trouble les fons de leur lyre
> Par fes fons audacieux.

Adieu, mon cher et révérend Père : je fuis pour
jamais à vous et aux vôtres, avec la tendre reconnaiffance que je vous dois , et que ceux qui ont
été élevés par vous ne confervent pas toujours, &c.

*A Paris*, *le 7 janvier 1729.*

PREFACE

# PREFACE

DE L'EDITION DE 1729.

L'OEDIPE, dont on donne cette nouvelle édition, fut repréfenté pour la première fois à la fin de l'année 1718. Le public le reçut avec beaucoup d'indulgence. Depuis même, cette tragédie s'eft toujours foutenue fur le théâtre, et on la revoit encore avec quelque plaifir malgré fes défauts ; ce que j'attribue en partie à l'avantage qu'elle a toujours eu d'être très-bien repréfentée, et en partie à la pompe et au pathétique du fpectacle même.

Le père *Folard*, jéfuite, et M. de *la Motte*, de l'académie françaife, ont depuis traité tous deux le même fujet, et tous deux ont évité les défauts dans lefquels je fuis tombé. Il ne m'appartient pas de parler de leurs pièces ; mes critiques et même mes louanges, paraîtraient également fufpectes. ( *a* )

Je fuis encore plus éloigné de prétendre donner une poëtique à l'occafion de cette tragédie ; je fuis perfuadé que tous ces raifonnemens délicats, tant rebattus depuis quelques années, ne valent pas une fcène de génie, et qu'il y a bien plus

( *a* ) M. de *la Motte* donna deux Oedipes en 1726, l'un en rimes et l'autre en profe non rimée. L'Oedipe en rimes fut repréfenté quatre fois, l'autre n'a jamais été joue.

*Théâtre.* Tome I.                                                  E

à apprendre dans Polyeucte et dans Cinna, que dans tous les préceptes de l'abbé d'*Aubignac*: *Sévère* et *Pauline* font les véritables maîtres de l'art. Tant de livres faits fur la peinture par des connaiſſeurs n'inſtruiront pas tant un élève, que la ſeule vue d'une tête de *Raphaël*.

Les principes de tous les arts qui dépendent de l'imagination font tous aiſés et ſimples, tous puiſés dans la nature et dans la raiſon. Les *Pradon* et les *Boyer* les ont connus auſſi-bien que les *Corneille* et les *Racine*; la différence n'a été et ne ſera jamais que dans l'application. Les auteurs d'Armidé et d'Iſſé, et les plus mauvais compoſiteurs, ont eu les mêmes règles de muſique. *Le Pouſſin* a travaillé ſur les mêmes principes que *Vignon*. Il paraît donc auſſi inutile de parler de règles à la tête d'une tragédie, qu'il le ſerait à un peintre de prévenir le public par des diſſertations ſur ſes tableaux, ou à un muſicien de vouloir démontrer que ſa muſique doit plaire.

Mais puiſque M. de *la Motte* veut établir des règles toutes contraires à celles qui ont guidé nos grands maîtres, il eſt juſte de défendre ces anciennes lois, non pas parce qu'elles font anciennes, mais parce qu'elles font bonnes et néceſſaires, et qu'elles pourraient avoir dans un homme de ſon mérite un adverſaire redoutable.

## DES TROIS UNITÉS.

M. de *la Motte* veut d'abord proscrire l'unité d'action, de lieu et de temps.

Les Français font les premiers d'entre les nations modernes, qui ont fait revivre ces fages règles du théâtre; les autres peuples ont été long-temps fans vouloir recevoir un joug qui paraiffait fi févère ; mais, comme ce joug était jufte, et que la raifon triomphe enfin de tout, ils s'y font foumis avec le temps. Aujourd'hui même, en Angleterre, les auteurs affectent d'avertir au-devant de leurs pièces que la durée de l'action eft égale à celle de la repréfentation ; et ils vont plus loin que nous, qui en cela avons été leurs maîtres. Toutes les nations commencent à regarder comme barbares les temps où cette pratique était ignorée des plus grands génies, tels que *Don Lopez de Vega* et *Shakefpeare*; elles avouent même l'obligation qu'elles nous ont de les avoir retirées de cette barbarie : faut-il qu'un français fe ferve aujourd'hui de tout fon efprit pour nous y ramener ?

Quand je n'aurais autre chofe à dire à M. de *la Motte*, finon que meffieurs *Corneille*, *Racine*, *Molière*, *Addiffon*, *Congrève*, *Mafféi*, ont tous obfervé les lois du théâtre, c'en ferait affez pour devoir arrêter quiconque voudrait les violer :

mais M. de *la Motte* mérite qu'on le combatte par des raifons, plus que par des autorités.

Qu'eft-ce qu'une pièce de théâtre ? La repréfentation d'une action. Pourquoi d'une feule, et non de deux ou trois ? C'eft que l'efprit humain ne peut embraffer plufieurs objets à la fois ; c'eft que l'intérêt qui fe partage s'anéantit bientôt ; c'eft que nous fommes choqués de voir, même dans un tableau, deux événemens ; c'eft qu'enfin la nature feule nous a indiqué ce précepte, qui doit être invariable comme elle.

Par la même raifon, l'unité de lieu eft effentielle ; car une feule action ne peut fe paffer en plufieurs lieux à la fois. Si les perfonnages que je vois font à Athènes au premier acte, comment peuvent-ils fe trouver en Perfe au fecond ? M. *le Brun* a-t-il peint *Alexandre* à Arbelles et dans les Indes fur la même toile ? ,, Je ne ferais pas ,, étonné, dit adroitement M. de *la Motte*, qu'une ,, nation fenfée, mais moins amie des règles, ,, s'accommodât de voir *Coriolan* condamné à ,, Rome au premier acte, reçu chez les *Volfques* ,, au troifième, et affiégeant Rome au quatrième, ,, &c. ,, Premièrement, je ne conçois point qu'un peuple fenfé et éclairé ne fût pas ami de règles toutes puifées dans le bon fens, et toutes faites pour fon plaifir. Secondement, qui ne fent que voilà trois tragédies, et qu'un pareil projet, fût-il exécuté même en beaux vers, ne ferait jamais qu'une pièce de *Jodelle* ou de *Hardy* verfifiée par un moderne habile ?

L'unité de temps eſt jointe naturellement aux deux premières. En voici, je crois, une preuve bien ſenſible. J'affiſte à une tragédie, c'eſt-à-dire, à la repréſentation d'une action ; le ſujet eſt l'accompliſſement de cette action unique. On conſpire contre *Auguſte* dans Rome ; je veux ſavoir ce qui va arriver d'*Auguſte* et des conjurés. Si le poëte fait durer l'action quinze jours , il doit me rendre compte de ce qui ſe ſera paſſé dans ces quinze jours ; car je ſuis là pour être informé de ce qui ſe paſſe, et rien ne doit arriver d'inutile. Or, s'il met devant mes yeux quinze jours d'événemens , voilà au moins quinze actions différentes , quelque petites qu'elles puiſſent être. Ce n'eſt plus uniquement cet accompliſſement de la conſpiration , auquel il fallait marcher rapidement ; c'eſt une longue hiſtoire qui ne ſera plus intéreſſante, parce qu'elle ne ſera plus vive, parce que tout ſe ſera écarté du moment de la déciſion , qui eſt le ſeul que j'attends. Je ne ſuis point venu à la comédie pour entendre l'hiſtoire d'un héros , mais pour voir un ſeul événement de ſa vie. Il y a plus : le ſpectateur n'eſt que trois heures à la comédie ; il ne faut donc pas que l'action dure plus de

E 3

trois heures. Cinna, Andromaque, Bajazet, Oedipe, foit celui du grand *Corneille*, foit celui de M. de *la Motte*, foit même le mien, fi j'ofe en parler, ne durent pas davantage. Si quelques autres pièces exigent plus de temps, c'eſt une licence qui n'eſt pardonnable qu'en faveur des beautés de l'ouvrage ; et plus cette licence eſt grande, plus elle eſt faute.

Nous étendons fouvent l'unité de temps jufqu'à vingt-quatre heures, et l'unité de lieu à l'enceinte de tout un palais. Plus de févérité rendrait quelquefois d'aſſez beaux fujets impraticables, et plus d'indulgence ouvrirait la carrière à de trop grands abus. Car s'il était une fois établi qu'une action théâtrale pût fe paſſer en deux jours, bientôt quelque auteur y emploierait deux femaines, et un autre deux années : et fi l'on ne réduifait pas le lieu de la fcène à un efpace limité, nous verrions en peu de temps des pièces telles que l'ancien Jules-Céfar des Anglais, où *Caſſius* et *Brutus* font à Rome au premier acte, et en Theſſalie dans le cinquième.

Ces lois obfervées, non-feulement fervent à écarter les défauts, mais elles amènent de vraies beautés ; de même que les règles de la belle architecture, exactement fuivies, compofent néceſſairement un bâtiment qui plaît à la vue. On voit qu'avec l'unité de temps, d'action et de

lieu, il eſt bien difficile qu'une pièce ne ſoit pas
ſimple : auſſi voilà le mérite de toutes les pièces
de M. *Racine*, et celui que demandait *Ariſtote*.
M. de *la Motte*, en défendant une tragédie de
ſa compoſition, préfère à cette noble ſimplicité
la multitude des événemens ; il croit ſon ſentiment autoriſé par le peu de cas qu'on fait de
Bérénice, par l'eſtime où eſt encore le Cid. Il eſt
vrai que le Cid eſt plus touchant que Bérénice ;
mais Bérénice n'eſt condamnable que parce que
c'eſt une élégie plutôt qu'une tragédie ſimple ; et
le Cid, dont l'action eſt véritablement tragique,
ne doit point ſon ſuccès à la multiplicité des
événemens ; mais il plaît malgré cette multiplicité, comme il touche malgré l'Infante, en non
pas à cauſe de l'Infante.

  M. de *la Motte* croit qu'on peut ſe mettre
au-deſſus de toutes ces règles, en s'en tenant à
l'unité d'intérêt, qu'il dit avoir inventée et qu'il
appelle un paradoxe : mais cette unité d'intérêt
ne me paraît autre choſe que celle de l'action.
*Si pluſieurs perſonnages, dit-il, ſont diverſement
intéreſſés dans le même événement, et s'ils ſont tous
dignes que j'entre dans leurs paſſions, il y a alors
unité d'action, et non pas unité d'intérêt.* (*a*)

_____

( *a* ) Je ſoupçonne qu'il y a une erreur dans cette propoſition, qui
m'avait paru d'abord très-plauſible ; je ſupplie M. de *la Motte* de l'examiner
avec moi. N'y a-t-il pas dans Rodogune pluſieurs perſonnages principaux

Depuis que j'ai pris la liberté de difputer contre M. de *la Motte* fur cette petite queſtion, j'ai relu le difcours du grand *Corneille*, fur les trois unités ; il vaut mieux confulter ce grand maître que moi. Voici comme il s'exprime : *Je tiens donc, et je l'ai déjà dit, que l'unité d'action confiſte en l'unité d'intrigue et en l'unité de péril.* Que le lecteur life cet endroit de *Corneille*, et il décidera bien vîte entre M. de *la Motte* et moi ; et quand je ne ferais pas fort de l'autorité de ce grand homme, n'ai-je pas encore une raifon plus convaincante ? c'eſt l'expérience. Qu'on life

diverfement intéreſſés ? Cependant il n'y a réellement qu'un feul intérêt dans la pièce, qui eſt celui de l'amour de *Rodogune* et d'*Antiochus*. Dans *Britannicus*, *Agrippine*, *Néron*, *Narciſſe*, *Britannicus*, *Junie*, n'ont - ils pas tous des intérêts féparés, ne méritent-ils pas tous mon attention ? Cependant ce n'eſt qu'à l'amour de *Britannicus* et de *Junie* que le public prend une part intéreſſante. Il eſt donc très-ordinaire qu'un feul et unique intérêt réfulte de diverfes paſſions bien ménagées. C'eſt un centre où pluſieurs lignes différentes aboutiſſent : c'eſt la principale figure du tableau, que les autres font paraître fans fe dérober à la vue. Le défaut n'eſt pas d'amener fur la fcène pluſieurs perfonnages avec des défirs et des deſſeins différens ; le défaut eſt de ne favoir pas fixer notre intérêt fur un feul amour, lorfqu'on en préfente pluſieurs. C'eſt alors qu'il n'y a plus unité d'intérêt ; et c'eſt alors auſſi qu'il n'y a plus unité d'action.

La tragédie de Pompée en eſt un exemple : *Céfar* vient en Egypte pour voir *Cléopâtre* ; *Pompée* pour s'y réfugier : *Cléopâtre* veut être aimée et régner : *Cornelie* veut fe venger fans favoir comment : *Ptolomée* fonge à conferver fa couronne. Toutes ces parties défaſſemblées ne compofent point un tout ; auſſi l'action eſt double et même triple, et le fpectateur ne s'intéreſſe pour perfonne.

Si ce n'eſt point une témérité d'ofer mêler mes défauts avec ceux du grand *Corneille*, j'ajouterai que mon *Oedipe* eſt encore une preuve que des intérêts très-divers, et, fi je puis ufer de ce mot, mal aſſortis, font néceſſairement une duplicité d'action. L'amour de *Philoctete* n'eſt point lié à la fituation d'*Oedipe*, et dès-là cette pièce eſt double. *Note tirée de l'édition de 1730.*

nos meilleures tragédies françaises, on trouvera toujours les personnages principaux diversement intéressés ; mais ces intérêts divers se rapportent tous à celui du personnage principal, et alors il y a unité d'action. Si au contraire tous ces intérêts différens ne se rapportent pas au principal acteur, si ce ne sont pas des lignes qui aboutissent à un centre commun, l'intérêt est double, et ce qu'on appelle *action* au théâtre l'est aussi. Tenons-nous-en donc comme le grand *Corneille* aux trois unités, dans lesquelles les autres règles, c'est-à-dire, les autres beautés, se trouvent renfermées.

M. de *la Motte* les appelle *des principes de fantaisie*, et prétend qu'on peut fort bien s'en passer dans nos tragédies, parce qu'elles sont négligées dans nos opéra. C'est, ce me semble, vouloir réformer un gouvernement régulier sur l'exemple d'une anarchie.

## DE L'OPERA.

L'opéra est un spectacle aussi bizarre que magnifique, où les yeux et les oreilles sont plus satisfaits que l'esprit, où l'asservissement à la musique rend nécessaires les fautes les plus ridicules, où il faut chanter des *ariettes* dans la destruction d'une ville et danser autour d'un tombeau ; où

l'on voit le palais de *Pluton* et celui du *Soleil* ;
des dieux , des démons , des magiciens des
preftiges , des monftres , des palais formés et
détruits en un clin d'œil. On tolère ces extra-
vagances , on les aime même , parce qu'on eft là
dans le pays des fées ; et pourvu qu'il y ait du
fpectacle , de belles danfes , une belle mufique,
quelques fcènes intéreffantes , on eft content. Il
ferait auffi ridicule d'exiger dans Alcefte l'unité
d'action , de lieu et de temps , que de vouloir
introduire des danfes et des démons dans Cinna
ou dans Rodogune.

Cependant, quoique les opéra foient difpenfés
de ces trois règles , les meilleurs font encore
ceux où elles font le moins violées : on les
retrouve même , fi je ne me trompe , dans
plufieurs ; tant elles font néceffaires et naturelles,
et tant elles fervent à intéreffer le fpectateur.
Comment donc M. de *la Motte* peut-il reprocher
à notre nation la légèreté de condamner dans
un fpectacle les mêmes chofes que nous approu-
vons dans un autre ? Il n'y a perfonne qui ne
pût répondre à M. de *la Motte*. ,, J'exige avec
,, raifon beaucoup plus de perfection d'une tra-
,, gédie que d'un opéra , parce qu'à une tragédie
,, mon attention n'eft point partagée , que ce
,, n'eft ni d'une farabande , ni d'un pas de deux
,, que dépend mon plaifir ; et que c'eft à mon ame

„ uniquement qu'il faut plaire. J'admire qu'un
„ homme ait fu amener et conduire dans un
„ feul lieu et dans un feul jour, un feul événe-
„ ment que mon efprit conçoit fans fatigue, et
„ où mon cœur s'intéreffe par degrés. Plus je
„ vois combien cette fimplicité eft difficile, plus
„ elle me charme ; et fi je veux enfuite me
„ rendre raifon de mon plaifir, je trouve que
„ je fuis de l'avis de M. *Defpréaux*, qui dit :

„ Qu'en un lieu, qu'en un jour, un feul fait accompli,
„ Tienne jufqu'à la fin le théâtre rempli.

„ J'ai pour moi, *pourra-t-il dire*, l'autorité
„ du grand *Corneille* : j'ai plus encore, j'ai fon
„ exemple, et le plaifir que me font fes ouvrages
„ à proportion qu'il a plus ou moins obéi à
„ cette règle. „

M. de *la Motte* ne s'eft pas contenté de vouloir
ôter du théâtre fes principales règles, il veut
encore lui ôter la poëfie, et nous donner des
tragédies en profe.

## DES TRAGEDIES EN PROSE.

Cet auteur ingénieux et fécond, qui n'a fait
que des vers en fa vie, ou des ouvrages de profe
à l'occafion de fes vers, écrit contre fon art
même et le traite avec le même mépris qu'il a

traité *Homère*, que pourtant il a traduit. Jamais
*Virgile*, ni *le Taffe*, ni M. *Defpréaux*, ni M. *Racine*,
ni M. *Pope*, ne fe font avifés d'écrire contre
l'harmonie des vers, ni M. de *Lulli* contre la
mufique, ni M. *Newton* contre les mathématiques.
On a vu des hommes qui ont eu quelquefois la
faibleffe de fe croire fupérieurs à leur profeffion,
ce qui eft le fûr moyen d'être au-deffous ; mais
on n'en avait point encore vu qui vouluffent
l'avilir. Il n'y a que trop de perfonnes qui
méprifent la poëfie, faute de la connaître. Paris
eft plein de gens de bon fens, nés avec des organes
infenfibles à toute harmonie, pour qui de la
mufique n'eft que du bruit, et à qui la poëfie ne
paraît qu'une folie ingénieufe. Si ces perfonnes
apprennent qu'un homme de mérite, qui a fait
cinq ou fix volumes de vers, eft de leur avis, ne
fe croiront-elles pas en droit de regarder tous les
autres poëtes comme des fous, et celui-là comme
le feul à qui la raifon eft revenue ? Il eft donc
néceffaire de lui répondre pour l'honneur de l'art;
et j'ofe dire pour l'honneur d'un pays qui doit
une partie de fa gloire, chez les étrangers, à la
perfection de cet art même.

M. de *la Motte* avance que la rime eft un
ufage barbare inventé depuis peu.

Cependant tous les peuples de la terre,
excepté les anciens Romains et les Grecs, ont

rimé et riment encore. Le retour des mêmes fons
eft fi naturel à l'homme, qu'on a trouvé la rime
établie chez les Sauvages comme elle l'eft à
Rome, à Paris, à Londres, et à Madrid. Il y
a dans *Montagne* une chanfon en rimes améri-
caines, traduite en français ; on trouve dans
un des *Spectateurs* de M. *Addiffon* une traduction
d'une ode lapone rimée, qui eft pleine de
fentiment.

Les Grecs, *Quibus dedit ore rotundo Mufa loqui*,
nés fous un ciel plus heureux, et favorifés par
la nature d'organes plus délicats que les autres
nations, formèrent une langue dont toutes les
fyllabes pouvaient, par leur longueurs ou leur
briéveté, exprimer les fentimens lents ou impétueux de l'ame. De cette variété de fyllabes et
d'intonations réfultait dans leurs vers, et même
auffi dans leur profe, une harmonie que les
anciens Italiens fentirent, qu'ils imitèrent et
qu'aucune nation n'a pu faifir après eux. Mais
foit rime, foit fyllabes cadencées, la poëfie,
contre laquelle M. de *la Motte* fe révolte, a été
et fera toujours cultivée par tous les peuples.

Avant *Hérodote*, l'hiftoire même ne s'écrivait
qu'en vers chez les Grecs, qui avaient pris cette
coutume des anciens Egyptiens, le peuple le
plus fage de la terre, le mieux policé et le plus
favant. Cette coutume était très-raifonnable ;

car le but de l'hiſtoire était de conſerver à la
poſtérité la mémoire du petit nombre de grands
hommes qui lui devaient ſervir d'exemple. On
ne s'était point encore aviſé de donner l'hiſtoire
d'un couvent, ou d'une petite ville, en pluſieurs
volumes in-folio : on n'écrivait que ce qui en
était digne, que ce que les hommes devaient
retenir par cœur. Voilà pourquoi on ſe ſervait
de l'harmonie des vers pour aider la mémoire.
C'eſt pour cette raiſon que les premiers philo-
ſophes, les légiſlateurs, les fondateurs des
religions et les hiſtoriens étaient tous poëtes.

Il ſemble que la poëſie dût manquer commu-
nément, dans de pareils ſujets, ou de préciſion
ou d'harmonie : mais depuis que *Virgile* et *Horace*
ont réuni ces deux grands mérites qui paraiſſent
ſi incompatibles : depuis que MM. *Deſpréaux* et
*Racine* ont écrit comme *Virgile* et *Horace* ; un
homme qui les a lus, et qui ſait qu'ils ſont traduits
dans preſque toutes les langues de l'Europe,
peut-il avilir à ce point un talent qui lui a fait
tant d'honneur à lui-même ! Je placerai nos
*Deſpréaux* et nos *Racine* à côté de *Virgile* pour le
mérite de la verſification ; parce que ſi l'auteur
de l'Enéide était né à Paris, il aurait rimé comme
eux ; et ſi ces deux français avaient vécu du
temps d'*Auguſte*, ils auraient fait le même
uſage que *Virgile* de la meſure des vers latins.

Quand donc M. de *la Motte* appelle la verfification *un travail mécanique et ridicule*, c'eft
charger de ce ridicule, non-feulement tous nos
grands poëtes, mais tous ceux de l'antiquité.

*Virgile* et *Horace* fe font affervis à un travail
auffi mécanique que nos auteurs : un arrangement heureux de fpondées et de dactyles était
bien auffi pénible que nos rimes et nos hémiftiches.
Il fallait que ce travail fût bien laborieux, puifque
l'Enéide, après onze années, n'était pas encore
dans fa perfection.

M. de *la Motte* prétend, qu'au moins une
fcène de tragédie mife en profe ne perd rien de
fa grâce ni de fa force. Pour le prouver, il tourne
en profe la première fcène de Mithridate, et
perfonne ne peut la lire. Il ne fonge pas que
le grand mérite des vers eft qu'ils foient auffi
corrects que la profe. C'eft cette extrême difficulté furmontée qui charme les connaiffeurs :
réduifez les vers en profe, il n'y a plus ni
mérite ni plaifir.

*Mais*, dit-il, *nos voifins ne riment point dans
leurs tragédies.* Cela eft vrai ; mais ces pièces
font en vers, parce qu'il faut de l'harmonie à
tous les peuples de la terre. Il ne s'agit donc
plus que de favoir fi nos vers doivent être rimés
ou non. MM. *Corneille* et *Racine* ont employé la
rime ; craignons que fi nous voulons ouvrir une

autre carrière, ce ne foit plutôt par l'impuiffance
de marcher dans celle de ces grands hommes,
que par le défir de la nouveauté. Les Italiens et
les Anglais peuvent fe paffer de rimes, parce
que leur langue a des inverfions, et leur poëfie
mille libertés qui nous manquent. Chaque
langue a fon génie déterminé par la nature
de la conftruction de fes phrafes, par la fré-
quence de fes voyelles ou de fes confonnes,
fes inverfions, fes verbes auxiliaires, &c. Le
génie de notre langue eft la clarté et l'élégance;
nous ne permettons nulle licence à notre poëfie,
qui doit marcher, comme notre profe, dans
l'ordre précis de nos idées. Nous avons donc un
befoin effentiel du retour des mêmes fons, pour
que notre poëfie ne foit pas confondue avec la
profe. Tout le monde connaît ces vers :

Où me cacher? fuyons dans la nuit infernale.
Mais que dis-je? mon père y tient l'urne fatale :
Le fort, dit-on, l'a mife en fes févères mains;
Minos juge aux enfers tous les pâles humains.

Mettez à la place :

Où me cacher? fuyons dans la nuit infernale.
Mais que dis-je? mon père y tient l'urne funefte:
Le fort, dit-on, l'a mife en fes févères mains;
Minos juge aux enfers tous les pâles mortels.

Quelque poëtique que foit ce morceau,
fera-t-il le même plaifir, dépouillé de l'agrément
de

de la rime ? Les Anglais et les Italiens diraient
également, après les Grecs et les Romains , *les
pâles humains Minos aux enfers juge*, et enjambe-
raient avec grâce fur l'autre vers ; la manière
même de réciter des vers, en italien et en anglais,
fait fentir des fyllabes longues et brèves , qui
foutiennent encore l'harmonie fans befoin de
rimes : nous qui n'avons aucun de ces avantages,
pourquoi voudrions-nous abandonner ceux que
là nature de notre langue nous laiffe ?

M. de *la Motte* compare nos poëtes, c'eft-à-
dire, nos *Corneilles*, nos *Racines*, nos *Defpréaux*,
à des fefeurs d'acroftiches , et à un charlatan
qui fait paffer des grains de millet par le trou
d'une aiguille ; il ajoute que toutes ces puérilités
n'ont d'autre mérite que celui de la difficulté
furmontée. J'avoue que les mauvais vers font
à peu-près dans ce cas ; ils ne diffèrent de la
mauvaife profe que par la rime ; et la rime
feule ne fait ni le mérite du poëte , ni le
plaifir du lecteur. Ce ne font point feulement
des dactyles et des fpondées qui plaifent dans
*Homère* et dans *Virgile* : ce qui enchante toute
la terre, c'eft l'harmonie charmante qui naît de
cette mefure difficile. Quiconque fe borne à
vaincre une difficulté pour le mérite feul de la
vaincre, eft un fou ; mais celui qui tire du fond
de ces obftacles mêmes des beautés qui plaifent à

tout le monde, eſt un homme très-ſage et preſque unique. Il eſt très-difficile de faire de beaux tableaux, de belles ſtatues, de bonne muſique, de bons vers : auſſi les noms des hommes ſupérieurs qui ont vaincu ces obſtacles, dureront-ils beaucoup plus peut-être que les royaumes où ils ſont nés.

Je pourrais prendre encore la liberté de diſputer avec M. de *la Motte* ſur quelques autres points ; mais ce ſerait peut-être marquer un deſſein de l'attaquer perſonnellement, et faire ſoupçonner une malignité dont je ſuis auſſi éloigné que de ſes ſentimens. J'aime beaucoup mieux profiter des réflexions judicieuſes et fines qu'il a répandues dans ſon livre, que de m'engager à en réfuter quelques-unes qui me paraiſſent moins vraies que les autres. C'eſt aſſez pour moi d'avoir tâché de défendre un art que j'aime, et qu'il eût dû défendre lui-même.

Je dirai ſeulement un mot, ſi M. de *la Faye* veut bien me le permettre, à l'occaſion de l'ode en faveur de l'harmonie, dans laquelle il combat en beaux vers le ſyſtême de M. de *la Motte*, et à laquelle ce dernier n'a répondu qu'en proſe. Voici une ſtance dans laquelle M. de *la Faye* a raſſemblé en vers harmonieux et pleins d'imagination preſque toutes les raiſons que j'ai alléguées.

De la contrainte rigoureuse
Où l'efprit femble refferré,
Il reçoit cette force heúreufe
Qui l'élève au plus haut degré.
Telle, dans des canaux preffée,
Avec plus de force élancée,
L'onde s'élève dans les airs ;
Et la règle qui femble auftère,
N'eft qu'un art plus certain de plaire,
Inféparable des beaux vers.

Je n'ai jamais vu de comparaifon plus jufte, plus gracieufe, ni mieux exprimée. M. de *la Motte*, qui n'eût dû y répondre qu'en l'imitant feulement, examine fi ce font les canaux qui font que l'eau s'élève, ou fi c'eft la hauteur dont elle tombe qui fait la mefure de fon élévation. *Or où trouvera-t-on*, continue-t-il *dans les vers plutôt que dans la profe, cette première hauteur de penfée?* &c.

Je crois que M. de *la Motte* fe trompe comme phyficien ; puifqu'il eft certain que, fans la gêne des canaux dont il s'agit, l'eau ne s'élèverait point du tout, de quelque hauteur qu'elle tombât. Mais ne fe trompe-t-il pas encore plus comme poëte ? Comment n'a-t-il pas fenti que, comme la gêne de la mefure des vers produit une harmonie agréable à l'oreille, ainfi cette prifon où l'eau coule renfermée produit un jet d'eau qui plaît à la vue ? La comparaifon n'eft-elle pas auffi jufte que riante ? M. de *la Faye* a pris,

F 2

fans doute, un meilleur parti que moi : il s'eft
conduit comme ce philofophe qui, pour toute
réponfe à un fophifte qui niait le mouvement,
fe contenta de marcher en fa préfence. M. de
*la Motte* nie l'harmonie des vers ; M. de *la Faye*
lui envoie des vers harmonieux : cela feul doit
m'avertir de finir ma profe.

Malheureuse! arrêtez, quel nom prononcez-vous?

ŒDIPE Acte 5.ᵉ Scene 5.

J. M. Moreau le J.ᵉ inv.                    1783.                    Lingée Sculp.

# O E D I P E,

## *T R A G E D I E*

### A V E C

## D E S   C H O E U R S.

Repréfentée, pour la première fois, le 18
novembre 1718.

## PERSONNAGES.

OEDIPE, roi de Thèbes.

JOCASTE, reine de Thèbes.

PHILOCTETE, prince d'Eubée.

LE GRAND PRETRE.

ARASPE, confident d'Oedipe.

EGINE, confidente de Jocaste.

DIMAS, ami de Philoctete.

PHORBAS, vieillard thébain.

ICARE, vieillard de Corinthe.

CHOEUR de Thébains.

*La scène est à Thèbes.*

# OEDIPE,

## *TRAGEDIE.*

## ACTE PREMIER.

### *SCENE PREMIERE.*

### PHILOCTETE, DIMAS.

DIMAS.

PHILOCTETE, eſt-ce vous? quel coup affreux du ſort
Dans ces lieux empeſtés vous fait chercher la mort?
Venez-vous de nos dieux affronter la colère? (a)
Nul mortel n'oſe ici mettre un pied téméraire :
Ces climats ſont remplis du céleſte courroux,
Et la mort dévorante habite parmi nous.
Thébe, depuis long-temps aux horreurs conſacrée,
Du reſte des vivans ſemble être ſéparée :
Retournez....

PHILOCTETE.

Ce ſéjour convient aux malheureux :
Va, laiſſe-moi le ſoin de mes deſtins affreux,
Et dis-moi ſi des dieux la colère inhumaine,
En accablant ce peuple, a reſpecté la reine?

DIMAS.

Oui, Seigneur, elle vit ; mais la contagion
Juſqu'au pied de ſon trône apporte ſon poiſon.

F 4

Chaque inftant lui dérobe un ferviteur fidelle ,
Et la mort par degrés femble s'approcher d'elle.
On dit qu'enfin le ciel, après tant de courroux,
Va retirer fon bras appefanti fur nous :
Tant de fang, tant de morts ont dû le fatisfaire.

PHILOCTETE.

Eh ! quel crime a produit un courroux fi févère ?

DIMAS,

Depuis la mort du roi...

PHILOCTETE.

Qu'entends-je ? quoi ! Laïus....

DIMAS.

Seigneur, depuis quatre ans ce héros ne vit plus.

PHILOCTETE.

Il ne vit plus ! Quel mot a frappé mon oreille !
Quel efpoir féduifant dans mon cœur fe réveille !
Quoi ! Jocafte. . . ( les dieux me feraient-ils plus doux ?)
Quoi ! Philoctete enfin pourrait-il être à vous ?
Il ne vit plus ! . . . quel fort a terminé fa vie ?

DIMAS.

Quatre ans font écoulés depuis qu'en Béotie ,
Pour la dernière fois le fort guida vos pas.
A peine vous quittiez le fein de vos Etats ,
A peine vous preniez le chemin de l'Afie,
Lorfque, d'un coup perfide, une main ennemie
Ravit à fes fujets ce prince infortuné.

PHILOCTETE.

Quoi ! Dimas, votre maître eft mort affaffiné ?

DIMAS.

Ce fut de nos malheurs la première origine :
Ce crime a de l'empire entraîné la ruine.
Du bruit de fon trépas mortellement frappés,
A répandre des pleurs nous étions occupés,
Quand du courroux des dieux miniftre épouvantable,
Funefte à l'innocent fans punir le coupable,
Un monftre, (loin de nous que fefiez-vous alors ?)
Un monftre furieux vint ravager ces bords.
Le ciel induftrieux dans fa trifte vengeance
Avait à le former épuifé fa puiffance.
Né parmi des rochers au pied du Cithéron, ( 1 )
Ce monftre à voix humaine, aigle, femme et lion,
De la nature entière exécrable affemblage,
Uniffait contre nous l'artifice à la rage.
Il n'était qu'un moyen d'en préferver ces lieux.
    D'un fens embarraffé dans des mots captieux,
Le monftre, chaque jour, dans Thèbe épouvantée
Propofait une énigme avec art concertée ;
Et fi quelque mortel voulait nous fecourir,
Il devait voir le monftre et l'entendre, ou périr.
A cette loi terrible il nous fallut foufcrire.
D'une commune voix, Thèbe offrit fon empire
A l'heureux interprète infpiré par les dieux,
Qui nous dévoilerait ce fens myftérieux.
Nos fages, nos vieillards, féduits par l'efpérance,
Osèrent, fur la foi d'une vaine fcience,
Du monftre impénétrable affronter le courroux ;
Nul d'eux ne l'entendit ; ils expirèrent tous.
Mais Oedipe, héritier du fceptre de Corinthe,
Jeune et dans l'âge heureux qui méconnaît la crainte, ( 2 )

Guidé par la fortune en ces lieux pleins d'effroi,
Vint, vit ce monftre affreux, l'entendit et fut roi.
Il vit, il règne encor ; mais fa trifte puiffance
Ne voit que des mourans fous fon obéiffance.
Hélas ! nous nous flattions que fes heureufes mains
Pour jamais à fon trône enchaînaient les deftins.
Déjà même les dieux nous femblaient plus faciles :
Le monftre en expirant laiffait ces murs tranquilles ;
Mais la ftérilité, fur ce funefte bord,
Bientôt avec la faim nous rapporta la mort.
Les dieux nous ont conduits de fupplice en fupplice ;
La famine a ceffé, mais non leur injuftice ;
Et la contagion, dépeuplant nos Etats,
Pourfuit un faible refte échappé du trépas.
Tel eft l'état horrible où les dieux nous réduifent.
Mais vous, heureux guerrier, que ces dieux favorifent,
Qui du fein de la gloire a pu vous arracher ?
Dans ce féjour affreux que venez-vous chercher ?

#### P H I L O C T E T E.

J'y viens porter mes pleurs et ma douleur profonde.
Apprends mon infortune et les malheurs du monde.
Mes yeux ne verront plus ce digne fils des dieux,
Cet appui de la terre, invincible comme eux.
L'innocent opprimé perd fon dieu tutélaire ;
Je pleure mon ami ; le monde pleure un père.

#### D I M A S.

Hercule eft mort ?

#### P H I L O C T E T E.

                    Ami, ces malheureufes mains
Ont mis fur le bûcher le plus grand des humains ;

Je rapporte en ces lieux ses flèches invincibles,
Du fils de Jupiter préfens chers et terribles;
Je rapporte sa cendre, et viens à ce héros,
Attendant des autels, élever des tombeaux.
Crois-moi, s'il eût vécu, si d'un préfent si rare
Le ciel pour les humains eût été moins avare,
J'aurais loin de Jocafte achevé mon deftin :
Et dût ma paffion renaître dans mon fein,
Tu ne me verrais point, fuivant l'Amour pour guide,
Pour fervir une femme abandonner Alcide.

DIMAS.

J'ai plaint long-temps ce feu si puiffant et si doux;
Il naquit dans l'enfance, il croiffait avec vous.
Jocafte, par un père à fon hymen forcée,
Au trône de Laïus à regret fut placée.
Hélas ! par cet hymen, qui coûta tant de pleurs,
Les deftins en fecret préparaient nos malheurs.
Que j'admirais en vous cette vertu fuprême,
Ce cœur digne du trône et vainqueur de foi-même !
En vain l'Amour parlait à ce cœur agité ;
C'eft le premier tyran que vous avez dompté.

PHILOCTETE.

Il fallut fuir pour vaincre; oui, je te le confeffe,
Je luttai quelque temps, je fentis ma faibleffe :
Il fallut m'arracher de ce funefte lieu,
Et je dis à Jocafte un éternel adieu.
Cependant l'univers, tremblant au nom d'Alcide,
Attendait fon deftin de fa valeur rapide;
A fes divins travaux j'ofai m'affocier;
Je marchais près de lui ceint du même laurier.
C'eft alors, en effet, que mon ame éclairée
Contre les paffions fe fentit affurée.

L'amitié d'un grand homme eſt un bienfait des dieux :
Je liſais mon devoir et mon ſort dans ſes yeux,
Des vertus avec lui je fis l'apprentiſſage ;
Sans endurcir mon cœur, j'affermis mon courage :
L'inflexible vertu m'enchaîna ſous ſa loi :
Qu'euſſé-je été ſans lui ? rien que le fils d'un roi,
Rien qu'un prince vulgaire ; et je ſerais peut-être
Eſclave de mes ſens, dont il m'a rendu maître.

### DIMAS.

Ainſi donc déſormais, ſans plainte et ſans courroux,
Vous reverrez Jocaſte et ſon nouvel époux ?

### PHILOCTETE.

Comment ! que dites-vous ? un nouvel hyménée...

### DIMAS.

Oedipe à cette reine a joint ſa deſtinée.

### PHILOCTETE.

Oedipe eſt trop heureux ! je n'en ſuis point ſurpris,
Et qui ſauva ſon peuple eſt digne d'un tel prix :
Le ciel eſt juſte.

### DIMAS.

        Oedipe en ces lieux va paraître :
Tout le peuple avec lui, conduit par le grand prêtre,
Vient des dieux irrités conjurer les rigueurs.

### PHILOCTETE.

Je me ſens attendri, je partage leurs pleurs.
O toi, du haut des cieux, veille ſur ta patrie,
Exauce en ſa faveur un ami qui te prie ;
Hercule, ſois le dieu de tes concitoyens ; (b)
Que leurs vœux juſqu'à toi montent avec les miens !

## SCENE II.

### LE GRAND PRETRE, LE CHOEUR.

*La porte du temple s'ouvre, et le grand prêtre paraît au milieu du peuple.*

PREMIER PERSONNAGE DU CHOEUR.

Esprits contagieux, tyrans de cet empire,
Qui soufflez dans ces murs la mort qu'on y respire,
Redoublez contre nous votre lente fureur,
Et d'un trépas trop long épargnez-nous l'horreur.

SECOND PERSONNAGE.

Frappez, Dieux tout-puissans, vos victimes sont prêtes :
O monts ! écrasez-nous... Cieux, tombez sur nos têtes !
O mort, nous implorons ton funeste secours !
O mort, viens nous sauver, viens terminer nos jours !

LE GRAND PRETRE.

Cessez, et retenez ces clameurs lamentables,
Faible soulagement aux maux des misérables.
Fléchissons sous un dieu qui veut nous éprouver,
Qui d'un mot peut nous perdre, et d'un mot nous sauver.
Il fait que dans ces murs la mort nous environne,
Et les cris des Thébains sont montés vers son trône.
Le roi vient. Par ma voix, le ciel va lui parler ;
Les destins à ses yeux veulent se dévoiler.
Les temps sont arrivés ; cette grande journée
Va du peuple et du roi changer la destinée.

## S C E N E   I I I.

OEDIPE, JOCASTE, LE GRAND PRETRE, EGINE,
DIMAS, ARASPE, LE CHOEUR.

### O E D I P E.

PEUPLE, qui dans ce temple, apportant vos douleurs,
Préfentez à nos dieux des offrandes de pleurs,
Que ne puis-je, fur moi détournant leurs vengeances,
De la mort qui vous fuit étouffer les femences!
Mais un roi n'eft qu'un homme en ce commun danger,
Et tout ce qu'il peut faire eft de le partager.
    ( *au grand prétre.* )
Vous, miniftre des dieux que dans Thèbe on adore,
Dédaignent-ils toujours la voix qui les implore?
Verront-ils fans pitié finir nos triftes jours?
Ces maîtres des humains font-ils muets et fourds?

### L E   G R A N D   P R E T R E.

Roi, peuple, écoutez-moi. Cette nuit à ma vue
Du ciel fur nos autels la flamme eft defcendue;
L'ombre du grand Laïus a paru parmi nous,
Terrible et refpirant la haine et le courroux.
Une effrayante voix s'eft fait alors entendre:
  ,, Les Thébains de Laïus n'ont point vengé la cendre;
  ,, Le meurtrier du roi refpire en ces Etats,
  ,, Et de fon fouffle impur infecte vos climats.
  ,, Il faut qu'on le connaiffe, il faut qu'on le puniffe.
  ,, Peuple, votre falut dépend de fon fupplice. ,,

OEDIPE.

Thébains, je l'avouerai, vous souffrez justement
D'un crime inexcusable un rude châtiment.
Laïus vous était cher, et votre négligence
De ses manes sacrés a trahi la vengeance.
Tel est souvent le sort des plus justes des rois! ( 3 )
Tant qu'ils sont sur la terre on respecte leurs lois;
On porte jusqu'aux cieux leur justice suprême,
Adorés de leur peuple, ils sont des dieux eux-mêmes;
Mais après leur trépas, que sont-ils à vos yeux?
Vous éteignez l'encens que vous brûliez pour eux;
Et comme à l'intérêt l'ame humaine est liée,
La vertu qui n'est plus est bientôt oubliée.
Ainsi du ciel vengeur implorant le courroux,
Le sang de votre roi s'élève contre vous.
Apaisons son murmure, et qu'au lieu d'hécatombe,
Le sang du meurtrier soit versé sur sa tombe.
A chercher le coupable appliquons tous nos soins.
Quoi! de la mort du roi n'a-t-on pas de témoins,
Et n'a-t-on jamais pu, parmi tant de prodiges,
De ce crime impuni retrouver les vestiges?
On m'avait toujours dit que ce fut un thébain
Qui leva sur son prince une coupable main.

( à Jocaste )

Pour moi qui, de vos mains recevant sa couronne,
Deux ans après sa mort ai monté sur son trône,
Madame, jusqu'ici, respectant vos douleurs,
Je n'ai point rappelé le sujet de vos pleurs;
Et de vos seuls périls chaque jour alarmée,
Mon ame à d'autres soins semblait être fermée.

### JOCASTE.

Seigneur, quand le deftin me réfervant à vous,
Par un coup imprévu m'enleva mon époux;
Lorfque, de fes Etats parcourant les frontières,
Ce héros fuccomba fous des mains meurtrières,
Phorbas en ce voyage était feul avec lui.
Phorbas était du roi le confeil et l'appui;
Laïus qui connaiffait fon zèle et fa prudence,
Partageait avec lui le poids de fa puiffance.
Ce fut lui qui du prince, à fes yeux maffacré,
Rapporta dans nos murs le corps défiguré :
Percé de coups lui-même il fe traînait à peine;
Il tomba tout fanglant aux genoux de fa reine.
,, Des inconnus, dit-il, ont porté ces grands coups;
,, Ils ont devant mes yeux maffacré votre époux;
,, Ils m'ont laiffé mourant; et le pouvoir célefte
,, De mes jours malheureux a ranimé le refte. ,,
Il ne m'en dit pas plus : et mon cœur agité
Voyait fuir loin de lui la trifte vérité;
Et peut-être le ciel, que ce grand crime irrite,
Déroba le coupable à ma jufte pourfuite :
Peut-être, accompliffant fes décrets éternels,
Afin de nous punir il nous fit criminels.
Le Sphinx bientôt après défola cette rive;
A fes feules fureurs Thèbe fut attentive;
Et l'on ne pouvait guère, en un pareil effroi,
Venger la mort d'autrui, quand on tremblait pour foi.

### OEDIPE.

Madame, qu'a-t-on fait de ce fujet fidèle ?

### JOCASTE.

Seigneur, on paya mal fon fervice et fon zèle.

Tout

Tout l'Etat en fecret était fon ennemi,
Il était trop puiffant pour n'être point haï ;
Et du peuple et des grands la colère infenfée
Brûlait de le punir de fa faveur paffée.
On l'accufa lui-même, et d'un commun tranfport
Thèbe entière à grands cris me demanda fa mort :
Et moi, de tous côtés redoutant l'injuftice,
Je tremblai d'ordonner fa grâce ou fon fupplice.
Dans un château voifin conduit fecrétement,
Je dérobai fa tête à leur emportement.
Là, depuis quatre hivers, ce vieillard vénérable,
De la faveur des rois exemple déplorable,
Sans fe plaindre de moi ni du peuple irrité,
De fa feule innocence attend fa liberté.

### OEDIPE.

#### ( à fa fuite. )

Madame, c'eft affez. Courez, que l'on s'empreffe ;
Qu'on ouvre fa prifon, qu'il vienne, qu'il paraiffe.
Moi-même devant vous je veux l'interroger.
J'ai tout mon peuple enfemble et Laïus à venger.
Il faut tout écouter ; il faut, d'un œil févère,
Sonder la profondeur de ce trifte myftère.
Et vous, Dieux des Thébains, Dieux qui nous exaucez,
Puniffez l'affaffin, vous qui le connaiffez.
Soleil, cache à fes yeux le jour qui nous éclaire :
Qu'en horreur à fes fils, exécrable à fa mère,
Errant, abandonné, profcrit dans l'univers,
Il raffemble fur lui tous les maux des enfers ;
Et que fon corps fanglant, privé de fépulture,
Des vautours dévorans devienne la pâture !

*Théâtre* Tome I.                                     G

LE GRAND PRETRE.

A ces fermens affreux nous nous uniſſons tous.

OEDIPE.

Dieux, que le crime ſeul éprouve enfin vos coups !
Ou ſi de vos décrets l'éternelle juſtice
Abandonne à mon bras le ſoin de ſon ſupplice,
Et ſi vous êtes las enfin de nous haïr,
Donnez en commandant le pouvoir d'obéir.
Si ſur un inconnu vous pourſuivez le crime,
Achevez votre ouvrage et nommez la victime.
Vous, retournez au temple ; allez, que votre voix
Interroge ces dieux une ſeconde fois ;
Que vos vœux parmi nous les forcent à deſcendre :
S'ils ont aimé Laïus, ils vengeront ſa cendre,
Et conduiſant un roi facile à ſe tromper,
Ils marqueront la place où mon bras doit frapper.


*Fin du premier acte.*

# ACTE II.

## *SCENE PREMIERE.*

### JOCASTE, EGINE, ARASPE, LE CHOEUR.

###### ARASPE.

Oui, ce peuple expirant, dont je fuis l'interprète,
D'une commune voix accufe Philoctete,
Madame, et les deftins dans ce trifte féjour
Pour nous fauver, fans doute, ont permis fon retour.

###### JOCASTE.

Qu'ai-je entendu, grands Dieux !

###### EGINE.

Ma furprife eft extrême !....

###### JOCASTE.

Qui ? lui ! qui ? Philoctete !

###### ARASPE.

Oui, Madame, lui-même.

A quel autre en effet pourraient-ils imputer
Un meurtre qu'à nos yeux il fembla méditer ?
Il haïffait Laïus, on le fait ; et fa haine
Aux yeux de votre époux ne fe cachait qu'à peine :
La jeuneffe imprudente aifément fe trahit ;
Son front mal déguifé découvrait fon dépit :
J'ignore quel fujet animait fa colère ;
Mais au feul nom du roi, trop prompt et trop fincère,
Efclave d'un courroux qu'il ne pouvait dompter,
Jufques à la menace il ofa s'emporter ;
Il partit ; et depuis, fa deftinée errante
Ramena fur nos bords fa fortune flottante.

Même il était dans Thèbe en ces temps malheureux
Que le ciel a marqués d'un parricide affreux :
Depuis ce jour fatal, avec quelque apparence,
De nos peuples fur lui tomba la défiance.
Que dis-je ? Affez long-temps les foupçons des Thébains
Entre Phorbas et lui flottèrent incertains :
Cependant ce grand nom qu'il s'acquit dans la guerre,
Ce titre fi fameux de vengeur de la terre,
Ce refpect qu'aux héros nous portons malgré nous,
Fit taire nos foupçons et fufpendit nos coups.
Mais les temps font changés : Thèbe, en ce jour funefte,
D'un refpect dangereux dépouillera le refte ;
En vain fa gloire parle à ces cœurs agités, (c)
Les dieux veulent du fang et font feuls écoutés.

PREMIER PERSONNAGE DU CHOEUR.

O Reine ! ayez pitié d'un peuple qui vous aime ;
Imitez de ces dieux la juftice fuprême ;
Livrez-nous leur victime, adreffez-leur nos vœux :
Qui peut mieux les toucher qu'un cœur fi digne d'eux ?

JOCASTE.

Pour fléchir leur courroux s'il ne faut que ma vie,
Hélas ! c'eft fans regret que je la facrifie.
Thébains, qui me croyez encor quelques vertus,
Je vous offre mon fang : n'exigez rien de plus.
Allez.

## SCENE II.

### JOCASTE, EGINE.

EGINE.

Qᴜᴇ je vous plains !

JOCASTE.

Hélas ! je porte envie
A ceux qui dans ces murs ont terminé leur vie.
Quel état, quel tourment pour un cœur vertueux !

EGINE.

Il n'en faut point douter, votre fort eft affreux !
Ces peuples qu'un faux zèle aveuglément anime,
Vont bientôt à grands cris demander leur victime.
Je n'ofe l'accufer, mais quelle horreur pour vous
Si vous trouvez en lui l'affaffin d'un époux !

JOCASTE.

Et l'on ofe à tous deux faire un pareil outrage ! (d)
Le crime, la baffeffe eût été fon partage !
Egine, après les nœuds qu'il a fallu brifer,
Il manquait à mes maux de l'entendre accufer.
Apprends que ces foupçons irritent ma colère,
Et qu'il eft vertueux puifqu'il m'avait fu plaire.

EGINE.

Cet amour fi conftant. . . .

JOCASTE.

Ne crois pas que mon cœur
De cet amour funefte ait pu nourrir l'ardeur ;
Je l'ai trop combattu. Cependant, chère Egine,
Quoi que faffe un grand cœur où la vertu domine,

G 3

On ne se cache point ces secrets mouvemens,
De la nature en nous indomptables enfans :
Dans les replis de l'ame ils viennent nous surprendre;
Ces feux qu'on croit éteints renaissent de leur cendre :
Et la vertu sévère, en de si durs combats,
Résiste aux passions et ne les détruit pas.

E G I N E.

Votre douleur est juste autant que vertueuse,
Et de tels sentimens. . . .

J O C A S T E.

Que je suis malheureuse !
Tu connais, chère Egine, et mon cœur et mes maux :
J'ai deux fois de l'hymen allumé les flambeaux;
Deux fois de mon destin subissant l'injustice,
J'ai changé d'esclavage, où plutôt de supplice :
Et le seul des mortels dont mon cœur fut touché,
A mes vœux pour jamais devait être arraché.
Pardonnez-moi, grands Dieux, ce souvenir funeste;
D'un feu que j'ai dompté c'est le malheureux reste.
Egine, tu nous vis l'un de l'autre charmés,
Tu vis nos nœuds rompus aussitôt que formés;
Mon souverain m'aima, m'obtint malgré moi-même;
Mon front chargé d'ennuis fut ceint du diadême;
Il fallut oublier dans ses embrassemens
Et mes premiers amours, et mes premiers sermens.
Tu sais qu'à mon devoir toute entière attachée,
J'étouffai de mes sens la révolte cachée :
Que déguisant mon trouble et dévorant mes pleurs,
Je n'osais à moi-même avouer mes douleurs....

E G I N E.

Comment donc pouviez-vous du joug de l'hyménée
Une seconde fois tenter la destinée?

JOCASTE.

Hélas!

EGINE.

M'eft-il permis de ne vous rien cacher?

JOCASTE.

Parle.

EGINE.

Oedipe, Madame, a paru vous toucher;
Et votre cœur, du moins fans trop de réfiftance,
De vos Etats fauvés donna la récompenfe.

JOCASTE.

Ah grands Dieux!

EGINE.

Etait-il plus heureux que Laïus,
Ou Philoctete abfent ne vous touchait-il plus?
Entre ces deux héros étiez-vous partagée?

JOCASTE.

Par un monftre cruel Thèbe alors ravagée,
A fon libérateur avait promis ma foi,
Et le vainqueur du Sphinx était digne de moi.

EGINE.

Vous l'aimiez?

JOCASTE.

Je fentis pour lui quelque tendreffe;
Mais que ce fentiment fut loin de la faibleffe!
Ce n'était point, Egine, un feu tumultueux,
De mes fens enchantés enfant impétueux;
Je ne reconnus point cette brûlante flamme
Que le feul Philoctete a fait naître en mon ame;

G 4

Et qui fur mon efprit répandant fon poifon,
De fon charme fatal a féduit ma raifon.
Je fentais pour Oedipe une amitié févère,
Oedipe eft vertueux, fa vertu m'était chère;
Mon cœur avec plaifir le voyait élevé
Au trône des Thébains qu'il avait confervé.
Cependant fur fes pas aux autels entraînée,
Egine, je fentis dans mon ame étonnée
Des tranfports inconnus que je ne conçus pas;
Avec horreur enfin je me vis dans fes bras.
Cet hymen fut conclu fous un affreux augure:
Egine, je voyais dans une nuit obfcure,
Près d'Oedipe et de moi, je voyais des enfers
Les gouffres éternels à mes pieds entr'ouverts;
De mon premier époux l'ombre pâle et fanglante
Dans cet abyme affreux paraiffait menaçante:
Il me montrait mon fils, ce fils qui dans mon flanc
Avait été formé de fon malheureux fang;
Ce fils dont ma pieufe et barbare injuftice
Avait fait à nos dieux un fecret facrifice:
De les fuivre tous deux ils femblaient m'ordonner:
Tous deux dans le Tartare ils femblaient m'entraîner.
De fentimens confus mon ame poffédée
Se préfentait toujours cette effroyable idée;
Et Philoctete encor trop préfent dans mon cœur,
De ce trouble fatal augmentait la terreur.

E G I N E.

J'entends du bruit, on vient, je le vois qui s'avance.

J O C A S T E.

C'eft lui-même : je tremble : évitons fa préfence.

## SCENE III.

### JOCASTE, PHILOCTETE.

PHILOCTETE.

Ne fuyez point, Madame, et ceffez de trembler;
Ofez me voir, ofez m'entendre et me parler.
Ne craignez point ici que mes jaloufes larmes
De votre hymen heureux troublent les nouveaux charmes:
N'attendez point de moi des reproches honteux,
Ni de lâches foupirs indignes de tous deux.
Je ne vous tiendrai point de ces difcours vulgaires
Que dicte la molleffe aux amans ordinaires.
Un cœur qui vous chérit, et, s'il faut dire plus,
S'il vous fouvient des nœuds que vous avez rompus,
Un cœur pour qui le vôtre avait quelque tendreffe,
N'a point appris de vous à montrer de faibleffe.

JOCASTE.

De pareils fentimens n'appartenaient qu'à nous;
J'en dois donner l'exemple, ou le prendre de vous.
Si Jocafte avec vous n'a pu fe voir unie,
Il eft jufte avant tout qu'elle s'en juftifie.
Je vous aimais, Seigneur: une fuprême loi
Toujours malgré moi-même a difpofé de moi.
Et du Sphinx et des dieux la fureur trop connue
Sans doute à votre oreille eft déjà parvenue;
Vous favez quels fléaux ont éclaté fur nous,
Et qu'Oedipe. . . .

PHILOCTETE.

Je fais qu'Oedipe eft votre époux;

Je fais qu'il en eft digne ; et malgré fa jeuneffe,
L'empire des Thébains fauvé par fa fageffe,
Ses exploits, fes vertus, et fur-tout votre choix,
Ont mis cet heureux prince au rang des plus grands rois.
Ah! pourquoi la fortune, à me nuire conftante,
Emportait-elle ailleurs ma valeur imprudente?
Si le vainqueur du Sphinx devait vous conquérir,
Fallait-il loin de vous ne chercher qu'à périr?
Je n'aurais point percé les ténèbres frivoles
D'un vain fens déguifé fous d'obfcures paroles ;
Ce bras, que votre afpect eût encore animé,
A vaincre avec le fer était accoutumé :
Du monftre à vos genoux j'euffe apporté la tête.
D'un autre cependant Jocafte eft la conquête !
Un autre a pu jouir de cet excès d'honneur !

J O C A S T E.

Vous ne connaiffez pas quel eft votre malheur.

P H I L O C T E T E.

Je perds Alcide et vous : qu'aurais-je à craindre encore?

J O C A S T E.

Vous êtes en des lieux qu'un dieu vengeur abhorre ;
Un feu contagieux annonce fon courroux :
Et le fang de Laïus eft retombé fur nous.
Du ciel qui nous pourfuit la juftice outragée
Venge ainfi de ce roi la cendre négligée ;
On doit fur nos autels immoler l'affaffin ;
On le cherche, on vous nomme, on vous accufe enfin.

P H I L O C T E T E.

Madame, je me tais; une pareille offenfe
Etonne mon courage et me force au filence.
Qui? moi de tels forfaits! moi des affaffinats!
Et que de votre époux.... Vous ne le croyez pas.

JOCASTE.

Non : je ne le crois point : et c'eſt vous faire injure
Que daigner un moment combattre l'impoſture.
Votre cœur m'eſt connu, vous avez eu ma foi,
Et vous ne pouvez point être indigne de moi.
Oubliez ces Thébains que les dieux abandonnent,
Trop dignes de périr depuis qu'ils vous ſoupçonnent.
Fuyez-moi, c'en eſt fait ; nous nous aimions en vain ;
Les dieux vous réſervaient un plus noble deſtin ;
Vous étiez né pour eux : leur ſageſſe profonde
N'a pu fixer dans Thèbe un bras utile au monde,
Ni ſouffrir que l'amour, rempliſſant ce grand cœur,
Enchaînât près de moi votre obſcure valeur.
Non, d'un lien charmant le ſoin tendre et timide
Ne doit point occuper le ſucceſſeur d'Alcide ;
De toutes vos vertus comptable à leurs beſoins,
Ce n'eſt qu'aux malheureux que vous devez vos ſoins.
Déjà de tous côtés les tyrans reparaiſſent ;
Hercule eſt ſous la tombe, et les monſtres renaiſſent :
Allez, libre des feux dont vous fûtes épris ;
Partez, rendez Hercule à l'univers ſurpris.

  Seigneur, mon époux vient, ſouffrez que je vous laiſſe :
Non que mon cœur troublé redoute ſa faibleſſe ;
Mais j'aurais trop peut-être à rougir devant vous,
Puiſque je vous aimais et qu'il eſt mon époux.

## S C E N E  I V.

### O E D I P E, PHILOCTETE, ARASPE.

#### O E D I P E.

ARASPE, c'eſt donc là le prince Philoctete?

#### P H I L O C T E T E.

Oui, c'eſt lui qu'en ces murs un fort aveugle jette,
Et que le ciel encore, à ſa perte animé,
A ſouffrir des affronts n'a point accoutumé.
Je fais de quels forfaits on veut noircir ma vie,
Seigneur, n'attendez pas que je m'en juſtifie :
J'ai pour vous trop d'eſtime ; et je ne penſe pas
Que vous puiſſiez deſcendre à des ſoupçons ſi bas.
Si ſur les mêmes pas nous marchons l'un et l'autre,
Ma gloire d'aſſez près eſt unie à la vôtre.
Théſée, Hercule et moi, nous vous avons montré
Le chemin de la gloire où vous êtes entré.
Ne déshonorez point par une calomnie
La ſplendeur de ces noms où votre nom s'allie ;
Et ſoutenez ſur-tout, par un trait généreux, (e)
L'honneur que vous avez d'être placé près d'eux.

#### O E D I P E.

Etre utile aux mortels, et ſauver cet empire,
Voilà, Seigneur, voilà l'honneur ſeul où j'aſpire,
Et ce que m'ont appris en ces extrémités
Les héros que j'admire et que vous imitez.
Certes, je ne veux point vous imputer un crime :
Si le ciel m'eût laiſſé le choix de la victime :

Je n'aurais immolé de victime que moi ;
Mourir pour fon pays, c'eft le devoir d'un roi :
C'eft un honneur trop grand pour le céder à d'autres.
J'aurais donné mes jours et défendu les vôtres,
J'aurais fauvé mon peuple une feconde fois ;
Mais, Seigneur, je n'ai point la liberté du choix.
C'eft un fang criminel que nous devons répandre :
Vous êtes accufé, fongez à vous défendre,
Paraiffez innocent ; il me fera bien doux
D'honorer dans ma cour un héros tel que vous :
Et je me tiens heureux, s'il faut que je vous traite
Non comme un accufé, mais comme Philoctete.

PHILOCTETE.

Je veux bien l'avouer ; fur la foi de mon nom,
J'avais ofé me croire au-deffus du foupçon.
Cette main qu'on accufe, au défaut du tonnerre,
D'infames affaffins a délivré la terre ;
Hercule à les dompter avait inftruit mon bras,
Seigneur : qui les punit, ne les imite pas.

OEDIPE.

Ah ! je ne penfe point qu'aux exploits confacrées
Vos mains par des forfaits fe foient déshonorées,
Seigneur ; et fi Laïus eft tombé fous vos coups,
Sans doute avec honneur il expira fous vous ;
Vous ne l'avez vaincu qu'en guerrier magnanime :
Je vous rends trop juftice.

PHILOCTETE.

         Eh ! quel ferait mon crime ?
Si ce fer chez les morts eût fait tomber Laïus,
Ce n'eût été pour moi qu'un triomphe de plus.
Un roi pour fes fujets eft un dieu qu'on révère ;
Pour Hercule et pour moi c'eft un homme ordinaire.

J'ai défendu des rois; et vous devez fonger
Que j'ai pu les combattre, ayant pu les venger.

OEDIPE.

Je connais Philoctete à ces illuftres marques :
Des guerriers comme vous font égaux aux monarques;
Je le fais : cependant, Prince, n'en doutez pas,
Le vainqueur de Laïus eft digne du trépas;
Sa tête répondra des malheurs de l'empire,
Et vous....

PHILOCTETE.

Ce n'eft point moi : ce mot doit vous fuffire.
Seigneur, fi c'était moi, j'en ferais vanité;
En vous parlant ainfi je dois être écouté.
C'eft aux hommes communs, aux ames ordinaires
A fe juftifier par des moyens vulgaires;
Mais un prince, un guerrier, tel que vous, tel que moi, (4)
Quand il a dit un mot, en eft cru fur fa foi.
Du meurtre de Laïus Oedipe me foupçonne !
Ah! ce n'eft point à vous d'en accufer perfonne;
Son fceptre et fon époufe ont paffé dans vos bras;
C'eft vous qui recueillez le fruit de fon trépas.
Ce n'eft pas moi, fur-tout, de qui l'heureufe audace
Difputa fa dépouille et demanda fa place.
Le trône eft un objet qui n'a pu me tenter :
Hercule à ce haut rang dédaignait de monter.
Toujours libre avec lui, fans fujets et fans maître,
J'ai fait des fouverains, et n'ai point voulu l'être.
Mais c'eft trop me défendre et trop m'humilier;
La vertu s'avilit à fe juftifier.

OEDIPE.

Votre vertu m'eft chère, et votre orgueil m'offenfe;
On vous jugera, Prince; et fi votre innocence

De l'équité des lois n'a rien à redouter,
Avec plus de fplendeur elle en doit éclater.
Demeurez parmi nous....

PHILOCTETE.

J'y refterai fans doute :
Il y va de ma gloire, et le ciel qui m'écoute
Ne me verra partir que vengé de l'affront
Dont vos foupçons honteux ont fait rougir mon front.

## SCENE V.

OEDIPE, ARASPE. (f)

OEDIPE.

Je l'avouerai, j'ai peine à le croire coupable.
D'un cœur tel que le fien l'audace inébranlable
Ne fait point s'abaiffer à des déguifemens :
Le menfonge n'a point de fi hauts fentimens.
Je ne puis voir en lui cette baffeffe infame.
Je te dirai bien plus ; je rougiffais dans l'ame
De me voir obligé d'accufer ce grand cœur :
Je me plaignais à moi de mon trop de rigueur.
Néceffité cruelle attachée à l'empire !
Dans le cœur des humains les rois ne peuvent lire,
Souvent fur l'innocence ils font tomber leurs coups,
Et nous fommes, Arafpe, injuftes malgré nous.
Mais que Phorbas eft lent pour mon impatience !
C'eft fur lui feul enfin que j'ai quelque efpérance ;
Car les dieux irrités ne nous répondent plus ;
Ils ont par leur filence expliqué leurs refus.

ARASPE.

Tandis que par vos foins vous pouvez tout apprendre,
Quel befoin que le ciel ici fe faffe entendre?
Ces dieux dont le pontife a promis le fecours,
Dans leurs temples, Seigneur, n'habitent pas toujours:
On ne voit point leur bras fi prodigue en miracles:
Ces antres, ces trépieds qui rendent leurs oracles,
Ces organes d'airain que nos mains ont formés,
Toujours d'un fouffle pur ne font pas animés.
Ne nous endormons point fur la foi de leurs prêtres;
Au pied du fanctuaire il eft fouvent des traîtres,
Qui, nous afferviffant fous un pouvoir facré,
Font parler les deftins, les font taire à leur gré.
Voyez, examinez avec un foin extrême
Philoctete, Phorbas, et Jocafte elle-même.
Ne nous fions qu'à nous, voyons tout par nos yeux,
Ce font-là nos trépieds, nos oracles, nos dieux.

OEDIPE.

Serait-il dans le temple un cœur affez perfide?....
Non, fi le ciel enfin de nos deftins décide,
On ne le verra point mettre en d'indignes mains
Le dépôt précieux du falut des Thébains.
Je vais, je vais moi-même, accufant leur filence,
Par mes vœux redoublés fléchir leur inclémence.
Toi, fi pour me fervir tu montres quelque ardeur,
De Phorbas que j'attends cours hâter la lenteur:
Dans l'état déplorable où tu vois que nous fommes,
Je veux interroger et les dieux et les hommes.

*Fin du fecond acte.*

ACTE

# ACTE III.

## SCENE PREMIERE.

### JOCASTE, EGINE.

#### JOCASTE.

Oui, j'attends Philoctete, et je veux qu'en ces lieux
Pour la dernière fois il paraiſſe à mes yeux.

#### EGINE.

Madame, vous ſavez juſqu'à quelle inſolence
Le peuple a de ſes cris fait monter la licence.
Ces Thébains, que la mort aſſiége à tout moment,
N'attendent leur ſalut que de ſon châtiment;
Vieillards, femmes, enfans, que leur malheur accable,
Tous ſont intéreſſés à le trouver coupable.
Vous entendez d'ici leurs cris ſéditieux,
Ils demandent ſon ſang de la part de nos dieux.
Pourrez-vous réſiſter à tant de violence?
Pourrez-vous le ſervir et prendre ſa défenſe?

#### JOCASTE.

Moi! ſi je la prendrai? duſſent tous les Thébains
Porter juſque ſur moi leurs parricides mains,
Sous ces murs tout fumans duſſé-je être écraſée,
Je ne trahirai point l'innocence accuſée.
   Mais une juſte crainte occupe mes eſprits:
Mon cœur de ce héros fut autrefois épris;

*Théâtre.* Tome I.                              H

On le fait ; on dira que je lui facrifie
Ma gloire, mes époux, mes dieux et ma patrie ;
Que mon cœur brûle encore.

E G I N E.

Ah ! calmez cet effroi ;
Cet amour malheureux n'eut de témoin que moi,
Et jamais....

J O C A S T E.

Que dis-tu ? crois-tu qu'une princeffe
Puiffe jamais cacher fa haine ou fa tendreffe ?
Des courtifans fur nous les inquiets regards
Avec avidité tombent de toutes parts ;
A travers les refpects, leurs trompeufes foupleffes
Pénètrent dans nos cœurs et cherchent nos faibleffes ;
A leur malignité rien n'échappe et ne fuit ;
Un feul mot, un foupir, un coup d'œil nous trahit ;
Tout parle contre nous, jufqu'à notre filence :
Et quand leur artifice et leur perfévérance
Ont enfin, malgré nous, arraché nos fecrets ;
Alors avec éclat leurs difcours indifcrets,
Portant fur notre vie une trifte lumière,
Vont de nos paffions remplir la terre entière.

E G I N E.

Eh ! qu'avez-vous, Madame, à craindre de leurs coups ?
Quels regards fi perçans font dangereux pour vous ?
Quel fecret pénétré peut flétrir votre gloire ?
Si l'on fait votre amour, on fait votre victoire :
On fait que la vertu fut toujours votre appui.

J O C A S T E.

Et c'eft cette vertu qui me trouble aujourd'hui.
Peut-être, à m'accufer toujours prompte et févère,
Je porte fur moi-même un regard trop auftère ;

Peut-être je me juge avec trop de rigueur ;
Mais enfin Philoctete a régné fur mon cœur :
Dans ce cœur malheureux fon image eft tracée,
La vertu ni le temps ne l'ont point effacée :
Que dis-je ? Je ne fais, quand je fauve fes jours,
Si la feule équité m'appelle à fon fecours ;
Ma pitié me paraît trop fenfible et trop tendre ;
Je fens trembler mon bras tout prêt à le défendre ;
Je me reproche enfin mes bontés et mes foins ;
Je le fervirais mieux fi je l'euffe aimé moins.

E G I N E.

Mais voulez-vous qu'il parte ?

J O C A S T E.

Oui, je le veux fans doute :
C'eft ma feule efpérance ; et pour peu qu'il m'écoute,
Pour peu que ma prière ait fur lui de pouvoir,
Il faut qu'il fe prépare à ne me plus revoir.
De ces funeftes lieux qu'il s'écarte, qu'il fuie,
Qu'il fauve en s'éloignant et ma gloire et fa vie.
Mais qui peut l'arrêter ? il devrait être ici ;
Chère Egine, va, cours.

## S C E N E  I I.

JOCASTE, PHILOCTETE, EGINE.

J O C A S T E.

AH ! Prince, vous voici.
Dans le mortel effroi dont mon ame eft émue,
Je ne m'excufe point de chercher votre vue ;

H 2

Mon devoir, il eſt vrai, m'ordonne de vous fuir, (g)
Je dois vous oublier, et non pas vous trahir ;
Je crois que vous ſavez le ſort qu'on vous apprête.

PHILOCTETE.

Un vain peuple en tumulte a demandé ma tête :
Il ſouffre, il eſt injuſte, il faut lui pardonner.

JOCASTE.

Gardez à ſes fureurs de vous abandonner.
Partez, de votre ſort vous êtes encor maître ;
Mais ce moment, Seigneur, eſt le dernier peut-être
Où je puis vous ſauver d'un indigne trépas.
Fuyez, et loin de moi précipitant vos pas,
Pour prix de votre vie heureuſément ſauvée,
Oubliez que c'eſt moi qui vous l'ai conſervée.

PHILOCTETE.

Daignez montrer, Madame, à mon cœur agité
Moins de compaſſion et plus de fermeté ;
Préférez comme moi mon honneur à ma vie,
Commandez que je meure, et non pas que je fuie ;
Et ne me forcez point, quand je ſuis innocent,
A devenir coupable en vous obéiſſant.
Des biens que m'a ravis la colère céleſte,
Ma gloire, mon honneur eſt le ſeul qui me reſte ;
Ne m'ôtez pas ce bien dont je ſuis ſi jaloux,
Et ne m'ordonnez pas d'être indigne de vous.
J'ai vécu, j'ai rempli ma triſte deſtinée,
Madame, à votre époux ma parole eſt donnée ;
Quelque indigne ſoupçon qu'il ait conçu de moi,
Je ne fais point encor comme on manque de foi.

JOCASTE.

Seigneur, au nom des dieux ! au nom de cette flamme
Dont la triſte Jocaſte avait touché votre ame,

Si d'une fi parfaite et fi tendre amitié
Vous confervez encore un refte de pitié,
Enfin s'il vous fouvient que, promis l'un à l'autre,
Autrefois mon bonheur a dépendu du vôtre,
Daignez fauver des jours de gloire environnés,
Des jours à qui les miens ont été deftinés.

PHILOCTETE.

Je vous les confacrai : je veux que leur carrière
De vous, de vos vertus, foit digne toute entière.
J'ai vécu loin de vous, mais mon fort eft trop beau
Si j'emporte en mourant votre eftime au tombeau.
Qui fait même, qui fait, fi d'un regard propice
Le ciel ne verra point ce fanglant facrifice ?
Qui fait fi fa clémence, au fein de vos Etats,
Pour m'immoler à vous, n'a point conduit mes pas ?
Peut-être il me devait cette grâce infinie
De conferver vos jours aux dépens de ma vie :
Peut-être d'un fang pur il peut fe contenter,
Et le mien vaut du moins qu'il daigne l'accepter.

## SCENE III.

OEDIPE, JOCASTE, PHILOCTETE, EGINE,
ARASPE, Suite.

OEDIPE.

PRINCE, ne craignez point l'impétueux caprice
D'un peuple dont la voix preffe votre fupplice ;
J'ai calmé fon tumulte, et même contre lui
Je vous viens, s'il le faut, préfenter mon appui.

H 3

On vous a foupçonné, le peuple a dû le faire.
Moi qui ne juge point ainfi que le vulgaire,
Je voudrais que, perçant un nuage odieux,
Déjà votre innocence éclatât à leurs yeux.
Mon efprit incertain, que rien n'a pu réfoudre,
N'ofe vous condamner, mais ne peut vous abfoudre.
C'eft au ciel, que j'implore, à me déterminer :
Ce ciel enfin s'apaife, il veut nous pardonner,
Et bientôt, retirant la main qui nous opprime,
Par la voix du grand prêtre il nomme la victime ;
Et je laiffe à nos dieux plus éclairés que nous,
Le foin de décider entre mon peuple et vous.

#### P H I L O C T E T E.

Votre équité, Seigneur, eft inflexible et pure ; (h)
Mais l'extrême juftice eft une extrême injure :
Il n'en faut pas toujours écouter la rigueur.
Des lois que nous fuivons la première eft l'honneur.
Je me fuis vu réduit à l'affront de répondre
A de vils délateurs que j'ai trop fu confondre.
Ah ! fans vous abaiffer à cet indigne foin,
Seigneur, il fuffifait de moi feul pour témoin :
C'était, c'était affez d'examiner ma vie,
Hercule, appui des dieux, et vainqueur de l'Afie,
Les monftres, les tyrans qu'il m'apprit à dompter,
Ce font-là les témoins qu'il me faut confronter.
De vos dieux cependant interrogez l'organe :
Nous apprendrons de lui fi leur voix me condamne.
Je n'ai pas befoin d'eux, et j'attends leur arrêt
Par pitié pour ce peuple, et non par intérêt.

## SCENE IV.

OEDIPE, JOCASTE, LE GRAND PRETRE,
ARASPE, PHILOCTETE, EGINE, Suite,
LE CHOEUR.

OEDIPE.

Eh bien, les dieux touchés des vœux qu'on leur adreffe,
Sufpendent-ils enfin leur fureur vengereffe ?
Quelle main parricide a pu les offenfer ?

PHILOCTETE.

Parlez, quel eft le fang que nous devons verfer ?

LE GRAND PRETRE.

Fatal préfent du ciel! Science malheureufe !
Qu'aux mortels curieux vous êtes dangereufe !
Plût aux cruels deftins, qui pour moi font ouverts,
Que d'un voile éternel mes yeux fuffent couverts !

PHILOCTETE.

Eh bien, que venez-vous annoncer de finiftre ?

OEDIPE.

D'une haine éternelle êtes-vous le miniftre ?

PHILOCTETE.

Ne craignez rien.

OEDIPE.

Les dieux veulent-ils mon trépas ?

LE GRAND PRETRE.

(à Oedipe.)
Ah! fi vous m'en croyez, ne m'interrogez pas.

H 4

OEDIPE.

Quel que foit le deftin que le ciel nous annonce,
Le falut des Thébains dépend de fa réponfe.

PHILOCTETE.

Parlez.

OEDIPE.

Ayez pitié de tant de malheureux;
Songez qu'Oedipe...

LE GRAND PRETRE.

Oedipe eft plus à plaindre qu'eux.

PREMIER PERSONNAGE DU CHOEUR.

Oedipe a pour fon peuple une amour paternelle;
Nous joignons à fa voix notre plainte éternelle;
Vous à qui le ciel parle, entendez nos clameurs.

SECOND PERSONNAGE DU CHOEUR.

Nous mourons, fauvez-nous, détournez fes fureurs;
Nommez cet affaffin, ce monftre, ce perfide.

PREMIER PERSONNAGE DU CHOEUR.

Nos bras vont dans fon fang laver fon parricide.

LE GRAND PRETRE.

Peuples infortunés, que me demandez-vous?

PREMIER PERSONNAGE DU CHOEUR.

Dites un mot, il meurt, et vous nous fauvez tous.

LE GRAND PRETRE.

Quand vous ferez inftruits du deftin qui l'accable,
Vous frémirez d'horreur au feul nom du coupable.
Le dieu qui par ma voix vous parle en ce moment,
Commande que l'exil foit fon feul châtiment;
Mais bientôt éprouvant un défefpoir funefte,
Ses mains ajouteront à la rigueur célefte.

De fon fupplice affreux vos yeux feront furpris,
Et vous croirez vos jours trop payés à ce prix.

OEDIPE.

Obéiffez.

PHILOCTETE.

Parlez.

OEDIPE.

C'eft trop de réfiftance.

LE GRAND PRETRE.

( à Oedipe. )
C'eft vous qui me forcez à rompre le filence.

OEDIPE.

Que ces retardemens allument mon courroux !

LE GRAND PRETRE.

Vous le voulez... eh bien... c'eft...

OEDIPE.

Achève : qui?

LE GRAND PRETRE.

Vous.

OEDIPE.

Moi?

LE GRAND PRETRE.

Vous, malheureux Prince.

SECOND PERSONNAGE DU CHOEUR.

Ah! que viens-je d'entendre?

JOCASTE.

Interprète des dieux, qu'ofez-vous nous apprendre?
( à Oedipe. )
Qui vous! de mon époux vous feriez l'affaffin?
Vous à qui j'ai donné fa couronne et ma main?

Non, Seigneur, non : des dieux l'oracle nous abufe ;
Votre vertu dément la voix qui vous accufe.

PREMIER PERSONNAGE DU CHOEUR.

O ciel, dont le pouvoir préfide à notre fort,
Nommez une autre tête, ou rendez-nous la mort.

PHILOCTETE.

N'attendez point, Seigneur, outrage pour outrage ;
Je ne tirerai point un indigne avantage
Du revers inoui qui vous preffe à mes yeux ;
Je vous crois innocent, malgré la voix des dieux.
Je vous rends la juftice enfin qui vous eft due,
Et que ce peuple et vous ne m'avez point rendue.
Contre vos ennemis je vous offre mon bras ; ( i )
Entre un pontife et vous je ne balance pas.
Un prêtre, quel qu'il foit, quelque dieu qui l'infpire,
Doit prier pour fes rois, et non pas les maudire.

OEDIPE.

Quel excès de vertu! mais quel comble d'horreur!
L'un parle en demi-dieu, l'autre en prêtre impofleur.
( au grand prétre. )
Voilà donc des autels quel eft le privilége!
Grâce à l'impunité, ta bouche facrilége,
Pour accufer ton roi d'un forfait odieux,
Abufe infolemment du commerce des dieux !
Tu crois que mon courroux doit refpecter encore
Le miniftère faint que ta main déshonore.
Traître, aux pieds des autels il faudrait t'immoler,
A l'afpect de tes dieux que ta voix fait parler.

LE GRAND PRETRE.

Ma vie eft en vos mains, vous en êtes le maître :
Profitez des momens que vous avez à l'être.

Aujourd'hui votre arrêt vous fera prononcé. ( 5 )
Tremblez, malheureux roi ! votre règne eft paffé.
Une invifible main fufpend fur votre tête
Le glaive menaçant que la vengeance apprête.
Bientôt de vos forfaits vous-même épouvanté,
Fuyant loin de ce trône où vous êtes monté,
Privé des feux facrés et des eaux falutaires, ( 6 )
Rempliffant de vos cris les antres folitaires,
Par-tout d'un dieu vengeur vous fentirez les coups :
Vous chercherez la mort, la mort fuira de vous.
Le ciel, ce ciel témoin de tant d'objets funèbres,
N'aura plus pour vos yeux que d'horribles ténèbres :
Au crime, au châtiment malgré vous deftiné,
Vous feriez trop heureux de n'être jamais né.

OEDIPE.

J'ai forcé jufqu'ici ma colère à t'entendre ;
Si ton fang méritait qu'on daignât le répandre,
De ton jufte trépas mes regards fatisfaits
De ta prédiction préviendraient les effets.
Va, fuis, n'excite plus le tranfport qui m'agite,
Et refpecte un courroux que ta préfence irrite ;
Fuis, d'un menfonge indigne abominable auteur.

LE GRAND PRETRE.

Vous me traitez toujours de traître et d'impofteur ;
Votre père autrefois me croyait plus fincère.

OEDIPE.

Arrête : que dis-tu ? qui ? Polybe mon père....

LE GRAND PRETRE.

Vous apprendrez trop tôt votre funefte fort ;
Ce jour va vous donner la naiffance et la mort.

Vos deftins font comblés, vous allez vous connaître.
Malheureux ! favez-vous quel fang vous donna l'être ?
Entouré de forfaits à vous feul réfervés,
Savez-vous feulement avec qui vous vivez ?
O Corinthe ! ô Phocide ! exécrable hyménée !
Je vois naître une race impie, infortunée,
Digne de fa naiffance, et de qui la fureur
Remplira l'univers d'épouvante et d'horreur
Sortons.

## S C E N E   V.

### OEDIPE, PHILOCTETE, JOCASTE.

#### O E D I P E.

CES derniers mots me rendent immobile :
Je ne fais où je fuis, ma fureur eft tranquille :
Il me femble qu'un dieu defcendu parmi nous,
Maître de mes tranfports, enchaîne mon courroux ;
Et prêtant au pontife une force divine,
Par fa terrible voix m'annonce ma ruine.

#### P H I L O C T E T E. (k)

Si vous n'aviez, Seigneur, à craindre que des rois,
Philoctete avec vous combattrait fous vos lois ;
Mais un prêtre eft ici d'autant plus redoutable,
Qu'il vous perce à nos yeux par un trait refpectable.
Fortement appuyé fur des oracles vains,
Un pontife eft fouvent terrible aux fouverains,
Et dans fon zèle aveugle un peuple opiniâtre,
De fes liens facrés imbécille idolâtre,

Foulant par piété les plus faintes des lois,
Croit honorer les dieux en trahiffant fes rois;
Sur-tout, quand l'intérêt, père de la licence,
Vient de leur zèle impie enhardir l'infolence.

OEDIPE.

Ah! Seigneur, vos vertus redoublent mes douleurs;
La grandeur de votre ame égale mes malheurs;
Accablé fous le poids du foin qui me dévore,
Vouloir me foulager, c'eft m'accabler encore.
Quelle plaintive voix crie au fond de mon cœur!
Quel crime ai-je commis? Eft-il vrai, Dieu vengeur?

JOCASTE.

Seigneur, c'en eft affez, ne parlons plus de crime;
A ce peuple expirant il faut une victime;
Il faut fauver l'Etat, et c'eft trop différer.
Epoufe de Laïus, c'eft à moi d'expirer;
C'eft à moi de chercher fur l'infernale rive
D'un malheureux époux l'ombre errante et plaintive.
De fes manes fanglans j'apaiferai les cris;
J'irai... Puiffent les dieux fatisfaits à ce prix,
Contens de mon trépas, n'en point exiger d'autre;
Et que mon fang verfé puiffe épargner le vôtre!

OEDIPE.

Vous mourir! vous, Madame! ah! n'eft-ce point affez
De tant de maux affreux fur ma tête amaffés?
Quittez, Reine, quittez ce langage terrible;
Le fort de votre époux eft déjà trop horrible,
Sans que de nouveaux traits venant me déchirer,
Vous me donniez encor votre mort à pleurer.

126 O E D I P E.

Suivez mes pas, rentrons; il faut que j'éclairciſſe
Un ſoupçon que je forme avec trop de juſtice.
Venez.

JOCASTE.

Comment, Seigneur, vous pourriez...

OEDIPE.

Suivez-moi,
Et venez diſſiper ou combler mon effroi.

*Fin du troiſième acte.*

# ACTE IV.

## *SCENE PREMIÈRE.*

### OEDIPE, JOCASTE.

#### OEDIPE.

Non, quoi que vous difiez, mon ame inquiétée
De foupçons importuns n'eft pas moins agitée.
Le grand prêtre me gêne, et prêt à l'excufer,
Je commence en fecret moi-même à m'accufer.
Sur tout ce qu'il m'a dit, plein d'une horreur extrême,
Je me fuis en fecret interrogé moi-même,
Et mille événemens de mon ame effacés
Se font offerts en foule à mes efprits glacés.
Le paffé m'interdit, et le préfent m'accable,
Je lis dans l'avenir un fort épouvantable,
Et le crime par-tout femble fuivre mes pas.

#### JOCASTE.

Eh quoi! votre vertu ne vous raffure pas?
N'êtes-vous pas enfin sûr de votre innocence?

#### OEDIPE.

On eft plus criminel quelquefois qu'on ne penfe.

#### JOCASTE.

Ah! d'un prêtre indifcret dédaignant les fureurs,
Ceffez de l'excufer par ces lâches terreurs.

#### OEDIPE.

Au nom du grand Laïus et du courroux célefte,
Quand Laïus entreprit ce voyage funefte,

Avait-il près de lui des gardes, des foldats?

J O C A S T E.

Je vous l'ai déjà dit, un feul fuivait fes pas.

O E D I P E.

Un feul homme?

J O C A S T E.

      Ce roi, plus grand que fa fortune, (7)
Dédaignait comme vous une pompe importune :
On ne voyait jamais marcher devant fon char
D'un bataillon nombreux le faftueux rempart :
Au milieu des fujets foumis à fa puiffance,
Comme il était fans crainte, il marchait fans défenfe;
Par l'amour de fon peuple il fe croyait gardé.

O E D I P E.

O héros, par le ciel aux mortels accordé,
Des véritables rois exemple augufte et rare !
Oedipe a-t-il fur toi porté fa main barbare?
Dépeignez-moi du moins ce prince malheureux.

J O C A S T E.

Puifque vous rappelez un fouvenir fâcheux;
Malgré le froid des ans, dans fa mâle vieilleffe,
Ses yeux brillaient encor du feu de fa jeuneffe;
Son front cicatrifé fous fes cheveux blanchis,
Imprimait le refpect aux mortels interdits;
Et fi j'ofe, Seigneur, dire ce que j'en penfe,
Laïus eut avec vous affez de reffemblance ;
Et je m'applaudiffais de retrouver en vous,
Ainfi que les vertus, les traits de mon époux.
Seigneur, qu'a ce difcours qui doive vous furprendre?

O E D I P E.

J'entrevois des malheurs que je ne puis comprendre :

Je

Je crains que par les dieux le pontife infpiré
Sur mes deftins affreux ne foit trop éclairé.
Moi, j'aurais maffacré !.... Dieux ! ferait-il poffible ?

JOCASTE.

Cet organe des dieux eft-il donc infaillible ?
Un miniftère faint les attache aux autels :
Ils approchent des dieux ; mais ils font des mortels.
Penfez-vous qu'en effet, au gré de leur demande, ( 8 )
Du vol de leurs oifeaux la vérité dépende ?
Que fous un fer facré des taureaux gémiffans
Dévoilent l'avenir à leurs regards perçans,
Et que de leurs feftons ces victimes ornées
Des humains dans leurs flancs portent les deftinées ?
Non, non : chercher ainfi l'obfcure vérité,
C'eft ufurper les droits de la divinité.
Nos prêtres ne font point ce qu'un vain peuple penfe ;
Notre crédulité fait toute leur fcience.

OEDIPE.

Ah Dieux ! s'il était vrai, quel ferait mon bonheur !

JOCASTE.

Seigneur, il eft trop vrai, croyez-en ma douleur.
Comme vous autrefois pour eux préoccupée,
Hélas ! pour mon malheur je fuis bien détrompée,
Et le ciel me punit d'avoir trop écouté
D'un oracle impofteur la fauffe obfcurité.
Il m'en coûta mon fils. Oracles que j'abhorre,
Sans vos ordres, fans vous, mon fils vivrait encore.

OEDIPE.

Votre fils ! par quels coups l'avez-vous donc perdu ?
Quel oracle fur vous les dieux ont-ils rendu ?

*Théâtre.* Tome I.                              I

JOCASTE.

Apprenez, apprenez, dans ce péril extrême,
Ce que j'aurais voulu me cacher à moi-même;
Et d'un oracle faux ne vous alarmez plus.
Seigneur, vous le favez, j'eus un fils de Laïus.
Sur le fort de mon fils ma tendreffe inquiète
Confulta de nos dieux la fameufe interprète.
Quelle fureur, hélas! de vouloir arracher
Des fecrets que le fort a voulu nous cacher!
Mais enfin j'étais mère, et pleine de faibleffe
Je me jetai craintive aux pieds de la prêtreffe;
Voici fes propres mots, j'ai dû les retenir;
Pardonnez fi je tremble à ce feul fouvenir.
,, Ton fils tuera fon père, et ce fils facrilége,
,, Incefte et parricide.... O Dieux! acheverai-je?

OEDIPE.

Eh bien, Madame?

JOCASTE.

Enfin, Seigneur, on me prédit
Que mon fils, que ce monftre entrerait dans mon lit;
Que je le recevrais, moi, Seigneur, moi fa mère,
Dégouttant dans mes bras du meurtre de fon père;
Et que tous deux unis par ces liens affreux,
Je donnerais des fils à mon fils malheureux.
Vous vous troublez, Seigneur, à ce récit funefte;
Vous craignez de m'entendre et d'écouter le refte.

OEDIPE.

Ah! Madame, achevez: dites, que fites-vous
De cet enfant, l'objet du célefte courroux?

JOCASTE.

Je crus les dieux, Seigneur; et faintement cruelle,
J'étouffai pour mon fils mon amour maternelle.

En vain de cet amour l'impérieufe voix
S'oppofait à nos dieux, et condamnait leurs lois ;
Il fallut dérober cette tendre victime
Au fatal afcendant qui l'entraînait au crime :
Et, penfant triompher des horreurs de fon fort,
J'ordonnai par pitié qu'on lui donnât la mort.
O pitié criminelle autant que malheureufe !
O d'un oracle faux obfcurité trompeufe !
Quel fruit me revient-il de mes barbares foins ?
Mon malheureux époux n'en expira pas moins ;
Dans le cours triomphant de fes deftins profpères
Il fut affaffiné par des mains étrangères :
Ce ne fut point fon fils qui lui porta ces coups,
Et j'ai perdu mon fils fans fauver mon époux.
Que cet exemple affreux puiffe au moins vous inftruire !
Banniffez cet effroi qu'un prêtre vous infpire ;
Profitez de ma faute, et calmez vos efprits.

OEDIPE.

Après le grand fecret que vous m'avez appris,
Il eft jufte à mon tour que ma reconnaiffance
Faffe de mes deftins l'horrible confidence.
Lorfque vous aurez fu, par ce trifte entretien,
Le rapport effrayant de votre fort au mien,
Peut-être, ainfi que moi, frémirez-vous de crainte.
  Le deftin m'a fait naître au trône de Corinthe,
Cependant de Corinthe et du trône éloigné,
Je vois avec horreur les lieux où je fuis né.
Un jour, ce jour affreux, préfent à ma penfée,
Jette encor la terreur dans mon ame glacée ;
Pour la première fois, par un don folennel,
Mes mains, jeunes encore, enrichiffaient l'autel :

Du temple tout à coup les combles s'entr'ouvrirent ;
De traits affreux de fang les marbres fe couvrirent ;
.De l'autel ébranlé par de longs tremblemens
Une invifible main repouffait mes préfens ;
Et les vents, au milieu de la foudre éclatante,
Portèrent jufqu'à moi cette voix effrayante :
» Ne viens plus des lieux faints fouiller la pureté ;
» Du nombre des vivans les dieux t'ont rejeté ;
» Ils ne reçoivent point tes offrandes impies ;
» Va porter tes préfens aux autels des Furies ;
» Conjure leurs ferpens prêts à te déchirer ;
» Va, ce font là les dieux que tu dois implorer. »
Tandis qu'à la frayeur j'abandonnais mon ame,
Cette voix m'annonça, le croirez-vous, Madame ?
Tout l'affemblage affreux des forfaits inouïs,
Dont le ciel autrefois menaça votre fils ;
Me dit que je ferais l'affaffin de mon père.

JOCASTE.

Ah Dieux !

OEDIPE.

Que je ferais le mari de ma mère.

JOCASTE.

Où fuis-je ? Quel démon, en uniffant nos cœurs,
Cher Prince, a pu dans nous raffembler tant d'horreurs ?

OEDIPE.

Il n'eft pas encor temps de répandre des larmes,
Vous apprendrez bientôt d'autres fujets d'alarmes.
Ecoutez-moi, Madame, et vous allez trembler.
Du fein de ma patrie il fallut m'exiler.
Je craignis que ma main, malgré moi criminelle,
Aux deftins ennemis ne fût un jour fidelle ;

Et, fufpect à moi-même, à moi-même odieux,
Ma vertu n'ofa point lutter contre les dieux.
Je m'arrachai des bras d'une mère éplorée ;
Je partis, je courus de contrée en contrée ;
Je déguifai par-tout ma naiffance et mon nom :
Un ami, de mes pas fut le feul compagnon.
Dans plus d'une aventure, en ce fatal voyage,
Le dieu qui me guidait feconda mon courage.
Heureux fi j'avais pu, dans l'un de ces combats,
Prévenir mon deftin par un noble trépas !
Mais je fuis réfervé, fans doute, au parricide.
Enfin, je me fouviens qu'aux champs de la Phocide,
(Et je ne conçois pas par quel enchantement
J'oubliais jufqu'ici ce grand événement ;
La main des dieux fur moi fi long-temps fufpendue
Semble ôter le bandeau qu'ils mettaient fur ma vue :)
Dans un chemin étroit, je trouvai deux guerriers
Sur un char éclatant que traînaient deux courfiers.
Il fallut difputer, dans cet étroit paffage,
Des vains honneurs du pas le frivole avantage.
J'étais jeune et fuperbe, et nourri dans un rang,
Où l'on puifa toujours l'orgueil avec le fang.
Inconnu, dans le fein d'une terre étrangère,
Je me croyais encore au trône de mon père ;
Et tous ceux qu'à més yeux le fort venait offrir,
Me femblaient mes fujets et faits pour m'obéir.
Je marche donc vers eux, et ma main furieufe
Arrête des courfiers la fougue impétueufe.
Loin du char à l'inftant ces guerriers élancés
Avec fureur fur moi fondent à coups preffés.
La victoire entre nous ne fut point incertaine :
Dieux puiffans ! je ne fais fi c'eft faveur ou haine,

I 3

Mais, fans doute, pour moi contre eux vous combattiez,
Et l'un et l'autre enfin tombèrent à mes pieds.
L'un d'eux, il m'en fouvient, déjà glacé par l'âge,
Couché fur la pouffière obfervait mon vifage;
Il me tendit les bras, il voulut me parler;
De fes yeux expirans je vis des pleurs couler;
Moi-même en le perçant, je fentis dans mon ame,
Tout vainqueur que j'étais.... Vous frémiffez, Madame.

JOCASTE.

Seigneur, voici Phorbas, on le conduit ici.

OEDIPE.

Hélas! mon doute affreux va donc être éclairci.

## SCENE II.

### OEDIPE, JOCASTE, PHORBAS, Suite.

OEDIPE.

VIENS, malheureux vieillard, viens, approche... A fa vue,
D'un trouble renaiffant je fens mon ame émue;
Un confus fouvenir vient encor m'affliger :
Je tremble de le voir et de l'interroger.

PHORBAS.

Eh bien! eft-ce aujourd'hui qu'il faut que je périffe?
Grande Reine, avez-vous ordonné mon fupplice?
Vous ne fûtes jamais injufte que pour moi.

JOCASTE.

Raffurez-vous, Phorbas, et répondez au roi.

PHORBAS.

Au roi !

JOCASTE.

C'eſt devant lui que je vous fais paraître.

PHORBAS.

O Dieux ! Laïus eſt mort, et vous êtes mon maître !
Vous, Seigneur ?

OEDIPE.

Epargnons les difcours fuperflus :
Tu fus le feul témoin du meurtre de Laïus ;
Tu fus bleffé, dit-on, en voulant le défendre.

PHORBAS.

Seigneur, Laïus eſt mort, laiffez en paix fa cendre ;
N'infultez pas du moins au malheureux deſtin
D'un fidèle fujet, bleffé de votre main.

OEDIPE.

Je t'ai bleffé ? qui, moi ?

PHORBAS.

Contentez votre envie ;
Achevez de m'ôter une importune vie ;
Seigneur, que votre bras, que les dieux ont trompé,
Verfe un reſte de fang qui vous eſt échappé ;
Et puifqu'il vous fouvient de ce fentier funeſte
Où mon roi. . . .

OEDIPE.

Malheureux ! épargne-moi le reſte
J'ai tout fait, je le vois, c'en eſt affez. O Dieux !
Enfin après quatre ans vous deffillez mes yeux.

I 4

J O C A S T E.

Hélas! il eft donc vrai!

O E D I P E.

Quoi! c'eft toi que ma rage
Attaqua vers Daulis en cet étroit paffage?
Oui, c'eft toi, vainement je cherche à m'abufer;
Tout parle contre moi, tout fert à m'accufer;
Et mon œil étonné ne peut te méconnaître.

P H O R B A S.

Il eft vrai, fous vos coups j'ai vu tomber mon maître;
Vous avez fait le crime, et j'en fus foupçonné;
J'ai vécu dans les fers, et vous avez régné.

O E D I P E.

Va, bientôt à mon tour je me rendrai juftice;
Va, laiffe-moi du moins le foin de mon fupplice:
Laiffe-moi, fauve-moi de l'affront douloureux
De voir un innocent que j'ai fait malheureux.

## S C E N E   I I I.

### O E D I P E,  J O C A S T E.

O E D I P E.

J O C A S T E..... car enfin la fortune jaloufe
M'interdit à jamais le tendre nom d'époufe.
Vous voyez mes forfaits: libre de votre foi,
Frappez, délivrez-vous de l'horreur d'être à moi.

JOCASTE.

Hélas !

OEDIPE.

Prenez ce fer, inftrument de ma rage ;
Qu'il vous ferve aujourd'hui pour un plus jufte ufage ;
Plongez-le dans mon fein.

JOCASTE.

Que faites-vous, Seigneur ?
Arrêtez, modérez cette aveugle douleur,
Vivez.

OEDIPE.

Quelle pitié pour moi vous intéreffe ?
Je dois mourir.

JOCASTE.

Vivez, c'eft moi qui vous en preffe ;
Ecoutez ma prière.

OEDIPE.

Ah ! je n'écoute rien.
J'ai tué votre époux.

JOCASTE.

Mais vous êtes le mien.

OEDIPE.

Je le fuis par le crime.

JOCASTE.

Il eft involontaire.

OEDIPE.

N'importe, il eft commis.

JOCASTE.

O comble de mifère !

OEDIPE.

O trop funeste hymen! ô feux jadis si doux!

JOCASTE.

Ils ne sont point éteints; vous êtes mon époux.

OEDIPE.

Non, je ne le suis plus; et ma main ennemie
N'a que trop bien rompu le saint nœud qui nous lie.
Je remplis ces climats du malheur qui me suit.
Redoutez-moi, craignez le dieu qui me poursuit;
Ma timide vertu ne sert qu'à me confondre,
Et de moi désormais je ne puis plus répondre.
Peut-être de ce dieu partageant le courroux,
L'horreur de mon destin s'étendrait jusqu'à vous.
Ayez du moins pitié de tant d'autres victimes;
Frappez, ne craignez rien, vous m'épargnez des crimes.

JOCASTE.

Ne vous accusez point d'un destin si cruel;
Vous êtes malheureux, et non pas criminel.
Dans ce fatal combat que Daulis vous vit rendre,
Vous ignoriez quel sang vos mains allaient répandre,
Et sans trop rappeler cet affreux souvenir,
Je ne puis que me plaindre, et non pas vous punir;
Vivez....

OEDIPE.

Moi que je vive! il faut que je vous fuie.
Hélas! où traînerais-je une mourante vie?
Sur quels bords malheureux, dans quels tristes climats
Ensevelir l'horreur qui s'attache à mes pas?
Irai-je, errant encore, et me fuyant moi-même,

Mériter par le meurtre un nouveau diadême ?
Irai-je dans Corinthe, où mon trifte deftin
A des crimes plus grands réferve encor ma main ?
Corinthe ! que jamais ta déteftable rive. . . . . .

## S C E N E   I V.

### O E D I P E ,   J O C A S T E ,   D I M A S.

#### D I M A S,

Seigneur, en ce moment, un étranger arrive ;
Il fe dit de Corinthe, et demande à vous voir.

#### O E D I P E.

Allons, dans un moment je vais le recevoir.
(à *Jocaste*.)
Adieu ; que de vos pleurs la fource fe diffipe.
Vous ne reverrez plus l'inconfolable Oedipe :
C'en eft fait, j'ai régné, vous n'avez plus d'époux ;
En ceffant d'être roi, je ceffe d'être à vous.
Je pars : je vais chercher, dans ma douleur mortelle,
Des pays où ma main ne foit point criminelle ;
Et, vivant loin de vous, fans Etats, mais en roi,
Juftifier les pleurs que vous verfez pour moi.

*Fin du quatrième acte.*

# A C T E   V.

## *S C E N E   P R E M I E R E.*

### OEDIPE, ARASPE, DIMAS, Suite.

#### O E D I P E.

Finissez vos regrets, et retenez vos larmes.
Vous plaignez mon exil, il a pour moi des charmes.
Ma fuite à vos malheurs affure un prompt fecours ;
Et perdant votre roi vous confervez vos jours.
Du fort de tout ce peuple il eft temps que j'ordonne.
J'ai fauvé cet empire en arrivant au trône ;
J'en defcendrai du moins comme j'y fuis monté ;
Ma gloire me fuivra dans mon adverfité.
Mon deftin fut toujoúrs de vous rendre la vie :
Je quitte mes enfans, mon trône, ma patrie :
Ecoutez - moi du moins pour la dernière fois ;
Puifqu'il vous faut un roi, confultez en mon choix.
Philoctete eft puiffant, vertueux, intrépide ;
Un monarque eft fon père ( a ), il fut l'ami d'Alcide ;
Que je parte, et qu'il règne. Allez chercher Phorbas,
Qu'il paraiffe à mes yeux, qu'il ne me craigne pas.
Il faut de mes bontés lui laiffer quelque marque,
Et quitter mes fujets et le trône en monarque.
Que l'on faffe approcher l'étranger devant moi.
Vous, demeurez.

( a ) Il était fils du roi d'Eubée, aujourd'hui Négrepont.

## SCENE II.

OEDIPE, ARASPE, ICARE, Suite.

OEDIPE.

Icare, eſt-ce vous que je vois?
Vous, de mes premiers ans ſage dépoſitaire,
Vous, digne favori de Polybe mon père?
Quel ſujet important vous conduit parmi nous?

ICARE.

Seigneur, Polybe eſt mort.

OEDIPE.

Ah! que m'apprenez-vous?
Mon père. . . .

ICARE.

A ſon trépas vous deviez vous attendre.
Dans la nuit du tombeau les ans l'ont fait deſcendre;
Ses jours étaient remplis, il eſt mort à mes yeux.

OEDIPE.

Qu'êtes-vous devenus, oracles de nos dieux!
Vous, qui feſiez trembler ma vertu trop timide,
Vous, qui me prépariez l'horreur d'un parricide?
Mon père eſt chez les morts, et vous m'avez trompé.
Malgré vous dans ſon ſang mes mains n'ont point trempé.
Ainſi de mon erreur eſclave volontaire,
Occupé d'écarter un mal imaginaire,
J'abandonnais ma vie à des malheurs certains,
Trop crédule artiſan de mes triſtes deſtins!
O Ciel! et quel eſt donc l'excès de ma miſère,
Si le trépas des miens me devient néceſſaire?

Si trouvant dans leur perte un bonheur odieux,
Pour moi la mort d'un père eſt un bienfait des dieux?
Allons, il faut partir; il faut que je m'acquitte
Des funèbres tributs que ſa cendre mérite.
Partons. Vous vous taiſez, je vois vos pleurs couler;
Que ce ſilence. . . .

### ICARE.

O Ciel! oſerai-je parler?

### OEDIPE.

Vous reſte-t-il encor des malheurs à m'apprendre?

### ICARE.

Un moment ſans témoin daignerez-vous m'entendre?

### OEDIPE à ſa ſuite.

Allez, retirez-vous. Que va-t-il m'annoncer?

### ICARE.

A Corinthe, Seigneur, il ne faut plus penſer.
Si vous y paraiſſez, votre mort eſt jurée.

### OEDIPE.

Eh! qui de mes Etats me défendrait l'entrée?

### ICARE.

Du ſceptre de Polybe un autre eſt l'héritier.

### OEDIPE.

Eſt-ce aſſez? et ce trait fera-t-il le dernier?
Pourſuis, Deſtin, pourſuis, tu ne pourras m'abattre.
Eh bien, j'allais régner; Icare, allons combattre:
A mes lâches ſujets courons me préſenter.
Parmi ces malheureux prompts à ſe révolter,
Je puis trouver du moins un trépas honorable.
Mourant chez les Thébains, je mourrais en coupable;
Je dois périr en roi. Quels ſont mes ennemis?
Parle, quel étranger ſur mon trône eſt aſſis?

ICARE.

Le gendre de Polybe; et Polybe lui-même,
Sur fon front en mourant a mis le diadême.
A fon maître nouveau tout le peuple obéit.

OEDIPE.

Eh quoi! mon père auffi, mon père me trahit?
De la rebellion mon père eft le complice?
Il me chaffe du trône!

ICARE.

Il vous a fait juftice;
Vous n'étiez point fon fils.

OEDIPE.

Icare!...

ICARE.

Avec regret
Je révèle en tremblant ce terrible fecret:
Mais il le faut, Seigneur, et toute la province....

OEDIPE.

Je ne fuis point fon fils!

ICARE.

Non, Seigneur; et ce prince
A tout dit en mourant. De fes remords preffé,
Pour le fang de nos rois il vous a renoncé;
Et moi, de fon fecret confident et complice,
Craignant du nouveau roi la févère juftice,
Je venais implorer votre appui dans ces lieux.

OEDIPE.

Je n'étais point fon fils! et qui fuis-je, grands Dieux!

ICARE.

Le ciel, qui dans mes mains a remis votre enfance,
D'une profonde nuit couvre votre naiffance;

Et je fais feulement, qu'en naiffant condamné,
Et fur un mont défert à périr deftiné,
La lumière fans moi vous eût été ravie.

OEDIPE.

Ainfi donc mon malheur commence avec ma vie;
J'étais dès le berceau l'horreur de ma maifon.
Où tombai-je en vos mains?

ICARE.

Sur le mont Cithéron.

OEDIPE.

Près de Thèbe?

ICARE.

Un thébain, qui fe dit votre père,
Expofa votre enfance en ce lieu folitaire.
Quelque dieu bienfefant guida vers vous mes pas;
La pitié me faifit, je vous pris dans mes bras;
Je ranimai dans vous la chaleur prefque éteinte:
Vous viviez, auffitôt je vous porte à Corinthe;
Je vous préfente au prince: admirez votre fort!
Le prince vous adopte au lieu de fon fils mort;
Et par ce coup adroit, fa politique heureufe
Affermit pour jamais fa puiffance douteufe.
Sous le nom de fon fils, vous futes élevé
Par cette même main qui vous avait fauvé.
Mais le trône en effet n'était point votre place,
L'intérêt vous y mit, le remords vous en chaffe.

OEDIPE.

O vous, qui préfidez aux fortunes des rois,
Dieux! faut-il en un jour m'accabler tant de fois?
Et, préparant vos coups par vos trompeurs oracles,
Contre un faible mortel épuifer les miracles?
Mais ce vieillard, ami, de qui tu m'as reçu,
Depuis ce temps fatal ne l'as-tu jamais vu?

ICARE,

ICARE.

Jamais; et le trépas vous a ravi, peut-être,
Le feul qui vous eût dit quel fang vous a fait naître:
Mais long-temps de ses traits mon efprit occupé,
De fon image encore eft tellement frappé,
Que je le connaîtrais s'il venait à paraître.

OEDIPE.

Malheureux! eh pourquoi chercher à le connaître?
Je devrais bien plutôt, d'accord avec les dieux,
Chérir l'heureux bandeau qui me couvre les yeux.
J'entrevois mon deftin : ces recherches cruelles
Ne me découvriront que des horreurs nouvelles.
Je le fais; mais malgré les maux que je prévoi
Un défir curieux m'entraîne loin de moi.
Je ne puis demeurer dans cette incertitude;
Le doute en mon malheur eft un tourment trop rude;
J'abhorre le flambeau dont je veux m'éclairer;
Je crains de me connaître et ne puis m'ignorer.

## SCENE III.

OEDIPE, ICARE, PHORBAS.

OEDIPE.

Ah! Phorbas, approchez!

ICARE.

Ma furprife eft extrême :
Plus je le vois, et plus.... Ah! Seigneur, c'eft lui-même.
C'eft lui.

PHORBAS à Icare.

Pardonnez-moi, fi vos traits inconnus....

ICARE.

Quoi! du mont Cithéron ne vous fouvient-il plus?

*Théâtre.* Tome I.                                  K

PHORBAS.

Comment?

ICARE.

Quoi! cet enfant qu'en mes mains vous remîtes;
Cet enfant qu'au trépas . . . .

PHORBAS.

Ah, qu'eſt-ce que vous dites?
Et de quel ſouvenir venez-vous m'accabler?

ICARE.

Allez, ne craignez rien, ceſſez de vous troubler;
Vous n'avez en ces lieux que des ſujets de joie:
Oedipe eſt cet enfant.

PHORBAS.

Que le ciel te foudroie!
Malheureux, qu'as-tu dit?

ICARE à Oedipe.

Seigneur, n'en doutez pas:
Quoi que ce thébain diſe, il vous mit dans mes bras:
Vos deſtins ſont connus, et voilà votre père. . . .

OEDIPE.

O ſort qui me confond! ô comble de miſère!
(à Phorbas.)
Je ferais né de vous? le ciel aurait permis
Que votre ſang verſé. . . .

PHORBAS.

Vous n'êtes point mon fils.

OEDIPE.

Eh quoi! n'avez-vous pas expoſé mon enfance?

PHORBAS.

Seigneur, permettez-moi de fuir votre préſence,

Et de vous épargner cet horrible entretien.

OEDIPE.

Phorbas, au nom des Dieux, ne me déguise rien.

PHORBAS.

Partez, Seigneur, fuyez vos enfans et la reine.

OEDIPE.

Réponds-moi feulement, la réfiftance eft vaine.
Cet enfant par toi-même à la mort deftiné,
( *en montrant Icare.* )
Le mis-tu dans fes bras?

PHORBAS.

Oui, je le lui donnai.
Que ce jour ne fut-il le dernier de ma vie!

OEDIPE.

Quel était fon pays?

PHORBAS.

Thèbe était fa patrie.

OEDIPE.

Tu n'étais point fon père?

PHORBAS.

Hélas! il était né
D'un fang plus glorieux et plus infortuné.

OEDIPE.

Quel était-il enfin?

PHORBAS *fe jette aux genoux du roi.*

Seigneur, qu'allez-vous faire?

OEDIPE.

Achève, je le veux.

PHORBAS.

Jocafte était fa mère.

K 2

ICARE.

Et voilà donc le fruit de mes généreux soins?

PHORBAS.

Qu'avons-nous fait tous deux?

OEDIPE.

Je n'attendais pas moins.

ICARE.

Seigneur....

OEDIPE.

Sortez, cruels, fortez de ma préfence;
De vos affreux bienfaits craignez la récompenfe;
Fuyez; à tant d'horreurs par vous feuls réfervé,
Je vous punirais trop de m'avoir confervé.

## SCENE IV.

OEDIPE *feul*.

LE voilà donc rempli cet oracle exécrable,
Dont ma crainte a preffé l'effet inévitable;
Et je me vois enfin, par un mêlange affreux,
Incefte et parricide, et pourtant vertueux.
Miférable vertu, nom ftérile et funefte,
Toi par qui j'ai réglé des jours que je détefte,
A mon noir afcendant tu n'as pu réfifter :
Je tombais dans le piége, en voulant l'éviter.
Un Dieu, plus fort que toi, m'entraînait vers le crime;
Sous mes pas fugitifs il creufait un abyme;
Et j'étais, malgré moi, dans mon aveuglement,
D'un pouvoir inconnu l'efclave et l'inftrument.
Voilà tous mes forfaits : je n'en connais point d'autres.
Impitoyables Dieux, mes crimes font les vôtres,
Et vous m'en puniffez!... Où fuis-je? Quelle nuit
Couvre d'un voile affreux la clarté qui nous luit?

Ces murs font teints de fang ; je vois les Euménides
Secouer leurs flambeaux, vengeurs des parricides.
Le tonnerre en éclats femble fondre fur moi ;
L'enfer s'ouvre... O Laïus, ô mon père ! eft-ce toi ?
Je vois, je reconnais la bleffure mortelle
Que te fit dans le flanc cette main criminelle.
Punis-moi, venge-toi d'un monftre détefté,
D'un monftre qui fouilla les flancs qui l'ont porté.
Approche, entraîne-moi dans les demeures fombres,
J'irai de mon fupplice épouvanter les ombres.
Viens, je te fuis.

## S C E N E  V.

### OEDIPE, JOCASTE, EGINE, LE CHOEUR.

#### JOCASTE.

SEIGNEUR, diffipez mon effroi,
Vos redoutables cris font venus jufqu'à moi.

#### OEDIPE.
Terre, pour m'engloutir entr'ouvre tes abymes.

#### JOCASTE.
Quel malheur imprévu vous accable ?

#### OEDIPE.
                              Mes crimes.

#### JOCASTE.
Seigneur.

#### OEDIPE.
        Fuyez, Jocafte.

#### JOCASTE.
                Ah, trop cruel époux !

#### OEDIPE.
Malheureufe ! arrêtez, quel nom prononcez-vous ?

K 3

Moi votre époux! quittez ce titre abominable,
Qui nous rend l'un à l'autre un objet exécrable.

J O C A S T E.

Qu'entends-je?

O E D I P E.

C'en eft fait, nos deftins font remplis.
Laïus était mon père, et je fuis votre fils.

(*il fort.*)

PREMIER PERSONNAGE DU CHOEUR.

O crime!

SECOND PERSONNAGE DU CHOEUR.

O jour affreux! jour à jamais terrible!

J O C A S T E.

Egine, arrache-moi de ce palais horrible.

E G I N E.

Hélas!

J O C A S T E.

Si tant de maux ont de quoi te toucher,
Si ta main, fans frémir, peut encor m'approcher,
Aide-moi, foutiens-moi, prends pitié de ta reine.

PREMIER PERSONNAGE DU CHOEUR.

Dieux! eft-ce donc ainfi que finit votre haine?
Reprenez, reprenez vos funeftes bienfaits,
Cruels, il valait mieux nous punir à jamais.

## SCENE VI.

JOCASTE, EGINE, LE GRAND PRETRE,
LE CHOEUR.

LE GRAND PRETRE.

PEUPLES, un calme heureux écarte les tempêtes,
Un soleil plus serein se lève sur vos têtes ;
Les feux contagieux ne sont plus allumés ;
Vos tombeaux qui s'ouvraient sont déjà refermés ;
La mort fuit : et le dieu du ciel et de la terre
Annonce ses bontés par la voix du tonnerre.
(*Ici on entend gronder la foudre, et l'on voit briller les éclairs.*)

JOCASTE.

Quels éclats ! Ciel ! où fuis-je, et qu'est-ce que j'entends ?
Barbares !....

LE GRAND PRETRE.

C'en est fait, et les dieux sont contens.
Laïus du sein des morts cesse de vous poursuivre,
Il vous permet encor de régner et de vivre,
Le sang d'Oedipe enfin suffit à son courroux.

LE CHOEUR.

Dieux !

JOCASTE.

O mon fils ! hélas ! dirai-je mon époux ?
O des noms les plus chers assemblage effroyable !
Il est donc mort ?

LE GRAND PRETRE.

Il vit, et le sort qui l'accable
Des morts et des vivans semble le séparer;
Il s'est privé du jour avant que d'expirer.

K 4

Je l'ai vu dans fes yeux enfoncer cette épée,
Qui du fang de fon père avait été trempée ;
Il a rempli fon fort, et ce moment fatal
Du falut des Thébains eft le premier fignal.
Tel eft l'ordre du ciel, dont la fureur fe laffe ;
Comme il veut, aux mortels il fait juftice ou grâce;
Ses traits font épuifés fur ce malheureux fils.
Vivez, il vous pardonne.

JOCASTE.

Et moi je me punis.

( elle fe frappe. )

Par un pouvoir affreux réfervée à l'incefte,
La mort eft le feul bien, le feul dieu qui me refte.
Laïus, reçois mon fang, je te fuis chez les morts :
J'ai vécu vertueufe et je meurs fans remords.

LE CHOEUR.

O malheureufe Reine ! ô deftin que j'abhorre !

JOCASTE.

Ne plaignez que mon fils puifqu'il refpire encore.
Prêtres, et vous Thébains qui fûtes mes fujets,
Honorez mon bûcher, et fongez à jamais
Qu'au milieu des horreurs du deftin qui m'opprime,
J'ai fait rougir les dieux qui m'ont forcée au crime.

*Fin du cinquième et dernier acte.*

# VARIANTES

## DE LA TRAGEDIE D'OEDIPE.

(*a*) A C T E premier, fcène première, dans l'édition de 1719, au lieu des trois premiers vers, on lit :

Eft-ce vous, Philoctete ? en croirai-je mes yeux ?
Quel implacable dieu vous ramène en ces lieux ?
Vous, dans Thèbe, Seigneur ! Eh, qu'y venez-vous faire ?

Ce dernier hémiftiche avertiffait trop clairement de l'inutilité du rôle de *Philoctète.*

(*b*) Voici la fin de cette fcène, telle qu'elle était dans l'édition de 1719.

#### PHILOCTETE.

Mon trouble dit affez le fujet qui m'amène ;
Tu vois un malheureux que fa faibleffe entraine,
De ces lieux autrefois par l'amour exilé,
Et par ce même amour aujourd'hui rappelé.

#### DIMAS.

Vous, Seigneur ! vous pourriez, dans l'ardeur qui vous brûle,
Pour chercher une femme abandonner Hercule ?

#### PHILOCTETE.

Dimas, Hercule eft mort, et mes fatales mains
Ont mis fur le bûcher le plus grand des humains.
Je rapporte en ces lieux fes flèches invincibles,
Du fils de Jupiter préfens chers et terribles.
Je rapporte fa cendre et viens à ce héros,
Attendant des autels, élever des tombeaux.
Sa mort de mon trépas devrait être fuivie !
Mais vous favez, grands Dieux, pour qui j'aime la vie.
Dimas, à cet amour, fi conftant, fi parfait,
Tu vois trop que Jocafte en doit être l'objet.
Jocafte par un père à fon hymen forcée,
Au trône de Laïus à regret fut placée :
L'amour nous uniffait, et cet amour fi doux
Etait né dans l'enfance et croiffait avec nous,

Tu fais combien alors mes fureurs éclatèrent,
Combien contre Laïus mes plaintes s'emportèrent.
Tout l'Etat ignorant mes fentimens jaloux,
Du nom de politique honorait mon courroux.
Hélas! de cet amour accru dans le filence
Je t'épargnais alors la trifte confidence :
Mon cœur qui languiffait de molleffe abattu ,
. . . . . . . . . . .
Je crus que loin des bords où Jocafte refpire
Ma raifon fur mes fens reprendrait fon empire,
Tu le fais, je partis de ce funefte lieu,
Et je dis à Jocafte un éternel adieu.
Cependant l'univers tremblant au nom d'Alcide ,
Attendait fon deftin de fa valeur rapide ;
A fes divins travaux j'ofai m'affocier ,
Je marchai près de lui ceint du même laurier.
Mais parmi les dangers , dans le fein de la guerre,
Je portais ma faibleffe aux deux bouts de la terre.
Le temps qui détruit tout, augmentait mon amour ;
Et , des lieux fortunés où commence le jour
Jufqu'aux climats glacés où la nature expire,
Je traînais avec moi le trait qui me déchire.
Enfin je viens dans Thèbe , et je puis de mon feu
Sans rougir aujourd'hui te faire un libre aveu.
Par dix ans de travaux utiles à la Gréce,
J'ai bien acquis le droit d'avoir une faibleffe ;
Et cent tyrans punis, cent monftres terraffés
Suffifent à ma gloire et m'excufent affez.

D I M A S.

Quel fruit efpérez-vous d'un amour fi funefte ?
Venez-vous de l'Etat embrafer ce qui refte ?
Ravirez-vous Jocafte à fon nouvel époux ?

P H I L O C T E T E.

Son époux! jufte ciel ! ah , que me dites-vous ?
Jocafte ! . . . Il fe pourrait qu'un fecond hyménée. . . .

D I M A S.

Oedipe à cette reine a joint fa deftinée. . . .

PHILOCTETE.

Voilà, voilà le coup que j'avais preſſenti,
Et dont mon cœur jaloux tremblait d'être averti.

DIMAS.

Seigneur, la porte s'ouvre et le roi va paraître.
Tout ce peuple, à longs flots, conduit par le grand prêtre,
Vient conjurer des dieux le courroux obſtiné.
Vous n'êtes point ici le ſeul infortuné.

( c ) Dans l'édition de 1719.

    Thèbe en ce jour funeſte
D'un reſpect dangereux a dépouillé le reſte.
Ce peuple épouvanté ne connaît plus de frein,
Et quand le ciel lui parle il n'écoute plus rien.

JOCASTE.

Sortez.

( d ) Dans la même édition :

Lui ! qu'un aſſaſſinat ait pu ſouiller ſon ame !
Des lâches ſcélérats c'eſt le partage infame.
Il ne manquait, Egine, au comble de mes maux
Que d'entendre d'un crime accuſer ce héros.

( e ) *Ibid.*

Et méritez enfin, par un trait généreux,
L'honneur que je vous fais de vous mettre auprès d'eux.

( f ) Edition de 1719. *Hidaſpe*, confident d'*Oedipe*, eſt le même
qu'*Araſpe* dans les éditions ſuivantes.

( g ) *Ibid.*

Mon devoir dont la voix m'ordonne de vous fuir,
Ne me commande pas de vous laiſſer périr.

( h ) *Ibid.*

PHILOCTETE.

Tout autre aurait, Seigneur, des grâces à vous rendre,
Mais je ſuis Philoctete, et veux bien vous apprendre
Que l'exacte équité dont vous ſuivez la loi,
Si c'eſt beaucoup pour vous, n'eſt point aſſez pour moi.

(*i*) Edition de 1719.

### PHILOCTETE.

Et que ce peuple et vous ne m'avez point rendue.
J'abandonne à jamais ces lieux remplis d'effroi ;
Les chemins de la gloire y font fermés pour moi.
Sur les pas du héros dont je garde la cendre
Cherchons des malheureux que je puiffe défendre.

(il fort.)

### OEDIPE.

Non , je ne reviens point de mon faififfement,
Et ma rage eft égale à mon étonnement !

( au grand prêtre. )

Voilà donc des autels quel eft le privilége !
Impofteur ! ainfi donc ta bouche facrilége . . . .

(*k*) Seigneur, vous avez vu ce qu'on ofe attenter :
Un orage fe forme , il le faut écarter.
Craignez un ennemi , d'autant plus redoutable,
Qu'il vous perce à nos yeux par un trait refpectable.

### OEDIPE.

Quelle funefte voix s'élève dans mon cœur !
Quel crime , jufte ciel ! et quel comble d'horreur !

*Fin des Variantes de la Tragédie d'Oedipe.*

# NOTES.

( 1 ) Il y a dans l'Oedipe de *Corneille* :

Ce monftre à voix humaine , aigle , femme , lion ,
Se campait fièrement fur le mont Citheron.

( 2 ) Dans les dernières éditions on lifait :

Au-deffus de fon âge , au-deffus de la crainte.

Dans la nôtre on lit :

Jeune et dans l'âge heureux qui méconnait la crainte.

*Méconnaître* , pour dire *ne pas connaître* , n'eft point en ufage. On reprocha cette expreffion à M. de *Voltaire* : il céda à fes critiques , et facrifia un très-beau vers que nous avons cru devoir rétablir.

( 3 ) Aux premières repréfentations on appliqua ces vers à *Louis XIV* , dont la mémoire avait été outragée avec fureur par les Parifiens , mais que déjà ils commençaient à regretter.

( 4 ) Dans l'édition de 1719 il y avait :

Mais un princ , un guerrier , *un homme* tel que moi.

L'auteur d'Oedipe a cru devoir adoucir ces efpèces de rodomontades fi fréquentes dans *Corneille* , mais que M. de *Voltaire* ne s'eft jamais permifes que dans ce rôle de *Philoctete.*

( 5 ) Vers de *Corneille.*

( 6 ) Cette fcène eft imitée de *Sophocle* , de même que les deux derniers actes. *Voyez* les lettres à M. de *Genonville* , au commencement de ce volume.

( 7 ) La première fois que l'empereur *Jofeph II* parut à la comédie françaife , à Paris, en 1777 , on donnait Oedipe , et le public lui appliqua ces vers.

( 8 ) On lit dans le Scévole de *du Rier* :

Donc vous vous figuréz qu'une bête affommée
Tienne notre fortune en fon fein enfermée ;
Et que des animaux les fales inteftins
Soient un temple adorable où parlent les deftins.

# FRAGMENS

# D'ARTEMIRE,

## *TRAGEDIE.*

Repréfentée, pour la première fois, le 15 février 1720.

FRAGMENS

# AVERTISSEMENT

## DES EDITEURS.

CETTE pièce fut jouée le 15 février 1720. Elle eut peu de fuccès. Le fond de l'intérêt eft le même que dans Mariamne. C'eft également une femme vertueufe perfécutée par un mari cruel qu'elle n'aime point. Mais la fable de la pièce, le caractère des perfonnages, le dénoue-ment, tout eft différent : et à l'exception d'une fcène entre *Caffandre* et *Artémire*, qui reffemble à la fcène du quatrième acte, entre *Hérode* et *Mariamne*, il n'y a rien de commun entre les deux pièces. On n'a pu retrouver Artémire ; il n'en refte que la fcène dont nous venons de parler, une parodie jouée à la comédie italienne, et le rôle d'*Artémire* tout entier.

D'après ces débris, nous avons effayé de retrouver le plan de la pièce ; mais celui qu'on pourrait deviner d'après la parodie eft fort dif-férent du plan que donnerait le rôle d'*Artémire*. Nous avons préféré ce dernier, parce qu'il a permis de conferver un plus grand nombre de vers.

On verra, dans ces fragmens, que M. de *Voltaire*, qui n'avait alors que vingt-fix ans, cherchait à former fon ftyle fur celui de *Racine*. L'imitation eft même très-marquée.

*Théâtre*. Tome I.                                    I.

# PERSONNAGES.

CASSANDRE, roi de Macédoine.

ARTEMIRE, reine de Macédoine.

PALLANTE, favori du roi.

PHILOTAS, prince.

MENAS, parent et confident de *Pallante*.

HIPPARQUE, ministre de *Cassandre*.

CEPHISE, confidente d'*Artémire*.

*La scène est à Larisse, dans le palais du roi.*

# FRAGMENS

# D'ARTEMIRE,

## *TRAGEDIE.*

## ACTE PREMIER.

*Artemire*, en proie à la plus vive douleur, ne cache point à *Céphise* les tourmens que lui fait éprouver l'humeur foupçonneuse et la cruauté de *Caffandre*, fon mari, que la guerre a éloigné d'elle, et dont le retour la fait trembler.

### ARTEMIRE.

Oui, tous ces conquérans raffemblés fur ce bord,
Soldats fous Alexandre et rois après fa mort, (a)
Fatigués de forfaits et laffés de la guerre,
Ont rendu le repos qu'ils ôtaient à la terre.
Je rends grâce, Céphife, à cette heureufe paix,
Qui brifant tes liens te rend à mes fouhaits.
Hélas! que cette paix que la Gréce refpire
Eft un bien peu connu de la trifte Artémire!
Caffandre... à ce nom feul, la douleur et l'effroi
De mon cœur alarmé s'emparent malgré moi.

(a) Ce vers eft devenu proverbe. On lit dans Olimpie:

Jurez-moi feulement, foldats du roi mon père,
Rois après fon trépas......

Vainqueur des Locriens, Caſſandre va paraître ;
Eſclave en mon palais, j'attends ici mon maître :
Pardonne, je n'ai pu le nommer mon époux.
Eh ! comment lui donner encore un nom ſi doux !
Il ne l'a que trop bien oublié, le barbare.

Elle rappelle à *Céphiſe* les principaux événemens de ſa vie.

Il te ſouvient de la triſté journée
Qui ravit Alexandre à l'Aſie étonnée.
La terre, en frémiſſant, vit après ſon trépas
Ses chefs impatiens partagér ſes Etats ;
Et jaloux l'un de l'autre en leur avide rage,
Déchirant à l'envi ce ſuperbe héritage,
Diviſés d'intérêts et pour le crime unis, (*b*)
Aſſaſſiner ſa mère, et ſa veuve et ſon fils.
Ce ſont-là les honneurs qu'on rendit à ſa cendre.
Je ne veux point, Céphiſe, injuſte envers Caſſandre,
Accuſer un époux de toutes ces horreurs ;
Un intérêt plus tendre a fait couler mes pleurs :
Ses mains ont immolé de plus chères victimes,
Et je n'ai pas beſoin de lui chercher des crimes, (*c*)
Du prix de tant de ſang cependànt il jouit ;
Innocent ou coupable il en eut tout le fruit,
Il régna : d'Alexandre il occupa la place.
La Gréce épouvantée approuva ſon audace,
Et ſes rivaux ſoumis lui demandant des lois,
Il fut le chef des Grecs et le tyran des rois.

(*b*) M. de *Voltaire* a depuis employé ce vers dans Mérope.

(*c*) Ce vers ſe trouve daus la Henriade, chant II.

Pour mon malheur alors attiré dans l'Epire,
Il me vit ; il m'offrit fon cœur et fon empire.
Antinoüs mon père, infenfible à mes pleurs,
Accepta malgré moi ces funeftes honneurs.
Je me plaignis en vain de fa contrainte auftère,
En me tyrannifant il crut agir en père ;
Il penfait affurer ma gloire et mon bonheur.
A peine il jouiffait de fa fatale erreur,
Il la connut bientôt : le foupçonneux Caffandre
Devint fon ennemi dès qu'il devint fon gendre.
Ne me demande point quels divers intérêts,
Quels troubles, quels complots, quels mouvemens fecrets,
Dans cette cour trompeufe excitant les orages,
Ont de Lariffe en feu défolé les rivages :
Enfin dans ce palais, théâtre des revers,
Mon père infortuné fe vit chargé de fers.
Hélas ! il n'eut ici que mes pleurs pour défenfe.
C'eft là que de nos dieux atteftant la vengeance,
D'un vainqueur homicide embraffant les genoux,
Je me jetai tremblante au-devant de fes coups.
Le cruel repouffant fon époufe éplorée....
O crime ! ô fouvenir dont je fuis déchirée !
Céphife ! en ces lieux même où tes difcours flatteurs
Du trône où tu me vois me vantent les douceurs,
Dans ces funeftes lieux, témoins de ma mifère,
Mon époux à mes yeux a maffacré mon père.
Son trépas fut pour moi le plus grand des malheurs.

. . . . . . . . . . . . . .

Mais il n'eft pas le feul ; et mon ame attendrie
Doit à ton amitié l'hiftoire de ma vie.
Céphife, on ne fait point quel coup ce fut pour moi
Lorfqu'au tyran des Grecs on engagea ma foi ;

Le jeune Philotas, avant cet hyménée,
Prétendait à mon fort unir fa deftinée.
Ses charmes, fes vertus avaient touché mon cœur;
Je l'aimais, je l'avoue; et ma fatale ardeur
Formant d'un doux hymen l'efpérance flatteufe,
Artémire fans lui ne pouvait être heureufe.
Tu vois couler mes pleurs à ce feul fouvenir.
Je puis à ce héros les donner fans rougir;
Je ne m'en défends point : je les dois à fa cendre.

C E P H I S E.

Il n'eft plus ?

A R T E M I R E.

Il mourut de la main de Caffandre;
Et lorfque je voulais le rejoindre au tombeau,
Céphife, on m'ordonna d'époufer fon bourreau.

C E P H I S E.

Et vous pûtes former cet hymen exécrable?

A R T E M I R E.

J'étais jeune, et mon père était inexorable;
D'un refus odieux je tremblais de m'armer :
Enfin fans fon aveu je rougiffais d'aimer.
Que veux-tu? j'obéis. Pardonne, Ombre trop chère,
Pardonne à cet hymen où me força mon père.
Hélas! il en reçut le cruel châtiment,
Et je pleure à la fois mon père et mon amant.

Cependant elle doit refpecter le nœud qui l'unit à *Caffandre.*

. . . . . Hélas! c'eft-là mon défefpoir.
Je fais que contre lui l'amour et la nature
Excitent dans mon cœur un éternel murmure.

Tout ce que j'adorais eft tombé fous fes coups,
Céphife, cependant Caffandre eft mon époux.
Sa parricide main, toujours prompte à me nuire,
A fouillé nos liens, et n'a pu les détruire.
Peut-être ai-je en fecret le droit de le haïr,
Mais en le haïffant je lui dois obéir.

*Céphife* lui parle de fa grandeur : Vous régnez,
lui dit-elle,

Quel malheur en régnant ne peut être adouci ?

A R T E M I R E.

Céphife! moi, régner! moi, commander ici!
Tu connais mal Caffandre : il me laiffe en partage
Sur ce trône fanglant la honte et l'efclavage.
Son favori Pallante eft ici le feul roi;
C'eft un fecond tyran qui m'impofe la loi.
Que dis-je ? tous ces rois, courtifans de Pallante,
Flattant indignement fon audace infolente,
Auprès de mon époux implorent fon appui,
Et leurs fronts couronnés s'abaiffent devant lui.

*Pallante* arrive et fait retirer *Céphife;* il préfente
à la reine une lettre de *Caffandre.* Cette lettre eft
adreffée à *Pallante. Artémire* lit :

,, De tout ce que j'ai fait ma voix doit vous inftruire :
,, Je reviens triomphant au fein de mon pays;
,, Et voulant me venger de tous mes ennemis,
,, J'attends de votre main la tête d'Artémire. ,,
Ainfi donc mon deftin fe confomme aujourd'hui!
Je n'attendais pas moins d'un époux tel que lui.
Pallante, c'eft à vous qu'il demande ma tête;
Vous êtes maître ici, votre victime eft prête.

L 4

*Pallante* , depuis long-temps amoureux de la reine, veut l'engager à fe fouftraire à la mort en s'uniffant à lui. Il lui propofe de l'affranchir de la tyrannie de *Caffandre* en affaffinant le tyran , et de s'emparer du trône. *Artémire* lui répond :

Vous me connaiffez mal, et mon amé eft furprife
Bien moins de mon trépas que de votre entreprife.
Permettez qu'Artémire en ces derniers momens
Vous découvre fon cœur et fes vrais fentimens.
　　Si mes yeux, occupés à pleurer ma misère ,
Ne voyaient dans le roi que l'affaffin d'un père ,
Si j'écoutais fon crime , et mon cœur irrité ,
Caffandre périrait : il l'a trop mérité.
Mais il eft mon époux quoique indigne de l'être ;
Le ciel qui me pourfuit me l'a donné pour maître :
Je connais mon devoir et fais ce que je doi
Aux nœuds infortunés qui l'uniffent à moi.
Qu'à fon gré dans mon fang il éteigne fa rage ;
Des dieux , par lui bravés , il eft pour moi l'image ;
Je n'accepterai point le bras que vous m'offrez :
Il peut trancher mes jours, les fiens me font facrés ;
Et j'aime mieux, Seigneur, dans mon fort déplorable,
Mourir par fes forfaits que de vivre coupable.

　　　　　　P A L L A N T E.

Il faut fans balancer m'époufer ou périr :
Je ne puis rien de plus ; c'eft à vous à choifir.

　　　　　　A R T E M I R E.

Mon choix eft fait ; fuivez ce que le roi vous mande ;
Il ordonne ma mort, et je vous la demande.
Elle finit, Seigneur, un éternel ennui,
Et c'eft l'unique bien que j'ai reçu de lui.

PALLANTE.

Mais, Madame, fongez....

ARTEMIRE.

Non, laiffez-moi, Pallante.

Je ne fuis point à plaindre, et je meurs innocente :

Artémire à vos coups ne veut point échapper.

J'accepte votre main, mais c'eft pour me frapper.

( elle fort. )

*Pallante* eft furieux de ne pouvoir recueillir le fruit des foupçons jaloux qu'il a femés dans le cœur de *Caffandre*. Cependant il ne défefpère pas de vaincre la réfiftance de la reine; il s'enhardit dans le projet d'affaffiner le roi :

Son trône, fes tréfors en feront le falaire ;

Le crime eft approuvé quand il eft néceffaire.

Il a befoin d'un complice ; il croit ne pouvoir mieux choifir que *Ménas*, fon parent et fon ami, qu'il voit paraître. Il lui demande s'il fe fent affez de courage pour tenter une grande entreprife. *Ménas* répond que douter de fon zèle et de fon amitié, c'eft lui faire la plus grave injure. *Pallante* alors lui confie l'amour dont il brûle pour la reine. *Ménas* n'en eft point étonné, mais il repréfente à *Pallante* que la vertu d'*Artémire* eft égale à fa beauté. *Pallante* ne regarde la vertu des femmes que comme une adroite hypocrifie :

Voilà quelle eft fouvent la vertu d'une femme :

L'honneur peint dans fes yeux femble être dans fon ame ;

Mais de ce faux honneur les dehors faſtueux
Ne fervent qu'à couvrir la honte de ſes feux.
Au ſeul amant chéri prodiguant ſa tendreſſe,
Pour tout autre elle n'a qu'une auſtère rudeſſe;
Et l'amant rebuté prend ſouvent pour vertu
Les fiers dédains d'un cœur qu'un autre a corrompu.

Il développe ſes projets à *Ménas*, qui lui promet
de ne pas le trahir, mais qui refuſe d'être complice
de ſes crimes. *Pallante*, reſté ſeul, ne regarde plus
*Ménas* que comme un confident dangereux dont il
doit prévenir l'indiſcrétion.

# ACTE II.

*PALLANTE* fait de nouveaux efforts auprès
d'*Artémire* : il lui dit que la mort de *Caſſandre* eſt
réſolue; que tout eſt diſpoſé pour lui arracher le
trône et la vie. *Artémire* répond :

Oui, vous pouvez verſer le ſang de votre roi;
Mais je vous avertis de commencer par moi.
Dans quelqu'extrémité que Caſſandre me jette,
Artémire eſt encor ſa femme et ſa ſujette.
J'irai parer les coups que l'on veut lui porter,
Et lui conſerverai le jour qu'il veut m'ôter.

*Pallante* ſort : *Artémire* reſte avec *Céphiſe*, qui lui
apprend que *Philotas* n'eſt point mort, qu'il va
reparaître; elle lui conſeille de ménager *Pallante*,
de gagner du temps, afin de redevenir maîtreſſe de

fa deſtinée, elle lui reproche d'avoir trop bravé le
favori du roi.

Madame, jufque-là deviez-vous l'irriter?

ARTEMIRE.

Ah! je hâtais les coups que l'on veut me porter;
Céphife, avec plaifir aigriffant fa colère,
Moi-même je preffais le trépas qu'il diffère :
Je rends grâces aux dieux, dont le cruel fecours,
Quand Philotas revient, va terminer mes jours.
Hélas! de mon époux armant la main fanglante,
Du moins ils ont voulu que je meure innocente.

CEPHISE.

Quand vous pouvez régner, vous périffez ainfi?

ARTEMIRE.

Philotas eft vivant, Philotas eft ici :
Malheureufe! comment foutiendras-tu fa vue?
Toi qui, de tant d'amour fi long-temps prévenue,
Après tant de fermens, as reçu dans tes bras
Le cruel affaffin de ton cher Philotas !
Toi, que brûle en fecret une flamme infidelle,
Innocente autrefois, aujourd'hui criminelle !
Hélas! j'étais aimée, et j'ai rompu les nœuds
De l'amour le plus tendre et le plus vertueux.
J'ai trahi mon amant. Pour qui? pour un perfide,
De mon père et de moi meurtrier parricide
A l'afpect de nos dieux je lui promis ma foi
Et l'empire d'un cœur qui n'était plus à moi ;
Et mon ame, attachée au ferment qui me lie,
Lui doit encor fa foi quand il m'ôte la vie.

Non : c'eſt trop de tourmens, de trouble et de remords;
Emportons, s'il ſe peut, ma vertu chez les morts,
Tandis que ſur mon cœur, qu'un tendre amour déchire,
Ma timide raiſon garde encor quelqu'empire.

CEPHISE.

Vous vous perdez vous ſeule, et tout veut vous ſervir.

ARTEMIRE.

Je connais ma faibleſſe, et je dois m'en punir.

CEPHISE.

Madame, penſez-vous qu'il vous chériſſe encore ?

ARTEMIRE.

Il doit me déteſter, Céphiſe, et je l'adore.
Son retour, ſon nom ſeul, ce nom cher à mon cœur,
D'un feu trop mal éteint a ranimé l'ardeur.
Ma mort qu'en même temps Pallante a prononcée,
N'a pas du moindre trouble occupé ma penſée;
Je n'y ſongeais pas même, et mon ame en ce jour
N'a de tous ſes malheurs ſenti que ſon amour.
A quelle honte, ô Dieux ! m'avez-vous fait deſcendre !
Ingrate à Philotas, infidelle à Caſſandre,
Mon cœur empoiſonné d'un amour dangereux
Fut toujours criminel, et toujours malheureux.
Que leurs reſſentimens, que leurs haines s'uniſſent;
Tous deux ſont offenſés, que tous deux me puniſſent;
Qu'ils viennent ſe baigner dans mon ſang odieux.

CEPHISE.

Madame, un étranger s'avance dans ces lieux.

ARTEMIRE.

Si c'eſt un aſſaſſin que Pallante m'envoie,
Céphiſe, il peut entrer; je l'attends avec joie.

O mort ! avec plaifir je paffe dans tes bras....
Céphife, foutiens-moi : grands Dieux, c'eft Philotas !

*Philotas* adreffe des reproches à *Artémire* fur ce
qu'elle lui a manqué de foi en paffant dans les bras
de *Caffandre*, et lui rappelle l'amour dont ils ont
brûlé l'un pour l'autre. *Artémire* lui répond :

Vous pouvez étaler aux yeux d'une infidelle
La haine et le mépris que vous avez pour elle.
Accablez-moi des noms réfervés aux ingrats,
Je les ai mérités, je ne m'en plaindrai pas.
Si pourtant Philotas , à travers fa colère ,
Daignait fe fouvenir combien je lui fus chère,
Quoiqu'indigne du jour et de tant d'amitié,
J'ofe efpérer encore un refte de pitié.
N'outragez point une ame affez infortunée :
Le fort qui vous pourfuit ne m'a point épargnée,
Il me haïffait trop pour me donner à vous ,

.   .   .   .   .   .   .   .   .   .   .   .   .

Je ne m'excufe point : je fais mon injuftice.
Dans mon crime, Seigneur, j'ai trouvé mon fupplice.
Ne me reprochez plus votre amour outragé ;
Plaignez-moi bien plutôt, vous êtes trop vengé.
Je ne vous dirai point que mon devoir auftère
Attachait mes deftins aux ordres de mon père ;
A cet ordre inhumain j'ai dû défobéir :
Seigneur, le ciel eft jufte ; il a fu m'en punir.
Quittez ces lieux, fuyez loin d'une criminelle.

*Philotas* lui répète combien *Caffandre* , un lâche
affaffin, était indigne d'elle.

ARTEMIRE.

Ceffez de me parler de ce trifte hyménée ;
Le flambeau s'en éteint ; ma courfe eft terminée.
Caffandre me punit de ce malheureux choix,
Et je vous parle ici pour la dernière fois.
Ciel ! qui lis dans mon cœur et qui vois mes alarmes,
Protége Philotas, et pardonne à mes larmes.
Du trépas que j'attends les preffantes horreurs
A mes yeux attendris n'arrachent point ces pleurs ;
Seigneur, ils n'ont coulé qu'en vous voyant paraître :
J'en attefte les dieux qu'ils offenfent peut-être.
Mon cœur depuis long-temps ouvert aux déplaifirs,
N'a connu que pour vous l'ufage des foupirs.
Je vous aimai toujours... Cette fatale flamme
Dans les bras de Caffandre a dévoré mon ame :
Aux portes du tombeau je puis vous l'avouer.
C'eft un crime peut-être, et je vais l'expier.
Hélas ! en vous voyant, vers vous feul entraînée,
Je mérite la mort où je fuis condamnée.

*Pallante* revient et furprend *Philotas* avec *Artémire*. *Philotas* fort en bravant ce favori qui preffe *Artémire* d'accepter fa main pour fauver fa vie : elle le refufe. *Pallante* irrité lui fait entendre qu'il la foupçonne d'avoir appelé *Philotas* à fon fecours, qu'il connaît fes fentimens,

Et je vois malgré vous d'où partent vos refus.

ARTEMIRE.

Que peux-tu foupçonner, lâche? que peux-tu croire?
Tranche mes triftes jours, mais refpecte ma gloire.

Auffi-bien n'attends pas que je puiffe jamais
Racheter cette vie au prix de tes forfaits.
Mes yeux, que fur ta rage un faible jour éclaire,
Commencent à percer cet horrible myftère.
Tu n'as pu d'aujourd'hui tramer tes attentats ;
Pour tant de politique un jour ne fuffit pas.
Tu t'attendais, fans doute, à l'ordre de ton maître ;
Je te dirai bien plus : tu l'as dicté peut-être.
Si tu peux t'étonner de mes juftes foupçons,
Tes crimes font connus, ce font-là mes raifons.
C'eft toi dont les confeils et dont la calomnie
De mon malheureux père ont fait trancher la vie :
C'eft toi qui, de ton prince infame corrupteur,
Au crime dès l'enfance as préparé fon cœur :
C'eft toi qui, fur fon trône appelant l'injuftice,
L'as conduit par degrés au bord du précipice.
Il était né peut-être, et jufte et généreux :
Peut-être fans Pallante il ferait vertueux !
Puiffe le ciel enfin, trop lent dans fa juftice,
A la Gréce opprimée accorder ton fupplice !
Puiffe dans l'avenir ta mort épouvanter
Les miniftres des rois qui pourraient t'imiter !
Dans cet efpoir heureux, traître, je vais attendre,
Et l'effet de ta rage, et l'arrêt de Caffandre ;
Et la voix de mon fang, s'élevant vers les cieux,
Ira pour ton fupplice importuner les dieux.

(*elle fort.*)

# ACTE III.

## ARTEMIRE, PHILOTAS.

ARTEMIRE.

Je vous l'ai dit, il m'aime, et maître de mon fort,
Il ne donne à mon choix que le crime ou la mort.
Dans ces extrémités où le deftin me livre,
Vous me connaiffez trop pour m'ordonner de vivre.

*Philotas* lui fait efpérer qu'aidé de fon courage et
de fes amis, il pourra la délivrer.

ARTEMIRE.

Non, prince : fans retour les dieux m'ont condamnée.
Puifqu'à d'autres qu'à vous les cruels m'ont donnée,
Cet amour, autrefois fi tranquille et fi doux,
Déformais dans Lariffe eft un crime pour nous.
Je ne puis fans remords vous voir ni vous entendre;
D'un charme trop fatal j'ai peine à me défendre.
Vous aigriffez mes maux, au lieu de les guérir :
Ah ! fuyez Artémire, et laiffez-la mourir.

PHILOTAS.

O vertu trop cruelle !

ARTEMIRE.

O loi trop rigoureufe !

PHILOTAS.

Artémire, vivez !

ARTEMIRE.

Et pour qui?.... malheureufe !

PHILOTAS.

PHILOTAS.

Si jamais votre cœur partagea mes ennuis....

ARTEMIRE.

Je vous aime, et je meurs : c'eſt tout ce que je puis.

PHILOTAS.

Au nom de cette amour que les dieux ont trahie !

ARTEMIRE.

Mon amour eſt un crime; il faut que je l'expie.

Philotas preſſe Artémire de fuir Caſſandre. Artémire lui cède à condition qu'il vivra loin d'elle. On annonce l'arrivée du roi. Philotas diſparaît pour chercher les moyens de ſauver la reine des fureurs de Caſſandre. Pallante vient pour conſommer le crime : il propoſe à Artémire le choix du fer ou du poiſon. Elle ſaiſit une épée, et au moment qu'elle va ſe percer, Hipparque, miniſtre de Caſſandre, la lui arrache des mains. Le roi a révoqué ſes ordres ſanguinaires. Hipparque s'applaudit d'avoir prévenu le crime.

# ACTE IV.

MENAS, envoyé par le traître Pallante vers la reine, pour lui communiquer d'importans ſecrets, ſe rend dans l'appartement d'Artémire : Pallante l'y ſurprend, le poignarde et perſuade à Caſſandre que ſa femme avait lié avec Ménas une intrigue criminelle. Caſſandre a la faibleſſe de le croire encore : il ordonne de

Théâtre. Tome I.                    M

nouveau la mort d'*Artémire*. Le quatrième acte commence par l'expofition de ces événemens.

On amène *Artémire* devant le roi.

ARTEMIRE.

Où fuis-je? où vais-je? ô Dieux, je me meurs! je le voi.

CEPHISE.

Avançons......

ARTEMIRE.

Ciel!

CASSANDRE.

Eh bien! que voulez - vous de moi?

CEPHISE.

Dieux juftes! protégez une reine innocente.

ARTEMIRE.

Vous me voyez, Seigneur, interdite et mourante;
Je n'ofe, jufqu'à vous, lever un œil tremblant,
Et ma timide voix expire en vous parlant.

CASSANDRE.

Levez-vous, et quittez ces indignes alarmes.

ARTEMIRE.

Hélas! je ne viens point par d'impuiffantes larmes,
Craignant votre juftice et fuyant le trépas,
Mendier un pardon que je n'obtiendrai pas.
La mort à mes regards s'eft déjà préfentée;
Tranquille et fans regrets je l'aurais acceptée.
Faut-il que votre haine, ardente à me fauver,
Pour un fort plus affreux m'ait voulu réferver?
N'était - ce pas affez de me joindre à mon père?
Au-delà de la mort étend-on fa colère?

Ecoutez-moi du moins, et fouffrez à vos pieds
Ce malheureux objet de tant d'inimitiés.
Seigneur, au nom des dieux que le parjure offenfe,
Par le ciel qui m'entend, qui fait mon innocence,
Par votre gloire enfin que j'ofe conjurer,
Donnez-moi le trépas fans me déshonorer.

CASSANDRE.

N'en accufez que vous, quand je vous rends juftice;
La honte eft dans le crime et non dans le fupplice.
Levez-vous, et quittez un entretien fâcheux,
Qui redouble ma honte et nous pèfe à tous deux.
Voilà donc le fecret dont vous vouliez m'inftruire?

ARTEMIRE.

Eh! que me fervira, Seigneur, de vous le dire?
J'ignore, en vous parlant, fi la main qui me perd
Dans ce projet affreux vous trahit ou vous fert:
J'ignore fi vous-même, en pourfuivant ma vie,
N'avez point de Pallante armé la calomnie,
Hélas! après deux ans de haine et de malheurs,
Souffrez quelques foupçons qu'excufent vos rigueurs.
Mon cœur même en fecret refufe de les croire;
Vous me déshonorez, et j'aime votre gloire;
Je ne confondrai point Pallante et mon époux;
Je vous refpecte encore en mourant par vos coups.
Je vous plains d'écouter le monftre qui m'accufe,
Et quand vous m'opprimez, c'eft moi qui vous excufe.
Mais fi vous appreniez que Pallante aujourd'hui
M'offrait contre vous-même un criminel appui,
Que Ménas à mes pieds, craignant votre juftice,
D'un heureux fcélérat infortuné complice,
Au nom de ce perfide implorait..... mais, hélas!
Vous détournez les yeux, et ne m'écoutez pas.

M 2

CASSANDRE.

Non, je n'écoute point vos lâches impoſtures;
Ceſſez : n'empruntez point le ſecours des parjures:
C'eſt bien aſſez pour moi de tous vos attentats;
Par de nouveaux forfaits ne les défendez pas.
Auſſi-bien c'en eſt fait, votre perte eſt certaine;
Toute plainte eſt frivole, et toute excuſe eſt vaine.

ARTEMIRE.

Hélas! voilà mon cœur, il ne craint point vos coups;
Faites couler mon ſang, barbare, il eſt à vous.
Mais l'hymen dont le nœud nous unit l'un à l'autre,
Tout malheureux qu'il eſt, joint mon honneur au vôtre;
Pourquoi d'un tel affront voulez-vous vous couvrir?
Laiſſez-moi chez les morts deſcendre ſans rougir.
Croyez que pour Ménas une flamme adultère....

CASSANDRE.

Si Ménas m'a trahi, Ménas a dû vous plaire.
Votre cœur m'eſt connu mieux que vous ne penſez:
Ce n'eſt pas d'aujourd'hui que vous me haïſſez.

ARTEMIRE.

Eh bien! connaiſſez donc mon ame toute entière:
Ne cherchez point ailleurs une triſte lumière,
De tous mes attentats je vais vous informer.
Oui, Caſſandre, il eſt vrai, je n'ai pu vous aimer;
Je vous le dis ſans feinte, et cet aveu ſincère
Doit peu vous étonner, et doit peu vous déplaire.
Et quel droit en effet aviez-vous ſur un cœur
Qui ne voyait en vous que ſon perſécuteur?
Vous, qui de tous les miens ennemi ſanguinaire,
Avez juſqu'en mes bras aſſaſſíné mon père;

Vous que je n'ai jamais abordé fans effroi;
Vous dont j'ai vu le bras toujours levé fur moi;
Vous, tyran foupçonneux, dont l'affreufe injuftice
M'a conduite au trépas de fupplice en fupplice.
Je n'ai jamais de vous reçu d'autres bienfaits,
Vous le favez, Caffandre, apprenez mes forfaits.
Avant qu'un nœud fatal à vos lois m'eût foumife,
Pour un autre que vous mon ame était éprife.
J'étouffai dans vos bras un amour trop puiffant;
Je le combats encore, et même en ce moment:
Ne vous en flattez point, ce n'eft pas pour vous plaire.
Vous êtes mon époux, votre gloire m'eft chère,
Mon devoir me fuffit, et ce cœur innocent
Vous a gardé fa foi même en vous haïffant.
J'ai fait plus: ce matin, à la mort condamnée,
J'ai pu brifer les nœuds d'un funefte hyménée;
Je tenais dans mes mains l'empire et votre fort;
Si j'avais dit un mot, on vous donnait la mort.
Vos peuples indignés allaient me reconnaître,
Tout m'en follicitait; je l'aurais dû peut-être;
Du moins, par votre exemple inftruite aux attentats,
J'ai pu rompre des lois que vous ne gardez pas:
J'ai voulu cependant refpecter votre vie,
Je n'ai confidéré ni votre barbarie,
Ni mes périls préfens ni mes périls paffés,
J'ai fauvé mon époux; vous vivez, c'eft affez.
Le temps qui perce enfin la nuit la plus obfcure
Peut-être éclaircira cette horrible aventure;
Et vos yeux recevant une trifte clarté
Verront trop tard un jour luire la vérité.
Vous connaîtrez alors tous les maux que vous faites,
Et vous en frémirez, tout tyran que vous êtes.

M 3

*Caſſandre* perſiſte dans ſa prévention et laiſſe la reine ſeule avec ſa confidente.

### ARTEMIRE.

Avec quel artifice, avec quelles noirceurs
Pallante a ſu tramer ce long tiſſu d'horreurs!
Non, je ne reviens point de ma ſurpriſe extrême.
Quoi! Ménas à mes yeux maſſacré par lui-même,
Vingt conjurés mouians qui n'accuſent que moi;
Ah! c'en eſt trop, Céphiſe, et je pardonne au roi.
Hélas! le roi, ſéduit par ce lâche artifice,
Semble me condamner lui-même avec juſtice.

### CEPHISE.

Implorez Philotas, à qui votre vertu
Dès long-temps....

### ARTEMIRE.

       Juſtes Dieux! quel nom prononces-tu?
Hélas! voilà le comble à mon ſort déplorable,
Philotas m'abandonne et fuit une coupable;
Il déteſte ſa flamme et mes faibles attraits;
Et pour moi tous les cœurs ſont fermés déformais.

### CEPHISE.

Pouvez-vous ſoupçonner qu'un cœur qui vous adore....

### ARTEMIRE.

Si Philotas m'aimait, s'il m'eſtimait encore,
Il me verrait, Céphiſe, au péril de ſes jours.
De ma triſte retraite il connaît les détours:
L'amour l'y conduirait, il viendrait m'y défendre;
Il viendrait y braver le courroux de Caſſandre.
Je ne demande point ces preuves de ſa foi;
Qu'il me croie innocente, et c'eſt aſſez pour moi.

CEPHISE.

Ah! Madame, fouffrez que je coure lui dire....

ARTEMIRE.

Va, ma chère Céphife, et devant que j'expire,
Dis-lui, s'il en eft temps, qu'il ofe encor me voir;
Peins-lui mes fentimens, peins-lui mon défefpoir.
Si fon cœur obftiné rebute ta prière,
S'il refufe à mes pleurs cette grâce dernière,
Retourne fans tarder dans ces funeftes lieux,
Tu recevras mon ame et mes derniers adieux.
Conferve après ma mort une amitié fi tendre,
Dans tes fidelles mains daigne amaffer ma cendre,
Remets à Philotas ces reftes malheureux,
Seuls gages d'un amour trop fatal à tous deux.
Eclaircis à fes yeux ma douloureufe hiftoire;
Peut-être après ma mort il pourra mieux t'en croire.
Dis-lui que fans regret defcendant chez les morts,
Si j'ai pu dans la tombe emporter des remords,
Combattant en fecret le feu qui me dévore,
Je ne me reprochais que de l'aimer encore.

# ACTE V.

*Philotas* vient, amené par *Céphife*; l'impofture
de *Pallante* l'a féduit.

ARTEMIRE.

Philotas! et c'eft vous qui me traitez ainfi?
Mon époux me condamne, et vous, Seigneur, auffi?

M 4

Je pardonne à Caffandre une erreur excufable;
Nourri dans les forfaits il m'en a cru capable;
Il m'avait offenfée, il devait me haïr;
Il me cherchait un crime afin de m'en punir.
Mais vous, qui, près de moi foupirant dans l'Epire,
Avez lu tant de fois dans le cœur d'Artémire;
Vous, de qui la vertu mérita tous mes foins;
Vous, qui m'aimiez, hélas! qui le difiez du moins;
C'eft vous qui, redoublant ma honte et mon injure,
Du monftre qui m'accufe écoutez l'impofture?
Barbare, vos foupçons manquaient à mon malheur.
Ah! lorfque de Pallante éprouvant la fureur,
Combattant malgré moi ma flamme et vos alarmes,
Mon cœur défefpéré réfiftait à vos larmes,
Et trop faible, en effet, contre un charme fi doux,
Cherchait dans le trépas des armes contre vous;
Hélas! qui m'aurait dit que dans cette journée
Ma vertu par vous-même eût été foupçonnée?
J'ai cru mieux vous connaître, et n'ai pas dû penfer
Qu'entre Pallante et moi vous puffiez balancer.
Pardonnez-moi, grands Dieux, qui m'avez condamnée!
De l'univers entier je meurs abandonnée;
Ma mort, dans le tombeau cachant la vérité,
Fera paffer ma honte à la poftérité.
Toutefois, dans l'horreur d'un fi cruel fupplice,
Si du moins Philotas m'avait rendu juftice,
S'il pouvait m'eftimer et me plaindre en fecret
Je fens que je mourrais avec moins de regret.

*Philotas*, convaincu de l'innocence de la reine, veut
s'armer pour la défendre.

ARTEMIRE.

Non , demeurez, Seigneur.

J'aime mieux vos regrets qu'une audace inutile;
Innocente à vos yeux je périrai tranquille ;
Et le fort qui m'attend pourra me fembler doux,
Puifqu'il me punira de n'être point à vous.
Adieu, le temps approche où l'on veut que j'expire ;
Adieu ; n'oubliez point l'innocente Artémire.
Que fon nom vous foit cher, elle l'a mérité ;
A fon honneur flétri rendez la pureté ,
Et que malgré l'horreur d'une tache fi noire,
Vos larmes quelquefois honorent fa mémoire.

*Philotas* fort. *Artémire* refte feule. On vient la
chercher pour la conduire à la mort ; mais les amis
de *Philotas* l'arrachent des mains de fes gardes. Elle
apprend que *Philotas* a foulevé le peuple, qu'il combat
contre *Caffandre.*

ARTEMIRE.

Dieux, dont la main fur moi fans ceffe appefantie
Me promène à fon gré de la mort à la vie,
Dieux puiffans, fur moi feule étendez votre bras !
Rendez-moi mon fupplice et fauvez Philotas ;
Eteignez dans mon fang une ardeur infidelle :
Plus fon péril eft grand, plus je fuis criminelle.
Viens, Caffandre, il eft temps : viens, frappe, venge-toi :
Je te pardonne tout, et n'immole que moi.

*Philotas* lui apprend que *Pallante* eft tué, et qu'il
a fait en expirant l'aveu de la trame odieufe qu'il
avait tiffue pour fe venger des mépris de la reine,

dont il a déclaré l'innocence ; que le roi a été détrompé, mais trop tard. Ce prince a reçu dans le combat une bleffure mortelle.

Dans la fcène dernière *Caffandre* mourant fe fait apporter près d'*Artémire*. Il eft accompagné d'*Hipparque* et de fes officiers. Il rend hommage en leur préfence aux vertus de la reine. Il déclare qu'il lui avait ôté l'honneur fur les délations d'un monftre que le ciel a puni, et qui connaiffait trop bien le caractère foupçonneux et jaloux de fon maître, et fon penchant à la cruauté.

*Caffandre* pardonne à *Philotas*, dont il connaît les grandes qualités, et veut engager *Artémire* à fe donner à lui. Il les conjure de lui pardonner fes injuftices en faveur de fes remords, et de ne le regarder que comme une déplorable victime de la calomnie ; il expie, dit-il, par la mort qu'il a méritée, tous les crimes dont il a fouillé fa vie.

Vous demandez ma main! jufte Ciel que j'implore,

Vous favez de quel fang la fienne fume encore.

*Mariamne Acte IV. Scene 4.*

*J. M. Moreau le J.e inv.*      *1783.*      *Simonet Sculp.*

# M A R I A M N E,

## *T R A G E D I E.*

Repréfentée, pour la première fois , le 6
mars 1.7 2 4.

*Revue et corrigée par l'auteur en 1762.*

# PREFACE

JE ne donne cette édition qu'en tremblant. Tant d'ouvrages, que j'ai vus applaudis au théâtre et méprifés à la lecture, me font craindre pour le mien le même fort. Une ou deux fituations, l'art des acteurs, la docilité que j'ai fait paraître, ont pu m'attirer des fuffrages aux repréfentations; mais il faut un autre mérite pour foutenir le grand jour de l'impreffion. C'eft peu d'une conduite régulière : ce ferait peu même d'inté-reffer. Tout ouvrage en vers, quelque beau qu'il foit d'ailleurs, fera néceffairement ennuyeux, fi tous les vers ne font pas pleins de force et d'harmonie, fi l'on n'y trouve pas une élégance continue, fi la pièce n'a point ce charme inex-primable de la poëfie, que le génie feul peut donner, où l'efprit ne faurait jamais atteindre, et fur lequel on raifonne fi mal et fi inutilement depuis la mort de M. *Defpréaux.*

C'eft une erreur bien groffière de s'imaginer que les vers foient la dernière partie d'une pièce de théâtre, et celle qui doit le moins coûter. M. *Racine*, c'eft-à-dire, l'homme de la terre qui, après *Virgile*, a le mieux connu l'art des vers, ne penfait pas ainfi. Deux années entières lui

fuffirent à peine pour écrire fa *Phèdre*. *Pradon*
fe vante d'avoir compofé la fienne en moins de
trois mois. Comme le fuccès paffager des repréfentations d'une tragédie ne dépend point du
ftyle, mais des acteurs et des fituations, il arriva
que les deux *Phèdres* femblèrent d'abord avoir
une égale deftinée; mais l'impreffion régla
bientôt le rang de l'une et de l'autre. *Pradon*,
felon la coutume des mauvais auteurs, eut beau
faire une préface infolente, dans laquelle il
traitait fes critiques de malhonnêtes gens; fa
pièce, tant vantée par fa cabale et par lui,
tomba dans le mépris qu'elle mérite; et fans la
*Phèdre* de M. *Racine*, on ignorerait aujourd'hui
que *Pradon* en a compofé une.

Mais d'ou vient enfin cette diftance fi prodi-
gieufe entre ces deux ouvrages? La conduite en
eft à peu-près la même. *Phèdre* eft mourante dans
l'une et dans l'autre. *Théfée* eft abfent dans les
premiers actes: il paffe pour avoir été aux enfers
avec *Pirythoüs*. *Hippolyte*, fon fils, veut quitter
Trézène; il veut fuir *Aricie*, qu'il aime. Il déclare
fa paffion à *Aricie*, et reçoit avec horreur celle
de *Phèdre*: il meurt du même genre de mort,
et fon gouverneur fait le récit de fa mort. Il y a
plus: les perfonnages des deux pièces fe trouvant
dans les mêmes fituations, difent prefque les
mêmes chofes; mais c'eft là qu'on diftingue le

grand homme, et le mauvais poëte. C'eft lorfque *Racine* et *Pradon* penfent de même, qu'ils font le plus différens. En voici un exemple bien fenfible ; dans la déclaration d'*Hippolyte* à *Aricie*, M. *Racine* fait ainfi parler *Hippolyte*.

Moi qui contre l'amour fièrement révolté,
Aux fers de fes captifs ai long-temps infulté ;
Qui, des faibles mortels déplorant les naufrages,
Penfais toujours du bord contempler les orages ;
Affervi maintenant fous la commune loi,
Par quel trouble me vois-je emporté loin de moi ?
Un moment a vaincu mon audace imprudente;
Cette ame fi fuperbe eft enfin dépendante.
Depuis près de fix mois, honteux, défefpéré,
Portant par-tout le trait dont je fuis déchiré,
Contre vous, contre moi, vainement je m'éprouve;
Préfente je vous fuis, abfente je vous trouve.
Dans le fond des forêts votre image me fuit ;
La lumière du jour, les ombres de la nuit,
Tout retrace à mes yeux les charmes que j'évite;
Tout vous livre à l'envi le rebelle Hippolyte.
Moi-même, pour tout fruit de mes foins fuperflus,
Maintenant je me cherche, et ne me trouve plus.
Mon arc, mes javelots, mon char, tout m'importune.
Je ne me fouviens plus des leçons de Neptune,
Mes feuls gémiffemens font retentir les bois,
Et mes courfiers oififs ont oublié ma voix.

Voici comment *Hippolyte* s'exprime dans *Pradon*.

Affez et trop long-temps, d'une bouche profane,
Je méprifai l'amour et j'adorai Diane.

Solitaire, farouche, on me voyait toujours
Chasser dans nos forêts les lions et les ours.
Mais un soin plus pressant m'occupe et m'embarrasse.
Depuis que je vous vois j'abandonne la chasse ;
Elle fit autrefois mes plaisirs les plus doux,
Et quand j'y vais, ce n'est que pour penser à vous.

On ne saurait lire ces deux pièces de compa-
raison, sans admirer l'une et sans rire de l'autre.
C'est pourtant dans toutes les deux le même
fonds de sentiment et de pensées ; car, quand il
s'agit de faire parler les passions, tous les hommes
ont presque les mêmes idées ; mais la façon de
les exprimer distingue l'homme d'esprit d'avec
celui qui n'en a point, l'homme de génie d'avec
celui qui n'a que de l'esprit, et le poëte d'avec
celui qui veut l'être.

Pour parvenir à écrire comme M. *Racine*, il
faudrait avoir son génie, et polir autant que lui
ses ouvrages. Quelle défiance ne dois-je donc point
avoir, moi qui, né avec des talens si faibles, et
accablé par des maladies continuelles, n'ai ni le
don de bien imaginer, ni la liberté de corriger par
un travail assidu les défauts de mes ouvrages ?
Je sens avec déplaisir toutes les fautes qui sont
dans la contexture de cette pièce, aussi-bien
que dans la diction. J'en aurais corrigé quelques-
unes, si j'avais pu retarder cette édition ; mais
j'en aurais encore laissé beaucoup. Dans tous

les

les arts il y a un terme, par de-là lequel on ne peut plus avancer. On eſt reſſerré dans les bornes de ſon talent ; on voit la perfection au de-là de ſoi, et on fait des efforts impuiſſans pour y atteindre.

Je ne ferai point une critique détaillée de cette pièce : les lecteurs la feront aſſez ſans moi. Mais je crois qu'il eſt néceſſaire que je parle ici d'une critique générale qu'on a faite ſur le choix du ſujet de Mariamne. Comme le génie des Français eſt de ſaiſir vivement le côté ridicule des choſes les plus ſérieuſes, on diſait que le ſujet de Mariamne n'était autre choſe qu'*un vieux mari amoureux et brutal, à qui ſa femme refuſe avec aigreur le devoir conjugal* ; et on ajoutait qu'une querelle de ménage ne pouvait jamais faire une tragédie. Je ſupplie qu'on faſſe avec moi quelques réflexions ſur ce préjugé.

Les pièces tragiques ſont fondées, ou ſur les intérêts de toute une nation, ou ſur les intérêts particuliers de quelques princes. De ce premier genre, ſont l'Iphigénie en Aulide, où la Gréce aſſemblée demande le ſang de la fille d'*Agamemnon*: les Horaces, où trois combattans ont entre les mains le ſort de Rome : l'Oedipe, où le ſalut des Thébains dépend de la découverte du meurtrier de *Laïus*. Du ſecond genre, ſont Britannicus, Phèdre, Mithridate, &c.

*Théâtre.* Tome I.        N

Dans ces trois dernières, tout l'intérêt est renfermé dans la famille du héros de la pièce : tout roule sur des passions que des bourgeois ressentent comme les princes ; et l'intrigue de ces ouvrages est aussi propre à la comédie qu'à la tragédie. Otez les noms, *Mithridate n'est qu'un vieillard amoureux d'une jeune fille : ses deux fils en sont amoureux aussi ; et il se sert d'une ruse assez basse pour découvrir celui des deux qui est aimé. Phèdre est une belle-mère, qui, enhardie par une intrigante, fait des propositions à son beau-fils, lequel est occupé ailleurs. Néron est un jeune homme impétueux, qui devient amoureux tout d'un coup, qui dans le moment veut se séparer d'avec sa femme, et qui se cache derrière une tapisserie pour écouter les discours de sa maîtresse.* Voilà des sujets que *Molière* a pu traiter comme *Racine.* Aussi, l'intrigue de l'Avare est-elle précisément la même que celle de Mithridate. *Harpagon* et le roi de Pont sont deux vieillards amoureux ; l'un et l'autre ont leur fils pour rival ; l'un et l'autre se servent du même artifice pour découvrir l'intelligence qui est entre leur fils et leur maîtresse ; et les deux pièces finissent par le mariage du jeune homme.

*Molière* et *Racine* ont également réussi, en traitant ces deux intrigues : l'un a amusé, a réjoui, a fait rire les honnêtes gens ; l'autre a attendri, a effrayé, a fait verfer des larmes. *Molière* a joué l'amour ridicule d'un vieil avare : *Racine* a repréfenté les faibleffes d'un grand roi, et les a rendues refpectables.

Que l'on donne une noce à peindre à *Wateau* et à *le Brun* : l'un repréfentera fous une treille des payfans pleins d'une joie naïve, groffière et effrénée, autour d'une table ruftique où l'ivreffe, l'emportement, la débauche, le rire immodéré régneront ; l'autre peindra les noces de *Thétis* et de *Pélée*, les feftins des dieux, leur joie majeftueufe : et tous deux feront arrivés à la perfection de leur art par des chemins différens.

On peut appliquer tous ces exemples à Mariamne. La mauvaife humeur d'une femme, l'amour d'un vieux mari, les tracafferies d'une belle-fœur font de petits objets, comiques par eux-mêmes. Mais un roi, à qui la terre a donné le nom de *Grand*, éperdument amoureux de la plus belle femme de l'univers ; la paffion furieufe de ce roi fi fameux par fes vertus et par fes crimes ; fes cruautés paffées, fes remords préfens ; ce paffage fi continuel et fi rapide de l'amour à la haine, et de la haine à l'amour ; l'ambition de fa fœur, les intrigues de fes miniftres ; la fituation cruelle d'une princeffe, dont la vertu et la beauté font célèbres encore dans le monde ;

N 2

qui avait vu fon père et fon frère livrés à la mort
par fon mari, et qui, pour comble de douleur,
fe voyait aimée du meurtrier de fa famille : quel
champ ! quelle carrière pour un autre génie
que le mien ! Peut-on dire qu'un tel fujet foit
indigne de la tragédie ? C'eft là fur-tout que,
*felon ce qu'on peut être, les chofes changent de nom.*

# FRAGMENT

## DE LA PREFACE

### DE L'EDITION DE 1730.

La deſtinée de cette pièce a été extraordinaire. Elle fut jouée pour la première fois en 1724, et fut ſi mal reçue, qu'à peine put-elle être achevée. Elle fut rejouée en 1725 avec quelques changemens, et fut reçue alors avec une extrême indulgence.

J'avoue avec ſincérité qu'elle méritait le mauvais accueil que lui fit d'abord le public; et je ſupplie qu'on me permette d'entrer ſur cela dans un détail qui, peut-être, ne ſera pas inutile à ceux qui voudront courir la carrière épineuſe du théâtre, où j'ai le malheur de m'être engagé. Il verront les écueils où j'ai échoué ; ce n'eſt que par-là que je puis leur être utile.

Une des premières règles eſt de peindre les héros connus tels qu'ils ont été, ou plutôt tels que le public les imagine; car il eſt bien plus aiſé de mener les hommes par les idées qu'ils ont, qu'en voulant leur en donner de nouvelles.

> *Sit Medea ferox, invictaque; flebilis Ino;*
> *Perfidus Ixion; Io vaga; triſtis Oreſtes, &c.*

Fondé ſur ces principes, et entraîné par la complaiſance reſpectueuſe que j'ai toujours eue pour des perſonnes qui m'honorent de leur amitié et de leurs conſeils, je réſolus de m'aſſujettir entièrement à l'idée que les hommes ont depuis long-temps de

*Mariamne* et d'*Hérode*, et je ne fongeai qu'à les peindre fidèlement d'après le portrait que chacun s'en eft fait dans fon imagination.

Ainfi *Hérode* parut dans cette pièce cruel et politique; tyran de fes fujets, de fa famille, de fa femme; plein d'amour pour *Mariamne*, mais plein d'un amour barbare qui ne lui infpirait pas le moindre repentir de fes fureurs. Je ne donnai à *Mariamne* d'autres fentimens qu'un orgueil imprudent, et qu'une haine inflexible pour fon mari. Et enfin, dans la vue de me conformer aux opinions reçues, je ménageai une entrevue entre *Hérode* et *Varus*, dans laquelle je fis parler ce préteur avec la hauteur qu'on s'imagine que les Romains affectaient avec les rois.

Qu'arriva-t-il de tout cet arrangement? *Mariamne* intraitable n'intéreffa point : *Hérode*, n'étant que criminel, révolta : et fon entretien avec *Varus* le rendit méprifable. J'étais à la première repréfentation : je m'aperçus dès le moment où *Hérode* parut, qu'il était impoffible que la pièce eût du fuccès ; et je compris que je m'étais égaré en marchant trop timidement dans la route ordinaire.

Je fentis qu'il eft des occafions où la première règle eft de s'écarter des règles prefcrites, et que ( comme le dit M. *Pafcal* fur un fujet plus férieux ) les vérités fe fuccèdent du pour au contre à mefure qu'on a plus de lumières.

Il eft vrai qu'il faut peindre les héros tels qu'ils ont été; mais il eft encore plus vrai qu'il faut adoucir les caractères défagréables ; qu'il faut fonger au public pour qui l'on écrit, encore plus qu'aux héros que l'on fait paraître ; et qu'on doit imiter les peintres habiles qui embelliffent en confervant la reffemblance.

Pour qu'*Hérode* reffemblât, il était néceffaire qu'il excitât l'indignation ; mais pour plaire il devait émouvoir la pitié. Il fallait que l'on déteftât fes crimes , que l'on plaignît fa paffion , qu'on aimât fes remords ; et que ces mouvemens fi violens , fi fubits , fi contraires , qui font le caractère d'*Hérode*, paffaffent rapidement tour à tour dans l'ame du fpectateur.

Si l'on veut fuivre l'hiftoire , *Mariamne* doit haïr *Hérode* et l'accabler de reproches ; mais fi l'on veut que *Mariamne* intéreffe , fes reproches doivent faire efpérer une réconciliation : fa haine ne doit pas paraître toujours inflexible. Par-là le fpecta-teur eft attendri, et l'hiftoire n'eft point entièrement démentie.

Enfin je crois que *Varus* ne doit point du tout voir *Hérode :* et en voici les raifons. S'il parle à ce prince avec hauteur et avec colère, il l'humilie; et il ne faut point avilir un perfonnage qui doit inté-reffer. S'il lui parle avec politeffe, ce n'eft qu'une fcène de complimens, qui ferait d'autant plus froide qu'elle ferait inutile. Que fi *Hérode* répond en jufti-fiant fes cruautés, il dément la douleur et les remords dont il eft pénétré en arrivant ; s'il avoue à *Varus* cette douleur et ce repentir, qu'il ne peut en effet cacher à perfonne, alors il n'eft plus permis au vertueux *Varus* de contribuer à la fuite de *Mariamne*, pour laquelle il ne doit plus craindre. De plus, *Hérode* ne peut faire qu'un très-méchant perfonnage avec l'amant de fa femme ; et il ne faut jamais faire

rencontrer enſemble ſur la ſcène, des acteurs principaux qui n'ont rien d'intéreſſant à ſe dire.

La mort de *Mariamne* qui, à la première repréſentation, était empoiſonnée et expirait ſur le
théâtre, acheva de révolter les ſpectateurs; ſoit que
le public ne pardonne rien, lorſqu'une fois il eſt
mécontent; ſoit qu'en effet il eût raiſon de condamner cette invention qui était une faute contre
l'hiſtoire, faute qui, peut-être, n'était rachetée par
aucune beauté.

J'aurais pu ne me pas rendre ſur ce dernier article,
et j'avoue que c'eſt contre mon goût que j'ai mis la
mort de *Mariamne* en récit, au lieu de la mettre en
action; mais je n'ai voulu combatre en rien le goût
du public. C'eſt pour lui et non pour moi que j'écris;
ce ſont ſes ſentimens et non les miens que je dois
ſuivre.

Cette docilité raiſonnable, ces efforts que j'ai faits
pour rendre intéreſſant un ſujet qui avait paru ſi
ingrat, m'ont tenu lieu du mérite qui m'a manqué;
et ont enfin trouvé grâce devant des juges prévenus
contre la pièce. (*a*)

---

(*a*) On trouvera, à la fin de Mariamne, les ſcènes que l'auteur a
cru devoir ſacrifier. En 1762, il ſubſtitua au rôle de *Varus* celui de
*Sohême*, prince de la famille des *Aſmonéens*; et *Ammon*, confident de *Sohême*,
remplace *Albin*, confident de *Varus*. On a conſervé dans les variantes les
rôles de *Varus* et d'*Albin*; mais il a été impoſſible de retrouver le premier
dénouement.

A la première repréſentation, dans le moment où *Mariamne* tenait la
coupe et prenait le poiſon, le parterre cria *la reine boit*. C'était juſte-
ment la veille de la fête des rois: la pièce fut interrompue; l'on n'entendit
point une ſcène très-pathétique entre *Hérode* et *Mariamne* mourante; du
moins c'eſt le jugement que nous en avons entendu porter à ceux qui
avaient entendu cette ſcène avant les repréſentations.

M. de *Voltaire* a changé le perfonnage de *Varus* ; parce que fa défaite
et fa mort en Germanie font trop connues pour que l'on puiffe fuppofer,
même dans la tragédie , qu'il ait été tué en Judée : parce qu'un prêteur
romain n'aurait pas excité une fédition dans Jérufalem ; il eût défendu à
*Hérode* , au nom de *Céfar* , d'attenter à la vie de fa femme, et *Hérode* eût
obéi : parce qu'un romain amoureux d'une reine ne peut intéreffer , à
moins que le facrifice de fa paffion ne foit comme dans Bérénice le fujet de
la pièce : enfin parce qu'il fallait ou avilir *Hérode* devant *Varus*, ou s'écarter
des mœurs connues de ce fiècle. Perfonne n'ignore combien les rois alliés,
ou plutôt fujets de Rome , étaient petits auprès des généraux romains
envoyés dans les provinces.

M. de *Voltaire* avait projeté une édition corrigée de fes ouvrages dramatiques , et il voulait diftinguer les pièces qu'il regardait comme propres
au théâtre, de celles qu'il ne croyait faites que pour être lues. Mais il
n'appartenait qu'à lui de faire ce choix.

Voici la note qu'il avait placée à la tête de Mariamne.

  ,, Les gens de lettres qui ont préfidé à cette édition , ont cru devoir
,, rejeter cette tragédie parmi les pièces de l'auteur qui ne font pas repré-
,, fentées fur le théâtre de Paris , et qui ne font pour la plupart que des
,, pièces de fociété ; Mariamne fut compofée dans le temps de la nouveauté
,, d'Oedipe : il ne l'a jamais regardée que comme une déclamation. ,,

# PERSONNAGES.

HERODE, roi de Paleſtine.

MARIAMNE, femme d'*Hérode*.

SALOME, ſœur d'*Hérode*.

SOHEME, prince de la race des Aſmonéens.

MAZAEL,
IDAMAS, } miniſtres d'*Hérode*.

NARBAS, ancien officier des rois Aſmonéens.

AMMON, confident de *Sohême*.

ELISE, confidente de *Mariamne*.

Un garde d'*Hérode*, parlant.

Suite d'*Hérode*.

Suite de *Sohême*.

Une ſuivante de *Mariamne*, perſonnage muet.

*La ſcène eſt à Jéruſalem dans le palais d'Hérode.*

# MARIAMNE,

## *TRAGEDIE.*

## ACTE PREMIER.

### *SCENE PREMIERE.*

#### SALOME, MAZAEL.

##### MAZAEL.

Oui, cette autorité qu'Hérode vous confie,
Jufques à fon retour eft du moins affermie.
J'ai volé vers Azor, et repaffé foudain,
Des champs de Samarie aux fources du Jourdain.
Madame, il était temps que du moins ma préfence
Des Hébreux inquiets confondît l'efpérance.
Hérode votre frère à Rome retenu,
Déjà dans fes Etats n'était plus reconnu.
Le peuple pour fes rois, toujours plein d'injuftices,
Hardi dans fes difcours, aveugle en fes caprices,
Publiait hautement qu'à Rome condamné,
Hérode à l'efclavage était abandonné ;
Et que la reine, affife au rang de fes ancêtres,
Ferait régner fur nous le fang de nos grands prêtres.
Je l'avoue à regret : j'ai vu dans tous les lieux
Mariamne adorée, et fon nom précieux.

La Judée aime encore avec idolâtrie
Le sang de ces héros dont elle tient la vie ;
Sa beauté, sa naissance, et sur-tout ses malheurs,
D'un peuple qui nous hait ont séduit tous les cœurs :
Et leurs vœux indiscrets la nommant souveraine,
Semblaient vous annoncer une chute certaine.
J'ai vu par ces faux bruits tout un peuple ébranlé :
Mais j'ai parlé, Madame, et ce peuple a tremblé.
Je leur ai peint Hérode avec plus de puissance,
Rentrant dans ses Etats suivi de la vengeance ;
Son nom seul a par-tout répandu la terreur ;
Et les Juifs en silence ont pleuré leur erreur.

S A L O M E.

Mazaël, il est vrai qu'Hérode va paraître ;
Et ces peuples et moi, nous aurons tous un maître.
Ce pouvoir, dont à peine on me voyait jouir,
N'est qu'une ombre qui passe et va s'évanouir.
Mon frère m'était cher, et son bonheur m'opprime ;
Mariamne triomphe et je suis sa victime.

M A Z A E L.

Ne craignez point un frère.

S A L O M E.

Eh ! que deviendrons-nous,
Quand la reine à ses pieds reverra son époux ?
De mon autorité cette fière rivale,
Auprès d'un roi séduit nous fut toujours fatale :
Son esprit orgueilleux, qui n'a jamais plié,
Conserve encor pour nous la même inimitié.
Elle nous outragea, je l'ai trop offensée ;
A notre abaissement elle est intéressée.

Eh! ne craignez-vous plus ces charmes tout-puiffans,
Du malheureux Hérode impérieux tyrans?
Depuis près de cinq ans qu'un fatal hyménée
D'Hérode et de la reine unit la deftinée,
L'amour prodigieux dont ce prince eft épris
Se nourrit par la haine et croît par le mépris.
Vous avez vu cent fois ce monarque inflexible
Dépofer à fes pieds fa majefté terrible,
Et chercher dans fes yeux irrités ou diftraits
Quelques regards plus doux qu'il ne trouvait jamais.
Vous l'avez vu frémir, foupirer et fe plaindre;
La flatter, l'irriter, la menacer, la craindre;
Cruel dans fon amour, foumis dans fes fureurs;
Efclave en fon palais, héros par-tout ailleurs.
Que dis-je! en puniffant une ingrate famille,
Fumant du fang du père, il adorait la fille:
Le fer encor fanglant, et que vous excitiez,
Etait levé fur elle et tombait à fes pieds.

M A Z A E L.

Mais fongez que dans Rome, éloigné de fa vue,
Sa chaîne de fi loin femble s'être rompue.

S A L O M E.

Croyez-moi, fon retour en refferre les nœuds,
Et fes trompeurs appas font toujours dangereux.

M A Z A E L.

Oui, mais cette ame altière à foi-même inhumaine,
Toujours de fon époux a recherché la haine:
Elle l'irritera par de nouveaux dédains,
Et vous rendra les traits qui tombent de vos mains.
La paix n'habite point entre deux caractères
Que le ciel a formés l'un à l'autre contraires.

Hérode en tous les temps, fombre, chagrin, jaloux,
Contre fon amour même aura befoin de vous.

SALOME.

Mariamne l'emporte et je fuis confondue.

MAZAEL.

Au trône d'Afcalon vous êtes attendue ;
Une retraite illuftre, une nouvelle cour,
Un hymen préparé par les mains de l'amour,
Vous mettront aifément à l'abri des tempêtes
Qui pourraient dans Solime éclater fur nos têtes.
Sohême eft d'Afcalon paifible fouverain,
Reconnu, protégé par le peuple romain,
Indépendant d'Hérode, et cher à fa province ;
Il fait penfer en fage et gouverner en prince :
Je n'aperçois pour vous que des deftins meilleurs ;
Vous gouvernez Hérode, ou vous régnez ailleurs.

SALOME.

Ah! connais mon malheur et mon ignominie :
Mariamne en tout temps empoifonne ma vie ;
Elle m'enlève tout, rang, dignités, crédit,
Et pour elle, en un mot, Sohême me trahit.

MAZAEL.

Lui! qui pour cet hymen attendait votre frère ?
Lui, dont l'efprit rigide et la fageffe auftère
Parut tant méprifer ces folles paffions,
De nos vains courtifans vaines illufions!
Au roi fon allié ferait-il cette offenfe ?

SALOME.

Croyez qu'avec la reine il eft d'intelligence.

MAZAEL.

Le fang et l'amitié les uniffent tous deux ;
Mais je n'ai jamais vu. . . .

SALOME.

Vous n'avez pas mes yeux !
Sur mon malheur nouveau je fuis trop éclairée :
De ce trompeur hymen la pompe différée,
Les froideurs de Sohême et fes difcours glacés,
M'ont expliqué ma honte et m'ont inftruite affez.

MAZAEL.

Vous penfez en effet qu'une femme févère,
Qui pleure encore ici fon aïeul et fon frère,
Et dont l'efprit hautain qu'aigriffent fes malheurs,
Se nourrit d'amertume et vit dans les douleurs,
Recherche imprudemment le funefte avantage
D'enlever un amant qui fous vos lois s'engage !
L'amour eft-il connu de fon fuperbe cœur ?

SALOME.

Elle l'infpire au moins, et c'eft-là mon malheur.

MAZAEL.

Ne vous trompez-vous point ? Cette ame impérieufe
Par excès de fierté femble être vertueufe :
A vivre fans reproche elle a mis fon orgueil.

SALOME.

Cet orgueil fi vanté trouve enfin fon écueil.
Que m'importe, après tout, que fon ame hardie
De mon parjure amant flatte la perfidie ;
Ou qu'exerçant fur lui fon dédaigneux pouvoir,
Elle ait fait mes tourmens fans même le vouloir ?
Qu'elle chériffe ou non le bien qu'elle m'enlève,
Je le perds, il fuffit ; fa fierté s'en élève ;

Ma honte fait fa gloire ; elle a dans mes douleurs,
Le plaifir infultant de jouir de mes pleurs.
Enfin c'eft trop languir dans cette indigne gêne ;
Je veux voir à quel point on mérite ma haine.
Sohême vient : allez, mon fort va s'éclaircir.

## SCENE II.

### SALOME, SOHEME, AMMON.

#### SALOME.

APPROCHEZ ; votre cœur n'eft point né pour trahir,
Et le mien n'eft pas fait pour fouffrir qu'on l'abufe.
Le roi revient enfin : vous n'avez plus d'excufe.
Ne confultez ici que vos feuls intérêts,
Et ne me cachez plus vos fentimens fecrets.
Parlez : je ne crains point l'aveu d'une inconftance,
Dont je méprijerais la vaine et faible offenfe.
Je ne fais point defcendre à des tranfports jaloux,
Ni rougir d'un affront dont la honte eft pour vous.

#### SOHEME.

Il faut donc m'expliquer, il faut donc vous apprendre
Ce que votre fierté ne craindra point d'entendre.
J'ai beaucoup, je l'avoue, à me plaindre du roi ;
Il a voulu, Madame, étendre jufqu'à moi
Le pouvoir que Céfar lui laiffe en Paleftine ;
En m'accordant fa fœur il cherchait ma ruine :
Au rang de fes vaffaux il ofait me compter.
J'ai foutenu mes droits, il n'a pu l'emporter.
J'ai trouvé comme lui des amis près d'Augufte :
Je ne crains point Hérode, et l'empereur eft jufte.

Mais

Mais je ne puis fouffrir (je le dis hautement )
L'alliance d'un roi dont je fuis mécontent.
D'ailleurs vous connaiffez cette cour orageufe;
Sa famille avec lui fut toujours malheureufe;
De tout ce qui l'approche il craint des trahifons:
Son cœur de toutes parts eft ouvert aux foupçons.
Au frère de la reine il en coûta la vie;
De plus d'un attentat cette mort fut fuivie.
Mariamne a vécu, dans ce trifte féjour,
Entre la barbarie et les tranfports d'amour;
Tantôt fous le couteau, tantôt idolâtrée,
Toujours baignant de pleurs une couche abhorrée;
Craignant et fon époux, et de vils délateurs,
De leur malheureux roi lâches adulateurs.

SALOME.

Vous parlez beaucoup d'elle !

SOHEME.

Ignorez-vous, Princeffe,
Que fon fang eft le mien, que fon fort m'intéreffe ?

SALOME.

Je ne l'ignore pas.

SOHEME.

Apprenez encor plus :
J'ai craint long-temps pour elle, et je ne tremble plus.
Hérode chérira le fang qui la fit naître,
Il l'a promis, du moins, à l'empereur fon maître.
Pour moi, loin d'une cour, objet de mon courroux,
J'abandonne Solime, et votre frère et vous;
Je pars. Ne penfez pas qu'une nouvelle chaîne
Me dérobe à la vôtre et loin de vous m'entraîne ;

*Théâtre.* Tome I.         O

Je renonce à la fois à ce prince, à fa cour,
A tout engagement, et fur-tout à l'amour.
Epargnez le reproche à mon efprit fincère :
Quand je ne m'en fais point, nul n'a droit de m'en faire.

S A L O M E.

Non, n'attendez de moi ni courroux ni dépit;
J'en favais beaucoup plus que vous n'en avez dit.
Cette cour, il eft vrai, Seigneur, a vu des crimes;
Il en eft quelquefois où des cœurs magnanimes
Par le malheur des temps fe laiffent emporter;
Que la vertu répare, et qu'il faut refpecter.
Il en eft de plus bas, et de qui la faibleffe
Se pare arrogamment du nom de la fageffe.
Vous m'entendez peut-être ? En vain vous déguifez
Pour qui je fuis trahie, et qui vous féduifez;
Votre fauffe vertu ne m'a jamais trompée.
De votre changement mon ame eft peu frappée;
Mais fi de ce palais, qui vous femble odieux,
Les orages paffés ont indigné vos yeux;
Craignez d'en exciter qui vous fuivraient, peut-être,
Jufqu'aux faibles Etats dont vous êtes le maître.

(elle fort.)

## SCENE III.

### SOHEME, AMMON.

#### SOHEME.

Ou tendait ce difcours? que veut-elle? et pourquoi
Penfe-t-elle en mon cœur pénétrer mieux que moi?
Qui? moi, que je foupire! et que, pour Mariamne,
Mon auftère amitié ne foit qu'un feu profane!
Aux faibleffes d'amour, moi, j'irais me livrer,
Lorfque de tant d'attraits je cours me féparer!

#### AMMON.

Salome eft outragée, il faut tout craindre d'elle.
La jaloufie éclaire, et l'amour fe décele.

#### SOHEME.

Non, d'un coupable amour je n'ai point les erreurs:
La fecte dont je fuis forme en nous d'autres mœurs.
Ces durs Efféniens, ftoïques de Judée,
Ont eu de la morale une plus noble idée.
Nos maîtres, les Romains, vainqueurs des nations,
Commandent à la terre, et nous aux paffions.
Je n'ai point, grâce au ciel, à rougir de moi-même:
Le fang unit de près Mariamne et Sohême;
Je la voyais gémir fous un affreux pouvoir,
J'ai voulu la fervir, j'ai rempli mon devoir.

#### AMMON.

Je connais votre cœur et jufte et magnanime,
Il fe plaît à venger la vertu qu'on opprime;

Puiffiez-vous écouter, dans cette affreufe cour,
Votre noble pitié plutôt que votre amour!

SOHEME.

Ah! faut-il donc l'aimer pour prendre fa défenfe?
Qui n'aurait comme moi chéri fon innocence?
Quel cœur indifférent n'irait à fon fecours?
Et qui pour la fauver n'eût prodigué fes jours?
Ami, mon cœur eft pur, et tu connais mon zèle;
Je n'habitais ces lieux que pour veiller fur elle.
Quand Hérode partit incertain de fon fort,
Quand il chercha dans Rome ou le fceptre ou la mort;
Plein de fa paffion forcenée et jaloufe,
Il tremblait qu'après lui fa malheureufe époufe,
Du trône defcendue, efclave des Romains,
Ne fût abandonnée à de moins dignes mains.
Il voulut qu'une tombe, à tous deux préparée,
Enfermât avec lui cette époufe adorée.
Phérore fut chargé du miniflère affreux
D'immoler cet objet de fes horribles feux.
Phérore m'inftruifit de ces ordres coupables:
J'ai veillé fur des jours fi chers, fi déplorables:
Toujours armé, toujours prompt à la protéger,
Et fur-tout à fes yeux dérobant fon danger.
J'ai voulu la fervir fans lui caufer d'alarmes,
Ses malheurs me touchaient encor plus que fes charmes.
L'amour ne règne point fur mon cœur agité;
Il ne m'a point vaincu, c'eft moi qui l'ai dompté:
Et plein du noble feu que fa vertu m'infpire,
J'ai voulu la venger, et non pas la féduire.
Enfin l'heureux Hérode a fléchi les Romains;
Le fceptre de Judée eft remis en fes mains;

Il revient triomphant fur ce fanglant théâtre ;
Il revole à l'objet dont il eft idolâtre,
Qu'il opprima fouvent, qu'il adora toujours;
Leurs défaftres communs ont terminé leur cours.
Un nouveau jour va luire à cette cour affreufe :
Je n'ai plus qu'à partir, — Mariamne eft heureufe.
Je ne la verrai plus : — mais à d'autres attraits
Mon cœur, mon trifte cœur eft fermé pour jamais.
Tout hymen à mes yeux eft horrible et funefte;
Qui connaît Mariamne, abhorre tout le refte.
La retraite a pour moi des charmes aflez grands;
J'y vivrai vertueux, loin des yeux des tyrans :
Préférant mon partage au plus beau diadême,
Maître de ma fortune et maître de moi-même.

## SCENE IV.

### SOHEME, ELISE, AMMON.

#### ELISE.

La mère de la reine, en proie à fes douleurs,
Vous conjure, Sohême, au nom de tant de pleurs,
De vous rendre près d'elle, et d'y calmer la crainte
Dont pour fa fille encore elle a reçu l'atteinte.

#### SOHEME.

Quelle horreur jetez-vous dans mon cœur étonné?

#### ELISE.

Elle a fu l'ordre affreux qu'Hérode avait donné.
Par les foins de Salome elle en eft informée.

#### SOHEME.

Ainfi cette ennemie, au trouble accoutumée,

O 3

Par ces troubles nouveaux penfe encor maintenir
Le pouvoir emprunté qu'elle veut retenir.
Quelle odieufe cour et combien d'artifices !
On ne marche en ces lieux que fur des précipices.
Hélas ! Alexandra, par des coups inouis,
Vit périr autrefois fon époux et fon fils ;
Mariamne lui refte, elle tremble pour elle ;
La crainte eft bien permife à l'amour maternelle.
Elife , je vous fuis , je marche fur vos pas. —
— Grand Dieu, qui prenez foin de ces triftes climats,
De Mariamne encore écartcz cet orage ;
Confervez, protégez votre plus digne ouvrage !

*Fin du premier acte.*

# ACTE II.

## *SCENE PREMIERE.*

### SALOME, MAZAEL.

#### MAZAEL.

Ce nouveau coup porté, ce terrible myftère
Dont vous faites inftruire et la fille et la mère,
Ce fecret révélé, cet ordre fi cruel
Eft déformais le fceau d'un divorce éternel.
Le roi ne croira point que pour votre ennemie,
Sa confiance en vous foit en effet trahie;
Il n'aura plus que vous dans fes perplexités
Pour adoucir les traits par vous-même portés.
Vous feule aurez fait naître et le calme et l'orage.
Divifez pour régner; c'eft-là votre partage.

#### SALOME.

Que fert la politique où manque le pouvoir?
Tous mes foins m'ont trahi, tout fait mon défefpoir.
Le roi m'écrit: il veut, par fa lettre fatale,
Que fa fœur fe rabaiffe aux pieds de fa rivale.
J'efpérais de Sohême un noble et sûr appui,
Hérode était le mien; tout me manque aujourd'hui.
Je vois crouler fur moi le fatal édifice
Que mes mains élevaient avec tant d'artifice.
Je vois qu'il eft des temps où tout l'effort humain
Tombe fous la fortune et fe débat en vain,

O 4

Où la prudence échoue, où l'art nuit à foi-même;
Et je fens ce pouvoir invincible et fuprême,
Qui fe joue à fon gré, dans nos climats voifins,
De leurs fables mouvans comme de nos deftins.

MAZAEL.

Obéiffez au roi, cédez à la tempête;
Sous fes coups paffagers il faut courber la tête.
Le temps peut tout changer.

SALOME.

Trop vains foulagemens!
Malheureux qui n'attend fon bonheur que du temps!
Sur l'avenir trompeur tu veux que je m'appuie,
Et tu vois cependant les affronts que j'effuie!

MAZAEL.

Sohême part au moins; votre jufte courroux
Ne craint plus Mariamne, et n'en eft plus jaloux.

SALOME.

Sa conduite, il eft vrai, paraît inconcevable;
Mais m'en trahit-il moins? en eft-il moins coupable?
Suis-je moins outragée? ai-je moins d'ennemis,
Et d'envieux fecrets, et de lâches amis?
Il faut que je combatte et ma chute prochaine,
Et cet affront fecret, et la publique haine.
Déjà, de Mariamne adorant la faveur,
Le peuple à ma difgrâce infulte avec fureur.
Je verrai tout plier fous fa grandeur nouvelle,
Et mes faibles honneurs éclipfés devant elle.
Mais c'eft peu que fa gloire irrite mon dépit;
Ma mort va fignaler ma chute et fon crédit.
Je ne me flatte point : je fais comme en fa place,
De tous mes ennemis je confondrais l'audace :

Ce n'eſt qu'en me perdant qu'elle pourra régner ;
Et ſon juſte courroux ne doit point m'épargner.
Cependant, ô contrainte ! ô comble d'infamie !
Il faut donc qu'à ſes yeux ma fierté s'humilie !
Je viens avec reſpect eſſuyer ſes hauteurs,
Et la féliciter ſur mes propres malheurs.

MAZAEL.

Elle vient en ces lieux.

SALOME.

Faut-il que je la voie ?

## SCENE II.

MARIAMNE, ELISE, SALOME, MAZAEL,
NARBAS.

SALOME.

JE viens auprès de vous partager votre joie :
Rome me rend un frère et vous rend un époux
Couronné, tout-puiſſant, et digne enfin de vous.
Ses triomphes paſſés, ceux qu'il prépare encore,
Ce titre heureux de Grand, dont l'univers l'honore,
Les droits du ſénat même à ſes ſoins confiés,
Sont autant de préſens qu'il va mettre à vos pieds.
Poſſédez déſormais ſon ame et ſon Empire,
C'eſt ce qu'à vos vertus mon amitié déſire ;
Et je vais par mes ſoins ſerrer l'heureux lien
Qui doit joindre à jamais votre cœur et le ſien.

MARIAMNE.

Je ne prétends de vous ni n'attends ce ſervice :
Je vous connais, Madame, et je vous rends juſtice.

Je fais par quels complots, je fais par quels détours,
Votre haine impuiffante a pourfuivi mes jours.
Jugeant de moi par vous, vous me craignez peut-être:
Mais vous deviez du moins apprendre à me connaître.
Ne me redoutez point; je fais également
Dédaigner votre crime et votre châtiment.
J'ai vu tous vos deffeins, et je vous les pardonne,
C'eft à vos feuls remords que je vous abandonne;
Si toutefois, après de fi lâches efforts,
Un cœur comme le vôtre écoute des remords.

                    S A L O M E.

C'eft porter un peu loin votre injufte colère.
Ma conduite, mes foins, et l'aveu de mon frère,
Peut-être fuffiront pour me juftifier.

                M A R I A M N E.

Je vous l'ai déjà dit, je veux tout oublier;
Dans l'état où je fuis, c'eft affez pour ma gloire;
Je puis vous pardonner, mais je ne puis vous croire.

                M A Z A E L.

J'ofe ici, grande Reine, attefter l'Eternel,
Que mes foins à regret. . . .

                M A R I A M N E.
                    Arrêtez, Mazaël.
Vos excufes pour moi font un nouvel outrage.
Obéiffez au roi, voilà votre partage.
A mes tyrans vendu, fervez bien leur courroux;
Je ne m'abaiffe pas à me plaindre de vous.
                    ( à Salome. )
Je ne vous retiens point, et vous pouvez, Madame,
Aller apprendre au roi les fecrets de mon ame;

Dans fon cœur aifément vous pouvez ranimer
Un courroux que mes yeux dédaignent de calmer.
De tous vos délateurs armez la calomnie :
J'ai laiffé jufqu'ici leur audace impunie,
Et je n'oppofe encore à mes vils ennemis,
Qu'une vertu fans tache et qu'un jufte mépris.

SALOME.

Ah ! c'en eft trop enfin : vous auriez dû peut-être
Ménager un peu plus la fœur de votre maître.
L'orgueil de vos attraits penfe tout affervir :
Vous me voyez tout perdre et croyez tout ravir.
Votre victoire un jour peut vous être fatale.
Vous triomphez, — tremblez, imprudente rivale.

## SCENE III.

### MARIAMNE, ELISE, NARBAS.

ELISE.

Ah ! Madame, à ce point pouvez-vous irriter
Des ennemis ardens à vous perfécuter ?
La vengeance d'Hérode un moment fufpendue,
Sur votre tête encore eft peut-être étendue ;
Et loin d'en détourner les redoutables coups,
Vous appelez la mort qui s'éloignait de vous.
Vous n'avez plus ici de bras qui vous appuie.
Ce défenfeur heureux de votre illuftre vie,
Sohême, dont le nom fi craint, fi refpecté,
Long-temps de vos tyrans contint la cruauté,

Sohême va partir, nul efpoir ne vous refte.
Augufte à votre époux laiffe un pouvoir funefte.
Qui fait dans quels deffeins il revient aujourd'hui?
Tout, jufqu'à fon amour, eft à craindre de lui;
Vous le voyez trop bien; fa fombre jaloufie
Au-delà du tombeau portait fa frénéfie;
Cet ordre qu'il donna me fait encor trembler.
Avec vos ennemis daignez diffimuler.
La vertu fans prudence, hélas! eft dangereufe.

MARIAMNE.

Oui, mon ame, il eft vrai, fut trop impérieufe.
Je n'ai point connu l'art, et j'en avais befoin.
De mon fort à Sohême abandonnons le foin;
Qu'il vienne, je l'attends; qu'il règle ma conduite.
Mon projet eft hardi, je frémis de la fuite.
Faites venir Sohême. (*Elife fort.*)

## SCENE IV.

### MARIAMNE, NARBAS.

MARIAMNE.

ET vous, mon cher Narbas,
De mes vœux incertains apaifez les combats.
Vos vertus, votre zèle et votre expérience,
Ont acquis dès long-temps toute ma confiance.
Mon cœur vous eft connu, vous favez mes deffeins,
Et les maux que j'éprouve, et les maux que je crains.
Vous avez vu ma mère au défefpoir réduite,
Me preffer en pleurant d'accompagner fa fuite.

Son esprit accablé d'une juste terreur,
Croit à tous les momens voir Hérode en fureur,
Encor tout dégouttant du sang de sa famille,
Venir à ses yeux même assassiner sa fille.
Elle veut à mes fils, menacés du tombeau,
Donner Céfar pour père, et Rome pour berceau.
On dit que l'infortune à Rome est protégée ;
Rome est le tribunal où la terre est jugée.
Je vais me préfenter aux rois des fouverains.
Je fais qu'il est permis de fuir fes affaffins,
Que c'est le feul parti que le deftin me laiffe.
Toutefois en fecret, foit vertu, foit faibleffe,
Prête à fuir un époux, mon cœur frémit d'effroi,
Et mes pas chancelans s'arrêtent malgré moi.

NARBAS.

Cet effroi généreux n'a rien que je n'admire ;
Tout injufte qu'il est, la vertu vous l'infpire.
Ce cœur indépendant des outrages du fort,
Craint l'ombre d'une faute, et ne craint point la mort.
Banniffez toutefois ces alarmes fecrètes :
Ouvrez les yeux, Madame, et voyez où vous êtes.
C'est là que, répandu par les mains d'un époux,
Le fang de votre père a rejailli fur vous.
Votre frère en ces lieux a vu trancher fa vie ;
En vain de fon trépas le roi fe juftifie ;
En vain Céfar trompé l'en abfout aujourd'hui ;
L'Orient révolté n'en accufe que lui.
Regardez, confultez les pleurs de votre mère,
L'affront fait à vos fils, le fang de votre père,
La cruauté du roi, la haine de fa fœur,
Et (ce que je ne puis prononcer fans horreur,

Mais dont votre vertu n'eft point épouvantée)
La mort plus d'une fois à vos yeux préfentée.

Enfin fi tant de maux ne vous étonnent pas,
Si d'un front affuré vous marchez au trépas ;
Du moins de vos enfans embraffez la défenfe.
Le roi leur a du trône arraché l'efpérance ;
Et vous connaiffez trop ces oracles affreux,
Qui depuis fi long-temps vous font trembler pour eux.
Le ciel vous a prédit qu'une main étrangère
Devait un jour unir vos fils à votre père.
Un Arabe implacable a déjà fans pitié
De cet oracle obfcur accompli la moitié.
Madame, après l'horreur d'un effai fi funefte,
Sa cruauté, fans doute, accomplirait le refte ;
Dans fes emportemens rien n'eft facré pour lui.
Eh ! qui vous répondra que lui-même aujourd'hui
Ne vienne exécuter fa fanglante menace,
Et des Afmonéens anéantir la race ?
Il eft temps déformais de prévenir fes coups,
Il eft temps d'épargner un meurtre à votre époux,
Et d'éloigner du moins de ces tendres victimes
Le fer de vos tyrans, et l'exemple des crimes.

Nourri dans ce palais, près des rois vos aïeux,
Je fuis prêt à vous fuivre en tout temps, en tous lieux.
Partez, rompez vos fers, allez, dans Rome même,
Implorer du fénat la juftice fuprême,
Remettre de vos fils la fortune en fa main,
Et les faire adopter par le peuple Romain.
Qu'une vertu fi pure aille étonner Augufte.
Si l'on vante à bon droit fon règne heureux et jufte,
Si la terre avec joie embraffe fes genoux,
S'il mérite fa gloire, il fera tout pour vous.

MARIAMNE.

Je vois qu'il n'eſt plus temps que mon cœur délibère ;
Je cède à vos conſeils, aux larmes de ma mère,
Au danger de mes fils, au fort, dont les rigueurs
Vont m'entraîner, peut-être, en de plus grands malheurs.
Retournez chez ma mére, allez : quand la nuit ſombre
Dans ces lieux criminels aura porté ſon ombre,
Qu'au fond de ce palais on me vienne avertir :
On le veut, il le faut, je ſuis prête à partir.

## SCENE V.

### MARIAMNE, SOHEME, ELISE.

SOHEME.

JE viens m'offrir, Madame, à votre ordre ſuprême.
Vos volontés pour moi ſont les lois du ciel même.
Faut-il armer mon bras contre vos ennemis ?
Commandez, j'entreprends ; parlez, et j'obéis.

MARIAMNE.

Je vous dois tout, Seigneur, et dans mon infortune
Ma douleur ne craint point de vous être importune,
Ni de ſolliciter par d'inutiles vœux
Les ſecours d'un héros, l'appui des malheureux.
    Lorſqu'Hérode attendait le trône ou l'eſclavage,
Moi-même des Romains j'ai brigué le ſuffrage ;
Malgré ſes cruautés, malgré mon déſeſpoir,
Malgré mes intérêts, j'ai ſuivi mon devoir.
J'ai ſervi mon époux ; je le ferais encore.
Il faut que pour moi-même enfin je vous implore ;

Il faut que je dérobe à d'inhumaines lois
Les reftes malheureux du pur fang de nos rois.
J'aurais dû dès long-temps, loin d'un lieu fi coupable,
Demander au fénat un afile honorable :
Mais, Seigneur, je n'ai pu, dans les troubles divers
Dont la guerre civile a rempli l'univers,
Chercher parmi l'effroi, la guerre et les ravages
Un port aux mêmes lieux d'où partaient les orages.

   Augufte au monde entier donne aujourd'hui la paix;
Sur toute la nature il répand fes bienfaits.
Après les longs travaux d'une guerre odieufe,
Ayant vaincu la terre, il veut la rendre heureufe.
Du haut du Capitole il juge tous les rois,
Et de ceux qu'on opprime il prend en main les droits.
Qui peut à fes bontés plus juftement prétendre,
Que mes faibles enfans, que rien ne peut défendre,
Et qu'une mère en pleurs amène auprès de lui
Du bout de l'univers implorer fon appui ?
Pour conferver le fils, pour confoler la mère,
Pour finir tous mes maux c'eft en vous que j'efpère :
Je m'adreffe à vous feul, à vous, à ce grand cœur,
De la fimple vertu généreux protecteur :
A vous, à qui je dois ce jour que je refpire.
Seigneur, éloignez-moi de ce fatal Empire.
Ma mère, mes enfans, je mets tout en vos mains;
Enlevez l'innocence au fer des affaffins.
Vous ne répondez rien! que faut-il que je penfe
De ces fombres regards et de ce long filence ?
Je vois que mes malheurs excitent vos refus.

S O H E M E.

Non, . . . . je refpecte trop vos ordres abfolus.

Mes

Mes gardes vous fuivront jufque dans l'Italie ;
Difpofez d'eux, de moi, de mon cœur, de ma vie.
Fuyez le roi ; rompez vos nœuds infortunés :
Il eft affez puni, fi vous l'abandonnez.
Il ne vous verra plus, grâce à fon injuftice ;
Et je fens qu'il n'eft point de fi cruel fupplice . . .
Pardonnez-moi ce mot, il m'échappe à regret ;
La douleur de vous perdre a trahi mon fecret.
J'ai parlé, c'en eft fait : mais malgré ma faibleffe,
Songez que mon refpect égale ma tendreffe.
Sohême en vous aimant, ne veut que vous fervir,
Adorer vos vertus, vous venger et mourir.

### MARIAMNE.

Je me flattais, Seigneur, et j'avais lieu de croire,
Qu'avec mes intérêts vous chériffiez ma gloire.
Quand Sohême en ces lieux a veillé fur mes jours,
J'ai cru qu'à fa pitié je devais fon fecours.
Je ne m'attendais pas qu'une flamme coupable
Dût ajouter ce comble à l'horreur qui m'accable,
Ni que dans mes périls il me fallût jamais
Rougir de vos bontés, et craindre vos bienfaits.
Ne penfez pas pourtant qu'un difcours qui m'offenfe
Vous ait rien dérobé de ma reconnaiffance :
Tout efpoir m'eft ravi, je ne vous verrai plus.
J'oublîrai votre flamme, et non pas vos vertus.
Je ne peux voir en vous qu'un héros magnanime,
Qui jufqu'à ce moment mérita mon eftime ;
Un plus long entretien pourrait vous en priver,
Seigneur, et je vous fuis pour vous la conferver.

### SOHEME.

Arrêtez, et fâchez que je l'ai méritée.
Quand votre gloire parle, elle eft feule écoutée ;

*Théâtre.* Tome I.            P

A cette gloire, à vous, foigneux de m'immoler,
Epris de vos vertus, je les fais égaler.
Je ne fuyais que vous, je veux vous fuir encore.
Je quittais pour jamais une cour que j'abhorre;
J'y refte, s'il le faut, pour vous défabufer,
Pour vous refpecter plus, pour ne plus m'expofer
Au reproche accablant que m'a fait votre bouche.
Votre intérêt, Madame, eft le feul qui me touche;
J'y facrifîrai tout. Mes amis, mes foldats,
Vous conduiront aux bords où s'adreffent vos pas.
J'ai dans ces murs encore un refte de puiffance;
D'un tyran foupçonneux je crains peu la vengeance;
Et s'il me faut périr des mains de votre époux,
Je périrai du moins en combattant pour vous.
Dans mes derniers momens je vous aurai fervie,
Et j'aurai préféré votre honneur à ma vie.

### MARIAMNE.

Il fuffit, je vous crois : d'indignes paffions
Ne doivent point fouiller les nobles actions.
Oui, je vous devrai tout; mais moi je vous expofe :
Vous courez à la mort, et j'en ferai la caufe.
Comment puis-je vous fuivre? et comment demeurer?
Je n'ai de fentiment que pour vous admirer.

### SOHEME.

Venez prendre confeil de votre mère en larmes,
De votre fermeté plus que de fes alarmes,
Du péril qui vous preffe, et non de mon danger.
Avec votre tyran rien n'eft à ménager :
Il eft roi, je le fais; mais Céfar eft fon juge.
Tout vous menace ici, Rome eft votre refuge;
Mais fongez que Sohême, en vous offrant fes vœux,
S'il ofe être fenfible, en eft plus vertueux;

Que le fang de nos rois nous unit l'un et l'autre,
Et que le ciel m'a fait un cœur digne du vôtre.

MARIAMNE.

Je n'en veux point douter : et dans mon défefpoir,
Je vais confulter Dieu, l'honneur et le devoir.

SOHEME.

C'eft eux que j'en attefte ; ils font tous trois mes guides ;
Ils vous arracheront aux mains des parricides.

*Fin du fecond acte.*

# A C T E   I I I.

## *S C E N E   P R E M I E R E.*

### SOHEME, NARBAS, AMMON, Suite.

NARBAS.

Le temps eſt précieux, Seigneur, Hérode arrive :
Du fleuve de Judée il a revu la rive.
Salome qui ménage un reſte de crédit,
Déjà par ſes conſeils aſſiége ſon eſprit.
Ses courtiſans en foule auprès de lui ſe rendent ;
Les palmes dans les mains, nos pontifes l'attendent ;
Idamas le devance, et vous le connaiſſez.

SOHEME.

Je ſais qu'on paya mal ſes ſervices paſſés.
C'eſt ce même Idamas, cet hébreu plein de zèle,
Qui toujours à la reine eſt demeuré fidèle,
Qui, ſage courtiſan d'un roi plein de fureur,
A quelquefois d'Hérode adouci la rigueur.

NARBAS.

Bientôt vous l'entendrez. Cependant Mariamne
Au moment de partir s'arrête, ſe condamne ;
Ce grand projet l'étonne, et prête à le tenter,
Son auſtère vertu craint de l'exécuter.
Sa mère eſt à ſes pieds, et, le cœur plein d'alarmes,
Lui préſente ſes fils, la baigne de ſes larmes,
La conjure en tremblant de preſſer ſon départ.
La reine flotte, héſite, et partira trop tard.

C'eſt vous dont la bonté peut hâter ſa ſortie ;
Vous avez dans vos mains la fortune et la vie
De l'objet le plus rare et le plus précieux
Que jamais à la terre aient accordé les cieux.
Protégez, conſervez une auguſte famille ;
Sauvez de tant de rois la déplorable fille.
Vos gardes ſont-ils prêts ? Puis-je enfin l'avertir ?

S O H E M E.

Oui, j'ai tout ordonné, la reine peut partir.

N A R B A S.

Souffrez donc qu'à l'inſtant un ſerviteur fidelle
Se prépare, Seigneur, à marcher après elle.

S O H E M E.

Allez, loin de ces lieux je conduirai vos pas.
Ce ſéjour odieux ne la méritait pas.
Qu'un dépôt ſi ſacré ſoit reſpecté des ondes ;
Que le ciel attendri par ſes douleurs profondes
Faſſe lever ſur elle un ſoleil plus ſerein.
Et vous, vieillard heureux, qui ſuivez ſon deſtin,
Des ſerviteurs des rois ſage et parfait modèle,
Votre ſort eſt trop beau, vous vivrez auprès d'elle.

S C E N E  I I.

S O H E M E, A M M O N, Suite de Sohême.

S O H E M E.

MAIS déjà le roi vient ; déjà dans ce ſéjour
Le ſon de la trompette annonce ſon retour.
Quel retour, juſtes Dieux ! Que je crains ſa préſence !
Le cruel peut d'un coup aſſurer ſa vengeance.

P 3

Plût au ciel que la reine eût déjà pour jamais
Abandonné ces lieux confacrés aux forfaits !
Oferai-je moi-même accompagner fa fuite ?
Peut-être en la fervant il faut que je l'évite.
Eſt-ce un crime, après tout, de fauver tant d'appas,
De venger fa vertu ? . . . . mais je vois Idamas.

## SCENE III.

### SOHEME, IDAMAS, AMMON, Suite.

#### SOHEME.

Ami, j'épargne au roi de frivoles hommages,
De l'amitié des grands importuns témoignages,
D'un peuple curieux trompeur amufement,
Qu'on étale avec pompe, et que le cœur dément.
Mais parlez ; Rome enfin vient de vous rendre un maître:
Hérode eſt fouverain, eſt-il digne de l'être ?
Vient-il dans un efprit de fureur ou de paix ?
Craint-on des cruautés ? attend-on des bienfaits ?

#### IDAMAS.

Veuille le juſte ciel, formidable au parjure,
Ecarter loin de lui l'erreur et l'impoſture !
Salome et Mazaël s'empreſſent d'écarter
Quiconque a le cœur juſte et ne fait point flatter.
Ils révèlent, dit-on, des fecrets redoutables ;
Hérode en a pâli : des cris épouvantables
Sont fortis de fa bouche ; et fes yeux en fureur
A tout ce qui l'entoure infpirent la terreur.
Vous le favez affez, leur cabale attentive
Tint toujours près de lui la vérité captive.

Ainfi ce conquérant qui fit trembler les rois,
Ce roi dont Rome même admira les exploits,
De qui la renommée alarme encor l'Afie,
Dans fa propre maifon voit fa gloire avilie.
Haï de fon époufe, abufé par fa fœur,
Déchiré de foupçons, accablé de douleur,
J'ignore en ce moment le deffein qui l'entraîne.
On le plaint, on murmure, on craint tout pour la reine.
On ne peut pénétrer fes fecrets fentimens,
Et de fon cœur troublé les foudains mouvemens.
Il obferve avec nous un filence farouche,
Le nom de Mariamne échappe de fa bouche,
Il menace, il foupire, il donne en frémiffant
Quelques ordres fecrets qu'il révoque à l'inftant.
D'un fang qu'il déteftait Mariamne eft formée;
Il voulut la punir de l'avoir trop aimée :
Je tremble encor pour elle.

SOHEME.

Il fuffit, Idamas.

La reine eft en danger ; Ammon, fuivez mes pas :
Venez, c'eft à moi feul de fauver l'innocence.

IDAMAS.

Seigneur, ainfi du roi vous fuirez la préfence?
Vous de qui la vertu, le rang, l'autorité,
Impoferaient filence à la perverfité?

SOHEME.

Un intérêt plus grand, un autre foin m'anime;
Et mon premier devoir eft d'empêcher le crime.

(*il fort.*)

IDAMAS.

Quels orages nouveaux! quel trouble je prévoi!
Puiffant Dieu des Hébreux, changez le cœur du roi.

P 4

## SCENE IV.

HERODE, MAZAEL, IDAMAS, Suite d'Hérode.

HERODE.

EH quoi, Sohême auffi femble éviter ma vue !
Quelle horreur devant moi s'eft par-tout répandue !
Ciel ! ne puis-je infpirer que la haine et l'effroi ?
Tous les cœurs des humains font-ils fermés pour moi ?
En horreur à la reine, à mon peuple, à moi-même,
A regret fur mon front je vois le diadême.
Hérode en arrivant recueille avec terreur
Les chagrins dévorans qu'a femés fa fureur.
Ah Dieu !

MAZAEL.

Daignez calmer ces injuftes alarmes.

HERODE.

Malheureux ! qu'ai-je fait ?

MAZAEL.

Quoi ! vous verfez des larmes !
Vous, ce roi fortuné, fi fage en fes deffeins !
Vous, la terreur du Parthe, et l'ami des Romains !
Songez, Seigneur, fongez à ces noms pleins de gloire,
Que vous donnaient jadis Antoine et la victoire.
Songez que près d'Augufte, appelé par fon choix,
Vous marchiez diftingué de la foule des rois.
Revoyez à vos lois Jérufalem rendue,
Jadis par vous conquife et par vous défendue,
Reprenant aujourd'hui fa première fplendeur

En contemplant fon prince au faîte du bonheur.
Jamais roi plus heureux dans la paix , dans la guerre...

HERODE.

Non, il n'eft plus pour moi de bonheur fur la terre.
Le deftin m'a frappé de fes plus rudes coups ,
Et pour comble d'horreur je les mérite tous.

IDAMAS.

Seigneur, m'eft-il permis de parler fans contrainte ?
Ce trône augufte et faint , qu'environne la crainte,
Serait mieux affermi s'il l'était par l'amour.
En fefant des heureux, un roi l'eft à fon tour.
A d'éternels chagrins votre ame abandonnée,
Pourrait tarir d'un mot leur fource empoifonnée.
Seigneur, ne fouffrez plus que d'indignes difcours
Ofent troubler la paix et l'honneur de vos jours ;
Ni que de vils flatteurs écartent de leur maître
Des cœurs infortunés , qui vous cherchaient peut-être.
Bientôt de vos vertus tout Ifraël charmé.....

HERODE.

Eh ! croyez-vous encor que je puiffe être aimé ?
Qu'Hérode eft aujourd'hui différent de lui-même !

MAZAEL.

Tout adore à l'envi votre grandeur fuprême.

IDAMAS.

Un feul cœur vous réfifte , et l'on peut le gagner.

HERODE.

Non : je fuis un barbare , indigne de régner.

IDAMAS.

Votre douleur eft jufte, et fi pour Mariamne....

HERODE.

Et c'eft ce nom fatal, hélas ! qui me condamne ;

C'eſt ce nom qui reproche à mon cœur agité
L'excès de ma faibleſſe et de ma cruauté.

MAZAEL.

Elle ſera toujours inflexible en ſa haine.
Elle fuit votre vue.

HÉRODE.

Ah! j'ai cherché la ſienne.

MAZAEL.

Qui? vous, Seigneur?

HERODE.

Eh quoi! mes tranſports furieux,
Ces pleurs que mes remords arrachent de mes yeux,
Ce changement ſoudain, cette douleur mortelle,
Tout ne te dit-il pas que je viens d'auprès d'elle?
Toujours troublé, toujours plein de haine et d'amour,
J'ai trompé, pour la voir, une importune cour.
Quelle entrevue, ô Cieux! quels combats! quel ſupplice!
Dans ſes yeux indignés j'ai lu mon injuſtice,
Ses regards inquiets n'oſaient tomber ſur moi,
Et tout, juſqu'à mes pleurs, augmentait ſon effroi.

MAZAEL.

Seigneur, vous le voyez; ſa haine envenimée
Jamais par vos bontés ne ſera déſarmée:
Vos reſpects dangereux nourriſſent ſa fierté.

HERODE.

Elle me hait! ah Dieu! je l'ai trop mérité.
Je lui pardonne, hélas! dans le fort qui l'accable,
De haïr à ce point un époux ſi coupable.

MAZAEL.

Vous coupable? Eh, Seigneur, pouvez-vous oublier
Ce que la reine a fait pour vous juſtifier?

Ses mépris outrageans, fa fuperbe colère,
Ses deffeins contre vous, les complots de fon père?
Le fang qui la forma fut un fang ennemi:
Le dangereux Hircan vous eût toujours trahi:
Et des Afmonéens la brigue était fi forte,
Que fans un coup d'Etat vous n'auriez pu. . . .

HERODE.

N'importe.

Hircan était fon père, il fallait l'épargner;
Mais je n'écoutai rien que la foif de régner.
Ma politique affreufe a perdu fa famille;
J'ai fait périr le père, et j'ai profcrit la fille;
J'ai voulu la haïr, j'ai trop fu l'opprimer;
Le ciel pour m'en punir me condamne à l'aimer.

IDAMAS.

Seigneur, daignez m'en croire, une jufte tendreffe
Devient une vertu, loin d'être une faibleffe:
Digne de tant de biens que le ciel vous a faits,
Mettez votre amour même au rang de fes bienfaits.

HERODE.

Hircan, manes facrés, fureurs que je détefte!

IDAMAS.

Perdez-en pour jamais le fouvenir funefte.

MAZAEL.

Puiffe la reine auffi l'oublier comme vous!

HERODE.

O père infortuné! plus malheureux époux!
Tant d'horreurs, tant de fang, le meurtre de fon père,
Les maux que je lui fais me la rendent plus chère.
Si fon cœur, ... fi fa foi, ... mais c'eft trop différer.
Idamas, en un mot, je veux tout réparer.

Va la trouver ; dis-lui, que mon ame affervie
Met à fes pieds mon trône, et ma gloire, et ma vie.
Je veux dans fes enfans choifir un fucceffeur.
Des maux qu'elle a foufferts elle accufe ma fœur;
C'en eft affez ; ma fœur aujourd'hui renvoyée,
A ce cher intérêt fera facrifiée.
Je laiffe à Mariamne un pouvoir abfolu.

MAZAEL.

Quoi ! Seigneur, vous voulez.....

HERODE.

Oui, je l'ai réfolu.
Oui, mon cœur déformais la voit, la confidère
Comme un préfent des cieux qu'il faut que je révère.
Que ne peut point fur moi l'amour qui m'a vaincu !
A Mariamne enfin je devrai ma vertu.
Il le faut avouer, on m'a vu dans l'Afie
Régner avec éclat, mais avec barbarie.
Craint, refpecté du peuple, admiré, mais haï;
J'ai des adorateurs, et n'ai pas un ami.
Ma fœur, que trop long-temps mon cœur a daigné croire,
Ma fœur n'aima jamais ma véritable gloire.
Plus cruelle que moi dans fes fanglans projets,
Sa main fefait couler le fang de mes fujets,
Les accablait du poids de mon fceptre terrible;
Tandis qu'à leurs douleurs Mariamne fenfible,
S'occupant de leur peine, et s'oubliant pour eux,
Portait à fon époux les pleurs des malheureux.
C'en eft fait : je prétends, plus jufte et moins févère,
Par le bonheur public effayer de lui plaire ;
L'Etat va refpirer fous un règne plus doux;
Mariamne a changé le cœur de fon époux.

Mes mains loin de mon trône écartant les alarmes,
Des peuples opprimés vont effuyer les larmes.
Je veux fur mes fujets régner en citoyen,
Et gagner tous les cœurs, pour mériter le fien.
Va la trouver, te dis-je, et fur-tout à fa vue
Peins bien le repentir de mon ame éperdue:
Dis-lui que mes remords égalent ma fureur.
Va, cours, vole et reviens. Que vois-je? c'eft ma fœur.
    ( à *Mazaël.* )
Sortez... A quels chagrins ma vie eft condamnée!

## SCENE V.

### HERODE, SALOME.

#### SALOME.

Je les partage tous : mais je fuis étonnée
Que la reine et Sohême évitant votre afpect,
Montrent fi peu de zèle et fi peu de refpect.

#### HERODE.

L'un m'offenfe, il eft vrai, — mais l'autre eft excufable ;
N'en parlons plus.

#### SALOME.

        Sohême à vos yeux condamnable,
A toujours de la reine allumé le courroux.

#### HERODE.

Ah! trop d'horreurs enfin fe répandent fur nous;
Je cherche à les finir. Ma rigueur implacable,
En me rendant plus craint, m'a fait plus miférable.

Affez et trop long-temps fur ma trifte maifon
La vengeance et la haine ont verfé leur poifon.
De la reine et de vous les difcordes cruelles
Seraient de mes tourmens les fources éternelles.
Ma fœur, pour mon repos, pour vous, pour toutes deux,
Séparons-nous, quittez ce palais malheureux;
Il le faut.

S A L O M E.

Ciel! qu'entends-je? Ah, fatale ennemie!

H E R O D E.

Un roi vous le commande, un frère vous en prie.
Que puiffe déformais ce frère malheureux
N'avoir point à donner d'ordre plus rigoureux,
N'avoir plus fur les fiens de vengeances à prendre,
De foupçons à former, ni de fang à répandre!
Ne perfécutez plus mes jours trop agités.
Murmurez, plaignez-vous, plaignez-moi; mais partez.

S A L O M E.

Moi, Seigneur, je n'ai point de plaintes à vous faire.
Vous croyez mon exil et jufte et néceffaire;
A vos moindres défirs inftruite à confentir,
Lorfque vous commandez, je ne fais qu'obéir.
Vous ne me verrez point, fenfible à mon injure,
Attefter devant vous le fang et la nature;
Sa voix trop rarement fe fait entendre aux rois,
Et près des paffions le fang n'a point de droits.
Je ne vous vante plus cette amitié fincère,
Dont le zèle aujourd'hui commence à vous déplaire;
Je rappelle encor moins mes fervices paffés;
Je vois trop qu'un regard les a tous effacés.

Mais avez-vous penſé que Mariamne oublie
Cet ordre d'un époux donné contre ſa vie?
Vous qu'elle craint toujours, ne la craignez-vous plus?
Ses vœux, ſes ſentimens, vous ſont-ils inconnus?
Qui préviendra jamais, par des avis utiles,
De ſon cœur outragé les vengeances faciles?
Quels yeux intéreſſés à veiller ſur vos jours
Pourront de ſes complots démêler les détours?
Son courroux aura-t-il quelque frein qui l'arrête?
Et penſez-vous enfin, que lorſque votre tête
Sera par vos ſoins même expoſée à ſes coups,
L'amour qui vous ſéduit lui parlera pour vous?
Quoi donc! tant de mépris, cette horreur inhumaine....

HERODE.

Ah! laiſſez-moi douter un moment de ſa haine!
Laiſſez-moi me flatter de regagner ſon cœur,
Ne me détrompez point; reſpectez mon erreur.
Je veux croire, et je crois, que votre haine altière
Entre la reine et moi mettait une barrière;
Que par vos cruautés ſon cœur s'eſt endurci;
Et que ſans vous enfin j'euſſe été moins haï.

SALOME.

Si vous pouviez ſavoir, ſi vous pouviez comprendre
A quel point...

HERODE.

Non, ma ſœur, je ne veux rien entendre.
Mariamne à ſon gré peut menacer mes jours,
Ils me ſont odieux; qu'elle en tranche le cours;
Je périrai du moins d'une main qui m'eſt chère.

SALOME.

Ah! c'eſt trop l'épargner, vous tromper et me taire.

Je m'expofe à me perdre et cherche à vous fervir :
Et je vais vous parler, duffiez-vous m'en punir.
Epoux infortuné ! qu'un vil amour furmonte,
Connaiffez Mariamne, et voyez votre honte.
C'eft peu des fiers dédains dont fon cœur eft armé;
C'eft peu de vous haïr; un autre en eft aimé.

### HERODE.

Un autre en eft aimé ! Pouvez-vous bien, barbare,
Soupçonner devant moi la vertu la plus rare ?
Ma fœur, c'eft donc ainfi que vous m'affaffinez ?
Laiffez-vous pour adieux ces traits empoifonnés,
Ces flambeaux de difcorde, et la honte et la rage,
Qui de mon cœur jaloux font l'horrible partage !
Mariamne... mais non, je ne veux rien favoir;
Vos confeils fur mon ame ont eu trop de pouvoir.
Je vous ai long-temps crue, et les cieux m'en puniffent.
Mon fort était d'aimer des cœurs qui me haïffent.
Oui, c'eft moi feul ici que vous perfécutez.

### SALOME.

Hé bien donc, loin de vous....

### HERODE.

Non, Madame, arrêtez.
Un autre en eft aimé ! montrez-moi donc, cruelle,
Le fang que doit verfer ma vengeance nouvelle;
Pourfuivez votre ouvrage; achevez mon malheur.

### SALOME.

Puifque vous le voulez...

### HERODE.

Frappe : voilà mon cœur.
Dis-moi qui m'a trahi; mais quoi qu'il en puiffe être,
Songe que cette main t'en punira peut-être.

Oui,

Oui, je te punirai de m'ôter mon erreur.
Parle à ce prix.

SALOME.

N'importe.

HERODE.

Eh bien !

SALOME.

C'eft...

## SCENE VI.

HERODE, SALOME, MAZAEL.

MAZAEL.

AH ! Seigneur,
Venez, ne fouffrez pas que ce crime s'achève :
Votre époufe vous fuit, Sohême vous l'enlève.

HERODE.

Mariamne ! Sohême ! où fuis-je ? juftes Cieux !

MAZAEL.

Sa mère, fes enfans quittaient déjà ces lieux.
Sohême a préparé cette indigne retraite,
Il a près de ces murs une efcorte fecrète ;
Mariamne l'attend pour fortir du palais,
Et vous allez, Seigneur, la perdre pour jamais.

HERODE.

Ah ! le charme eft rompu ; le jour enfin m'éclaire.
Venez ; à fon courroux connaiffez votre frère,
Surprenons l'infidelle, et vous allez juger
S'il eft encore Hérode, et s'il fait fe venger.

*Fin du troifième acte.*

*Théâtre.* Tome I.                    Q

# ACTE IV.

## SCENE PREMIERE.

### SALOME, MAZAEL.

#### MAZAEL.

Quoi! lorfque fans retour Mariamne eft perdue;
Quand la faveur d'Hérode à vos vœux eft rendue,
Dans ces fombres chagrins qui peut donc vous plonger?
Madame, en fe vengeant le roi va vous venger:
Sa fureur eft au comble; et moi-même je n'ofe
Regarder fans effroi les malheurs que je caufe.
Vous avez vu tantôt ce fpectacle inhumain,
Ces efclaves tremblans égorgés de fa main,
Près de leurs corps fanglans la reine évanouie,
Le roi, le bras levé, prêt à trancher fa vie;
Ses fils baignés de pleurs, embraffant fes genoux,
Et préfentant leur tête au-devant de fes coups.
Que vouliez-vous de plus? que craignez-vous encore?

#### SALOME.

Je crains le roi; je crains ces charmes qu'il adore,
Ce bras prompt à punir, prompt à fe défarmer,
Cette colère enfin, facile à s'enflammer;
Mais qui, toujours douteufe, et toujours aveuglée,
En fes tranfports foudains s'eft peut-être exhalée.

Quel fruit me revient-il de fes emportemens?
Sohême a-t-il pour moi de plus doux fentimens?
Il me hait encor plus: et mon malheureux frère,
Forcé de fe venger d'une femme adultère,
Semble me reprocher fa honte et fon malheur.
Il voudrait pardonner. dans le fond de fon cœur
Il gémit en fecret de perdre ce qu'il aime;
Il voudrait, s'il fe peut, ne punir que moi-même :
Mon funefte triomphe eft encore incertain.
J'ai deux fois en un jour vu changer mon deftin;
Deux fois j'ai vu l'amour fuccéder à la haine;
Et nous fommes perdus s'il voit encor la reine.

## SCENE II.

HERODE, SALOME, MAZAEL, Gardes.

MAZAEL.

IL vient : de quelle horreur il paraît agité!

SALOME.

Seigneur, votre vengeance eft-elle en fureté?

MAZAEL.

Me préferve le ciel que ma voix téméraire,
D'un roi clément et fage irritant la colère,
Ofe fe faire entendre entre la reine et lui !
Mais. Seigneur, contre vous Sohême eft fon appui.
Non, ne vous vengez point; mais veillez fur vous-même:
Redoutez fes complots et la main de Sohême.

Q 2

HERODE.

Ah! je ne le crains point.

MAZAEL.

Seigneur, n'en doutez pas,
De l'adultère au meurtre il n'eſt ſouvent qu'un pas.

HERODE.

Que dites-vous?

MAZAEL.

Sohême incapable de feindre,
Fut de vos ennemis toujours le plus à craindre.
Ceux dont il s'aſſura le coupable ſecours,
Ont parlé hautément d'attenter à vos jours.

HERODE.

Mariamne me hait, c'eſt-là ſon plus grand crime.
Ma ſœur, vous approuvez la fureur qui m'anime;
Vous voyez mes chagrins, vous en avez pitié;
Mon cœur n'attend plus rien que de votre amitié.
Hélas, plein d'une erreur trop fatale et trop chère,
Je vous ſacrifiais au ſeul ſoin de lui plaire:
Je vous comptais déjà parmi mes ennemis;
Je puniſſais ſur vous ſa haine et ſes mépris.
Ah! j'atteſte à vos yeux ma tendreſſe outragée,
Qu'avant la fin du jour vous en ſerez vengée.
Je veux ſur-tout, je veux dans ma juſte fureur,
La punir du pouvoir qu'elle avait ſur mon cœur.
Hélas! jamais ce cœur ne brûla que pour elle;
J'aimai, je déteſtai, j'adorai l'infidelle.
Et toi, Sohême, et toi, ne crois pas m'échapper.
Avant le coup mortel dont je dois te frapper,
Va, je te punirai dans un autre toi-même.
Tu verras cet objet qui m'abhorre et qui t'aime,

Cet objet à mon cœur jadis si précieux,
Dans l'horreur des tourmens expirant à tes yeux.
Que sur toi, sous mes coups, tout son sang rejaillisse !
Tu l'aimes, il suffit, sa mort est ton supplice.

MAZAEL.

Ménagez, croyez-moi, des momens précieux ;
Et tandis que Sohême est absent de ces lieux,
Que par lui, loin des murs, sa garde est dispersée,
Saisissez, achevez une vengeance aisée.

SALOME.

Mais au peuple, sur-tout, cachez votre douleur.
D'un spectacle funeste épargnez-vous l'horreur.
Loin de ces tristes lieux témoins de votre outrage,
Fuyez de tant d'affronts la douloureuse image.

HERODE.

Je vois quel est son crime et quel fut son projet.
Je vois pour qui Sohême ainsi vous outrageait.

SALOME.

Laissez mes intérêts ; songez à votre offense.

HERODE.

Elle avait jusqu'ici vécu dans l'innocence ;
Je ne lui reprochais que ses emportemens,
Cette audace opposée à tous mes sentimens,
Ses mépris pour ma race, et ses altiers murmures.
Du sang asmonéen j'essuyai trop d'injures.
Mais a-t-elle en effet voulu mon déshonneur ?

SALOME.

Ecartez cette idée : oubliez-la, Seigneur,
Calmez-vous.

HERODE.

Non, je veux la voir et la confondre ;
Je veux l'entendre ici, la forcer à répondre ;

Q 3

Qu'elle tremble en voyant l'appareil du trépas ;
Qu'elle demande grâce et ne l'obtienne pas.

### S A L O M E.

Quoi, Seigneur, vous voulez vous montrer à fa vue ?

### H E R O D E.

Ah ! ne redoutez rien ; fa perte eft réfolue.
Vainement l'infidelle efpère en mon amour ;
Mon cœur à la clémence eft fermé fans retour.
Loin de craindre ces yeux qui m'avaient trop fu plaire,
Je fens que fa préfence aigrira ma colère.
Gardes, que dans ces lieux on la faffe venir,
Je ne veux que la voir, l'entendre et la punir.
Ma fœur, pour un moment, fouffrez que je refpire.
Qu'on appelle la reine : et vous, qu'on fe retire.

## S C E N E   I I I.

### H E R O D E *feul.*

Tu veux la voir, Hérode, à quoi te réfous-tu ?
Conçois-tu les deffeins de ton cœur éperdu ?
Quoi ! fon crime à tes yeux n'eft-il pas manifefte ?
N'es-tu pas outragé ? que t'importe le refte ?
Quel fruit efpères-tu de ce trifte entretien ?
Ton cœur peut-il douter des fentimens du fien !
Hélas ! tu fais affez combien elle t'abhorre.
Tu prétends te venger ! pourquoi vit-elle encore ?
Tu veux la voir ! ah ! lâche, indigne de régner,
Va foupirer près d'elle, et cours lui pardonner.

Va voir cette beauté fi long-temps adorée.
Non, elle périra ; non, fa mort eft jurée.
Vous ferez répandu, fang de mes ennemis,
Sang des Afmonéens dans fes veines tranfmis,
Sang qui me haïffez, et que mon cœur détefte.
Mais la voici, grand Dieu ! quel fpectacle funefte !

## SCENE IV.

MARIAMNE, HERODE, ELISE, Gardes.

ELISE.

REPRENEZ vos efprits, Madame, c'eft le roi.

MARIAMNE.

Où fuis-je ? où vais-je ? ô Dieu ! je me meurs, je le voi.

HERODE.

D'où vient qu'à fon afpect mes entrailles frémiffent ?

MARIAMNE.

Elife, foutiens-moi, mes forces s'affaibliffent.

ELISE.

Avançons.

MARIAMNE.

Quel tourment !

HERODE.

Que lui dirai-je, ô Cieux !

MARIAMNE.

Pourquoi m'ordonnez-vous de paraître à vos yeux ?
Voulez-vous, de vos mains, m'ôter ce faible refte
D'une vie à tous deux également funefte ?

Q 4

Vous le pouvez : frappez, le coup m'en fera doux,
Et c'eft l'unique bien que je tiendrai de vous.

HERODE.

Oui, je me vengerai, vous ferez fatisfaite.
Mais parlez, défendez votre indigne retraite.
Pourquoi, lorfque mon cœur fi long-temps offenfé,
Indulgent pour vous feule, oubliait le paffé;
Lorfque vous partagiez mon empire et ma gloire,
Pourquoi prépariez-vous cette fuite fi noire?
Quel deffein, quelle haine a pu vous poffeder?

MARIAMNE.

Ah! Seigneur, eft-ce à vous à me le demander?
Je ne veux point vous faire un reproche inutile :
Mais fi loin de ces lieux j'ai cherché quelque afyle,
Si Mariamne enfin, pour la première fois,
Du pouvoir d'un époux méconnaiffant les droits,
A voulu fe fouftraire à fon obéiffance;
Songez à tous ces rois dont je tiens la naiffance,
A mes périls préfens, à mes malheurs paffés,
Et condamnez ma fuite après, fi vous l'ofez.

HERODE.

Quoi! lorfqu'avec un traître un fol amour vous lie;
Quand Sohême. . . .

MARIAMNE.

Arrêtez; il fuffit de ma vie.
D'un fi cruel affront ceffez de me couvrir;
Laiffez-moi chez les morts defcendre fans rougir.
N'oubliez pas du moins, qu'attachés l'un à l'autre,
L'hymen qui nous unit joint mon honneur au vôtre.
Voilà mon cœur, frappez; mais en portant vos coups,
Refpectez Mariamne et même fon époux.

HERODE.

Perfide! il vous fied bien de prononcer encore
Ce nom qui vous condamne et qui me déshonore!
Vos coupables dédains vous accufent affez,
Et je crois tout de vous, fi vous me haïffez.

MARIAMNE.

Quand vous me condamnez, quand ma mort eft certaine,
Que vous importe, hélas! ma tendreffe ou ma haine?
Et quel droit déformais avez-vous fur mon cœur,
Vous qui l'avez rempli d'amertume et d'horreur?
Vous, qui depuis cinq ans infultez à mes larmes,
Qui marquez fans pitié mes jours par mes alarmes?
Vous de tous mes parens deftructeur odieux?
Vous, teint du fang d'un père expirant à mes yeux?
Cruel! ah! fi du moins votre fureur jaloufe
N'eût jamais attenté qu'aux jours de votre époufe,
Les cieux me font témoins que mon cœur tout à vous,
Vous chérirait encore en mourant par vos coups.
Mais qu'au moins mon trépas calme votre furie;
N'étendez point mes maux au-delà de ma vie;
Prenez foin de mes fils, refpectez votre fang;
Ne les puniffez pas d'être nés dans mon flanc.
Hérode, ayez pour eux des entrailles de père;
Peut-être un jour, hélas! vous connaîtrez leur mère.
Vous plaindrez, mais trop tard, ce cœur infortuné
Que feul dans l'univers vous avez foupçonné,
Ce cœur qui n'a point fu, trop fuperbe peut-être,
Déguifer fes douleurs et ménager un maître;
Mais qui jufqu'au tombeau conferva fa vertu,
Et qui vous eût aimé fi vous l'aviez voulu.

HERODE.

Qu'ai-je entendu? quel charme, et quel pouvoir suprême
Commande à ma colère et m'arrache à moi-même?
Mariamne. . . .

MARIAMNE.

Cruel!

HERODE.

. . . O faibleſſe! ô fureur!

MARIAMNE.

De l'état où je ſuis voyez du moins l'horreur.
Otez-moi par pitié cette odieuſe vie.

HERODE.

Ah! la mienne à la vôtre eſt pour jamais unie.
C'en eſt fait, je me rends : banniſſez votre effroi;
Puiſque vous m'avez vu, vous triomphez de moi.
Vous n'avez plus beſoin d'excuſe et de défenſe.
Ma tendreſſe pour vous vous tient lieu d'innocence.
En eſt-ce aſſez, ô Ciel! en eſt-ce aſſez, amour?
C'eſt moi qui vous implore, et qui tremble à mon tour.
Serez-vous aujourd'hui la ſeule inexorable?
Quand j'ai tout pardonné, ferai-je encor coupable?
Mariamne, ceſſons de nous perſécuter,
Nos cœurs ne ſont-ils faits que pour ſe déteſter?
Nous faudra-t-il toujours redouter l'un et l'autre?
Finiſſons à la fois ma douleur et la vôtre.
Commençons ſur nous-même à régner en ce jour;
Rendez-moi votre main, rendez-moi votre amour.

MARIAMNE.

Vous demandez ma main! Juſte Ciel que j'implore!
Vous ſavez de quel ſang la ſienne fume encore.

HERODE.

Eh bien, j'ai fait périr et ton père et mon roi ;
J'ai répandu fon fang pour régner avec toi.
Ta haine en eft le prix, ta haine eft légitime :
Je n'en murmure point, je connais tout mon crime.
Que dis-je? fon trépas, l'affront fait à tes fils,
Sont les moindres forfaits que mon cœur ait commis.
Hérode a jufqu'à toi porté fa barbarie ;
*Durant quelques momens je t'ai même haïe ;
J'ai fait plus, ma fureur a pu te foupçonner ;
Et l'effort des vertus eft de me pardonner.
D'un trait fi généreux ton cœur feul eft capable :
Plus Hérode à tes yeux doit paraître coupable,
Plus ta grandeur éclate à refpecter en moi
Ces nœuds infortunés qui m'uniffent à toi.
Tu vois où je m'emporte et quelle eft ma faibleffe ;
Garde-toi d'abufer du trouble qui me preffe.
Cher et cruel objet d'amour et de fureur,
Si du moins la pitié peut entrer dans ton cœur,
Calme l'affreux défordre où mon ame s'égare.
Tu détournes les yeux... Mariamne...

MARIAMNE.

Ah barbare !
Un jufte repentir produit-il vos tranfports ?
Et pourrai-je en effet compter fur vos remords ?

HERODE.

Oui, tu peux tout fur moi, fi j'amollis ta haine.
Hélas ! ma cruauté, ma fureur inhumaine,
C'eft toi qui dans mon cœur as fu la rallumer ;
Tu m'as rendu barbare en ceffant de m'aimer.

Que ton crime et le mien foient noyés dans mes larmes.
Je te jure....

## S C E N E  V.

HERODE, MARIAMNE, ELISE, UN GARDE.

#### L E   G A R D E.

Seigneur, tout le peuple eft en armes,
Dans le fang des bourreaux il vient de renverfer
L'échafaud que Salome a déjà fait dreffer.
Au peuple, à vos foldats, Sohême parle en maître :
Il marche vers ces lieux, il vient, il va paraître.

#### H E R O D E.
Quoi! dans le moment même où je fuis à vos pieds,
Vous auriez pu, perfide!

#### M A R I A M N E.
　　　　Ah! Seigneur, vous croiriez...

#### H E R O D E.
Tu veux ma mort! eh bien, je vais remplir ta haine.
Mais au moins dans ma tombe il faut que je t'entraîne,
Et qu'unis malgré toi... Qu'on la garde, Soldats.

## S C E N E  V I.

HERODE, MARIAMNE, SALOME, MAZAEL,
E L I S E, Gardes.

#### S A L O M E.

Ah mon frère, aux Hébreux ne vous préfentez pas.
Le peuple foulevé demande votre vie ;
Le nom de Mariamne excite leur furie ;

De vos mains, de ces lieux, ils viennent l'arracher.

HERODE.

Allons. Ils me verront, et je cours les chercher.
De l'horreur où je fuis tu répondras, cruelle.
Ne l'abandonnez pas, ma sœur, veillez fur elle.

MARIAMNE.

Je ne crains point la mort ; mais j'attefte les cieux....

MAZAEL.

Seigneur, vos ennemis font déjà fous vos yeux.

HERODE.

Courons... Mais quoi ! laiffer la coupable impunie !
Ah ! je veux dans fon fang laver fa perfidie ;
Je veux, j'ordonne.... hélas ! dans mon funefte fort,
Je ne puis rien réfoudre et vais chercher la mort.


*Fin du quatrième acte.*

# ACTE V.

## SCENE PREMIERE.

MARIAMNE, ELISE, Gardes.

### MARIAMNE.

Eloignez-vous, Soldats, daignez laiſſer du moins
Votre reine un moment reſpirer ſans témoins.
(*Les gardes ſe retirent au coin du théâtre.*)
Voilà donc, juſte Dieu, quelle eſt ma deſtinée!
La ſplendeur de mon ſang, la pourpre où je ſuis née,
Enfin ce qui ſemblait promettre à mes beaux jours
D'un bonheur aſſuré l'inaltérable cours;
Tout cela n'a donc fait que verſer ſur ma vie
Le funeſte poiſon dont elle fut remplie.
O naiſſance! ô jeuneſſe! et toi, triſte beauté, (*a*)
Dont l'éclat dangereux enfla ma vanité,
Flatteuſe illuſion dont je fus occupée,
Vaine ombre de bonheur, que vous m'avez trompée!
Sur ce trône coupable un éternel ennui
M'a creuſé le tombeau que l'on m'ouvre aujourd'hui.
Dans les eaux du Jourdain j'ai vu périr mon frère;
Mon époux à mes yeux a maſſacré mon père;
Par ce cruel époux condamnée à périr,
Ma vertu me reſtait, on oſe la flétrir.
Grand Dieu! dont les rigueurs éprouvent l'innocence,
Je ne demande point ton aide ou ta vengeance.

J'appris de mes aïeux que je fais imiter,
A voir la mort fans crainte et fans la mériter.
Je t'offre tout mon fang, défends au moins ma gloire;
Commande à mes tyrans d'épargner ma mémoire;
Que le menfonge impur n'ofe plus m'outrager.
Honorer la vertu c'eft affez la venger.
Mais quel tumulte affreux! quels cris! quelles alarmes!
Ce palais retentit du bruit confus des armes.
Hélas! j'en fuis la caufe, et l'on périt pour moi.
On enfonce la porte. Ah! qu'eft-ce que je voi!

## S C E N E  I I.

MARIAMNE, SOHEME, ELISE, AMMON,
Soldats d'Hérode, Soldats de Sohême.

### S O H E M E.

Fuyez, vils ennemis qui gardez votre reine,
Lâches, difparaiffez. Soldats, qu'on les enchaîne.
(*Les gardes et les foldats d'Hérode s'en vont.*)
Venez, Reine, venez, fecondez nos efforts:
Suivez mes pas, marchons dans la foule des morts.
A vos perfécuteurs vous n'êtes plus livrée:
Ils n'ont pu de ces lieux me défendre l'entrée.
Dans fon perfide fang Mazaël eft plongé,
Et du moins à demi mon bras vous a vengé.
D'un inftant précieux faififfez l'avantage;
Mettez ce front augufte à l'abri de l'orage:
Avançons.

### M A R I A M N E.

Non, Sohême, il ne m'eft plus permis
D'accepter vos bontés contre mes ennemis;

Après l'affront cruel et la tache trop noire
Dont les foupçons d'Hérode ont offenfé ma gloire ;
Je les mériterais fi je pouvais fouffrir
Cet appui dangereux que vous venez m'offrir.
Je crains votre fecours et non fa barbarie.
Il eft honteux pour moi de vous devoir la vie ;
L'honneur m'en fait un crime ; il le faut expier ;
Et j'attends le trépas pour me juftifier.

SOHEME.

Que faites-vous, hélas ! malheureufe Princeffe ?
Un moment peut vous perdre. On combat. Le temps preffe.
Craignez encore Hérode armé du défefpoir.

MARIAMNE.

Je ne crains que la honte et je fais mon devoir.

SOHEME.

Faut-il qu'en vous fervant, toujours je vous offenfe ?
Je vais donc, malgré vous, fervir votre vengeance.
Je cours à ce tyran qu'en vain vous refpectez.
Je revole au combat, et mon bras. . . .

MARIAMNE.

Arrêtez :
Je détefte un triomphe à mes yeux fi coupable ;
Seigneur, le fang d'Hérode eft pour moi refpectable.
C'eft lui de qui les droits. . .

SOHEME.

L'ingrat les a perdus.

MARIAMNE.

Par les nœuds les plus faints. . .

SOHEME.

Tous vos nœuds font rompus.

MARIAMNE.

MARIAMNE.

Le devoir nous unit.

SOHEME.

Le crime vous fépare.
N'arrêtez plus mes pas ; vengez-vous d'un barbare ;
Sauvez tant de vertus...

MARIAMNE.

Vous les déshonorez.

SOHEME.

Il va trancher vos jours.

MARIAMNE.

Les fiens me font facrés.

SOHEME.

Il a fouillé fa main du fang de votre père.

MARIAMNE.

Je fais ce qu'il a fait, et ce que je dois faire ;
De fa fureur ici j'attends les derniers traits,
Et ne prends point de lui l'exemple dés forfaits.

SOHEME.

O courage ! ô conftance ! ô cœur inébranlable !
Dieux ! que tant de vertu rend Hérode coupable !
Plus vous me commandez de ne point vous fervir,
Et plus je vous promets de vous défobéir.
Votre honneur s'en offenfe, et le mien me l'ordonne ;
Il n'eft rien qui m'arrête, il n'eft rien qui m'étonne ;
Et je cours réparer, en cherchant votre époux,
Ce temps que j'ai perdu fans combattre pour vous.

MARIAMNE.

Seigneur...

*Théâtre.* Tome I.                    R

## SCENE III.

MARIAMNE, ELISE, Gardes.

MARIAMNE.

Mais il m'échappe, il ne veut point m'entendre.
Ciel! ô Ciel! épargnez le fang qu'on va répandre!
Epargnez mes fujets, épuifez tout fur moi!
Sauvez le roi lui-même!

## SCENE IV.

MARIAMNE, ELISE, NARBAS, Gardes.

MARIAMNE.

Ah! Narbas, eft-ce toi?
Qu'as-tu fait de mes fils, et que devient ma mère?

NARBAS.

Le roi n'a point fur eux étendu fa colère.
Unique et trifte objet de fes tranfports jaloux,
Dans ces extrémités ne craignez que pour vous.
Le feul nom de Sohême augmente fa furie;
Si Sohême eft vaincu, c'eft fait de votre vie:
Déjà même, déjà, le barbare Zarès
A marché vers ces lieux, chargé d'ordres fecrets.

Ofez paraître, ofez vous fecourir vous-même;
Jetez-vous dans les bras d'un peuple qui vous aime;
Faites voir Mariamne à ce peuple abattu;
Vos regards lui rendront fon antique vertu.
Appelons à grands cris nos hébreux et nos prêtres;
Tout Juda défendra le pur fang de fes maîtres;
Madame, avec courage il faut vaincre ou périr:
Daignez...

MARIAMNE.

Le vrai courage eft de favoir fouffrir:
Non d'aller exciter une foule rebelle
A lever fur fon prince une main criminelle.
Je rougirais de moi, fi, craignant mon malheur,
Quelques vœux pour fa mort avaient furpris mon cœur;
Si j'avais un moment fouhaité ma vengeance,
Et fondé fur fa perte un refte d'efpérance.
Narbas, en ce moment le ciel met dans mon fein
Un défefpoir plus noble, un plus digne deffein.
Le roi, qui me foupçonne, enfin va me connaître.
Au milieu du combat on me verra paraître.
De Sohême et du roi j'arrêterai les coups;
Je remettrai ma tête aux mains de mon époux.
Je fuyais ce matin fa vengeance cruelle,
Ses crimes m'exilaient, fon danger me rappelle.
Ma gloire me l'ordonne, et prompte à l'écouter
Je vais fauver au roi le jour qu'il veut m'ôter.

NARBAS.

Hélas! où courez-vous? dans quel défordre extrême?

MARIAMNE.

Je fuis perdue, hélas! c'eft Hérode lui-même.

R 2

## SCENE V.

HERODE, MARIAMNE, ELISE, NARBAS,
IDAMAS, Gardes.

#### HERODE.

ILS se font vus! Ah Dieu!... Perfide, tu mourras.

#### MARIAMNE.

Pour la dernière fois, Seigneur, ne souffrez pas...

#### HERODE.

Sortez... Vous, qu'on la suive.

#### NARBAS.

                        O justice éternelle!

## SCENE VI.

HERODE, IDAMAS, Gardes.

#### HERODE.

QUE je n'entende plus le nom de l'infidelle.
Eh bien, braves Soldats, n'ai-je plus d'ennemis?

#### IDAMAS.

Seigneur, ils font défaits; les Hébreux font foumis;
Sohême tout fanglant vous laisse la victoire:
Ce jour vous a comblé d'une nouvelle gloire.

HERODE.

Quelle gloire!

IDAMAS.

Elle est triste ; et tant de sang versé,
Seigneur, doit satisfaire à votre honneur blessé.
Sohême a de la reine attesté l'innocence.

HERODE.

De la coupable, enfin, je vais prendre vengeance.
Je perds l'indigne objet que je n'ai pu gagner,
Et de ce seul moment je commence à régner.
J'étais trop aveuglé ; ma fatale tendresse
Etait ma seule tache et ma seule faiblesse.
Laissons mourir l'ingrate ; oublions ses attraits ;
Que son nom dans ces lieux s'efface pour jamais :
Que dans mon cœur sur-tout sa mémoire périsse!
Enfin tout est-il prêt pour ce juste supplice ?

IDAMAS.

Oui, Seigneur.

HERODE.

Quoi! si-tôt on a pu m'obéir?
Infortuné monarque ! elle va donc périr?
Tout est prêt, Idamas?

IDAMAS.

Vos gardes l'ont saisie ;
Votre vengeance, hélas ! sera trop bien servie.

HERODE.

Elle a voulu sa perte, elle a su m'y forcer.
Que l'on me venge. Allons, il n'y faut plus penser.
Hélas! j'aurais voulu vivre et mourir pour elle.
A quoi m'as-tu réduit, épouse criminelle?

R 3

## S C E N E   V I I   et dernière.

### H E R O D E , I D A M A S , N A R B A S.

#### H E R O D E.

Narbas, où courez-vous? jufte Ciel! vous pleurez!
De crainte, en le voyant, mes fens font pénétrés.

#### N A R B A S.

Seigneur...

#### H E R O D E.

Ah! malheureux, que venez-vous me dire?

#### N A R B A S.

Ma voix, en vous parlant, fur mes lèvres expire.

#### H E R O D E.

Mariamne...

#### N A R B A S.

O douleur! ô regrets fuperflus!

#### H E R O D E.

Quoi! c'en eft fait?

#### N A R B A S.

Seigneur, Mariamne n'eft plus.

#### H E R O D E.

Elle n'eft plus? grand Dieu!

#### N A R B A S.

Je dois à fa mémoire,
A fa vertu trahie, à vous, à votre gloire,
De vous montrer le bien que vous avez perdu,
Et le prix de ce fang par vos mains répandu.

Non, Seigneur, non, fon cœur n'était point infidelle.
Hélas ! lorfque Sohême a combattu pour elle,
Votre époufe, à mes yeux déteftant fon fecours,
Volait pour vous défendre au péril de fes jours.

HERODE.

Qu'entends-je ? ah malheureux ! ah défefpoir extrême !
Narbas, que m'as-tu dit ?

NARBAS.

C'eft dans ce moment même
Où fon cœur fe fefait ce généreux effort,
Que vos ordres cruels l'ont conduite à la mort.
Salome avait preffé l'inftant de fon fupplice.

HERODE.

O monftre, qu'à regret épargna ma juftice !
Monftre, quels châtimens font pour toi réfervés !
Que ton fang, que le mien... Ah ! Narbas, achevez :
Achevez mon trépas par ce récit funefte.

NARBAS.

Comment pourrai-je, hélas ! vous apprendre le refte ?
Vos gardes de ces lieux ont ofé l'arracher.
Elle a fuivi leurs pas fans vous rien reprocher,
Sans affecter d'orgueil, et fans montrer de crainte.
La douce majefté fur fon front était peinte.
La modefte innocence et l'aimable pudeur
Régnaient dans fes beaux yeux, ainfi que dans fon cœur ;
Son malheur ajoutait à l'éclat de fes charmes.
Nos prêtres, nos Hébreux, dans les cris, dans les larmes,
Conjuraient vos foldats, levaient les mains vers eux,
Et demandaient la mort avec des cris affreux.
Hélas ! de tous côtés, dans ce défordre extrême,
En pleurant Mariamne, on vous plaignait vous-même :

R 4

On difait hautement, qu'un arrêt fi cruel
Accablerait vos jours d'un remords éternel.

HERODE.

Grand Dieu ! que chaque mot me porte un coup terrible !

NARBAS.

Aux larmes des Hébreux Mariamne fenfible,
Confolait tout ce peuple en marchant au trépas.
Enfin vers l'échafaud on a conduit fes pas.
C'eft là qu'en foulevant fes mains appefanties,
Du poids affreux des fers indignement flétries,
,, Cruel, a-t-elle dit, et malheureux époux !
,, Mariamne en mourant ne pleure que fur vous.
,, Puiffiez-vous par ma mort finir vos injuftices !
,, Vivez, régnez heureux fous de meilleurs aufpices ;
,, Voyez d'un œil plus doux mes peuples et mes fils ;
,, Aimez-les ; je mourrai trop contente à ce prix. ,,
En achevant ces mots, votre époufe innocente
Tend au fer des bourreaux cette tête charmante
Dont la terre admirait les modeftes appas.
Seigneur, j'ai vu lever le parricide bras ;
J'ai vu tomber...

HERODE.

Tu meurs, et je refpire encore !
Mânes facrés, chère ombre, époufe que j'adore ;
Refte pâle et fanglant de l'objet le plus beau,
Je te fuivrai du moins dans la nuit du tombeau.
Quoi ! vous me retenez ? Quoi, Citoyens perfides,
Vous arrachez ce fer à mes mains parricides ?
Ma chère Mariamne, arme-toi, punis-moi,
Viens déchirer ce cœur qui brûle encor pour toi.
Je me meurs.

(il tombe dans un fauteuil.)

NARBAS.

De ſes ſens il a perdu l'uſage ;
Il ſuccombe à ſes maux.

HERODE.

Quel funeſte nuage
S'eſt répandu ſoudain ſur mes eſprits troublés ?
D'un ſombre et noir chagrin mes ſens ſont accablés.
D'où vient qu'on m'abandonne au trouble qui me gêne ?
Je ne vois point ma ſœur, je ne vois point la reine.
Vous pleurez ! vous n'oſez vous approcher de moi !
Triſte Jéruſalem, tu fuis devant ton roi !
Qu'ai-je donc fait ? Pourquoi fuis-je en horreur au monde ?
Qui me délivrera de ma douleur profonde ?
Par qui ce long tourment ſera-t-il adouci ?
Qu'on cherche Mariamne et qu'on l'amène ici.

NARBAS.

Mariamne, Seigneur ?

HERODE.

Oui : je ſens que ſa vue
Va rendre un calme heureux à mon ame éperdue.
Toujours devant ſes yeux que j'aime et que je crains,
Mon cœur eſt moins troublé, mes jours ſont plus ſereins.
Déjà même à ſon nom mes douleurs s'affaibliſſent ;
Déjà de mon chagrin les ombres s'éclairciſſent.
Qu'elle vienne.

NARBAS.

Seigneur...

HERODE.

Je veux la voir.

NARBAS.

Hélas !
Avez-vous pu, Seigneur, oublier ſon trépas ?

HERODE.

Cruel! que dites-vous?

NARBAS.

La douleur le tranfporte;
Il ne fe connaît plus.

HERODE.

Quoi, Mariamne eft morte? (b)
Ah! funefte raifon, pourquoi m'éclaires-tu?
Jour trifte, jour affreux, pourquoi m'es-tu rendu?
Lieux teints de ce beau fang que l'on vient de répandre,
Murs que j'ai relevés, Palais, tombez en cendre:
Cachez fous les débris de vos fuperbes tours
La place où Mariamne a vu trancher fes jours.
Quoi! Mariamne eft morte, et j'en fuis l'homicide!
Puniffez, déchirez un monftre parricide,
Armez-vous contre moi, Sujets qui la perdez,
Tonnez, écrafez-moi, Cieux qui la poffédez.

*Fin du cinquième et dernier acte.*

# VARIANTES

## DES PREMIERES EDITIONS DE MARIAMNE.

( *a* ) Mes yeux n'ont jamais vu le jour qu'avec douleur :
L'inftant où je naquis commença mon malheur
Mon berceau fut couvert du fang de ma patrie :
J'ai vu du peuple faint la gloire anéantie :
Sur ce trône coupable. . . . . . . . . . . .
( *b* ) HERODE.
. . . . . . . . . . Quoi ! Mariamne eft morte ?
Infidelles Hébreux , vous ne la vengez pas !
Cieux qui la poffédez , tonnez fur ces ingrats !
Lieux teints de ce beau fang que l'on vient de répandre ,
Murs que j'ai relevés , Palais , tombez en cendre !
Cachez fous les débris de vos fuperbes tours
La place où Mariamne a vu trancher fes jours !
Temple , que pour jamais tes voûtes fe renverfent ;
Que d'Ifraël détruit les enfans fe difperfent :
Que fans temples , fans rois , errans , perfécutés ,
Fugitifs en tous lieux , et par-tout déteftés ,
Sur leurs fronts égarés , portant , dans leur misère ,
Des vengeances de Dieu l'effrayant caractère ,
Ce peuple aux nations tranfmette avec terreur ,
Et l'horreur de mon nom , et la honte du leur.

# SCENES III ET IV

## DU TROISIEME ACTE,

*Telles qu'elles ont été jouées à la première repréfentation.*

### VARUS , HERODE , MAZAEL , Suite.

HERODE.

Avant que fur mon front je mette la couronne
Que m'ôta la fortune , et que Céfar me donne ,
Je viens en rendre hommage au héros dont la voix
De Rome en ma faveur a fait pencher le choix.

De vos lettres , Seigneur , les heureux témoignages ,
D'Augufte et du fénat m'ont gagné les fuffrages ,
Et pour premier tribut , j'apporte à vos genoux
Un fceptre , que ma main n'eût point porté fans vous.
Je vous dois encor plus : vos foins, votre préfence,
De mon peuple indocile ont dompté l'infolence ;
Vos fuccès m'ont appris l'art de le gouverner ;
Et m'inftruire était plus que de me couronner.
Sur vos derniers bienfaits excufez mon filence ;
Je fais ce qu'en ces lieux a fait votre prudence ;
Et trop plein de mon trouble et de mon repentir ,
Je ne puis à vos yeux que me taire et fouffrir,

V A R U S.

Puifqu'aux yeux du fénat vous avez trouvé grâce ,
Sur le trône aujourd'hui reprenez votre place.
Régnez : Céfar le veut. Je remets en vos mains
L'autorité qu'aux rois permettent les Romains.
J'ofe efpérer de vous qu'un règne heureux et jufte
Juftifira mes foins et les bontés d'Augufte ;
Je ne me flatte pas de favoir enfeigner
A des rois tels que vous, le grand art de régner.
On vous a vu long-temps dans la paix , dans la guerre,
En donner des leçons au refte de la terre :
Votre gloire en un mot ne peut aller plus loin,
Mais il eft des vertus dont vous avez befoin.
Voici le temps fur-tout, que fur ce qui vous touche
L'auftère vérité doit paffer par ma bouche ;
D'autant plus qu'entouré de flatteurs affidus ,
Puifque vous êtes roi, vous ne l'entendrez plus.

On vous a vu long-temps, refpecté dans l'Afie,
Régner avec éclat, mais avec barbarie :
Craint de tous vos fujets; admiré, mais haï ;
Et par vos flatteurs même à regret obéi.
Jaloux d'une grandeur avec peine achetée ,
Du fang de vos parens vous l'avez cimentée.
Je ne dis rien de plus : mais vous devez fonger
Qu'il eft des attentats que Céfar peut venger :
Qu'il n'a point en vos mains mis fon pouvoir fuprême,
Pour régner en tyran fur un peuple qu'il aime :

Et que , du haut du trône , un prince en fes Etats
Eft comptable aux Romains du moindre de fes pas.
Croyez-moi : la Judée eft laffe de fupplices ;
Vous en fûtes l'effroi ; foyez-en les délices.
Vous connaiffez le peuple : on le change en un jour ;
Il prodigue aifément fa haine et fon amour :
Si la rigueur l'aigrit , la clémence l'attire.
Enfin fouvenez-vous , en reprenant l'empire ,
Que Rome à l'efclavage a pû vous deftiner ,
Et du moins apprenez de Rome à pardonner.

HERODE.

Oui , Seigneur , il eft vrai que les deftins févères
M'ònt fouvent arraché des rigueurs néceffaires.
Souvent , vous le favez , l'intérêt des Etats
Dédaigne la juftice et veut des attentats.
Rome , que l'univers avec frayeur contemple ,
Rome , dont vous voulez que je fuive l'exemple ,
Aux rois qu'elle gouverne a pris foin d'enfeigner
Comme il faut qu'on la craigne , et comme il faut régner.
De fes profcriptions nous gardons la mémoire :
Céfar même , Céfar au comble de la gloire ,
N'eût point vu l'univers à fes pieds profterné ,
Si fa bonté facile eût toujours pardonné.
Ce peuple de rivaux , d'ennemis et de traîtres ,
Ne pouvait.....

VARUS.

Arrêtez , et refpectez vos maîtres :
Ne leur reprochez point ce qu'ils ont réparé :
Et , du fceptre aujourd'hui par leurs mains honoré ,
Sans rechercher en eux cet exemple funefte ,
Imitez leurs vertus , oubliez tout le refte.
Sur votre trône affis , ne vous fouvenez plus
Que des biens que fur vous leurs mains ont répandus.
Gouvernez en bon roi , fi vous voulez leur plaire.
Commencez par chaffer ce flatteur mercenaire
Qui , du mafque impofant d'une feinte bonté ,
Cache un cœur ténébreux par le crime infecté.
C'eft lui qui le premier écarta de fon maître
Des cœurs infortunés , qui vous cherchaient peut-être :

Le pouvoir odieux dont il eſt revêtu
A fait fuir devant vous la timide vertu.
Il marche accompagné de délateurs perfides,
Qui, des triſtes Hébreux inquiſiteurs avides,
Par cent rapports honteux, par cent détours abjects,
Trafiquent avec lui du ſang de vos ſujets.
Ceſſez ; n'honorez plus leurs bouches criminelles
D'un prix que vous devez à des ſujets fidelles.
De tous ces délateurs le ſecours tant vanté
Fait la honte du trône, et non la ſureté.
Pour Salome, Seigneur, vous devez la connaître :
Et ſi vous aimez tant à gouverner en maître,
Confiez à des cœurs plus fidelles pour vous,
Ce pouvoir ſouverain dont vous êtes jaloux.
Après cela, Seigneur, je n'ai rien à vous dire ;
Reprenez déſormais les rènes de l'Empire ;
De Tyr à Samarie allez donner la loi :
Je vous parle en romain, ſongez à vivre en roi.

## SCENE IV.

### HERODE, MAZAEL.

MAZAEL.

Vous avez entendu ce ſuperbe langage,
Seigneur ; ſouffrirez-vous qu'un préteur vous outrage,
Et que dans votre cour il oſe impunément. . . . .

HERODE à ſa ſuite.

Sortez, et qu'en ces lieux on nous laiſſe un moment.
( à Mazaël. )
Tu vois ce qu'il m'en coûte, et ſans doute on peut croire
Que le joug des Romains offenſe aſſez ma gloire ;
Mais je règne à ce prix. Leur orgueil faſtueux
Se plaît à voir les rois s'abaiſſer devant eux.
Leurs dédaigneuſes mains jamais ne nous couronnent
Que pour mieux avilir les ſceptres qu'ils nous donnent ;
Pour avoir des ſujets qu'ils nomment ſouverains ;
Et ſur des fronts ſacrés ſignaler leurs dédains.
Il m'a fallu dans Rome, avec ignominie,
Oublier cet éclat tant vanté dans l'Aſie :

Tel qu'un vil courtifan, dans la foule jeté,
J'allais des affranchis careffer la fierté ;
J'attendais leurs momens, je briguais leurs fuffrages ;
Tandis qu'accoutumés à de pareils hommages,
Au milieu de vingt rois à leur cour affidus,
A peine ils remarquaient un monarque de plus.
   Je vis Céfar enfin : je fus que fon courage
Méprifait tous ces rois qui briguaient l'efclavage.
Je changeai ma conduite : une noble fierté,
De mon rang avec lui foutint la dignité.
Je fus grand fans audace, et foumis fans baffeffe ;
Céfar m'en eftima ; j'en acquis fa tendreffe ;
Et bientôt, dans fa cour appelé par fon choix,
Je marchai diftingué dans la foule des rois.
Ainfi, felon les temps, il faut qu'avec foupleffe
Mon courage docile ou s'élève ou s'abaiffe.
Je fais diffimuler, me venger et fouffrir :
Tantôt parler en maître, et tantôt obéir.
Ainfi j'ai fubjugué Solime et l'Idumée,
Ainfi j'ai fléchi Rome à ma perte animée ;
Et toujours enchaînant la fortune à mon char,
J'étais ami d'Antoine, et le fuis de Céfar.
Heureux, après avoir avec tant d'artifice,
Des deftins ennemis corrigé l'injuftice ;
Quand je reviens en maître, à l'Hébreu confterné
Montrer encor le front que Rome a couronné ;
Heureux, fi de mon cœur la faibleffe immortelle
Ne mêlait à ma gloire une honte éternelle !
Si mon fatal penchant n'aveuglait pas mes yeux ;
Si Mariamne enfin n'était point en ces lieux !

MAZAEL.

Quoi! Seigneur, fe peut-il que votre ame abufée
De ce feu malheureux foit encore embrafée ?

HERODE.

Que me demandes-tu! ma main, ma faible main
A figné fon arrêt, et l'a changé foudain.
Je cherche à la punir ; je m'empreffe à l'abfoudre ;
Je lance en même temps et je retiens la foudre ;
Je mêle malgré moi fon nom dans mes difcours ;
Et tu peux demander fi je l'aime toujours !

MAZAEL.

Seigneur, a-t-elle au moins cherché votre préfence ?

HERODE.

Non... j'ai cherché la fienne...

MAZAEL.

Eh quoi ! fon arrogance !...

A-t-elle en fon palais dédaigné de vous voir ?

HERODE.

Mazaël, je l'ai vue ; et c'eft mon défefpoir.
Honteux, plein de regret de ma rigueur cruelle,
Interdit et tremblant j'ai paru devant elle.
Ses regards, il eft vrai, n'étaient point enflammés
Du courroux dont fouvent je les ai vus armés.

. . . . . . . . . . . . .

. . . . . . . . . . . . .

Ces cris défefpérés, ces mouvemens d'horreur
Dont il fallut long-temps effuyer la fureur,
Quand par un coup d'État, peut-être trop févère,
J'eus fait affaffiner et fon père et fon frère.
De fes propres périls fon cœur moins agité
M'a furpris aujourd'hui par fa tranquillité.
Ses beaux yeux, dont l'éclat n'eut jamais tant de charmes,
S'efforçaient devant moi de me cacher leurs larmes.
J'admirais en fecret fa modefte douleur :
Qu'en cet état, ô Ciel, elle a touché mon cœur !
Combien je déteftais ma fureur homicide !
Je ne le cèle point : plein d'un zèle timide,
Sans rougir, à fes pieds je me fuis profterné :
J'adorais cet objet que j'avais condamné.
Hélas ! mon défefpoir la fatiguait encore ;
Elle fe détournait d'un époux qu'elle abhorre ;
Ses regards inquiets n'ofaient tomber fur moi ;
Et tout, jufqu'à mes pleurs, augmentait fon effroi.

MAZAEL.

Sans doute elle vous hait ; fa haine envenimée
Jamais par vos bontés ne fera défarmée :
Vos refpects dangereux nourriffent fa fierté.

HERODE.

Elle me hait ! Ah Dieu ! je l'ai trop mérité ;

Je

Je n'en murmure point : ma jaloufe furie
A de malheurs fans nombre empoifonné fa vie.
J'ai dans le fein d'un père enfoncé le couteau,
Je fuis fon ennemi, fon tyran, fon bourreau.
Je lui pardonne, hélas ! dans le fort qui l'accable,
De haïr à ce point un époux fi coupable.

MAZAEL.

Etouffez les remords dont vous êtes preffé ;
Le fang de fes parens fut juftement verfé.
Les rois font affranchis de ces règles auftères
Que le devoir infpire aux ames ordinaires.

HERODE.

Mariamne me hait ! Cependant autrefois,
Quand ce fatal hymen te rangea fous mes lois,
O Reine! s'il fe peut, que ton cœur s'en fouvienne,
Ta tendreffe en ce temps fut égale à la mienne.
Au milieu des périls, fon généreux amour
Aux murs de Maffada me conferva le jour.
Mazaël, fe peut-il que d'une ardeur fi fainte
La flamme fans retour foit pour jamais éteinte !
Le cœur de Mariamne eft-il fermé pour moi !

MAZAEL.

Seigneur, m'eft-il permis de parler à mon roi ?

HERODE.

Ne me déguife rien, parle ; que faut-il faire ?
Comment puis-je adoucir fa trop jufte colère ?
Par quel charme, à quel prix puis-je enfin l'apaifer ?

MAZAEL.

Pour la fléchir, Seigneur, il la faut méprifer :
Des fuperbes beautés tel eft le caractère.
Sa rigueur fe nourrit de l'orgueil de vous plaire ;
Sa main qui vous enchaîne et que vous careffez
Appefantit le joug fous qui vous gémiffez.
Ofez humilier fon imprudente audace,
Forcez cette ame altière à vous demander grâce ;
Par un jufte dédain fongez à l'accabler,
Et que devant fon maître elle apprenne à trembler.

*Théâtre.* Tome I. S

Quoi donc! ignorez-vous tout ce que l'on publie ?
Cet Hérode, dit-on, si vanté dans l'Asie,
Si grand dans ses exploits, si grand dans ses desseins,
Qui sut dompter l'Arabe et fléchir les Romains,
Aux pieds de son épouse, esclave sur son trône,
Reçoit d'elle en tremblant les ordres qu'il nous donne!

HERODE.

Malheureux, à mon cœur cesse de retracer
Ce que de tout mon sang je voudrais effacer :
Ne me parle jamais de ces temps déplorables.
Mes rigueurs n'ont été que trop impitoyables,
Je n'ai que trop bien mis mes soins à l'opprimer ;
Le ciel pour m'en punir me condamne à l'aimer.
Ses chagrins, sa prison, la perte de son père,
Les maux que je lui fais, me la rendent plus chère.
Enfin, c'est trop vous craindre et trop vous déchirer,
Mariamne, en un mot je veux tout réparer.
Va la trouver : dis-lui que mon ame asservie
Met à ses pieds mon sceptre, et ma gloire, et ma vie.
Des maux qu'elle a soufferts elle accuse ma sœur ;
Je sais qu'elle a pour elle une invincible horreur ;
C'en est assez : ma sœur aujourd'hui renvoyée,
A ses chers intérêts sera sacrifiée.
Je laisse à Mariamne un pouvoir absolu. . . .

MAZAEL.

Quoi! Seigneur, vous voulez. . . .

HERODE.

Oui je l'ai résolu.

Va la trouver, te dis-je : et sur-tout à sa vue
Peins bien le repentir de mon ame éperdue ;
Dis-lui que mes remords égalent ma fureur :
Va, cours, vole et reviens. . . . . Juste Ciel ! c'est ma sœur.

# VARIANTES

*Contenant les changemens occaſionnés par la ſubſtitution du rôle de Sohême à celui de Varus.*

## ACTE PREMIER.

## SCENE PREMIERE.

### SALOME, MAZAEL.

. . . . . . . . . . . . .
. . . . . . . . . . . .

#### SALOME.

VOUS ne vous trompiez point ; Hérode va paraître :
L'indocile Sion va trembler ſous ſon maître.
Il enchaîne à jamais la fortune à ſon char ;
Le favori d'Antoine eſt l'ami de Céſar.
Sa politique habile, égale à ſon courage,
De ſa chute imprévue a réparé l'outrage.
Le ſénat le couronne.

#### MAZAEL.

. . . . . . . .
. . . . . . . . . . .

Mais c'en eſt fait, Madame, il rentre en ſes Etats.
Il l'aimait, il verra ſes dangereux appas.
Ces yeux toujours puiſſans, toujours ſûrs de lui plaire,
Reprendront malgré vous leur empire ordinaire ;
Et tous ſes ennemis, bientôt humiliés,
A ſes moindres regards feront ſacrifiés.
Otons-lui, croyez-moi, l'intérêt de nous nuire ;
Songeons à la gagner, n'ayant pu la détruire ;
Et par de vains reſpects, par des ſoins aſſidus....

#### SALOME.
Il eſt d'autres moyens de ne la craindre plus.

M A Z A E L.

Quel eft donc ce deffein ? Que prétendez-vous dire ?

S A L O M E.

Peut-être en ce moment notre ennemie expire.

M A Z A E L.

D'un coup fi dangereux ofez-vous vous charger,
Sans que le roi . . .

S A L O M E.

Le roi confent à me venger.
Zarès eft arrivé, Zarès eft dans Solime ;
Miniftre de ma haine, il attend fa victime ;
Le lieu , le temps , le bras , tout eft choifi par lui :
Il vint hier de Rome, et nous venge aujourd'hui.

M A Z A E L.

Quoi ! vous avez enfin gagné cette victoire ?
Quoi ! malgré fon amour, Hérode a pu vous croire ?
Il vous la facrifie ! il prend de vous des lois !

S A L O M E.

Je puis encor fur lui bien moins que tu ne crois.
Pour arracher de lui cette lente vengeance,
Il m'a fallu choifir le temps de fon abfence.
Tant qu'Hérode en ces lieux demeurait expofé
Aux charmes dangereux qui l'ont tyrannifé,
Mazaël , tu m'as vue , avec inquiétude ,
Traîner de mon deftin la trifte incertitude.
Quand par mille détours affurant mes fuccès ,
De fon cœur foupçonneux j'avais trouvé l'accès ;
Quand je croyais fon ame à moi feule rendue ;
Il voyait Mariamne , et j'étais confondue :
Un coup d'œil renverfait ma brigue et mes deffeins.
La reine a vu cent fois mon fort entre fes mains ;
Et fi fa politique avait avec adreffe
D'un époux amoureux ménagé la tendreffe,
Cet ordre , cet arrêt prononcé par fon roi,
Ce coup que je lui porte aurait tombé fur moi.
Mais fon farouche orgueil a fervi ma vengeance :
J'ai fu mettre à profit fa fatale imprudence :
Elle a voulu fe perdre , et je n'ai fait enfin
Que lui lancer les traits qu'a préparés fa main.

Tu te souviens affez de ce temps plein d'alarmes,
Lorfqu'un bruit fi funefte à l'efpoir de nos armes,
Apprit à l'Orient étonné de fon fort,
Qu'Augufte était vainqueur, et qu'Antoine était mort.
Tu fais, comme à ce bruit nos peuples fe troublèrent;
De l'Orient vaincu les monarques tremblèrent :
Mon frère enveloppé dans ce commun malheur,
Crut perdre fa couronne avec fon protecteur.
Il fallut, fans s'armer d'une inutile audace,
Au vainqueur de la terre aller demander grâce.
Rappelle en ton efprit ce jour infortuné;
Songe à quel défefpoir Hérode abandonné,
Vit fon époufe altière, abhorrant fes approches,
Déteftant fes adieux, l'accablant de reproches,
Redemander encore, en ce moment cruel,
Et le fang de fon frère, et le fang paternel.
Hérode auprès de moi vint déplorer fa peine;
Je faifis cet inftant précieux à ma haine;
Dans fon cœur déchiré je repris mon pouvoir;
J'enflammai fon courroux, j'aigris fon défefpoir;
J'empoifonnai le trait dont il fentait l'atteinte.
Tu le vis, plein de trouble, et d'horreur et de crainte,
Jurer d'exterminer les reftes dangereux
D'un fang toujours trop cher aux perfides Hébreux :
Et dès ce même inftant, fa facile colère
Déshérita les fils et condamna la mère.

Mais fa fureur encor flattait peu mes fouhaits;
L'amour qui la caufait en repouffait les traits :
De ce fatal objet telle était la puiffance,
Un regard de l'ingrate arrêtait fa vengeance.
Je preffai fon départ; il partit, et depuis,
Mes lettres chaque jour ont nourri fes ennuis.
Ne voyant plus la reine, il vit mieux fon outrage :
Il eut honte en fecret de fon peu de courage :
De moment en moment fes yeux fe font ouverts,
J'ai levé le bandeau qui les avait couverts.
Zarès, étudiant le moment favorable,
A peint à fon efprit cette reine implacable,

S 3

Son crédit, ses amis, ces juifs séditieux,
Du sang Asmonéen partisans factieux.
J'ai fait plus ; j'ai moi-même armé sa jalousie :
Il a craint pour sa gloire, il a craint pour sa vie.
Tu sais que dès long-temps, en butte aux trahisons,
Son cœur de toutes parts est ouvert aux soupçons :
Il croit ce qu'il redoute, et dans sa défiance,
Il confond quelquefois le crime et l'innocence.
Enfin j'ai su fixer son courroux incertain,
Il a signé l'arrêt, et j'ai conduit sa main.

MAZAEL.

Il n'en faut point douter, ce coup est nécessaire :
Mais avez-vous prévu, si ce Préteur austère
Qui sous les lois d'Auguste a remis cet Etat,
Verrait d'un œil tranquille un pareil attentat ?
Varus, vous le savez, est ici votre maître.
En vain le peuple hébreu, prompt à vous reconnaître,
Tremble encor sous le poids de ce trône ébranlé :
Votre pouvoir n'est rien, si Rome n'a parlé.
Avant qu'en ce palais, des mains de Varus même,
Votre frère ait repris l'autorité suprême ;
Il ne peut, sans blesser l'orgueil du nom romain,
Dans ses Etats encore agir en souverain.
Varus souffrira-t-il, que l'on ose à sa vue
Immoler une reine en sa garde reçue ?
Je connais les Romains ; leur esprit irrité
Vengera le mépris de leur autorité.
Vous allez sur Hérode attirer la tempête,
Dans leurs superbes mains la foudre est toujours prête ;
Ces vainqueurs soupçonneux sont jaloux de leurs droits,
Et sur-tout leur orgueil aime à punir les rois.

SALOME.

Non, non, l'heureux Hérode à César a su plaire ;
Varus en est instruit, Varus le considère.
Croyez-moi, ce Romain voudra le ménager ;
Mais, quoi qu'il fasse enfin, songeons à nous venger.
Je touche à ma grandeur, et je crains ma disgrâce :
Demain, dès aujourd'hui, tout peut changer de face.

Qui fait même, qui fait, fi, paffé ce moment,
Je pourrai fatisfaire à mon reffentiment ?
Qui nous a répondu, qu'Hérode en fa colère,
D'un efprit fi conftant jufqu'au bout perfévère ?
Je connais fa tendreffe, il la faut prévenir
Et ne lui point laiffer le temps du repentir.
Qu'après, Rome menace et que Varus foudroie ;
Leur courroux paffager troublera peu ma joie :
Mes plus grands ennemis ne font pas les Romains :
Mariamne en ces lieux eft tout ce que je crains.
Il faut que je périffe, ou que je la prévienne ;
Et fi je n'ai fa tête, elle obtiendra la mienne.
Mais Varus vient à nous : il le faut éviter.
Zarès à mes regards devait fe préfenter ;
Je vais l'attendre : allez, et qu'aux moindres alarmes
Mes foldats en fecret puiffent prendre les armes.

## SCENE II.

VARUS, ALBIN, MAZAEL, Suite de Varus.

### VARUS.

SALOME et Mazaël femblent fuir devant moi ;
Dans leurs yeux étonnés je lis leur jufte effroi :
Le crime à mes regards doit craindre de paraitre.
Mazaël, demeurez. Mandez à votre maître
Que fes cruels deffeins font déjà découverts ;
Que fon miniftre infame eft ici dans les fers ;
Et que Varus, peut-être, au milieu des fupplices,
Eût dû faire expirer ce monftre, .. et fes complices.
Mais je refpecte Hérode affez pour me flatter,
Qu'il connaîtra le piége où l'on veut l'arrêter ;
Qu'un jour il punira les traîtres qui l'abufent,
Et vengera fur eux la vertu qu'ils accufent.
Vous, fi vous m'en croyez, pour lui, pour fon honneur,
Calmez de fes chagrins la honteufe fureur :
Ne l'empoifonnez plus de vos lâches maximes.
Songez que les Romains font les vengeurs des crimes ;

S 4

Que Varus vous connaît : qu'il commande en ces lieux ;
Et que fur vos complots il ouvrira les yeux.
Allez : que Mariamne en reine foit fervie ,
Et refpectez fes lois fi vous aimez la vie.

### M A Z A E L.

Seigneur. . .

### V A R U S.

Vous entendez mes ordres abfolus ;
Obéiffez , vous dis-je , et ne répliquez plus.

# S C E N E   I I I.

## VARUS, ALBIN.

### V A R U S.

A I N S I donc , fans tes foins , fans ton avis fidelle ,
Mariamne expirait fous cette main cruelle ?

### A L B I N.

Le retour de Zarès n'était que trop fufpect :
Le foin myftérieux d'éviter votre afpect ,
Son trouble , fon effroi , fut mon premier indice.

### V A R U S.

Que ne te dois-je point pour un fi grand fervice !
C'eft par toi qu'elle vit : c'eft par toi que mon cœur
A goûté , cher Albin , ce folide bonheur ,
Ce bien fi précieux pour un cœur magnanine ,
D'avoir pu fecourir la vertu qu'on opprime.

### A L B I N.

Je reconnais Varus à ces foins généreux :
Votre bras fut toujours l'appui des malheureux ,
Quand de Rome en vos mains vous portiez le tonnerre ,
Vous étiez occupé du bonheur de la terre.
Puiffiez-vous feulement écouter en ce jour , &c.

. . . . . . . . . . .
. . . . . . . . . . . .

ALBIN.

Ainſi l'amour trompeur dont vous ſentez la flamme,
Se déguiſe en vertu pour mieux vaincre votre ame ;
Et ce feu malheureux...

VARUS.

Je ne m'en défends pas :
L'infortuné Varus adore ſes appas :
Je l'aime, il eſt trop vrai ; mon ame toute nue
Ne craint point, cher Albin, de paraître à ta vue :
Juge ſi ſon péril a dû troubler mon cœur ;
Moi, qui borne à jamais mes vœux à ſon bonheur ;
Moi, qui rechercherais la mort la plus affreuſe,
Si ma mort un moment pouvait la rendre heureuſe !

ALBIN.

Seigneur, que dans ces lieux ce grand cœur eſt changé !
Qu'il venge bien l'amour qu'il avait outragé !
Je ne reconnais plus ce romain, ſi ſévère,
Qui, parmi tant d'objets empreſſés à lui plaire,
N'a jamais abaiſſé ſes ſuperbes regards
Sur ces beautés que Rome enferme en ſes remparts.

VARUS.

Ne t'en étonne point ; tu ſais que mon courage
A la ſeule vertu réſerva ſon hommage.
Dans nos murs corrompus, ces coupables beautés
Offraient de vains attraits à mes yeux révoltés ;
Je fuyais leurs complots, leurs brigues éternelles,
Leurs amours paſſagers, leurs vengeances cruelles.
Je voyais leur orgueil accru du déshonneur,
Se montrer triomphant ſur leur front ſans pudeur ;
L'altière ambition, l'intérêt, l'artifice,
La folle vanité, le frivole caprice,
Chez les Romains ſéduits prenant le nom d'amour,
Gouverner Rome entière, et régner tour à tour.
J'abhorrais, il eſt vrai, leur indigne conquête ;
A leur joug odieux je dérobais ma tête :
L'amour dans l'Orient fut enfin mon vainqueur.
De la triſte Syrie établi gouverneur,

J'arrivai dans ces lieux , quand le droit de la guerre
Eut au pouvoir d'Augufte abandonné la terre ;
Et qu'Hérode à fes pieds , au milieu de cent rois ,
De fon fort incertain vint attendre des lois.
Lieu funefte à mon cœur ! malheureufe contrée !
C'eft là que Mariamne à mes yeux s'eft montrée.
L'univers était plein du bruit de fes malheurs ;
Son parricide époux fefait couler fes pleurs.
Ce roi fi redoutable au refte de l'Afie ,
Fameux par fes exploits et par fa jaloufie ,
Prudent , mais foupçonneux ; vaillant , mais inhumain ;
Au fang de fon beau-père avait trempé fa main.
Sur ce trône fanglant , il laiffait en partage
A la fille des rois la honte et l'efclavage.
Du fort qui la pourfuit tu connais la rigueur ;
Sa vertu , cher Albin , furpaffe fon malheur.
Loin de la cour des rois , la vérité profcrite,
L'aimable vérité fur fes lèvres habite ,
Son unique artifice eft le foin généreux
D'affurer des fecours aux jours des malheureux ;
Son devoir eft fa loi , fa tranquille innocence
Pardonne à fon tyran , méprife fa vengeance ;
Et près d'Augufte encore implore mon appui
Pour ce barbare époux qui l'immole aujourd'hui.

　　Tant de vertus enfin , de malheurs et de charmes,
Contre ma liberté font de trop fortes armes.
Je l'aime , cher Albin , mais non d'un fol amour
Que le caprice enfante et détruife en un jour;
Non d'une paffion que mon ame troublée
Reçoive avidement, par les fens aveuglée.
Ce cœur qu'elle a vaincu, fans l'avoir amolli,
Par un amour honteux ne s'eft point avili ;
Et plein du noble feu que fa vertu m'infpire ,
Je prétends la vénger , et non pas la féduire.

A L B I N.

Mais fi le roi , Seigneur , a fléchi les Romains,
S'il rentre en fes Etats ? . . .

V A R U S.

　　　　Et c'eft ce que je crains.

Hélas! près du sénat je l'ai servi moi-même!
Sans doute il a déjà reçu son diadême;
Et cet indigne arrêt que sa bouche a dicté
Est le premier essai de son autorité.
Ah! son retour ici lui peut être funeste:
Mon pouvoir va finir, mais mon amour me reste.
Reine, pour vous défendre on me verra périr.
L'univers doit vous plaindre, et je dois vous servir.

# ACTE II.

## SCENE PREMIERE.

### SALOME, MAZAEL.

#### SALOME.

Enfin vous le voyez, ma haine est confondue:
Mariamne triomphe, et Salome est perdue.
Zarès fut sur les eaux trop long-temps arrêté;
La mer alors tranquille à regret l'a porté.
Mais Hérode, en partant pour son nouvel Empire,
Revole avec les vents vers l'objet qui l'attire;
Et les mers, et l'amour, et Varus, et le roi,
Le ciel, les élémens, sons armés contre moi.
Fatale ambition, que j'ai trop écoutée,
Dans quel abyme affreux m'as-tu précipitée!
Je vous l'avais bien dit, que dans le fond du cœur
Le roi se repentait de sa juste rigueur.
De son fatal penchant l'ascendant ordinaire
A révoqué l'arrêt dicté dans sa colère.
J'en ai déjà reçu les funestes avis;
Et Zarès à son roi renvoyé par mépris,
Ne me laisse en ces lieux qu'une douleur stérile.
Et le danger qui fuit un éclat inutile.
. . . . . . . . . . . .

#### MAZAEL.

Contre elle encor, Madame, il vous reste des armes.
J'ai toujours redouté le pouvoir de ses charmes,

J'ai toujours craint du roi les fentimens fecrets ;
Mais, fi je m'en rapporte aux avis de Zarès,
La colère d'Hérode, autrefois peu durable,
Eft enfin devenue une haine implacable :
Il détefte la reine, il a juré fa mort ;
Et s'il fufpend le coup qui terminait fon fort,
C'eft qu'il veut ménager fa nouvelle puiffance ;
Et lui-même en ces lieux affurer fa vengeance.
Mais foit qu'enfin fon cœur, en ce funefte jour,
Soit aigri par la haine ou fléchi par l'amour ;
C'eft affez qu'une fois il ait profcrit fa tête :
Mariamne aifément groffira la tempête ;
La foudre gronde encore : un arrêt fi cruel
Va mettre entre eux, Madame, un divorce éternel.
Vous verrez Mariamne à foi-même inhumaine,
Forcer le cœur d'Hérode à ranimer fa haine ;
Irriter fon époux par de nouveaux dédains,
Et vous rendre les traits qui tombent de vos mains.
De fa perte, en un mot, repofez-vous fur elle.

S A L O M E.

Non, cette incertitude eft pour moi trop cruelle ;
Non, c'eft par d'autres coups que je veux la frapper ;
Dans un piége plus fûr il faut l'envelopper.
Contre mes ennemis mon intérêt m'éclaire.
Si j'ai bien de Varus obfervé la colère,
Ce tranfport violent de fon cœur agité
N'eft point un fimple effet de générofité :
La tranquille pitié n'a point ce caractère.
La reine a des appas, Varus a pu lui plaire.
Ce c'eft pas que mon cœur, injufte en fon dépit,
Difpute à fa beauté cet éclat qui la fuit ;
Que j'envie à fes yeux le pouvoir de leurs armes,
Ni ce flatteur encens qu'on prodigue à fes charmes ;
Elle peut payer cher ce bonheur dangereux :
Et foit que de Varus elle écoute les vœux,
Soit que fa vanité de ce pompeux hommage
Tire indifcrétement un frivole avantage,
Il fuffit ; c'eft par-là que je peux maintenir
Ce pouvoir qui m'échappe, et qu'il faut retenir.

Faites veiller fur-tout les regards mercénaires
De tous ces délateurs aujourd'hui néceffaires,
Qui vendent les fecrets de leurs concitoyens,
Et dont cent fois les yeux ont éclairé les miens.
Mais la voici. Pourquoi faut-il que je la voie ?

## SCENE II.

MARIAMNE, ELISE, SALOME, MAZAEL, NABAL.

#### SALOME.

. . . . . . . . . . . .

Son amour méprifé, fon trop de défiance,
Avaient contre vos jours allumé fa vengeance ;
Mais ce feu violent s'eft bientôt confumé :
L'amour arma fon bras, l'amour l'a défarmé.

. . . . . . . . . . .

. . . . . . . . . . . .

#### MAZAEL.
Quel orgueil !
#### SALOME.
Il aura fa jufte récompenfe :
Viens, c'eft à l'artifice à punir l'imprudence.

## SCENE III.

MARIAMNE, ELISE, NABAL.

#### ELISE.

AH ! Madame, à ce point pouvez-vous irriter
Des ennemis ardens à vous perfécuter ?
La vengeance d'Hérode un moment fufpendue,
Sur votre tête encore eft peut-être étendue :

. . . . . . . . . . .

Varus, aux nations qui bornent cet Etat
Ira porter bientôt les ordres du fénat.

Hélas ! grâce à ſes ſoins, grâce à vos bontés même ;
Rome à votre tyran donne un pouvoir ſuprême ;
Il revient plus terrible et plus fier que jamais.
Vous le verrez armé de vos propres bienfaits ;
Vous dépendrez ici de ce ſuperbe maître,
D'autant plus dangereux qu'il vous aime peut-être ;
Et que cet amour même aigri par vos refus. . . .

M A R I A M N E.

Chère Eliſe, en ces lieux faites venir Varus ;
Je conçois vos raiſons, j'en demeure frappée ;
Mais d'un autre intérêt mon ame eſt occupée ;
Par de plus grands objets mes vœux ſont attirés :
Que Varus vienne ici. Vous, Nabal, demeurez.

## S C E N E   I V.

### M A R I A M N E ,   N A B A L.

M A R I A M N E.

.  .  .  .  .  .  .  .  .  .  .  .  .  .  .  .  .

Elle veut que mes fils portés entre nos bras ,
S'éloignent avec nous de ces affreux climats.
Les vaiſſeaux des Romains, des bords de la Syrie,
Nous ouvrent ſur les eaux les chemins d'Italie.
J'attends tout de Varus, d'Auguſte et des Romains.

.  .  .  .  .  .  .  .  .  .  .  .  .  .  .  .  .
.  .  .  .  .  .  .  .  .  .  .  .  .  .  .  .  .

## S C E N E   V.

### M A R I A M N E ,   V A R U S ,   E L I S E.

M A R I A M N E.

.  .  .  .  .  .  .  .  .  .  .  .  .  .  .  .  .
.  .  .  .  .  .  .  .  .  .  .  .  .  .  .  .  .

Loin de ces lieux ſanglans que le crime environne,
Je mettrai leur enfance à l'ombre de ſon trône ;
Ses généreuſes mains pourront ſécher nos pleurs.
Je ne demande point qu'il venge mes malheurs,

Que fur mes ennemis fon bras s'appefantiffe ;
C'eft affez que mes fils, témoins de fa juftice,
Formés par fon exemple, et devenus Romains,
Apprennent à régner des maîtres des humains.

. . . . . . . . . . . . .

. . . . . . . . . . . . .

Donnez-moi dans la nuit des guides affurés,
Jufque fur vos vaiffeaux dans Sidon préparés.

. . . . . . . . . . . .

. . . . . . . . . . . .

Je ne m'attendais pas que vous duffiez vous-même
Mettre aujourd'hui le comble à ma douleur extrême.

. . . . . . . . . . . .

Ma conftante amitié refpecte encor Varus.

. . . . . . . . . . . .

## SCENE VI.

### VARUS, ALBIN.

ALBIN.

Vous vous troublez, Seigneur, et changez de vifage.

VARUS.

J'ai fenti, je l'avoue, ébranler mon courage.
Ami, pardonne au feu dont je fuis confumé
Ces faibleffes d'un cœur qui n'avait point aimé.
Je ne connaiffais pas tout le poids de ma chaîne,
Je la fens à regret, je la romps avec peine.
Avec quelle douceur, avec quelle bonté,
Elle impofait filence à ma témérité !
Sans trouble et fans courroux, fa tranquille fageffe
M'apprenait mon devoir, et plaignait ma faibleffe ;
J'adorais, cher Albin, jufques à fes refus :
J'ai perdu l'efpérance, et je l'aime encor plus.
A quelle épreuve, ô Dieux ! ma conftance eft réduite !

ALBIN.

Etes-vous réfolu de préparer fa fuite ?

VARUS.

Quel emploi !

ALBIN.

Pourrez-vous refpecter fes rigueurs,
Jufques à vous charger du foin de vos malheurs ?
Quel eft votre deffein ?

VARUS.

Moi ! que je l'abandonne !
Que je défobéiffe aux lois qu'elle me donne !
Non, non, mon cœur encore eft trop digne du fien ;
Mariamne a parlé, je n'examine rien.
Que loin de fes tyrans elle aille auprès d'Augufte ;
Sa fuite eft raifonnable, et ma douleur injufte ;
L'amour me parle en vain, je vole à mon devoir :
Je fervirai la reine, et même fans la voir.
Elle me laiffe, au moins, la douceur éternelle
D'avoir tout entrepris, d'avoir tout fait pour elle.
Je brife fes liens, je lui fauve le jour ;
Je fais plus, je lui veux immoler mon amour :
Et fuyant fa beauté, qui me féduit encore,
Egaler, s'il fe peut, fa vertu que j'adore.

# A C T E   I I I.

## S C E N E   I I I.

VARUS, IDAMAS, ALBIN, Suite de Varus.

IDAMAS.

Avant que dans ces lieux mon roi vienne lui-même
Recevoir de vos mains le facré diadême,
Et vous foumettre un rang qu'il doit à vos bontés,
Seigneur, fouffrirez-vous ?...

VARUS.

Idamas, arrêtez.
Le roi peut s'épargner ces frivoles hommages.

. . . . . . . . . . . . . .

La reine en ce moment eft-elle en fureté ?
Et le fang innocent fera-t-il refpecté ?

IDAMAS.

IDAMAS.

. . . . . . . . . . . .

Le perfide Zarès par votre ordre arrêté,
Et par vôtre ordre enfin remis en liberté,
Artifan de la fraude et de la calomnie,
De Salome avec foin fervira la furie.
Mazaël en fecret leur prête fon fecours,
Le foupçonneux Hérode écoute leurs difcours;

. . . . . . . . . . . .

VARUS.

Je fais qu'en ce palais je dois le recevoir ;
Le fénat me l'ordonne, et tel eft mon devoir.

## SCENE IV.

HERODE, MAZAEL, IDAMAS, Suite d'Hérode.

. . . . . . . . . . . .

. . . . . . . . . . . .

MAZAEL.

Seigneur, à vos deffeins Zarès toujours fidèle,
Renvoyé près de vous, et plein d'un même zèle,
De la part de Salome attend pour vous parler.

HERODE.

Quoi ! tous deux fans relâche ils veulent m'accabler !
Que jamais devant moi ce monftre ne paraiffe.
Je l'ai trop écouté. Sortez tous, qu'on me laiffe.
Ciel ! qui pourra calmer un trouble fi cruel ?...
Demeurez, Idamas, demeurez, Mazaël.

## SCENE V.

HERODE, MAZAEL, IDAMAS.

HERODE.

HE bien ! voilà ce roi fi fier et fi terrible !
Ce roi dont on craignait le courage inflexible,

*Théâtre,* Tome I.                                    T

Qui fut vaincre et régner, qui fut brifer fes fers,
Et dont la politique étonna l'univers.

. . . . . . . . . . . .
. . . . . . . . . . . .

( *à Mazaël.* )
Sortez. Termine, ô Ciel! les chagrins de ma vie.

## S C E N E   V I.

### H E R O D E ,   S A L O M E.

#### S A L O M E.

H é bien, vous avez vu votre chère ennemie.
Avez-vous effuyé des outrages nouveaux ?

#### H E R O D E.

Madame, il n'eft plus temps d'appefantir mes maux ;

. . . . . . . . . . .
. . . . . . . . . . .

## A C T E   I V.

## S C E N E   P R E M I E R E.

### S A L O M E ,   M A Z A E L.

#### M A Z A E L.

J a m a i s, je l'avouerai, plus heureufe apparence
N'a d'un menfonge adroit foutenu la prudence.
Ma bouche auprès d'Hérode, avec dextérité,
Confondait l'artifice avec la vérité.

. . . . . . . . . . .
. . . . . . . . . . .

## SCENE II.

HERODE, SALOME, MAZAEL, Gardes.

MAZAEL.

Non, ne vous vengez point ; mais fauvez votre vie,
Prévenez de Varus l'indifcrète furie :
Ce fuperbe préteur, ardent à tout tenter,
Se fait une vertu de vous perfécuter.

HERODE.

Ah ! ma Sœur, à quel point ma flamme était trahie !
Venez contre une ingrate animer ma furie.

. . . . . . . . . . . . .

Et toi, Varus, et toi, faudra-t-il que ma main
Refpecte ici ton crime, et le fang d'un romain ?

. . . . . . . . . . . . .

Mais... Croyez-vous qu'Augufte approuve ma rigueur ?

SALOME.

Il la confeillerait ; n'en doutez point, Seigneur.
Augufte a des autels où le romain l'adore,
Mais de fes ennemis le fang y fume encore.
Augufte à tous les roïs a pris foin d'enfeigner
Comme il faut qu'on les craigne, et comme il faut régner :
Imitez fon exemple, affurez votre vie.
Tout condamne la reine, et tout vous juftifie.

. . . . . . . . . . . . .

Ne montrez qu'à des yeux éclairés et difcrets
Un cœur encor percé de ces indignes traits.

T 2

# ACTE V.

## SCENE VI.

HERODE, IDAMAS, Gardes.

. . . . . . . . . . .
. . . . . . . . . . .

IDAMAS.

Mais le fang de Varus, répandu par vos mains,
Peut attirer fur vous le courroux des Romains.
Songez-y bien , Seigneur , et qu'une telle offenfe...

Pardonnez-nous, grands Dieux! fi le Peuple Romain
A tardé fi longtems à condamner Tarquin. *Brutus acte 1. Scene 2.*

J. M. Moreau le J.ne                1783.                De Launay le fe fculp.

# BRUTUS,

## *TRAGEDIE.*

Repréfentée, pour la première fois, le 11
décembre 1730.

# AVERTISSEMENT.

CETTE tragédie fut jouée pour la première fois en 1730. C'eſt de toutes les pièces de l'auteur celle qui eut en France le moins de ſuccès aux repréſentations ; elle ne fut jouée que ſeize fois, et c'eſt celle qui a été traduite en plus de langues, et que les nations étrangères aiment le mieux. Elle eſt ici fort différente des premières éditions.

# DISCOURS

## SUR

# LA TRAGEDIE.

### A

## MILORD BOLINGBROKE.

Sı je dédie à un anglais un ouvrage repréfenté à
Paris, ce n'eft pas, Milord, qu'il n'y ait auffi dans
ma patrie des juges très-éclairés, et d'excellens
efprits auxquels j'euffe pu rendre cet hommage ;
mais vous favez que la tragédie de *Brutus* eft née en
Angleterre. Vous vous fouvenez que lorfque j'étais
retiré à Wandsworth, chez mon ami M. *Falkener*,
ce digne et vertueux citoyen, je m'occupai chez lui
à écrire en profe anglaife le premier acte de cette
pièce, à peu-près tel qu'il eft aujourd'hui en vers
français. Je vous en parlais quelquefois, et nous
nous étonnions qu'aucun anglais n'eût traité ce
fujet qui, de tous, eft peut-être le plus convenable
à votre théâtre (*a*). Vous m'encouragiez à continuer
un ouvrage fufceptible de fi grands fentimens. Souffrez
donc que je vous préfente Brutus, quoiqu'écrit dans
une autre langue, *docte fermonis utriufque linguæ*, à
vous qui me donneriez des leçons de français auffi-

(*a*) Il y a un Brutus d'un auteur nommé *Lée* ; mais c'eft un ouvrage
ignoré, qu'on ne repréfente jamais à Londres.

T 4

bien que d'anglais, à vous qui m'apprendriez du
moins à rendre à ma langue cette force et cette énergie
qu'infpire la noble liberté de penfer ; car les fentimens vigoureux de l'ame paffent toujours dans le
langage ; et qui penfe fortement, parle de même.

Je vous avoue, Milord, qu'à mon retour d'Angleterre, où j'avais paffé près de deux années dans une
étude continuelle de votre langue, je me trouvai
embarraffé, lorfque je voulus compofer une tragédie
françaife. Je m'étais prefque accoutumé à penfer en
anglais : je fentais que les termes de ma langue ne
venaient plus fe préfenter à mon imagination avec
la même abondance qu'auparavant ; c'était comme
un ruiffeau dont la fource avait été détournée : il me
fallut du temps et de la peine pour le faire couler
dans fon premier lit. Je compris bien alors que pour
réuffir dans un art, il le faut cultiver toute fa vie.

De la rime
et de la diffi-
culté de la
verfification
françaife.

Ce qui m'effraya le plus en rentrant dans cette
carrière, ce fut la févérité de notre poëfie, et l'efclavage
de la rime. Je regrettais cette heureufe liberté que
vous avez d'écrire vos tragédies en vers non rimés ;
d'alonger et fur-tout d'accourcir prefque tous vos
mots ; de faire enjamber les vers les uns fur les autres ;
et de créer dans le befoin des termes nouveaux qui
font toujours adoptés chez vous, lorfqu'ils font
fonores, intelligibles et néceffaires. Un poëte anglais,
difais-je, eft un homme libre qui affervit fa langue
à fon génie ; le français eft un efclave de la rime,
obligé de faire quelquefois quatre vers pour exprimer
une penfée qu'un anglais peut rendre en une feule
ligne. L'anglais dit tout ce qu'il veut, le français

ne dit que ce qu'il peut; l'un court dans une carrière vaste, et l'autre marche avec des entraves dans un chemin glissant et étroit.

Malgré toutes ces réflexions et toutes ces plaintes, nous ne pourrons jamais secouer le joug de la rime; elle est essentielle à la poësie française. Notre langue ne comporte que peu d'inversions : nos vers ne souffrent point d'enjambement, du moins cette liberté est très-rare : nos syllabes ne peuvent produire une harmonie sensible par leurs mesures longues ou brèves : nos césures et un certain nombre de pieds ne suffiraient pas pour distinguer la prose d'avec la versification; la rime est donc nécessaire aux vers français. De plus, tant de grands maîtres qui ont fait des vers rimés, tels que les *Corneille*, les *Racine*, les *Despréaux*, ont tellement accoutumé nos oreilles à cette harmonie, que nous n'en pourrions pas supporter d'autres ; et je le répète encore, quiconque voudrait se délivrer d'un fardeau qu'a porté le grand *Corneille*, serait regardé avec raison, non pas comme un génie hardi qui s'ouvre une route nouvelle, mais comme un homme très-faible qui ne peut marcher dans l'ancienne carrière.

On a tenté de nous donner des tragédies en prose; mais je ne crois pas que cette entreprise puisse désormais réussir : qui a le plus, ne saurait se contenter du moins. On sera toujours mal venu à dire au public : Je viens diminuer votre plaisir. Si au milieu des tableaux de *Rubens* ou de *Paul-Véronèse*, quelqu'un venait placer ses desseins au crayon, n'aurait-il pas tort de s'égaler à ces peintres ? On est accoutumé

*Tragédies en prose.*

dans les fêtes, à des danfes et à des chants, ferait-ce affez de marcher et de parler, fous prétexte qu'on marcherait et qu'on parlerait bien, et que cela ferait plus aifé et plus naturel ?

Il y a grande apparence qu'il faudra toujours des vers fur tous les théâtres tragiques, et de plus, toujours des rimes fur le nôtre. C'eft même à cette contrainte de la rime, et à cette févérité extrême de notre verfification, que nous devons ces excellens ouvrages que nous avons dans notre langue. Nous voulons que la rime ne coûte jamais rien aux penfées, qu'elle ne foit ni triviale, ni trop recherchée ; nous exigeons rigoureufement dans un vers la même pureté, la même exactitude que dans la profe. Nous ne permettons pas la moindre licence ; nous demandons qu'un auteur porte fans difcontinuer toutes ces chaînes, et cependant qu'il paraiffe toujours libre : et nous ne reconnaiffons pour poëtes que ceux qui ont rempli toutes ces conditions.

Exemples de la difficulté des vers fran-çais.

Voilà pourquoi il eft plus aifé de faire cent vers en toute autre langue, que quatre vers en français. L'exemple de notre abbé *Regnier-Defmarais*, de l'académie françaife et de celle de *la Crufca*, en eft une preuve bien évidente. Il traduifit Anacréon en italien avec fuccès ; et fes vers français font, à l'exception de deux ou trois quatrains, au rang des plus médiocres. Notre *Ménage* était dans le même cas. Combien de nos beaux efprits ont fait de très-beaux vers latins, et n'ont pu être fupportables en leur langue !

Je fais combien de difputes j'ai effuyées fur notre

verſification en Angleterre , et quels reproches me La rime plaît aux français, même dans les comédies. fait ſouvent le ſavant évêque de Rocheſter , ſur cette contrainte puérile qu'il prétend que nous nous impoſons de gaieté de cœur. Mais ſoyez perſuadé , Milord, que plus un étranger connaîtra notre langue, et plus il ſe réconciliera avec cette rime qui l'effraie d'abord. Non-ſeulement elle eſt néceſſaire à notre tragédie , mais elle embellit nos comédies mêmes. Un bon mot en vers en eſt retenu plus aiſément : les portraits de la vie humaine ſeront toujours plus frappans en vers qu'en proſe , et qui dit *vers*, en français, dit néceſſairement des vers rimés: en un mot, nous avons des comédies en proſe du célèbre *Molière*, que l'on a été obligé de mettre en vers après ſa mort, et qui ne ſont plus jouées que de cette manière nouvelle.

Ne pouvant , Milord , haſarder ſur le théâtre Caractère du théâtre anglais. français des vers non rimés , tels qu'ils ſont en uſage en Italie et en Angleterre , j'aurais du moins voulu tranſporter ſur notre ſcène certaines beautés de la vôtre. Il eſt vrai , et je l'avoue , que le théâtre anglais eſt bien défectueux. J'ai entendu de votre bouche , que vous n'aviez pas une bonne tragédie : mais en récompenſe, dans ces pièces ſi monſtrueuſes, vous avez des ſcènes admirables. Il a manqué juſqu'à préſent à preſque tous les auteurs tragiques de votre nation, cette pureté, cette conduite régulière, ces bienſéances de l'action et du ſtyle, cette élégance, et toutes ces fineſſes de l'art, qui ont établi la réputation du théâtre français depuis le grand *Corneille :* mais vos pièces les plus irrégulières ont un grand mérite , c'eſt celui de l'action.

Défaut du théâtre français. Nous avons en France des tragédies estimées qui font plutôt des conversations, qu'elles ne font la représentation d'un événement. Un auteur italien m'écrivait dans une lettre fur les théâtres : *Un Critico del noſtro Paſtor-fido diſſe, che quel componimento era un riaſſunto di belliſſimi Madrigali ; credo, ſe viveſſe, che direbbe delle tragedie Franceſe, che ſono un riaſſunto di belle elegie e ſontuoſi epitalami.* J'ai bien peur que cet italien n'ait trop raifon. Notre délicateſſe exceſſive nous force quelquefois à mettre en récit ce que nous voudrions expoſer aux yeux. Nous craignons de hafarder fur la fcène des fpectacles nouveaux devant une nation accoutumée à tourner en ridicule tout ce qui n'eſt pas *d'uſage*.

L'endroit où l'on joue la comédie, et les abus qui s'y font gliſſés, font encore une caufe de cette féc하hereſſe qu'on peut reprocher à quelques-unes de nos pièces. Les bancs qui font fur le théâtre deſtinés aux fpectateurs, rétréciſſent la fcène, et rendent toute action prefque impraticable. (*b*) Ce défaut eſt caufe que les décorations, tant recommandées par les anciens, font rarement convenables à la pièce. Il empêche fur-tout que les acteurs ne paſſent d'un appartement dans un autre aux yeux des fpectateurs, comme les Grecs et les Romains le pratiquaient fagement, pour conferver à la fois l'unité de lieu et la vraifemblance.

Exemple du *Caton* anglais. Comment oferions-nous fur nos théâtres faire paraître, par exemple, l'ombre de *Pompée*, ou le génie

(*b*) Enfin ces plaintes réitérées de M. de *Voltaire* ont opéré la réforme du théâtre en France, et ces abus ne fubfiſtent plus.

de *Brutus*, au milieu de tant de jeunes gens qui ne regardent jamais les chofes les plus férieufes que comme l'occafion de dire un bon mot ? Comment apporter au milieu d'eux fur la fcène, le corps de *Marcus*, devant *Caton* fon père, qui s'écrie : „Heureux „jeune homme, tu es mort pour ton pays ! O mes „amis, laiffez-moi compter ces glorieufes bleffures ! „Qui ne voudrait mourir ainfi pour la patrie ? „Pourquoi n'a-t-on qu'une vie à lui facrifier ?..... „Mes amis, ne pleurez point ma perte, ne regrettez „point mon fils ; pleurez Rome ; la maîtreffe du monde „n'eft plus : ô liberté ! ô ma patrie ! ô vertu ! &c. „ Voilà ce que feu M. *Addiffon* ne craignit point de faire repréfenter à Londres ; voilà ce qui fut joué, traduit en italien, dans plus d'une ville d'Italie. Mais fi nous hafardions à Paris un tel fpectacle, n'entendez-vous pas déjà le parterre qui fe récrie ? et ne voyez-vous pas nos femmes qui détournent la tête ?

Vous n'imagineriez pas à quel point va cette délicateffe. L'auteur de notre tragédie de Manlius prit fon fujet de la pièce anglaife de M. *Otway*, intitulée Venife fauvée. Le fujet eft tiré de l'hiftoire de la conjuration du marquis de *Bedmar*, écrite par l'abbé de *Saint-Réal;* et permettez-moi de dire en paffant, que ce morceau d'hiftoire, égal peut-être à *Salluffe*, eft fort au-deffus de la pièce d'*Otway* et de notre Manlius. Premièrement, vous remarquez le préjugé qui a forcé l'auteur français à déguifer fous des noms romains une aventure connue que l'anglais a traitée naturellement fous les noms véritables. On n'a point trouvé ridicule au théâtre de Londres, qu'un

*Comparai-fon du Man-lius de M. de la Foffe, avec la Venife de M. Otway.*

ambaſſadeur eſpagnol, s'appelât *Bedmar*, et que des conjurés euſſent le nom de *Jaffier*, de *Jacques-Pierre*, d'*Elliot*; cela ſeul en France eût pu faire tomber la pièce.

Mais voyez qu'*Otway* ne craint point d'aſſembler tous les conjurés. *Renaud* prend leur ſerment, aſſigne à chacun ſon poſte, preſcrit l'heure du carnage, et jette de temps en temps des regards inquiets et ſoupçonneux ſur *Jaffier* dont il ſe défie. Il leur fait à tous ce diſcours pathétique, traduit mot pour mot de l'abbé de *Saint-Réal: Jamais repos ſi profond ne précéda un trouble ſi grand. Notre bonne deſtinée a aveuglé les plus clair-voyans de tous les hommes, raſſuré les plus timides, endormi les plus ſoupçonneux, confondu les plus ſubtils: nous vivons encore, mes chers amis, nous vivons, et notre vie ſera bientôt funeſte aux tyrans de ces lieux, &c.*

Qu'a fait l'auteur français? Il a craint de haſarder tant de perſonnages ſur la ſcène; il ſe contente de faire réciter par *Renaud* ſous le nom de *Rutile*, une faible partie de ce même diſcours qu'il vient, dit-il, de tenir aux conjurés. Ne ſentez-vous pas, par ce ſeul expoſé, combien cette ſcène anglaiſe eſt au-deſſus de la françaiſe, la pièce d'*Otway* fût-elle d'ailleurs monſtrueuſe!

*Examen du Jules-Céſar de Shakeſ-peare.* Avec quel plaiſir n'ai-je point vu à Londres votre tragédie de Jules-Céſar, qui depuis cent cinquante années fait les délices de votre nation? Je ne prétends pas aſſurément approuver les irrégularités barbares dont elle eſt remplie: il eſt ſeulement étonnant qu'il ne s'en trouve pas davantage dans un ouvrage composé dans un siècle d'ignorance, par un homme qui même ne savait pas le latin, et qui n'eut de maître que son génie. Mais au milieu de tant de fautes grossières, avec quel ravissement je voyais *Brutus* tenant encore un poignard teint du sang de *César*, assembler le peuple romain, et lui parler ainsi du haut de la tribune aux harangues !

*Romains, compatriotes, amis, s'il est quelqu'un de vous qui ait été attaché à César, qu'il sache que Brutus ne l'était pas moins : Oui, je l'aimais, Romains; et si vous me demandez pourquoi j'ai versé son sang, c'est que j'aimais Rome davantage. Voudriez-vous voir César vivant, et mourir ses esclaves, plutôt que d'acheter votre liberté par sa mort? César était mon ami, je le pleure; il était heureux, j'applaudis à ses triomphes; il était vaillant, je l'honore; mais il était ambitieux, je l'ai tué. Y a-t-il quelqu'un parmi vous assez lâche pour regretter la servitude? S'il en est un seul, qu'il parle, qu'il se montre; c'est lui que j'ai offensé : Y a-t-il quelqu'un assez infame pour oublier qu'il est romain? Qu'il parle; c'est lui seul qui est mon ennemi.*

CHOEUR DES ROMAINS.

*Personne, non, Brutus, personne.*

BRUTUS.

*Ainsi donc je n'ai offensé personne. Voici le corps du Dictateur qu'on vous apporte; les derniers devoirs lui seront rendus par Antoine, par cet Antoine, qui n'ayant point eu de part au châtiment de César, en retirera le même avantage que moi : et que chacun de vous sente le bonheur inestimable d'être libre. Je n'ai plus qu'un mot à vous dire : J'ai tué de cette main mon meilleur ami pour*

*le falut de Rome; je garde ce même poignard pour moi,*
*quand Rome demandera ma vie.*

LE CHOEUR.

*Vivez, Brutus, vivez à jamais.*

Après cette fcène, *Antoine* vient émouvoir de pitié
ces mêmes Romains à qui *Brutus* avait infpiré fa
rigueur et fa barbarie. *Antoine*, par un difcours arti-
ficieux, ramène infenfiblement ces efprits fuperbes ;
et quand il les voit radoucis, alors il leur montre le
corps de *Céfar ;* et fe fervant des figures les plus
pathétiques, il les excite au tumulte et à la vengeance.
Peut-être les Français ne fouffriraient pas que l'on
fît paraître fur leurs théâtres un chœur compofé
d'artifans et de plébéïens romains ; que le corps
fanglant de *Céfar* y fût expofé aux yeux du peuple,
et qu'on excitât ce peuple à la vengeance du haut de
la tribune aux harangues : c'eft à la coutume, qui eft
la reine de ce monde, à changer le goût des nations,
et à tourner en plaifir les objets de notre averfion.

Les Grecs ont hafardé des fpectacles non moins
révoltans pour nous. *Hippolyte* brifé par fa chute,
vient compter fes bleffures et pouffer des cris douloureux. *Philoctete* tombe dans fes accès de fouffrance ;
un fang noir coule de fa plaie. *Oedipe* couvert du
fang qui dégoutte encore des reftes de fes yeux qu'il
vient d'arracher, fe plaint des dieux et des hommes.
On entend les cris de *Clytemneftre* que fon propre fils
égorge ; et *Electre* crie fur le théâtre : *Frappez, ne*
*l'épargnez pas, elle n'a pas épargné notre père. Prométhée*
eft attaché fur un rocher avec des clous qu'on lui
enfonce dans l'eftomac et dans les bras. Les Furies

répondent

répondent à l'ombre fanglante de *Clytemneftre* par des hurlemens fans aucune articulation. Beaucoup de tragédies grecques, en un mot, font remplies de cette terreur portée à l'excès.

Je fais bien que les tragiques grecs, d'ailleurs fupérieurs aux anglais, ont erré en prenant fouvent l'horreur pour la terreur, et le dégoûtant et l'incroyable pour le tragique et le merveilleux. L'art était dans fon enfance du temps d'*Efchyle*, comme à Londres du temps de *Shakefpeare*; mais parmi les grandes fautes des poëtes grecs, et même des vôtres, on trouve un vrai pathétique et de fingulières beautés; et fi quelques français qui ne connaiffent les tragédies et les mœurs étrangères que par des traductions, et fur des ouï-dire, les condamnent fans aucune reftriction; ils font, ce me femble, comme des aveugles qui affureraient qu'une rofe ne peut avoir de couleurs vives, parce qu'ils en compteraient les épines à tâtons. Mais fi les Grecs et vous, vous paffez les bornes de la bienféance, et fi les Anglais fur-tout ont donné des fpectacles effroyables, voulant en donner de terribles; nous autres Français, auffi fcrupuleux que vous avez été téméraires, nous nous arrêtons trop de peur de nous emporter, et quelquefois nous n'arrivons pas au tragique dans la crainte d'en paffer les bornes.

Je fuis bien loin de propofer que la fcène devienne un lieu de carnage, comme elle l'eft dans *Shakefpeare*, et dans fes fucceffeurs qui, n'ayant pas fon génie, n'ont imité que fes défauts; mais j'ofe croire qu'il y a des fituations qui ne paraiffent encore que dégoûtantes

*Théâtre.* Tome I.                                      V

et horribles aux Français , et qui, bien ménagées, repréfentées avec art, et fur-tout adoucies par le charme des beaux vers , pourraient nous faire une forte de plaifir dont nous ne nous doutons pas.

Il n'eft point de ferpent, ni de monftre odieux
Qui par l'art imité ne puiffe plaire aux yeux.

Bienféan-ces et unités. Du moins que l'on me dife pourquoi il eft permis à nos héros et à nos héroïnes de théâtre de fe tuer , et qu'il leur eft défendu de tuer perfonne ? La fcène eft-elle moins enfanglantée par la mort d'*Atalide* qui fe poignarde pour fon amant, qu'elle ne le ferait par le meurtre de *Céfar* ? Et fi le fpectacle du fils de *Caton* , qui paraît mort aux yeux de fon père, eft l'occafion d'un difcours admirable de ce vieux romain ; fi ce morceau a été applaudi en Angleterre et en Italie par ceux qui font les plus grands partifans de la bien-féance françaife ; fi les femmes les plus délicates n'en ont point été choquées ; pourquoi les Français ne s'y accoutumeraient-ils pas ?  La nature n'eft-elle pas la même dans tous les hommes ?

Toutes ces lois , de ne point enfanglanter la fcène, de ne point faire parler plus de trois interlocu-teurs , &c. font des lois qui, ce me femble, pourraient avoir quelques exceptions parmi nous, comme elles en ont eu chez les Grecs. Il n'en eft pas des règles de la bienféance, toujours un peu arbitraires , comme des règles fondamentales du théâtre, qui font les trois unités. Il y aurait de la faibleffe et de la ftérilité à étendre une action au-delà de l'efpace de temps et du lieu convenable. Demandez à quiconque aura inféré dans une pièce trop d'événemens, la raifon de cette faute : s'il eſt de bonne foi, il vous dira qu'il n'a pas eu affez de génie pour remplir fa pièce d'un feul fait ; et s'il prend deux jours et deux villes pour fon action, croyez que c'eſt parce qu'il n'aurait pas eu l'adreffe de la refferrer dans l'efpace de trois heures et dans l'enceinte d'un palais, comme l'exige la vrai-femblance. Il en eſt tout autrement de celui qui hafarderait un fpectacle horrible fur le théâtre. Il ne choquerait point la vraifemblance; et cette hardieffe, loin de fuppofer de la faibleffe dans l'auteur, deman-derait au contraire un grand génie pour mettre par fes vers de la véritable grandeur dans une action qui, fans un ſtyle fublime, ne ferait qu'atroce et dégoûtante.

Voilà ce qu'a ofé tenter une fois notre grand *Corneille*, dans fa Rodogune. Il fait paraître une mère qui, en préfence de la cour et d'un ambaffadeur, veut empoifonner fon fils et fa belle-fille, après avoir tué fon autre fils de fa propre main. Elle leur pré-fente la coupe empoifonnée, et fur leur refus et leurs foupçons, elle la boit elle-même, et meurt du poifon qu'elle leur deſtinait. Des coups auffi terribles ne doivent pas être prodigués, et il n'appartient pas à tout le monde d'ofer les frapper. Ces nouveautés demandent une grande circonfpection, et une exécu-tion de maître. Les Anglais eux-mêmes avouent que *Shakeſpeare*, par exemple, a été le feul parmi eux qui ait fu évoquer et faire parler des ombres avec fuccès. *(Cinquième acte de Rodogune.)*

*Within that circle none durſt move hut he.*

Plus une action théâtrale eſt majeſtueuſe ou effrayante, plus elle deviendrait infipide, fi elle était *(Pompe et dignité du fpectacle dans la tragédie.)*

V 2

fouvent répétée ; à peu-près comme les détails de batailles, qui étant par eux-mêmes ce qu'il y a de plus terrible, deviennent froids et ennuyeux, à force de reparaître fouvent dans les hiftoires. La feule pièce où M. *Racine* ait mis du fpectacle, c'eft fon chef-d'œuvre d'Athalie. On y voit un enfant fur un trône, fa nourrice et des prêtres qui l'environnent, une reine qui commande à fes foldats de le maffacrer, des Lévites armés qui accourent pour le défendre. Toute cette action eft pathétique; mais fi le ftyle ne l'était pas auffi, elle ne ferait que puérile.

Plus on veut frapper les yeux par un appareil éclatant, plus on s'impofe la néceffité de dire de grandes chofes; autrement on ne ferait qu'un décorateur, et non un poëte tragique. Il y a près de trente années qu'on repréfenta la tragédie de Montezume à Paris ; la fcène ouvrait par un fpectacle nouveau ; c'était un palais d'un goût magnifique et barbare; *Montezume* paraiffait avec un habit fingulier ; des efclaves armés de flèches étaient dans le fond; autour de lui étaient huit grands de fa cour, profternés le vifage contre terre : *Montezume* commençait la pièce en leur difant :

Levez-vous, votre roi vous permet aujourd'hui
Et de l'envifager, et de parler à lui.

Ce fpectacle charma : mais voilà tout ce qu'il y eut de beau dans cette tragédie.

Pour moi, j'avoue que ce n'a pas été fans quelque crainte que j'ai introduit fur la fcène françaife le fénat de Rome en robes rouges, allant aux opinions.

Je me souvenais que lorsque j'introduisis autrefois dans Oedipe un chœur de Thébains qui disait :

O Mort, nous implorons ton funeste secours !
O Mort, viens nous sauver, viens terminer nos jours !

le parterre, au lieu d'être frappé du pathétique qui pouvait être en cet endroit, ne sentit d'abord que le prétendu ridicule d'avoir mis ces vers dans la bouche d'acteurs peu accoutumés, et il fit un éclat de rire. C'est ce qui m'a empêché dans Brutus de faire parler les *Sénateurs*, quand *Titus* est accusé devant eux, et d'augmenter la terreur de la situation, en exprimant l'étonnement et la douleur de ces pères de Rome, qui sans doute devaient marquer leur surprise autrement que par un jeu muet qui même n'a pas été exécuté. (*)

Les Anglais donnent beaucoup plus à l'action que nous, ils parlent plus aux yeux : les Français donnent plus à l'élégance, à l'harmonie, aux charmes des vers. Il est certain qu'il est plus difficile de bien écrire, que de mettre sur le théâtre des assassinats, des roues, des potences, des sorciers et des revenans. Aussi la tragédie de Caton, qui fait tant d'honneur à M. *Addisson*, votre successeur dans le ministère; cette tragédie, la seule bien écrite d'un bout à l'autre chez votre nation, à ce que je vous ai entendu dire à vous-même, ne doit sa grande réputation qu'à ses beaux vers, c'est-à-dire, à des pensées fortes et vraies, exprimées en vers harmonieux. Ce sont les beautés de détail qui soutiennent les ouvrages en vers, et qui

(*) Voyez les variantes à la fin de la tragédie.

V 3

lés font paffer à la poftérité. C'eft fouvent la manière finguliève de dire des chofes communes; c'eft cet art d'embellir par la diction ce que penfent et ce que fentent tous les hommes, qui fait les grands poëtes. Il n'y a ni fentimens recherchés, ni aventure romanefque dans le quatrième livre de *Virgile;* il eft tout naturel, et c'eft l'effort de l'efprit humain. M. *Racine* n'eft fi au-deffus des autres qui ont tous dit les mêmes chofes que lui, que parce qu'il les a mieux dites. *Corneille* n'eft véritablement grand, que quand il s'exprime auffi bien qu'il penfe. Souvenons-nous de ce précepte de *Defpréaux :*

Et que tout ce qu'il dit, facile à retenir,
De fon ouvrage en vous laiffe un long fouvenir.

Confeil d'un excellent critique.

Voilà ce que n'ont point tant d'ouvrages dramatiques, que l'art d'un acteur, et la figure et la voix d'une actrice ont fait valoir fur nos théâtres. Combien de pièces mal écrites ont eu plus de repréfentations que Cinna et Britannicus? Mais on n'a jamais retenu deux vers de ces faibles poëmes, au lieu qu'on fait une partie de Britannicus et de Cinna par cœur. En vain le Regulus de *Pradon* a fait verfer des larmes par quelques fituations touchantes ; cet ouvrage et tous ceux qui lui reffemblent font méprifés, tandis que leurs auteurs s'applaudiffent dans leurs préfaces.

De l'amour. Des critiques judicieux pourraient me demander, pourquoi j'ai parlé d'amour dans une tragédie dont le titre eft JUNIUS-BRUTUS; pourquoi j'ai mêlé cette paffion avec l'auftère vertu du fénat romain et la politique d'un ambaffadeur.

On reproche à notre nation d'avoir amolli le théâtre par trop de tendreſſe; et les Anglais méritent bien le même reproche depuis près d'un ſiècle ; car vous avez toujours un peu pris nos modes et nos vices. Mais me permettez-vous de vous dire mon ſentiment ſur cette matière?

Vouloir de l'amour dans toutes les tragédies, me paraît un goût efféminé; l'en proſcrire toujours, eſt une mauvaiſe humeur bien déraiſonnable.

Le théâtre, ſoit tragique, ſoit comique, eſt la peinture vivante des paſſions humaines. L'ambition d'un prince eſt repréſentée dans la tragédie ; la comédie tourne en ridicule la vanité d'un bourgeois. Ici vous riez de la coquetterie et des intrigues d'une citoyenne ; là vous pleurez la malheureuſe paſſion de *Phedre* : de même, l'amour vous amuſe dans un roman; et il vous tranſporte dans la Didon de *Virgile*. L'amour dans une tragédie n'eſt pas plus un défaut eſſentiel que dans l'Énéide ; il n'eſt à reprendre que quand il eſt amené mal à propos, ou traité ſans art.

Les Grecs ont rarement haſardé cette paſſion ſur le théâtre d'Athènes ; premièrement parce que leurs tragédies n'ayant roulé d'abord que ſur des ſujets terribles, l'eſprit des ſpectateurs était plié à ce genre de ſpectacle ; ſecondement parce que les femmes menaient une vie beaucoup plus retirée que les nôtres; et qu'ainſi le langage de l'amour n'étant pas comme aujourd'hui le ſujet de toutes les converſa-tions, les poëtes en étaient moins invités à traiter cette paſſion, qui de toutes eſt la plus difficile à

V 4

repréfenter, par les ménagemens délicats qu'elle demande. Une troifième raifon qui me paraît affez forte, c'eft que l'on n'avait point de comédiennes. Les rôles des femmes étaient joués par des hommes mafqués; il femble que l'amour eût été ridicule dans leur bouche.

C'eft tout le contraire à Londres et à Paris; et il faut avouer que les auteurs n'auraient guère entendu leurs intérêts, ni connu leur auditoire, s'ils n'avaient jamais fait parler les *Oldfields*, ou les *Duclos* et les *le Couvreurs*, que d'ambition et de politique.

Le mal eft que l'amour n'eft fouvent chez nos héros de théâtre que de la galanterie, et que chez les vôtres il dégénère quelquefois en débauche. Dans notre Alcibiade, pièce très-fuivie, mais faiblement écrite, et ainfi peu eftimée, on a admiré long-temps ces mauvais vers que récitait d'un ton féduifant l'*Efopus* (c) du dernier fiècle.

> Ah! lorfque pénétré d'un amour véritable,
> Et gémiffant aux pieds d'un objet adorable,
> J'ai connu dans fes yeux, timides ou diftraits,
> Que mes foins de fon cœur ont pu troubler la paix;
> Que par l'aveu fecret d'une ardeur mutuelle,
> La mienne a pris encore une force nouvelle:
> Dans ces momens fi doux, j'ai cent fois éprouvé
> Qu'un mortel peut goûter un bonheur achevé.

Dans votre Venife fauvée, le vieux *Renaud* veut violer la femme de *Jaffier*, et elle s'en plaint en

_____

(c) Le comédien *Baron*.

termes aſſez indécens , juſqu'à dire qu'il eſt venu à elle *vn' buton' d* , déboutonné.

Pour que l'amour ſoit digne du théâtre tragique , il faut qu'il ſoit le nœud néceſſaire de la pièce , et non qu'il ſoit amené par force pour remplir le vide de vos tragédies et des nôtres qui ſont toutes trop longues; il faut que ce ſoit une paſſion véritablement tragique, regardée comme une faibleſſe, et combattue par des remords. Il faut ou que l'amour conduiſe aux malheurs et aux crimes , pour faire voir combien il eſt dangereux ; ou que la vertu en triomphe , pour montrer qu'il n'eſt pas invincible : ſans cela ce n'eſt plus qu'un amour d'églogue ou de comédie.

C'eſt à vous , Milord , à décider ſi j'ai rempli quelques-unes de ces conditions ; mais que vos amis daignent ſur-tout ne point juger du génie et du goût de notre nation par ce diſcours , et par cette tragédie que je vous envoie. Je ſuis peut-être un de ceux qui cultivent les lettres en France avec moins de ſuccès ; et ſi les ſentimens que je ſoumets ici à votre cenſure ſont déſapprouvés, c'eſt à moi ſeul qu'en appartient le blâme.

# PERSONNAGES.

JUNIUS BRUTUS, } consuls.
VALERIUS-PUBLICOLA, }

TITUS, fils de *Brutus*.

TULLIE, fille de *Tarquin*.

ALGINE, confidente de *Tullie*.

ARONS, ambaſſadeur de *Porſenna*.

MESSALA, ami de *Titus*.

PROCULUS, tribun militaire.

ALBIN, confident d'*Arons*.

Sénateurs.

Licteurs.

*La ſcène eſt à Rome.*

# BRUTUS,

## *TRAGEDIE.*

## ACTE PREMIER.

## SCENE PREMIERE.

### BRUTUS, LES SENATEURS.

*Le théâtre représente une partie de la maison des consuls, sur le mont Tarpéïen ; le temple du capitole se voit dans le fond. Les sénateurs sont assemblés entre le temple et la maison, devant l'autel de Mars. Brutus et Valerius - Publicola, consuls, présided à cette assemblée : les sénateurs sont rangés en demi-cercle. Des licteurs avec leurs faisceaux sont debout derrière les sénateurs.*

#### BRUTUS.

DESTRUCTEURS des tyrans, vous qui n'avez pour rois
Que les dieux de Numa, vos vertus et nos lois ;
Enfin notre ennemi commence à nous connaître.
Ce superbe Toscan qui ne parlait qu'en maître,
Porsenna, de Tarquin ce formidable appui,
Ce tyran, protecteur d'un tyran comme lui,
Qui couvre de son camp les rivages du Tibre,
Respecte le Sénat et craint un peuple libre.

Aujourd'hui, devant vous abaiffant fa hauteur,
Il demande à traiter par un ambaffadeur.
Arons qu'il nous députe, en ce moment s'avance ;
Aux Sénateurs de Rome il demande audience :
Il attend dans ce temple, et c'eft à vous de voir
S'il le faut refufer, s'il le faut recevoir.

VALERIUS-PUBLICOLA.

Quoiqu'il vienne annoncer, quoi qu'on puiffe en attendre,
Il le faut à fon roi renvoyer fans l'entendre :
Tel eft mon fentiment. Rome ne traite plus
Avec fes ennemis, que quand ils font vaincus.
Votre fils, il eft vrai, vengeur de fa patrie,
A deux fois repouffé le tyran d'Etrurie ;
Je fais tout ce qu'on doit à fes vaillantes mains ;
Je fais qu'à votre exemple il fauva les Romains ;
Mais ce n'eft point affez : Rome affiégée encore,
Voit dans les champs voifins ces tyrans qu'elle abhorre.
Que Tarquin fatisfaffe aux ordres du Sénat,
Exilé par nos lois, qu'il forte de l'Etat ;
De fon coupable afpect qu'il purge nos frontières ;
Et nous pourrons enfuite écouter fes prières.
Ce nom d'ambaffadeur a paru vous frapper ;
Tarquin n'a pu vous vaincre, il cherche à vous tromper.
L'ambaffadeur d'un roi m'eft toujours redoutable.
Ce n'eft qu'un ennemi fous un titre honorable ;
Qui vient, rempli d'orgueil ou de dextérité,
Infulter ou trahir avec impunité.
Rome ! n'écoute point leur féduifant langage,
Tout art t'eft étranger ; combattre eft ton partage.
Confonds tes ennemis de ta gloire irrités ;
Tombe, ou punis les rois ; ce font-là tes traités.

BRUTUS.

Rome fait à quel point fa liberté m'eft chère :
Mais, plein du même efprit, mon fentiment diffère.
Je vois cette ambaffade, au nom des fouverains,
Comme un premier hommage aux citoyens romains.
Accoutumons des rois la fierté defpotique
A traiter en égale avec la république ;
Attendant que du ciel rempliffant les décrets,
Quelque jour avec elle ils traitent en fujets.
Arons vient voir ici Rome encor chancelante,
Découvrir les refforts de fa grandeur naiffante,
Epier fon génie, obferver fon pouvoir ;
Romains, c'eft pour cela qu'il le faut recevoir.
L'ennemi du Sénat connaîtra qui nous fommes :
Et l'efclave d'un roi va voir enfin des hommes.
Que dans Rome à loifir il porte fes regards ;
Il la verra dans vous : vous êtes fes remparts.
Qu'il révère en ces lieux le dieu qui nous raffemble ;
Qu'il paraiffe au Sénat, qu'il écoute, et qu'il tremble.

*( Les Sénateurs fe lèvent, et s'approchent un moment pour*
*donner leurs voix. )*

VALERIUS-PUBLICOLA.

Je vois tout le Sénat paffer à votre avis ;
Rome et vous l'ordonnez : à regret j'y foufcris.
Licteurs, qu'on l'introduife ; et puiffe fa préfence
N'apporter en ces lieux rien dont Rome s'offenfe.

*( à Brutus.)*

C'eft fur vous feul ici que nos yeux font ouverts :
C'eft vous qui le premier avez rompu nos fers :
De notre liberté foutenez la querelle ;
Brutus en eft le père, et doit parler pour elle.

## S C E N E   I I.

### LE SENAT, ARONS, ALBIN, Suite.

*(Arons entre par le côté du théâtre, précédé de deux Licteurs et d'Albin son confident ; il passe devant les Consuls et le Sénat qu'il salue ; et il va s'asseoir sur un siége préparé pour lui sur le devant du théâtre. )*

ARONS.

Consuls et vous Sénat, qu'il m'est doux d'être admis
Dans ce Conseil sacré de sages ennemis,
De voir tous ces héros dont l'équité sévère
N'eut, jusques aujourd'hui, qu'un reproche à se faire ;
Témoin de leurs exploits, d'admirer leurs vertus ;
D'écouter Rome enfin par la voix de Brutus.
Loin des cris de ce peuple indocile et barbare,
Que la fureur conduit, réunit et sépare,
Aveugle dans sa haine, aveugle en son amour,
Qui menace et qui craint, règne et sert en un jour;
Dont l'audace...

BRUTUS.

　　　　Arrêtez, sachez qu'il faut qu'on nomme
Avec plus de respect les citoyens de Rome.
La gloire du Sénat est de représenter
Ce peuple vertueux que l'on ose insulter.
Quittez l'art avec nous ; quittez la flatterie ;
Ce poison qu'on prépare à la cour d'Etrurie
N'est point encor connu dans le Sénat romain.
Poursuivez.

ARONS.

　　　　Moins piqué d'un discours si hautain,

Que touché des malheurs où cet Etat s'expofe;
Comme un de fes enfans j'embraffe ici fa caufe.

Vous voyez quel orage éclate autour de vous,
C'eft en vain que Titus en détourna les coups;
Je vois avec regret fa valeur et fon zèle
N'affurer aux Romains qu'une chute plus belle.
Sa victoire affaiblit vos remparts défolés;
Du fang qui les inonde ils femblent ébranlés.
Ah! ne refufez plus une paix néceffaire:
Si du peuple Romain le Sénat eft le père,
Porfenna l'eft des rois que vous perfécutez.

Mais vous, du nom romain vengeurs fi redoutés,
Vous des droits des mortels éclairés interprêtes,
Vous qui jugez les rois, regardez où vous êtes.
Voici ce Capitole, et ces mêmes autels,
Où jadis, atteftant tous les dieux immortels,
J'ai vu chacun de vous, brûlant d'un autre zèle,
A Tarquin votre roi jurer d'être fidèle.
Quels dieux ont donc changé les droits des fouverains?
Quel pouvoir a rompu des nœuds jadis fi faints?
Qui du front de Tarquin ravit le diadême?
Qui peut de vos fermens vous dégager?

BRUTUS.

Lui-même.

N'alléguez point ces nœuds que le crime a rompus,
Ces dieux qu'il outragea, ces droits qu'il a perdus.
Nous avons fait, Arons, en lui rendant hommage,
Serment d'obéiffance et non point d'efclavage;
Et puifqu'il vous fouvient d'avoir vu dans ces lieux
Le Sénat à fes pieds, fefant pour lui des vœux;

Songez qu'en ce lieu même, à cet autel augufte,
Devant ces mêmes dieux, il jura d'être jufte.
De fon peuple et de lui tel était le lien;
Il nous rend nos fermens lorfqu'il trahit le fien:
Et dès qu'aux lois de Rome il ofe être infidelle,
Rome n'eft plus fujette et lui feul eft rebelle.

### A R O N S.

Ah! quand il ferait vrai que l'abfolu pouvoir
Eût entraîné Tarquin par-delà fon devoir;
Qu'il en eût trop fuivi l'amorce enchantereffe;
Quel homme eft fans erreur? et quel roi fans faibleffe?
Eft-ce à vous de prétendre au droit de le punir?
Vous, nés tous fes fujets; vous, faits pour obéir!
Un fils ne s'arme point contre un coupable père;
Il détourne les yeux, le plaint et le révère.
Les droits des fouverains font-ils moins précieux?
Nous fommes leurs enfans; leurs juges font les dieux.
Si le ciel quelquefois les donne en fa colère,
N'allez pas mériter un préfent plus févère;
Trahir toutes les lois en voulant les venger;
Et renverfer l'Etat au lieu de le changer.
Inftruit par le malheur, ce grand maître de l'homme,
Tarquin fera plus jufte, et plus digne de Rome.
Vous pouvez raffermir, par un accord heureux,
Des peuples et des rois les légitimes nœuds,
Et faire encor fleurir la liberté publique
Sous l'ombrage facré du pouvoir monarchique.

### B R U T U S.

Arons, il n'eft plus temps: chaque Etat a fes lois, (1)
Qu'il tient de fa nature, ou qu'il change à fon choix.

Efclaves

Efclaves de leurs rois, et même de leurs prêtres,
Les Tofcans femblent nés pour fervir fous des maîtres :
Et de leur chaîne antique adorateurs heureux,
Voudraient que l'univers fût efclave comme eux.
La Gréce entière eft libre, et la molle Ionie
Sous un joug odieux languit affujettie.
Rome eut fes fouverains, mais jamais abfolus.
Son premier citoyen fut le grand Romulus ;
Nous partagions le poids de fa grandeur fuprême.
Numa qui fit nos lois, y fut foumis lui-même.
Rome enfin, je l'avoue, a fait un mauvais choix :
Chez les Tofcans, chez vous, elle a choifi fes rois ;
Ils nous ont apporté, du fond de l'Etrurie,
Les vices de leur cour avec la tyrannie.

(*il fe lève.*)

Pardonnez-nous, grands Dieux ! fi le peuple romain
A tardé fi long-temps à condamner Tarquin.
Le fang qui régorgea fous fes mains meurtrières,
De notre obéiffance a rompu les barrières.
Sous un fceptre de fer tout ce peuple abattu,
A force de malheurs a repris fa vertu.
Tarquin nous a remis dans nos droits légitimes ;
Le bien public eft né de l'excès de fes crimes ;
Et nous donnons l'exemple à ces mêmes Tofcans,
S'ils pouvaient à leur tour être las des tyrans.

(*Les Confuls defcendent vers l'autel, et le Sénat fe lève.*)

O Mars ! dieu des héros, de Rome et des batailles,
Qui combats avec nous, qui défends ces murailles !
Sur ton autel facré, Mars, reçois nos fermens,
Pour ce Sénat, pour moi, pour tes dignes enfans.

*Théâtre.* Tome I.  X

Si dans le fein de Rome il fe trouvait un traître,
Qui regrettât les rois et qui voulût un maître,
Que le perfide meure au milieu des tourmens :
Que fa cendre coupable, abandonnée aux vents,
Ne laiffe ici qu'un nom plus odieux encore
Que le nom des tyrans, que Rome entière abhorre.

A R O N S *avançant vers l'autel.*

Et moi, fur cet autel qu'ainfi vous profanez,
Je jure au nom du roi que vous abandonnez,
Au nom de Porfenna, vengeur de fa querelle,
A vous, à vos enfans, une guerre immortelle.

( *Les Sénateurs font un pas vers le Capitole.* )

Sénateurs, arrêtez, ne vous féparez pas;
Je ne me fuis pas plaint de tous vos attentats.
La fille de Tarquin, dans vos mains demeurée,
Eft-elle une victime à Rome confacrée?
Et donnez-vous des fers à fes royales mains,
Pour mieux braver fon père et tous les fouverains ?
Que dis-je! tous ces biens, ces tréfors, ces richeffes
Que des Tarquins dans Rome épuifaient les largeffes,
Sont-ils votre conquête, ou vous font-ils donnés ?
Eft-ce pour les ravir que vous le détrônez ?
Sénat, fi vous l'ofez, que Brutus les dénie.

B R U T U S *fe tournant vers Arons.*

Vous connaiffez bien mal, et Rome et fon génie.
Ces pères des Romains vengeurs de l'équité,
Ont blanchi dans la pourpre et dans la pauvreté;
Au-deffus des tréfors que fans peine ils vous cèdent,
Leur gloire eft de dompter les rois qui les pofsèdent. (2)
Prenez cet or, Arons, il eft vil à nos yeux.
Quant au malheureux fang d'un tyran odieux,

Malgré la jufte horreur que j'ai pour fa famille,
Le Sénat à mes foins a confié fa fille.
Elle n'a point ici de ces refpects flatteurs,
Qui des enfans des rois empoifonnent les cœurs;
Elle n'a point trouvé la pompe et la molleffe
Dont la cour des Tarquins enivra fa jeuneffe;
Mais je fais ce qu'on doit de bontés et d'honneur,
A fon fexe, à fon âge, et fur-tout au malheur.
Dès ce jour, en fon camp, que Tarquin la revoie;
Mon cœur même en conçoit une fecrète joie.
Qu'aux tyrans déformais rien ne refte en ces lieux,
Que la haine de Rome et le courroux des dieux.
Pour emporter au camp l'or qu'il faut y conduire,
Rome vous donne un jour, ce temps doit vous fuffire.
Ma maifon cependant eft votre fureté,
Jouiffez-y des droits de l'hofpitalité.
Voilà ce que par moi le Sénat vous annonce.
Ce foir à Porfenna rapportez ma réponfe :
Reportez-lui la guerre, et dites à Tarquin
Ce que vous avez vu dans le Sénat romain.

(*aux Sénateurs.*)

Et nous du Capitole allons orner le faîte,
Des lauriers dont mon fils vient de ceindre fa tête;
Sufpendons ces drapeaux, et ces dards tout fanglans
Que fes heureufes mains ont ravis aux Tofcans.
Ainfi, puiffe toujours, plein du même courage,
Mon fang, digne de vous, vous fervir d'âge en âge!
Dieux! protégez ainfi contre nos ennemis
Le confulat du père, et les armes du fils!

X 2

# S C E N E  I I I.

### A R O N S,  A L B I N.

*( Qui font fuppofés être entrés de la falle d'audience dans un autre appartement de la maifon de Brutus. )*

#### A R O N S.

As-tu bien remarqué cet orgueil inflexible,
Cet efprit d'un Sénat qui fe croit invincible?
Il le ferait, Albin, fi Rome avait le temps
D'affermir cette audace au cœur de fes enfans.
Crois-moi, la liberté que tout mortel adore,
Que je veux leur ôter, mais que j'admire encore,
Donne à l'homme un courage, infpire une grandeur
Qu'il n'eût jamais trouvé dans le fond de fon cœur.
Sous le joug des Tarquins, la cour et l'efclavage
Amolliffaient leurs mœurs, énervaient leur courage,
Leurs rois, trop occupés à dompter leurs fujets,
De nos heureux Tofcans ne troublaient point la paix;
Mais fi ce fier Sénat réveille leur génie,
Si Rome eft libre, Albin, c'eft fait de l'Italie.
Ces lions, que leur maître avait rendus plus doux
Vont reprendre leur rage et s'élancer fur nous.
Etouffons dans leur fang la femence féconde
Des maux de l'Italie et des troubles du monde.
Affranchiffons la terre : et donnons aux Romains
Ces fers qu'ils deftinaient au refte des humains.
Meffala viendra-t-il? Pourrai-je ici l'entendre?
Ofera-t-il?...

#### A L B I N.
Seigneur, il doit ici fe rendre;

A toute heure il y vient : Titus eſt ſon appui.

ARONS.

As-tu pu lui parler ? Puis-je compter ſur lui ?

ALBIN.

Seigneur, ou je me trompe, ou Meſſala conſpire
Pour changer ſes deſtins plus que ceux de l'Empire ;
Il eſt ferme, intrépide, autant que ſi l'honneur
Ou l'amour du pays excitait ſa valeur ;
Maître de ſon ſecret, et maître de lui-même,
Impénétrable et calme en ſa fureur extrême.

ARONS.

Tel autrefois dans Rome il parut à mes yeux,
Lorſque Tarquin régnant me reçut dans ces lieux ;
Et ſes lettres depuis.... mais je le vois paraître.

## SCENE IV.

### ARONS, MESSALA, ALBIN.

ARONS.

Geㄴㅌㄲㅌㄴㅌux Meſſala, l'appui de votre maître,
Eh bien, l'or de Tarquin, les préſens de mon roi,
Des Sénateurs romains n'ont pu tenter la foi ?
Les plaiſirs d'une cour, l'eſpérance, la crainte,
A ces cœurs endurcis n'ont pu porter d'atteinte ?
Ces fiers Patriciens ſont-ils autant de dieux,
Jugeant tous les mortels, et ne craignant rien d'eux ?
Sont-ils ſans paſſions, ſans intérêt, ſans vice ?

MESSALA.

Ils oſent s'en vanter ; mais leur feinte juſtice,

X 3

Leur âpre auftérité que rien ne peut gagner,
N'eft dans ces cœurs hautains que la foif de régner :
Leur orgueil foule aux pieds l'orgueil du diadême,
Ils ont brifé le joug pour l'impofer eux-même.
De notre liberté ces illuftres vengeurs,
Armés pour la défendre, en font les oppreffeurs.
Sous les noms féduifans de Patrons et de Pères,
Ils affectent des rois les démarches altières.
Rome a changé de fers ; et fous le joug des grands,
Pour un roi qu'elle avait, a trouvé cent tyrans.

A R O N S.

Parmi vos citoyens en eft-il d'affez fage,
Pour détefter tout bas cet indigne efclavage ?

M E S S A L A.

Peu fentent leur état : leurs efprits égarés,
De ce grand changement font encore enivrés.
Le plus vil citoyen, dans fa baffeffe extrême,
Ayant chaffé les rois penfe être roi lui-même.
Mais je vous l'ai mandé, Seigneur, j'ai des amis
Qui fous ce joug nouveau font à regret foumis ;
Qui dédaignant l'erreur des peuples imbéciles,
Dans ce torrent fougueux reftent feuls immobiles ;
Des mortels éprouvés, dont la tête et les bras
Sont faits pour ébranler ou changer les Etats.

A R O N S.

De ces braves Romains que faut-il que j'efpère ?
Serviront-ils leur Prince ?

M E S S A L A.

    Ils font prêts à tout faire :
Tout leur fang eft à vous. Mais ne prétendez pas
Qu'en aveugles fujets ils fervent des ingrats.

Ils ne fe piquent point du pouvoir fanatique ( 3 )
De fervir de victime au devoir defpotique,
Ni du zèle infenfé de courir au trépas,
Pour venger un tyran qui ne les connaît pas.
Tarquin promet beaucoup ; mais devenu leur maître,
Il les oublîra tous, ou les craindra peut-être.
Je connais trop les grands : dans le malheur amis,
Ingrats dans la fortune, et bientôt ennemis.
Nous fommes de leur gloire un inftrument fervile,
Rejeté par dédain dès qu'il eft inutile,
Et brifé fans pitié, s'il devient dangereux.
A des conditions on peut compter fur eux ;
Ils demandent un chef digne de leur courage,
Dont le nom feul impofe à ce peuple volage,
Un chef affez puiffant pour obliger le roi,
Même après le fuccès, à nous tenir fa foi ;
Ou fi de nos deffeins la trame eft découverte,
Un chef affez hardi pour venger notre perte.

A R O N S.

Mais vous m'aviez écrit que l'orgueilleux Titus. . . .

M E S S A L A.

Il eft l'appui de Rome, il eft fils de Brutus ;
Cependant. . . .

A R O N S.

De quel œil voit-il les injuftices ,,
Dont ce Sénat fuperbe a payé fes fervices ?
Lui feul a fauvé Rome, et toute fa valeur
En vain du confulat lui mérita l'honneur ;
Je fais qu'on le refufe.

X 4

MESSALA.

                  Et je fais qu'il murmure :
Son cœur altier et prompt eſt plein de cette injure :
Pour toute récompenſe il n'obtient qu'un vain bruit,
Qu'un triomphe frivole, un éclat qui s'enſuit.
J'obſerve d'aſſez près ſon ame impérieuſe,
Et de ſon fier courroux la fougue impétueuſe ;
Dans le champ de la gloire il ne fait que d'entrer,
Il y marche en aveugle ; on l'y peut égarer.
La bouillante jeuneſſe eſt facile à ſéduire :
Mais que de préjugés nous aurions à détruire !
Rome, un conſul, un père, et la haine des rois,
Et l'horreur de la honte, et ſur-tout ſes exploits.
Connaiſſez donc Titus, voyez toute ſon ame,
Le courroux qui l'aigrit, le poiſon qui l'enflamme ;
Il brûle pour Tullie.

A R O N S.

                Il l'aïmerait !

MESSALA.

                      Seigneur,
A peine ai-je arraché ce ſecret de ſon cœur ;
Il en rougit lui-même : et cette ame inflexible
N'oſe avouer qu'elle aime, et craint d'être ſenſible.
Parmi les paſſions dont il eſt agité,
Sa plus grande fureur eſt pour la liberté.

A R O N S.

C'eſt donc des ſentimens et du cœur d'un ſeul homme,
Qu'aujourd'hui, malgré moi, dépend le ſort de Rome !

( *à Albin.* )

Ne nous rebutons pas. Préparez-vous, Albin,
A vous rendre fur l'heure aux tentes de Tarquin.

( *à Meſſala.* )

Entrons chez la princeſſe. Un peu d'expérience.
M'a pu du cœur humain donner quelque fcience :
Je lirai dans fon ame, et peut-être fes mains
Vont former l'heureux piége où j'attends les Romains.


*Fin du premier acte.*

# ACTE II.

## *SCENE PREMIERE.*

*( Le théâtre repréfente , ou eft fuppoférepréfenter un appartement du palais des Confuls. )*

### TITUS, MESSALA.

#### MESSALA.

Non, c'eft trop offenfer ma fenfible amitié.
Qui peut de fon fecret me cacher la moitié,
En dit trop et trop peu , m'offenfe et me foupçonne.

#### TITUS.

Va, mon cœur à ta foi tout entier s'abandonne ;
Ne me reproche rien.

#### MESSALA.

Quoi! vous dont la douleur
Du Sénat avec moi détefta la rigueur,
Qui verfiez dans mon fein ce grand fecret de Rome ,
Ces plaintes d'un héros, ces larmes d'un grand homme !
Comment avez-vous pu dévorer fi long-temps
Une douleur plus tendre, et des maux plus touchans ?
De vos feux devant moi vous étouffiez la flamme.
Quoi donc! l'ambition qui domine en votre ame,
Eteignait-elle en vous de fi chers fentimens ?
Le Sénat a-t-il fait vos plus cruels tourmens ?

Le haïffez-vous plus que vous n'aimiez Tullie?

TITUS.

Ah ! j'aime avec tranfport : je hais avec furie :
Je fuis extrême en tout, je l'avoue, et mon cœur
Voudrait en tout fe vaincre, et connaît fon erreur.

MESSALA.

Et pourquoi, de vos mains déchirant vos bleffures,
Déguifer votre amour et non pas vos injures ?

TITUS.

Que veux-tu, Meffala? J'ai, malgré mon courroux,
Prodigué tout mon fang pour ce Sénat jaloux.
Tu le fais, ton courage eut part à ma victoire.
Je fentais du plaifir à parler de ma gloire,
Mon cœur, énorgueilli des fuccès de mon bras,
Trouvait de la grandeur à venger des ingrats ;
On confie aifément des malheurs qu'on furmonte :
Mais qu'il eft accablant de parler de fa honte !

MESSALA.

Quelle eft donc cette honte, et ce grand repentir ?
Et de quels fentimens auriez-vous à rougir ?

TITUS.

Je rougis de moi-même, et d'un feu téméraire,
Inutile, imprudent, à mon devoir contraire.

MESSALA.

Quoi donc ! l'ambition, l'amour et fes fureurs,
Sont-ce des paffions indignes des grands cœurs?

TITUS.

L'ambition, l'amour, le dépit, tout m'accable ;
De ce confeil de rois l'orgueil infupportable

Méprife ma jeuneffe , et me refufe un rang
Brigué par ma valeur, et pàyé par mon fang.
Au milieu du dépit dont mon ame eft faifie,
Je perds tout ce que j'aime, on m'enlève Tullie.
On te l'enlève, hélas! trop aveugle courroux!
Tu n'ofais y prétendre, et ton cœur eft jaloux.
Je l'avoûrai, ce feu, que j'avais fu contraindre,
S'irrite en s'échappant, et ne peut plus s'éteindre.
Ami, c'en était fait; elle partait : mon cœur
De fa funefte flamme allait être vainqueur :
Je rentrais dans mes droits : je fortais d'efclavage. (*b*)
Le ciel a-t-il marqué ce terme à mon courage?
Moi le fils de Brutus, moi l'ennemi des rois, (*c*)
C'eft du fang de Tarquin que j'attendrais des lois!
Elle refufe encor de m'en donner, l'ingrate!
Et par-tout dédaigné, par-tout ma honte éclate.
Le dépît, la vengeance, et la honte, et l'amour,
De mes fens foulevés difpofent tour à tour.

#### M E S S A L A.

Puis-je ici vous parler, mais avec confiance?

#### T I T U S.

Toujours de tes confeils j'ai chéri la prudence.
Eh bien, fais-moi rougir de mes égaremens.

#### M E S S A L A.

J'approuve et votre amour et vos reffentimens.
Faudra-t-il donc toujours que Titus autorife
Ce Sénat de tyrans, dont l'orgueil nous maîtrife?
Non; s'il vous faut rougir, rougiffez en ce jour
De votre patience, et non de votre amour.

Quoi! pour prix de vos feux, et de tant de vaillance,
Citoyen fans pouvoir, amant fans efpérance,
Je vous verrais languir victime de l'Etat,
Oublié de Tullie, et bravé du Sénat?
Ah! peut-être, Seigneur, un cœur tel que le vôtre
Aurait pu gagner l'une, et fe venger de l'autre.

TITUS.

De quoi viens-tu flatter mon efprit éperdu?
Moi, j'aurais pu fléchir fa haine ou fa vertu?
N'en parlons plus : tu vois les fatales barrières (d)
Qu'élèvent entre nous nos devoirs et nos pères :
Sa haine déformais égale mon amour.
Elle va donc partir?

MESSALA.

Oui, Seigneur, dès ce jour.

TITUS.

Je n'en murmure point. Le ciel lui rend juftice;
Il la fit pour régner.

MESSALA.

Ah! ce ciel plus propice
Lui deftinait peut-être un empire plus doux;
Et fans ce fier Sénat, fans la guerre, fans vous.....
Pardonnez; vous favez quel eft fon héritage?
Son frère ne vit plus, Rome était fon partage.
Je m'emporte, Seigneur, mais fi pour vous fervir,
Si pour vous rendre heureux il ne faut que périr;
Si mon fang....

TITUS.

Non, ami, mon devoir eft le maître.
Non, crois-moi, l'homme eft libre au moment qu'il veut l'être.

Je l'avoue, il eſt vrai, ce dangereux poiſon
A pour quelques momens égaré ma raiſon;
Mais le cœur d'un ſoldat fait dompter la molleſſe;
Et l'amour n'eſt puiſſant que par notre faibleſſe.

MESSALA.

Vous voyez des Toſcans venir l'ambaſſadeur;
Cet honneur qu'il vous rend...

TITUS.

      Ah! quel funeſte honneur!
Que me veut-il? C'eſt lui qui m'enlève Tullie;
C'eſt lui qui met le comble au malheur de ma vie.

SCENE II.

TITUS, ARONS.

ARONS.

APRÈS avoir en vain, près de votre Sénat,
Tenté ce que j'ai pu pour ſauver cet Etat,
Souffrez qu'à la vertu rendant un juſte hommage,
J'admire en liberté ce généreux courage,
Ce bras qui venge Rome, et ſoutient ſon pays
Au bord du précipice où le Sénat l'a mis.
Ah! que vous étiez digne, et d'un prix plus auguſte,
Et d'un autre adverſaire, et d'un parti plus juſte!
Et que ce grand courage, ailleurs mieux employé,
D'un plus digne ſalaire aurait été payé!
Il eſt, il eſt des rois, j'oſe ici vous le dire,
Qui mettraient en vos mains le fort de leur Empire,

Sans craindre ces vertus qu'ils admirent en vous,
Dont j'ai vu Rome éprife, et le Sénat jaloux.
Je vous plains de fervir fous ce maître farouche,
Que le mérite aigrit, qu'aucun bienfait ne touche;
Qui, né pour obéir, fe fait un lâche honneur
D'appefantir fa main fur fon libérateur;
Lui qui, s'il n'ufurpait les droits de la couronne,
Devrait prendre de vous les ordres qu'il vous donne.

TITUS.

Je rends grâce à vos foins, Seigneur, et mes foupçons
De vos bontés pour moi refpectent les raifons.
Je n'examine point fi votre politique
Penfe armer mes chagrins contre ma République,
Et porter mon dépit, avec un art fi doux,
Aux indifcrétions qui fuivent le courroux.
Perdez moins d'artifice à tromper ma franchife;
Ce cœur eft tout ouvert et n'a rien qu'il déguife.
Outragé du Sénat j'ai droit de le haïr;
Je le hais : mais mon bras eft prêt à le fervir.
Quand la caufe commune au combat nous appelle,
Rome au cœur de fes fils éteint toute querelle;
Vainqueurs de nos débats nous marchons réunis;
Et nous ne connaiffons que vous pour ennemis.
Voilà ce que je fuis et ce que je veux être.
Soit grandeur, foit vertu, foit préjugé, peut-être,
Né parmi les Romains, je périrai pour eux.
J'aime encor mieux, Seigneur, ce Sénat rigoureux,
Tout injufte pour moi, tout jaloux qu'il peut être,
Que l'éclat d'une cour et le fceptre d'un maître.
Je fuis fils de Brutus, et je porte en mon cœur
La liberté gravée, et les rois en horreur.

A R O N S.

Ne vous flattez-vous point d'un charme imaginaire ?
Seigneur, ainfi qu'à vous la liberté m'eft chère ;
Quoique né fous un roi j'en goûte les appas ;
Vous vous perdez pour elle et n'en jouiffez pas.
Eft-il donc, entre nous, rien de plus defpotique
Que l'efprit d'un Etat qui paffe en République ?
Vos lois font vos tyrans : leur barbare rigueur
Devient fourde au mérite, au fáng, à la faveur,
Le Sénat vous opprime, et le peuple vous brave,
Il faut s'en faire craindre, ou ramper leur efclave.
Le citoyen de Rome, infolent ou jaloux,
Ou hait votre grandeur, ou marche égal à vous.
Trop d'éclat l'effarouche ; il voit d'un œil févère,
Dans le bien qu'on lui fait, le mal qu'on lui peut faire,
Et d'un banniffement le décret odieux
Devient le prix du fang qu'on a verfé pour eux.

Je fais bien que la cour, Seigneur, a fes naufrages ;
Mais fes jours font plus beaux, fon ciel a moins d'orages.
Souvent la liberté dont on fe vante ailleurs,
Etale auprès d'un roi fes dons les plus flatteurs.
Il récompenfe, il aime, il prévient les fervices ;
La gloire auprès de lui ne fuit point les délices.
Aimé du fouverain, de fes rayons couvert,
Vous ne fervez qu'un maître, et le refte vous fert.
Ebloui d'un éclat qu'il refpecte et qu'il aime,
Le vulgaire applaudit jufqu'à nos fautes même ;
Nous ne redoutons rien d'un Sénat trop jaloux,
Et les févères lois fe taifent devant nous.
Ah ! que né pour la cour, ainfi que pour les armes,
Des faveurs de Tarquin vous goûteriez les charmes !

Je

Je vous l'ai déjà dit ; il vous aimait, Seigneur ;
Il aurait avec vous partagé fa grandeur ;
Du Sénat à vos pieds la fierté profternée
Aurait. . . .

TITUS.

J'ai vu fa cour, et je l'ai dédaignée.
Je pourrais, il eft vrai, mendier fon appui,
Et fon premier efclave être tyran fous lui ;
Grâce au ciel ! je n'ai point cette indigne faibleffe :
Je veux de la grandeur, et la veux fans baffeffe.
Je fens que mon deftin n'était point d'obéir ;
Je combattrai vos rois, retournez les fervir.

ARONS.

Je ne puis qu'approuver cet excès de conftance,
Mais fongez que lui-même éleva votre enfance ;
Il s'en fouvient toujours : hier encor, Seigneur,
En pleurant avec moi fon fils et fon malheur ;
Titus, me difait-il, foutiendrait ma famille,
Et lui feul méritait mon Empire et ma fille.

TITUS *en fe détournant.*

Sa fille ! Dieux ! Tullie ? O vœux infortunés !

ARONS *en regardant Titus.*

Je la ramène au roi que vous abandonnez :
Elle va, loin de vous et loin de fa patrie,
Accepter pour époux le roi de Ligurie.
Vous cependant ici fervez votre Sénat,
Perfécutez fon père, opprimez fon Etat ;
J'efpère que bientôt ces voûtes embrafées,
Ce Capitole en cendre, et ces tours écrafées,
Du Sénat et du peuple éclairant les tombeaux,
A cet hymen heureux vont fervir de flambeaux.

*Théâtre.* Tome I.                                    Y

## SCENE III.

## TITUS, MESSALA.

### TITUS.

A H ! mon cher Meſſala , dans quel trouble il me laiſſe !
Tarquin me l'eût donnée ! ô douleur qui me preſſe !
Moi , j'aurais pu ! . . . mais non , miniſtre dangereux ,
Tu venais épier le ſecret de mes feux.
Hélas ! en me voyant ſe peut - il qu'on l'ignore !
Il a lu dans mes yeux l'ardeur qui me dévore.
Certain de ma faibleſſe , il retourne à ſa cour
Inſulter aux projets d'un téméraire amour.
J'aurais pu l'épouſer ! lui conſacrer ma vie !
Le ciel à mes déſirs eût deſtiné Tullie !
Malheureux que je ſuis !

### MESSALA.

Vous pourriez être heureux ;
Arons pourrait ſervir vos légitimes feux.
Croyez - moi.

### TITUS.

Banniſſons un eſpoir ſi frivole :
Rome entière m'appelle aux murs du Capitole.
Le peuple raſſemblé ſous ces arcs triomphaux ,
Tout chargés de ma gloire , et pleins de mes travaux ,
M'attend pour commencer les ſermens redoutables ,
De notre liberté garans inviolables.

MESSALA.

Allez fervir ces rois.

TITUS.

Oui, je les veux fervir ;
Oui, tel eft mon devoir, et je le veux remplir.

MESSALA.

Vous gémiffez pourtant !

TITUS.

Ma victoire eft cruelle.

MESSALA.

Vous l'achetez trop cher.

TITUS.

Elle en fera plus belle.
Ne m'abandonne point dans l'état où je fuis.

MESSALA.

Allons, fuivons fes pas, aigriffons fes ennuis ;
Enfonçons dans fon cœur le trait qui le déchire.

## SCENE IV.

### BRUTUS, MESSALA.

BRUTUS.

Arretez, Meffala, j'ai deux mots à vous dire.

MESSALA.

A moi, Seigneur ?

BRUTUS.

A vous. Un funefte poifon
Se répand en fecret fur toute ma maifon.

Y 2

Tiberinus mon fils, aigri contre fon frère,
Laiffe éclater déjà fa jaloufe colère ;
Et Titus, animé d'un autre emportement,
Suit contre le Sénat fon fier reffentiment.
L'ambaffadeur Tofcan, témoin de leur faibleffe,
En profite avec joie autant qu'avec adreffe.
Il leur parle, et je crains les difcours féduifans
D'un miniftre vieilli dans l'art des courtifans.
Il devait dès demain retourner vers fon maître ;
Mais un jour quelquefois eft beaucoup pour un traître.
Meffala, je prétends ne rien craindre de lui ;
Allez lui commander de partir aujourd'hui :
Je le veux.

### M E S S A L A.

C'eft agir fans doute avec prudence,
Et vous ferez content de mon obéiffance.

### B R U T U S.

Ce n'eft pas tout : mon fils avec vous eft lié ;
Je fais fur fon efprit ce que peut l'amitié.
Comme fans artifice il eft fans défiance,
Sa jeuneffe eft livrée à votre expérience.
Plus il fe fie à vous, plus je dois efpérer
Qu'habile à le conduire, et non à l'égarer,
Vous ne voudrez jamais, abufant de fon âge,
Tirer de fes erreurs un indigne avantage ;
Le rendre ambitieux et corrompre fon cœur.

### M E S S A L A.

C'eft de quoi dans l'inftant je lui parlais, Seigneur.
Il fait vous imiter, fervir Rome et lui plaire ;
Il aime aveuglément fa patrie et fon père.

BRUTUS.

Il le doit : mais fur-tout il doit aimer les lois :
Il doit en être efclave, en porter tout le poids.
Qui veut les violer, n'aime point fa patrie.

MESSALA.

Nous avons vu tous deux fi fon bras l'a fervie.

BRUTUS.

Il a fait fon devoir.

MESSALA.

Et Rome eût fait le fien,
En rendant plus d'honneurs à ce cher citoyen.

BRUTUS.

Non, non : le confulat n'eft point fait pour fon âge ;
J'ai moi-même à mon fils refufé mon fuffrage.
Croyez-moi, le fuccès de fon ambition
Serait le premier pas vers la corruption.
Le prix de la vertu ferait héréditaire ;
Bientôt l'indigne fils du plus vertueux père,
Trop affuré d'un rang d'autant moins mérité,
L'attendrait dans le luxe et dans l'oifiveté.
Le dernier des Tarquins en eft la preuve infigne.
Qui naquit dans la pourpre en eft rarement digne.
Nous préfervent les cieux d'un fi funefte abus,
Berceau de la molleffe et tombeau des vertus !
Si vous aimez mon fils, (je me plais à le croire)
Repréfentez-lui mieux fa véritable gloire ;
Etouffez dans fon cœur un orgueil infenfé :
C'eft en fervant l'Etat qu'il eft récompenfé.
De toutes les vertus mon fils doit un exemple ;
C'eft l'appui des Romains que dans lui je contemple ;

Y 3

Plus il a fait pour eux, plus j'exige aujourd'hui.
Connaiffez à mes vœux l'amour que j'ai pour lui;
Tempérez cette ardeur de l'efprit d'un jeune homme :
Le flatter c'eft le perdre, et c'eft outrager Rome.

M E S S A L A.

Je me bornais, Seigneur, à le fuivre aux combats;
J'imitais fa valeur, et ne l'inftruifais pas.
J'ai peu d'autorité; mais s'il daigne me croire,
Rome verra bientôt comme il chérit la gloire.

B R U T U S.

Allez donc, et jamais n'encenfez fes erreurs;
Si je hais les tyrans, je hais plus les flatteurs.

## S C E N E  V.

M E S S A L A  *feul.*

Il n'eft point de tyran plus dur, plus haïffable,
Que la févérité de ton cœur intraitable.
Va, je verrai peut-être à mes pieds abattu,
Cet orgueil infultant de ta fauffe vertu.
Coloffe qu'un vil peuple éleva fur nos têtes,
Je pourrai t'écrafer, et les foudres font prêtes.

*Fin du fecond acte.*

# ACTE III.

## SCENE PREMIERE.

### ARONS, ALBIN, MESSALA.

ARONS *une lettre à la main.*

JE commence à goûter une juste espérance ;
Vous m'avez bien servi par tant de diligence ;
Tout succède à mes vœux. Oui, cette lettre, Albin,
Contient le fort de Rome, et celui de Tarquin.
Avez-vous dans le camp réglé l'heure fatale ?
A-t-on bien observé la porte Quirinale ?
L'assaut sera-t-il prêt, si par nos conjurés
Les remparts cette nuit ne nous sont point livrés ?
Tarquin est-il content ? Crois-tu qu'on l'introduise,
Ou dans Rome sanglante, ou dans Rome soumise ?

### ALBIN.

Tout sera prêt, Seigneur, au milieu de la nuit.
Tarquin de vos projets goûte déjà le fruit ;
Il pense de vos mains tenir son diadême ;
Il vous doit, a-t-il dit, plus qu'à Porsenna même.

### ARONS.

Ou les dieux, ennemis d'un prince malheureux,
Confondront des desseins si grands, si dignes d'eux ;
Ou demain sous ses lois Rome sera rangée :
Rome en cendre, peut-être, et dans son sang plongée.

Y 4

Mais il vaut mieux qu'un roi, fur le trône remis,
Commande à des fujets malheureux et foumis;
Que d'avoir à dompter au fein de l'abondance,
D'un peuple trop heureux l'indocile arrogance.

    ( à *Albin.* )

Allez, j'attends ici la princeffe en fecret.

    ( à *Meffala.* )

Meffala, demeurez.

# S C E N E  I I.

## A R O N S,  M E S S A L A.

### A R O N S.

Hé bien ! qu'avez-vous fait ?
Avez-vous de Titus fléchi le fier courage ?
Dans le parti des rois penfez-vous qu'il s'engage ?

### M E S S A L A.

Je vous l'avais prédit : l'inflexible Titus
Aime trop fa patrie, et tient trop de Brutus.
Il fe plaint du Sénat, il brûle pour Tullie ;
L'orgueil, l'ambition, l'amour, la jaloufie,
Le feu de fon jeune âge et de fes paffions,
Semblaient ouvrir fon ame à mes féductions ;
Cependant, qui l'eût cru ? la liberté l'emporte :
Son amour eft au comble, et Rome eft la plus forte.
J'ai tenté, par degrés, d'effacer cette horreur
Que pour le nom de roi, Rome imprime en fon cœur.

En vain j'ai combattu ce préjugé févère ;
Le feul nom des Tarquins irritait fa colère ;
De fon entretien même il m'a foudain privé,
Et je hafardais trop fi j'avais achevé.

ARONS.

Ainfi de le fléchir Meffala défefpère.

MESSALA.

J'ai trouvé moins d'obftacle à vous donner fon frère :
Et j'ai du moins féduit un des fils de Brutus.

ARONS.

Quoi ! vous auriez déjà gagné Tiberinus ?
Par quels refforts fecrets, par quelle heureufe intrigue ?

MESSALA.

Son ambition feule a fait toute ma brigue.
Avec un œil jaloux il voit, depuis long-temps,
De fon frère et de lui les honneurs différens.
Ces drapeaux fufpendus à ces voûtes fatales,
Ces feftons de lauriers, ces pompes triomphales,
Tous les cœurs des Romains et celui de Brutus
Dans ces folemnités volant devant Titus,
Sont pour lui des affronts qui, dans fon ame aigrie,
Echauffent le poifon de fa fecrète envie.
Et cependant, Titus, fans haine et fans courroux,
Trop au-deffus de lui pour en être jaloux,
Lui tend encor la main de fon char de victoire,
Et femble en l'embraffant l'accabler de fa gloire.
J'ai faifi ces momens, j'ai fu peindre à fes yeux,
Dans une cour brillante un rang plus glorieux.
J'ai preffé, j'ai promis, au nom de Tarquin même,
Tous les honneurs de Rome après le rang fuprême ;

Je l'ai vu s'éblouir, je l'ai vu s'ébranler ;
Il eft à vous, Seigneur, et cherche à vous parler.

A R O N S.

Pourra-t-il nous livrer la porte Quirinale?

M E S S A L A.

Titus feul y commande, et fa vertu fatale
N'a que trop arrêté le cours de vos deftins ;
C'eft un dieu qui préfide au falut des Romains.
Gardez de hafarder cette attaque foudaine,
Sûre avec fon appui, fans lui trop incertaine.

A R O N S.

Mais fi du confulat il a brigué l'honneur,
Pourrait-il dédaigner la fuprême grandeur,
Et Tullie, et le trône offerts à fon courage?

M E S S A L A.

Le trône eft un affront à fa vertu fauvage.

A R O N S.

Mais il aime Tullie.

M E S S A L A.

Il l'adore, Seigneur.
Il l'aime d'autant plus qu'il combat fon ardeur.
Il brûle pour la fille en déteftant le père ;
Il craint de lui parler, il gémit de fe taire ;
Il la cherche, il la fuit, il dévore fes pleurs ;
Et de l'amour encore il n'a que les fureurs.
Dans l'agitation d'un fi cruel orage,
Un moment quelquefois renverfe un grand courage.
Je fais quel eft Titus : ardent, impétueux,
S'il fe rend, il ira plus loin que je ne veux.

La fière ambition qu'il renferme dans l'ame,
Au flambeau de l'amour peut rallumer fa flamme.
Avec plaifir fans doute il verrait à fes pieds
Des fénateurs tremblans les fronts humiliés ;
Mais je vous tromperais, fi j'ofais vous promettre
Qu'à cet amour fatal il veuille fe foumettre.
Je peux parler encore, et je vais aujourd'hui. . . .

ARONS.

Puifqu'il eft amoureux, je compte encor fur lui.
Un regard de Tullie, un feul mot de fa bouche,
Peut plus pour amollir cette vertu farouche,
Que les fubtils détours et tout l'art féducteur
D'un chef de conjurés et d'un ambaffadeur.
N'efpérons des humains rien que par leur faibleffe.
L'ambition de l'un, de l'autre la tendreffe,
Voilà des conjurés qui ferviront mon roi ;
C'eft d'eux que j'attends tout ; ils font plus forts que moi.

(*Tullie entre, Meffala fe retire.*)

## SCENE III.

### TULLIE, ARONS, ALGINE.

ARONS.

MADAME, en ce moment je reçois cette lettre
Qu'en vos auguftes mains mon ordre eft de remettre,
Et que jufqu'en la mienne a fait paffer Tarquin.

TULLIE.

Dieux! protégez mon père, et changez fon deftin.

*(elle lit.)*

» Le trône des Romains peut fortir de fa cendre :
» Le vainqueur de fon roi peut en être l'appui :
» Titus eft un héros ; c'eft à lui de défendre
» Un fceptre que je veux partager avec lui.
» Vous, fongez que Tarquin vous a donné la vie ;
» Songez que mon deftin va dépendre de vous.
» Vous pourriez refufer le roi de Ligurie ;
» Si Titus vous eft cher, il fera votre époux. »
    Ai-je bien lu ?... Titus ?... Seigneur... eft-il poffible ?
Tarquin, dans fes malheurs jufqu'alors inflexible,
Pourrait ?... mais d'où fait-il ?... et comment ?... Ah !
    Seigneur !
Ne veut-on qu'arracher les fecrets de mon cœur ?
Epargnez les chagrins d'une trifte Princeffe ;
Ne tendez point de piége à ma faible jeuneffe.

A R O N S.

Non, Madame, à Tarquin je ne fais qu'obéir,
Ecouter mon devoir, me taire et vous fervir.
Il ne m'appartient point de chercher à comprendre
Des fecrets, qu'en mon fein vous craignez de répandre.
Je ne veux point lever un œil préfomptueux
Vers le voile facré que vous jetez fur eux.
Mon devoir feulement m'ordonne de vous dire
Que le ciel veut par vous relever cet Empire,
Que ce trône eft un prix qu'il met à vos vertus.

T U L L I E.

Je fervirais mon père, et ferais à Titus !
Seigneur, il fe pourrait....

A R O N S.

Tab N'en doutez point, Princeffe.
Pour le fang de fes rois ce héros s'intéreffe.
De ces républicains la trifte auftérité,
De fon cœur généreux révolte la fierté;
Les refus du Sénat ont aigri fon courage;
Il penche vers fon prince; achevez cet ouvrage.
Je n'ai point dans fon cœur prétendu pénétrer;
Mais puifqu'il vous connaît, il vous doit adorer.
Quel œil, fans s'éblouir, peut voir un diadême
Préfenté par vos mains, embelli par vous-même?
Parlez-lui feulement, vous pourrez tout fur lui.
De l'ennemi des rois, triomphez aujourd'hui.
Arrachez au Sénat, rendez à votre père,
Ce grand appui de Rome et fon dieu tutélaire;
Et méritez l'honneur d'avoir entre vos mains,
Et la caufe d'un père, et le fort des Romains.

## S C E N E   I V.

### T U L L I E,   A L G I N E.

T U L L I E.

Ciel! que je dois d'encens à ta bonté propice!
Mes pleurs t'ont défarmé, tout change: et ta juftice;
Aux feux dont j'ai rougi rendant leur pureté,
En les récompenfant, les met en liberté.
 ( à *Algine.* )
Va le chercher, va, cours. Dieux! il m'évite encore:
Faut-il qu'il foit heureux, hélas! et qu'il l'ignore?

Mais.... n'écoutai-je point un espoir trop flatteur?
Titus pour le Sénat a-t-il donc tant d'horreur?
Que dis-je? hélas! devrais-je au dépit qui le presse
Ce que j'aurais voulu devoir à sa tendresse?

A L G I N E.

Je sais que le Sénat alluma son courroux,
Qu'il est ambitieux, et qu'il brûle pour vous.

T U L L I E.

Il fera tout pour moi; n'en doute point : il m'aime.
Va, dis-je....

(*Algine sort.*)

            Cependant, ce changement extrême....
Ce billet!... De quels soins mon cœur est combattu!
Eclatez mon amour, ainsi que ma vertu!
La gloire, la raison, le devoir, tout l'ordonne.
Quoi! mon père à mes feux va devoir sa couronne!
De Titus et de lui je serais le lien!
Le bonheur de l'Etat va donc naître du mien!
Toi que je peux aimer, quand pourrai-je t'apprendre
Ce changement du sort où nous n'osions prétendre?
Quand pourrai-je, Titus, dans mes justes transports,
T'entendre sans regrets, te parler sans remords?
Tous mes maux sont finis : Rome, je te pardonne :
Rome, tu vas servir si Titus t'abandonne;
Sénat, tu vas tomber si Titus est à moi;
Ton héros m'aime; tremble, et reconnais ton roi.

## SCENE V.

### TITUS, TULLIE.

#### TITUS.

MADAME, eft-il bien vrai ? Daignez-vous voir encore
Cet odieux Romain que votre cœur abhorre,
Si juftement haï, fi coupable envers vous?
Cet ennemi ?

#### TULLIE.

Seigneur, tout eft changé pour nous.
Le deftin me permet. . . . Titus. . . . il faut me dire,
Si j'avais fur votre ame un véritable empire.

#### TITUS.

Eh! pouvez-vous douter de ce fatal pouvoir,
De mes feux, de mon crime et de mon défefpoir?
Vous ne l'avez que trop, cet empire funefte :
L'amour vous a foumis mes jours que je détefte.
Commandez, épuifez votre jufte courroux;
Mon fort eft en vos mains.

#### TULLIE.

Le mien dépend de vous.

#### TITUS.

De moi ! Titus tremblant ne vous en croit qu'à peine.
Moi ! je ne ferais plus l'objet de votre haine !
Ah! Princeffe, achevez; quel efpoir enchanteur
M'élève en un moment au faîte du bonheur ?

TULLIE *en donnant la lettre.*

Lifez, rendez heureux, vous, Tullie, et mon père.

(*tandis qu'il lit.*)

Je puis donc me flatter.... mais quel regard févère!
D'où vient ce morne accueil, et ce front confterné?
Dieux!...

TITUS.

Je fuis des mortels le plus infortuné,
Le fort dont la rigueur à m'accabler s'attache,
M'a montré mon bonheur et foudain me l'arrache;
Et pour combler les maux que mon cœur a foufferts,
Je puis vous pofféder, je vous aime, et vous perds.

TULLIE.

Vous, Titus?

TITUS.

Ce moment a condamné ma vie
Au comble des horreurs ou de l'ignominie,
A trahir Rome ou vous; et je n'ai déformais
Que le choix des malheurs, ou celui des forfaits.

TULLIE.

Que dis-tu? quand ma main te donne un diadême,
Quand tu peux m'obtenir, quand tu vois que je t'aime!
Je ne m'en cache plus: un trop jufte pouvoir,
Autorifant mes vœux, m'en a fait un devoir.
Hélas! j'ai cru ce jour le plus beau de ma vie;
Et le premier moment où mon ame ravie
Peut de fes fentimens s'expliquer fans rougir,
Ingrat, eft le moment qu'il m'en faut repentir!
Que m'ofes-tu parler de malheur et de crime?
Ah! fervir des ingrats contre un roi légitime,

M'opprimer,

M'opprimer, me chérir, détefter mes bienfaits ;
Ce font-là mes malheurs, et voilà tes forfaits.
Ouvre les yeux, Titus, et mets dans la balance
Les refus du Sénat, et la toute-puiffance.
Choifis de recevoir ou de donner la loi,
D'un vil peuple ou d'un trône, et de Rome ou de moi.
Infpirez-lui, grands Dieux! le parti qu'il doit prendre.

TITUS *en lui rendant la lettre.*

Mon choix eft fait.

TULLIE.

Hé bien ? crains-tu de me l'apprendre ?
Parle, ofe mériter ta grâce ou mon courroux.
Quel fera ton deftin ?...

TITUS.

D'être digne de vous ;
Digne encor de moi-même, à Rome encor fidelle ;
Brûlant d'amour pour vous, de combattre pour elle ;
D'adorer vos vertus, mais de les imiter ;
De vous perdre, Madame, et de vous mériter.

TULLIE.

Ainfi donc pour jamais....

TITUS.

Ah! pardonnez, Princeffe :
Oubliez ma fureur, épargnez ma faibleffe ;
Ayez pitié d'un cœur de foi-même ennemi,
Moins malheureux cent fois quand vous l'avez haï.
Pardonnez, je ne puis vous quitter ni vous fuivre.
Ni pour vous, ni fans vous, Titus ne faurait vivre ;

*Théâtre.* Tome I.                    Z

Et je mourrai plutôt qu'un autre ait votre foi.

TULLIE.

Je te pardonne tout, elle eſt encore à toi.

TITUS.

Eh bien, ſi vous m'aimez, ayez l'ame Romaine,
Aimez ma République, et ſoyez plus que reine;
Apportez-moi pour dot, au lieu du rang des rois,
L'amour de mon pays, et l'amour de mes lois.
Acceptez aujourd'hui Rome pour votre mère,
Son vengeur pour époux, Brutus pour votre père :
Que les Romains vaincus en généroſité,
A la fille des rois doivent leur liberté.

TULLIE.

Qui? moi j'irais trahir?...

TITUS.

Mon déſeſpoir m'égare;
Non, toute trahiſon eſt indigne et barbare.
Je ſais ce qu'eſt un père, et ſes droits abſolus;
Je ſais... que je vous aime... et ne me connais plus.

TULLIE.

Ecoute au moins ce ſang qui m'a donné la vie.

TITUS.

Eh! dois-je écouter moins mon ſang et ma patrie?

TULLIE.

Ta patrie! ah barbare! en eſt-il donc ſans moi?

TITUS.

Nous ſommes ennemis... La nature, la loi,
Nous impoſe à tous deux un devoir ſi farouche.

TULLIE.

Nous ennemis! ce nom peut ſortir de ta bouche!

TITUS.

Tout mon cœur la dément.

TULLIE.

Ofe donc me fervir;
Tu m'aimes, venge-moi.

## S C E N E   V I.

BRUTUS, ARONS, TITUS, TULLIE, MESSALA,
ALBIN, PROCULUS, Licteurs.

BRUTUS à *Tullie.*

MADAME, il faut partir.
Dans les premiers éclats des tempêtes publiques,
Rome n'a pu vous rendre à vos dieux domefliques;
Tarquin même en ce temps, prompt à vous oublier,
Et du foin de nous perdre occupé tout entier,
Dans nos calamités confondant fa famille,
N'a pas même aux Romains redemandé fa fille.
Souffrez que je rappelle un trifte fouvenir:
Je vous privai d'un père, et dus vous en fervir.
Allez, et que du trône où le ciel vous appelle,
L'inflexible équité foit la garde éternelle.
Pour qu'on vous obéiffe, obéiffez aux lois;
Tremblez en contemplant tout le devoir des rois;
Et fi de vos flatteurs la funefte malice
Jamais dans votre cœur ébranlait la juftice;
Prête alors d'abufer du pouvoir fouverain,
Souvenez-vous de Rome, et fongez à Tarquin:

Z 2

Et que ce grand exemple, où mon efpoir fe fonde,
Soit la leçon des rois et le bonheur du monde.

(*à Arons.*)

Le Sénat vous la rend, Seigneur, et c'eft à vous
De la remettre aux mains d'un père et d'un époux.
Proculus va vous fuivre à la porte facrée.

T I T U S *éloigné.*

O de ma paffion fureur défefpérée!

(*il va vers Arons.*)

Je ne fouffrirai point, non... permettez, Seigneur...

(*Brutus et Tullie fortent avec leur fuite.*)

(*Arons et Meffala reftent.*)

Dieux! ne mourrai-je point de honte et de douleur?

(*à Arons.*)

Pourrai-je vous parler?

A R O N S.

Seigneur, le temps me preffe;
Il me faut fuivre ici Brutus et la Princeffe;
Je puis d'une heure encor retarder fon départ;
Craignez, Seigneur, craignez de me parler trop tard.
Dans fon appartement nous pouvons l'un et l'autre
Parler de fes deftins, et peut-être du vôtre.

(*il fort.*)

# S C E N E  V I I.

## T I T U S, M E S S A L A.

T I T U S.

SORT qui nous as rejoints et qui nous défunis!
Sort! ne nous as-tu faits que pour être ennemis?

Ah! cache, fi tu peux, ta fureur et tes larmes.

MESSALA.

Je plains tant de vertus, tant d'amour et de charmes;
Un cœur tel que le fien méritait d'être à vous.

TITUS.

Non, c'en eft fait; Titus n'en fera point l'époux.

MESSALA.

Pourquoi? Quel vain fcrupule à vos défirs s'oppofe?

TITUS.

Abominables lois que la cruelle impofe!
Tyrans que j'ai vaincus, je pourrais vous fervir!
Peuples que j'ai fauvés, je pourrais vous trahir!
L'amour dont j'ai fix mois vaincu la violence,
L'amour aurait fur moi cette affreufe puiffance!
J'expoferais mon père à fes tyrans cruels!
Et quel père! un héros, l'exemple des mortels,
L'appui de fon pays, qui m'inftruifit à l'être,
Que j'imitai; qu'un jour j'euffe égalé peut-être.
Après tant de vertus, quel horrible deftin!

MESSALA.

Vous eûtes les vertus d'un citoyen Romain,
Il ne tiendra qu'à vous d'avoir celles d'un maître;
Seigneur, vous ferez roi dès que vous voudrez l'être.
Le ciel met dans vos mains, en ce moment heureux,
La vengeance, l'Empire, et l'objet de vos feux.
Que dis-je? ce conful, ce héros que l'on nomme
Le père, le foutien, le fondateur de Rome,
Qui s'enivre à vos yeux de l'encens des humains,
Sur les débris d'un trône écrafé par vos mains;

Z 3

S'il eût mal foutenu cette grande querelle,
S'il n'eût vaincu par vous ; il n'était qu'un rebelle.
  Seigneur, embelliffez ce grand nom de vainqueur,
Du nom plus glorieux de pacificateur;
Daignez nous ramener ces jours où nos ancêtres,
Heureux, mais gouvernés, libres, mais fous des maîtres,
Pefaient dans la balance, avec un même poids,
Les intérêts du peuple et la grandeur des rois.
Rome n'a point pour eux une haine immortelle;
Rome va les aimer, fi vous régnez fur elle.
Ce pouvoir fouverain que j'ai vu tour à tour
Attirer de ce peuple et la haine et l'amour,
Qu'on craint en des Etats, et qu'ailleurs on défire,
Eft des gouvernemens le meilleur ou le pire;
Affreux fous un tyran, divin fous un bon roi.

T I T U S.

Meffala, fongez - vous que vous parlez à moi ?
Que déformais en vous je ne vois plus qu'un traître,
Et qu'en vous épargnant je commence de l'être?

M E S S A L A.

Eh bien, apprenez donc que l'on va vous ravir
L'ineftimable honneur dont vous n'ofez jouir ;
Qu'un autre accomplira ce que vous pouviez faire.

T I T U S.

Un autre ! arrête ; Dieux ! parle ... qui ?

M E S S A L A.

Votre frère.

T I T U S.

Mon frère ?

MESSALA.

A Tarquin même il a donné sa foi :

TITUS.

Mon frère trahit Rome ?

MESSALA.

Il sert Rome et son roi.
Et Tarquin, malgré vous, n'acceptera pour gendre
Que celui des Romains qui l'aura pu défendre.

TITUS.

Ciel!... perfide!... écoutez : mon cœur long-temps séduit
A méconnu l'abyme où vous m'avez conduit.
Vous pensez me réduire au malheur nécessaire
D'être ou le délateur, ou complice d'un frère :
Mais plutôt votre sang. . . .

MESSALA.

Vous pouvez m'en punir ;
Frappez, je le mérite en voulant vous servir.
Du sang de votre ami, que cette main fumante
Y joigne encor le sang d'un frère et d'une amante ;
Et leur tête à la main, demandez au Sénat
Pour prix de vos vertus l'honneur du consulat ;
Ou moi-même à l'instant déclarant les complices,
Je m'en vais commencer ces affreux sacrifices.

TITUS.

Demeure, malheureux, ou crains mon désespoir.

Z 4

## SCENE VIII.

### TITUS, MESSALA, ALBIN.

ALBIN.

L'AMBASSADEUR tofcan peut maintenant vous voir,
Il eſt chez la princeſſe.

TITUS.

...Oui, je vais chez Tullie...
J'y cours. O Dieux de Rome! O Dieux de ma patrie!
Frappez, percez ce cœur de ſa honte alarmé,
Qui ſerait vertueux, s'il n'avait point aimé.
C'eſt donc à vous, Sénat, que tant d'amour s'immole?
A vous, ingrats!... allons...

(à Meſſala.)

Tu vois ce Capitole
Tout plein des monumens de ma fidélité.

MESSALA.

Songez qu'il eſt rempli d'un Sénat déteſté.

TITUS.

Je le fais. Mais... du ciel qui tonne ſur ma tête
J'entends la voix qui crie; arrête, ingrat, arrête:
Tu trahis ton pays... Non, Rome! non, Brutus!
Dieux qui me ſecourez, je ſuis encor Titus.
La gloire a de mes jours accompagné la courſe;
Je n'ai point de mon ſang déshonoré la ſource;
Votre victime eſt pure; et s'il faut qu'aujourd'hui
Titus ſoit aux forfaits entraîné malgré lui;
S'il faut que je ſuccombe au deſtin qui m'opprime;
Dieux! ſauvez les Romains, frappez avant le crime.

*Fin du troiſième acte.*

# ACTE IV.

## SCENE PREMIERE.

### TITUS, ARONS, MESSALA.

#### TITUS.

Oui, j'y suis réfolu, partez, c'eſt trop attendre ;
Honteux, défefpéré, je ne veux rien entendre ;
Laiſſez-moi ma vertu, laiſſez-moi mes malheurs.
Fort contre vos raifons, faible contre ſes pleurs,
Je ne la verrai plus. Ma fermeté trahie
Craint moins tous vos tyrans, qu'un regard de Tullie.
Je ne la verrai plus ! oui, qu'elle parte... Ah Dieux !

#### ARONS.

Pour vos intérêts feuls arrêté dans ces lieux,
J'ai bientôt paſſé l'heure avec peine accordée,
Que vous-même, Seigneur, vous m'aviez demandée.

#### TITUS.

Moi, je l'ai demandée ?

#### ARONS.

            Hélas ! que pour vous deux
J'attendais en fecret un deftin plus heureux ! (e)
J'efpérais couronner des ardeurs ſi parfaites ;
Il n'y faut plus penfer.

#### TITUS.

           Ah ! cruel que vous êtes !
Vous avez vu ma honte et mon abaiſſement,
Vous avez vu Titus balancer un moment.

Allez, adroit témoin de mes lâches tendreffes,
Allez à vos deux rois annoncer mes faibleffes :
Contez à ces tyrans terraffés par mes coups,
Que le fils de Brutus a pleuré devant vous. (4)
Mais ajoutez au moins, que parmi tant de larmes,
Malgré vous et Tullie, et fes pleurs, et fes charmes ;
Vainqueur encor de moi, libre, et toujours Romain,
Je ne fuis point foumis par le fang de Tarquin ;
Que rien ne me furmonte, et que je jure encore
Une guerre éternelle à ce fang que j'adore.

A R O N S.

J'excufe la douleur où vos fens font plongés ;
Je refpecte en partant vos triftes préjugés.
Loin de vous accabler, avec vous je foupire :
Elle en mourra, c'eft tout ce que je peux vous dire.
Adieu, Seigneur.

M E S S A L A.

O Ciel !


# S C E N E  I I.

## T I T U S, M E S S A L A.


T I T U S.

N o n, je ne puis fouffrir
Que des remparts de Rome on la laiffe fortir :
Je veux la retenir au péril de ma vie.

M E S S A L A.

Vous voulez. . . .

T I T U S.

Je fuis loin de trahir ma patrie.

Rome l'emportera, je le fais ; mais enfin
Je ne puis féparer Tullie et mon deftin.
Je refpire, je vis, je périrai pour elle.
Prends pitié de mes maux, courons, et que ton zèle
Soulève nos amis, raffemble nos foldats.
En dépit du Sénat, je retiendrai fes pas ;
Je prétends que dans Rome elle refte en otage :
Je le veux.

#### MESSALA.

Dans quels foins votre amour vous engage !
Et que prétendez-vous par ce coup dangereux,
Que d'avouer fans fruit un amour malheureux ?

#### TITUS.

Eh bien, c'eft au Sénat qu'il faut que je m'adreffe.
Va de ces rois de Rome adoucir la rudeffe ;
Dis-leur que l'intérêt de l'Etat, de Brutus....
Hélas ! que je m'emporte en deffeins fuperflus !

#### MESSALA.

Dans la jufte douleur où votre ame eft en proie,
Il faut pour vous fervir....

#### TITUS.

Il faut que je la voie ;
Il faut que je lui parle. Elle paffe en ces lieux ;
Elle entendra du moins mes éternels adieux.

#### MESSALA.

Parlez-lui, croyez-moi.

#### TITUS.

Je fuis perdu, c'eft elle.

## SCENE III.

### TITUS, MESSALA, TULLIE, ALGINE.

ALGINE.

On vous attend, Madame.

TULLIE.

Ah! fentence cruelle!
L'ingrat me touche encore, et Brutus à mes yeux
Paraît un dieu terrible armé contre nous deux.
J'aime, je crains, je pleure, et tout mon cœur s'égare.
Allons.

TITUS.

Non, demeurez.

TULLIE.

Que me veux-tu, barbare?
Me tromper, me braver?

TITUS.

Ah! dans ce jour affreux,
Je fais ce que je dois, et non ce que je veux;
Je n'ai plus de raifon, vous me l'avez ravie.
Eh bien, guidez mes pas, gouvernez ma furie;
Régnez donc en tyran fur mes fens éperdus;
Dictez, fi vous l'ofez, les crimes de Titus.
Non, plutôt que je livre aux flammes, au carnage,
Ces murs, ces citoyens qu'a fauvés mon courage;
Qu'un père abandonné par un fils furieux,
Sous le fer de Tarquin...

TULLIE.

M'en préfervent les Dieux!

La nature te parle , et fa voix m'eſt trop chère,
Tu m'as trop bien appris à trembler pour un père ;
Raſſure-toi ; Brutus eſt déformais le mien ,
Tout mon ſang eſt à toi, qui te répond du ſien ;
Notre amour, mon hymen , mes jours en ſont le gage :
Je ferai dans tes mains , ſa fille, ſon otage.
Peux-tu délibérer ? Penſes-tu qu'en ſecret
Brutus te vît au trône avec tant de regret ?
Il n'a point ſur ſon front placé le diadême ;
Mais ſous un autre nom n'eſt-il pas roi lui-même ?
Son règne eſt d'une année, et bientôt... mais hélas !
Que de faibles raiſons , ſi tu ne m'aimes pas !
Je ne dis plus qu'un mot. Je pars... et je t'adore.
Tu pleures , tu frémis, il en eſt temps encore ;
Achève , parle, ingrat ! que te faut-il de plus ?

TITUS.

Votre haine : elle manque au malheur de Titus.

TULLIE.

Ah ! c'eſt trop eſſuyer tes indignes murmures,
Tes vains engagemens, tes plaintes, tes injures ;
Je te rends ton amour dont le mien eſt confus,
Et tes trompeurs ſermens, pires que tes refus.
Je n'irai point chercher au fond de l'Italie
Ces fatales grandeurs que je te ſacrifie ;
Et pleurer loin de Rome , entre les bras d'un roi ,
Cet amour malheureux que j'ai ſenti pour toi.
J'ai réglé mon deſtin ; Romain dont la rudeſſe
N'affecte de vertu que contre ta maîtreſſe,
Héros pour m'accabler, timide à me ſervir ;
Incertain dans tes vœux, apprends à les remplir.

Tu verras qu'une femme, à tes yeux méprifable,
Dans fes projets au moins était inébranlable;
Et par la fermeté dont fon cœur eſt armé,
Titus, tu connaîtras comme il t'aurait aimé.
Au pied de ces murs même où régnaient mes ancêtres
De ces murs que ta main défend contre leurs maîtres,
Où tu m'ofes trahir, et m'outrager comme eux;
Où ma foi fut féduite, où tu trompas mes feux,
Je jure à tous les dieux qui vengent les parjures,
Que mon bras, dans mon fang effaçant mes injures,
Plus juſte que le tien, mais moins irréfolu,
Ingrat, va me punir de t'avoir mal connu;
Et je vais...

TITUS *l'arrêtant.*

Non, Madame, il faut vous fatisfaire.
Je le veux, j'en frémis, et j'y cours pour vous plaire.
D'autant plus malheureux, que, dans ma paſſion,
Mon cœur n'a pour excufe aucune illuſion;
Que je ne goûte point dans mon défordre extrême,
Le triſte et vain plaiſir de me tromper moi-même;
Que l'amour aux forfaits me force de voler;
Que vous m'avez vaincu fans pouvoir m'aveugler;
Et qu'encore indigné de l'ardeur qui m'anime,
Je chéris la vertu, mais j'embraſſe le crime.
Haïſſez-moi, fuyez, quittez un malheureux
Qui meurt d'amour pour vous et détefte fes feux;
Qui va s'unir à vous, fous ces affreux augures,
Parmi les attentats, le meurtre et les parjures.

TULLIE.

Vous infultez, Titus, à ma funeſte ardeur;
Vous fentez à quel point vous régnez dans mon cœur.

Oui, je vis pour toi feul, oui, je te le confeffe;
Mais malgré ton amour, mais malgré ma faibleffe;
Sois sûr que le trépas m'infpire moins d'effroi,
Que la main d'un époux qui craindrait d'être à moi;
Qui fe repentirait d'avoir fervi fon maître;
Que je fais fouverain; et qui rougit de l'être.
   Voici l'inftant affreux qui va nous éloigner.
Souviens-toi que je t'aime, et que tu peux régner.
L'Ambaffadeur m'attend; confulte, délibère :
Dans une heure avec moi tu reverras mon père.
Je pars, et je reviens fous ces murs odieux,
Pour y rentrer en reine, ou périr à tes yeux.

T I T U S.

Vous ne périrez point. Je vais....

T U L L I E.

               Titus, arrête;
En me fuivant plus loin, tu hafardes ta tête;
On peut te foupçonner : demeure, adieu, réfous
D'être mon meurtrier, ou d'être mon époux.

S C E N E  I V.

T I T U S feul.

Tu l'emportes, cruelle, et Rome eft affervie,
Reviens régner fur elle, ainfi que fur ma vie.
Reviens, je vais me perdre, ou vais te couronner;
Le plus grand des forfaits eft de t'abandonner.
Qu'on cherche Meffala : ma fougueufe imprudence
A de fon amitié laffé la patience.
Maîtreffe, amis, Romains, je perds tout en un jour.

## S C E N E  V.

### T I T U S,  M E S S A L A.

#### T I T U S.

Sers ma fureur enfin, fers mon fatal amour;
Viens; fuis-moi.

#### M E S S A L A.

           Commandez, tout eſt prêt; mes cohortes
Sont au mont Quirinal, et livreront les portes.
Tous nos braves amis vont jurer avec moi,
De reconnaître en vous l'héritier de leur roi.
Ne perdez point de temps, déjà la nuit plus ſombre
Voile nos grands deſſeins du ſecret de ſon ombre.

#### T I T U S.

L'heure approche; Tullie en compte les momens...
Et Tarquin après tout eut mes premiers ſermens.
Le ſort en eſt jeté.

        (le fond du théâtre s'ouvre.)
          Que vois-je? c'eſt mon père.

## S C E N E  V I.

### B R U T U S,  T I T U S,  M E S S A L A, Licteurs.

#### B R U T U S.

Viens, Rome eſt en danger; c'eſt en toi que j'eſpère.
Par un avis ſecret le Sénat eſt inſtruit,
Qu'on doit attaquer Rome au milieu de la nuit.

                           J'ai

J'ai brigué pour mon fang, pour le héros que j'aime,
L'honneur de commander dans ce péril extrême;
Le Sénat te l'accorde; arme-toi, mon cher fils;
Une feconde fois, va fauver ton pays;
Pour notre liberté, va prodiguer ta vie;
Va, mort ou triomphant, tu feras mon envie.

TITUS.

Ciel!...

BRUTUS.

Mon fils!...

TITUS.

Remettez, Seigneur, en d'autres mains
Les faveurs du Sénat et le fort des Romains.

MESSALA.

Ah! quel défordre affreux de fon ame s'empare!

BRUTUS.

Vous pourriez refufer l'honneur qu'on vous prépare!

TITUS.

Qui? moi, Seigneur!

BRUTUS.

Eh quoi! votre cœur égaré,
Des refus du Sénat eft encore ulcéré?
De vos prétentions je vois les injuftices.
Ah! mon fils, eft-il temps d'écouter vos cáprices?
Vous avez fauvé Rome, et n'êtes pas heureux?
Cet immortel honneur n'a pas comblé vos vœux?
Mon fils au confulat a-t-il ofé prétendre,
Avant l'âge où les lois permettent de l'attendre?
Va, ceffe de briguer une injufte faveur;
La place où je t'envoie eft ton pofte d'honneur.

*Théâtre.* Tome I.                    A a

Va, ce n'eſt qu'aux tyrans, que tu dois ta colère :
De l'Etat et de toi je ſens que je ſuis père.
Donne ton ſang à Rome, et n'en exige rien ;
Sois toujours un héros, fois plus ; fois citoyen.
Je touche, mon cher fils, au bout de ma carrière ;
Tes triomphantes mains vont fermer ma paupière ;
Mais, ſoutenu du tien, mon nom ne mourra plus ;
Je renaîtrai pour Rome, et vivrai dans Titus.
Que dis-je ? je te fuis. Dans mon âge débile,
Les dieux ne m'ont donné qu'un courage inutile ;
Mais je te verrai vaincre, ou mourrai comme toi,
Vengeur du nom romain, libre encore, et ſans roi.

T I T U S.

Ah ! Meſſala !

## S C E N E   V I I.

BRUTUS, VALERIUS, TITUS, MESSALA.

V A L E R I U S.

SEIGNEUR, faites qu'on ſe retire.
B R U T U S *à ſon fils.*

Cours, vole...

( *Titus et Meſſala ſortent.* )

V A L E R I U S.

On trahit Rome.

B R U T U S.

Ah ! qu'entends-je ?

V A L E R I U S.

On conſpire,

Je n'en faurais douter ; on nous trahit, Seigneur.
De cet affreux complot j'ignore encor l'auteur ;
Mais le nom de Tarquin vient de fe faire entendre,
Et d'indignes romains ont parlé de fe rendre.

### BRUTUS.

Des citoyens romains ont demandé des fers !

### VALERIUS.

Les perfides m'ont fui par des chemins divers ;
On les fuit. Je foupçonne et Ménas et Lélie,
Ces partifans des rois et de la tyrannie,
Ces fecrets ennemis du bonheur de l'Etat,
Ardens à défunir le peuple et le Sénat.
Meffala les protége ; et dans ce trouble extrême,
J'oferais foupçonner jufqu'à Meffala même,
Sans l'étroite amitié dont l'honore Titus.

### BRUTUS.

Obfervons tous leurs pas, je ne puis rien de plus ;
La liberté, la loi dont nous fommes les pères,
Nous défend des rigueurs peut-être néceffaires.
Arrêter un romain fur de fimples foupçons,
C'eft agir en tyrans, nous qui les puniffons.
Allons parler au peuple, enhardir les timides,
Encourager les bons, étonner les perfides.
Que les pères de Rome et de la liberté
Viennent rendre aux Romains leur intrépidité ;
Quels cœurs en nous voyant ne reprendront courage ?
Dieux ! donnez-nous la mort plutôt que l'efclavage.
Que le Sénat nous fuive.

## SCENE VIII.

### BRUTUS, VALERIUS, PROCULUS.

PROCULUS.

Un esclave, Seigneur,
D'un entretien secret implore la faveur.

BRUTUS.

Dans la nuit? à cette heure?

PROCULUS.

Oui, d'un avis fidelle
Il apporte, dit-il, la pressante nouvelle.

BRUTUS.

Peut-être des Romains le salut en dépend :
Allons, c'est les trahir que tarder un moment.

   (à Proculus.)

Vous, allez vers mon fils ; qu'à cette heure fatale
Il défende sur-tout la porte Quirinale ;
Et que la terre avoue, au bruit de ses exploits,
Que le sort de mon sang est de vaincre les rois.


*Fin du quatrième acte.*

# ACTE V.

## SCENE PREMIERE.

BRUTUS, les SENATEURS, PROCULUS, Licteurs,
l'efclave VINDEX.

BRUTUS.

Oui, Rome n'était plus ; oui, fous la tyrannie
L'augufte liberté tombait anéantie.
Vos tombeaux fe rouvraient ; c'en était fait : Tarquin
Rentrait dès cette nuit, la vengeance à la main.
C'eft cet Ambaffadeur, c'eft lui dont l'artifice
Sous les pas des Romains creufait ce précipice.
Enfin, le croirez-vous ? Rome avait des enfans
Qui confpiraient contre elle et fervaient les tyrans ;
Meffala conduifait leur aveugle furie ;
A ce perfide Arons il vendait fa patrie.
Mais le ciel a veillé fur Rome et fur vos jours.
Cet efclave a d'Arons écouté les difcours.

(*en montrant l'efclave.*)

Il a prévu le crime, et fon avis fidèle
A réveillé ma crainte, a ranimé mon zèle.
Meffala, par mon ordre arrêté cette nuit,
Devant vous à l'inftant allait être conduit ;
J'attendais que du moins l'appareil des fupplices
De fa bouche infidelle arrachât fes complices ;
Mes licteurs l'entouraient, quand Meffala foudain,
Saififfant un poignard qu'il cachait dans fon fein,

A a 3

Et qu'à vous, Sénateurs, il deſtinait peut-être ;
Mes ſecrets, a-t-il dit, que l'on cherche à connaître,
C'eſt dans ce cœur ſanglant qu'il faut les découvrir :
Et qui ſait conſpirer, ſait ſe taire et mourir.
On s'écrie, on s'avance, il ſe frappe, et le traître
Meurt encore en romain, quoique indigne de l'être.
Déjà des murs de Rome Arons était parti,
Aſſez loin vers le camp nos gardes l'ont ſuivi ;
On arrête à l'inſtant Arons avec Tullie.
Bientôt, n'en doutez point, de ce complot impie
Le ciel va découvrir toutes les profondeurs ;
Publicola par-tout en cherche les auteurs.
Mais quand nous connaîtrons le nom des parricides,
Prenez garde, Romains, point de grâce aux perfides :
Fuſſent-ils nos amis, nos frères, nos enfans,
Ne voyez que leur crime, et gardez vos ſermens.
Rome, la liberté, demandent leur ſupplice ;
Et qui pardonne au crime, en devient le complice.

        ( à l'eſclave.)

Et toi dont la naiſſance et l'aveugle deſtin
N'avait fait qu'un eſclave, et dut faire un romain,
Par qui le Sénat vit, par qui Rome eſt ſauvée,
Reçois la liberté que tu m'as conſervée ;
Et prenant déſormais des ſentimens plus grands,
Sois l'égal de mes fils et l'effroi des tyrans.
Mais qu'eſt-ce que j'entends ? quelle rumeur ſoudaine ?

PROCULUS.

Arons eſt arrêté, Seigneur, et je l'amène.

BRUTUS.

De quel front pourra-t-il?...

## S C E N E  I I.

BRUTUS, les SENATEURS, ARONS, Licteurs.

ARONS.

Jusques à quand, Romains,
Voulez-vous profaner tous les droits des humains ?
D'un peuple révolté conseils vraiment sinistres,
Pensez-vous abaisser les rois dans leurs ministres ?
Vos licteurs insolens viennent de m'arrêter ;
Est-ce mon maître, ou moi que l'on veut insulter ?
Et chez les nations ce rang inviolable...

BRUTUS.

Plus ton rang est sacré, plus il te rend coupable ;
Cesse ici d'attester des titres superflus.

ARONS.

L'ambassadeur d'un roi !...

BRUTUS.

Traître, tu ne l'es plus :
Tu n'es qu'un conjuré, paré d'un nom sublime,
Que l'impunité seule enhardissait au crime.
Les vrais ambassadeurs, interprètes des lois,
Sans les déshonorer savent servir leurs rois ;
De la foi des humains discrets dépositaires,
La paix seule est le fruit de leurs saints ministères ;
Des souverains du monde ils sont les nœuds sacrés,
Et par-tout bienfesans, sont par-tout révérés.
A ces traits, si tu peux, ose te reconnaître ;
Mais si tu veux au moins rendre compte à ton maître

A a 4

Des refforts, des vertus, des lois de cet Etat,
Comprends l'efprit de Rome, et connais le Sénat.
Ce peuple augufte et faint fait refpecter encore
Les lois des nations que ta main déshonore,
Plus tu les méconnais, plus nous les protégeons;
Et le feul châtiment qu'ici nous t'impofons,
C'eft de voir expirer les citoyens perfides
Qui liaient avec toi leurs complots parricides.
Tout couvert de leur fang répandu devant toi,
Va d'un crime inutile entretenir ton roi;
Et montre en ta perfonne aux peuples d'Italie
La fainteté de Rome et ton ignominie.
Qu'on l'emmène, Licteurs.

## SCENE III.

### Les SENATEURS, BRUTUS, VALERIUS, PROCULUS.

BRUTUS.

Eh bien, Valerius,
Ils font faifis, fans doute, ils font au moins connus?
Quel fombre et noir chagrin, couvrant votre vifage,
De maux encor plus grands femble être le préfage?
Vous frémiffez.

VALERIUS.
Songez que vous êtes Brutus.

BRUTUS.
Expliquez-vous...

VALERIUS.
Je tremble à vous en dire plus.

( *il lui donne des tablettes.* )

Voyez, Seigneur, lifez ; connaiffez les coupables.

BRUTUS *prenant les tablettes.*

Me trompez-vous, mes yeux ? O jours abominables !
O père infortuné ! Tibérinus ? mon fils !
Sénateurs, pardonnez. . . le perfide eſt-il pris ?

VALERIUS.

Avec deux conjurés il s'eſt ofé défendre ;
Ils ont choifi la mort plutôt que de fe rendre ;
Percé de coups, Seigneur, il eſt tombé près d'eux ;
Mais il reſte à vous dire un malheur plus affreux,
Pour vous, pour Rome entière et pour moi plus fenfible.

BRUTUS.

Qu'entends-je ?

VALERIUS.

Reprenez cette liſte terrible
Que chez Meſſala même a faifi Proculus.

BRUTUS.

Lifons donc. . . je frémis, je tremble : Ciel ! Titus !

( *il fe laiſſe tomber entre les bras de Proculus.* )

VALERIUS.

Affez près de ces lieux je l'ai trouvé fans armes,
Errant, défefpéré, plein d'horreur et d'alarmes :
Peut-être il déteſtait cet horrible attentat.

BRUTUS.

Allez, Pères confcrits, retournez au Sénat ;
Il ne m'appartient plus d'ofer y prendre place ;
Allez, exterminez ma criminelle race.

Puniffez-en le père, et jufque dans mon flanc
Recherchez fans pitié la fource de leur fang.
Je ne vous fuivrai point, de peur que ma préfence
Ne fufpendît de Rome ou fléchît la vengeance.

## S C E N E  I V.

### B R U T U S *feul*.

Grands Dieux! à vos décrets tous mes vœux font foumis!
Dieux vengeurs de nos lois, vengeurs de mon pays!
C'eft vous qui par mes mains fondiez fur la juftice
De notre liberté l'éternel édifice :
Voulez-vous renverfer fes facrés fondemens ?
Et contre votre ouvrage armez-vous mes enfans?
Ah! que Tibérinus, en fa lâche furie
Ait fervi nos tyrans, ait trahi fa patrie ;
Le coup en eft affreux, le traître était mon fils.
Mais, Titus ! un héros ! l'amour de fon pays!
Qui dans ce même jour, heureux et plein de gloire
A vu par un triomphe honorer fa victoire !
Titus, qu'au Capitole ont couronné mes mains !
L'efpoir de ma vieilleffe, et celui des Romains !
Titus! Dieux!

## S C E N E  V.

BRUTUS, VALERIUS, Suite, Licteurs.

### V A L E R I U S.

Du Sénat la volonté fuprême
Eft que fur votre fils vous prononciez vous-même.

BRUTUS.

Moi ?

VALERIUS.

Vous feul.

BRUTUS.

Et du refte en a-t-il ordonné ?

VALERIUS.

Des conjurés, Seigneur, le refte eft condamné ;
Au moment où je parle, ils ont vécu peut-être.

BRUTUS.

Et du fort de mon fils le Sénat me rend maître ?

VALERIUS.

Il croit à vos vertus devoir ce rare honneur.

BRUTUS.

O Patrie !

VALERIUS,

Au Sénat que dirai-je, Seigneur ?

BRUTUS.

Que Brutus voit le prix de cette grâce infigne,
Qu'il ne la cherchait pas... mais qu'il s'en rendra digne...
Mais mon fils s'eft rendu fans daigner réfifter ;
Il pourrait... pardonnez fi je cherche à douter ;
C'étaít l'appui de Rome, et je fens que je l'aime.

VALERIUS.

Seigneur, Tullie...

BRUTUS.

Eh bien...

VALERIUS.

Tullie au moment même,

N'a que trop confirmé ces foupçons odieux.

B R U T U S.

Comment, Seigneur?

V A L E R I U S.

A peine elle a revu ces lieux,
A peine elle aperçoit l'appareil des fupplices;
Que fa main confommant ces triftes facrifices,
Elle tombe, elle expire, elle immole à nos lois
Ce refte infortuné de nos indignes rois.
Si l'on nous trahiffait, Seigneur, c'était pour elle.
Je refpecte en Brutus la douleur paternelle ;
Mais tournant vers ces lieux fes yeux appefantis,
Tullie en expirant a nommé votre fils.

B R U T U S.

Juftes Dieux!

V A L E R I U S.

C'eft à vous à juger de fon crime,
Condamnez, épargnez, ou frappez la victime.
Rome doit approuver ce qu'aura fait Brutus.

B R U T U S.

Licteurs, que devant moi l'on amène Titus.

V A L E R I U S.

Plein de votre vertu, Seigneur, je me retire :
Mon efprit étonné vous plaint, et vous admire ;
Et je vais au Sénat apprendre avec terreur
La grandeur de votre ame et de votre douleur.

## SCENE VI.

### BRUTUS, PROCULUS.

#### BRUTUS.

Non, plus j'y penſe encore, et moins je m'imagine,
Que mon fils des Romains ait tramé la ruine :
Pour ſon père et pour Rome il avait trop d'amour ;
On ne peut à ce point s'oublier en un jour.
Je ne le puis penſer, mon fils n'eſt point coupable.

#### PROCULUS.

Meſſala qui forma ce complot déteſtable,
Sous ce grand nom peut-être a voulu ſe couvrir ;
Peut-être on hait ſa gloire, on cherche à la flétrir.

#### BRUTUS.

Plût au Ciel !

#### PROCULUS.

De vos fils c'eſt le ſeul qui vous reſte ;
Qu'il ſoit coupable ou non de ce complot funeſte,
Le Sénat indulgent vous remet ſes deſtins ;
Ses jours ſont aſſurés, puiſqu'ils ſont dans vos mains.
Vous ſaurez à l'Etat conſerver ce grand homme,
Vous êtes père enfin.

#### BRUTUS.

Je ſuis conſul de Rome.

## SCENE VII.

BRUTUS, PROCULUS, TITUS *dans le*
*fond du théâtre, avec des Licteurs.*

PROCULUS.

LE voici.

TITUS.

C'eft Brutus ! ô douloureux momens !
O terre, entr'ouvre-toi fous mes pas chancelans !
Seigneur, fouffrez qu'un fils. . . .

BRUTUS.

Arrête, téméraire.
De deux fils que j'aimai les dieux m'avaient fait père ;
J'ai perdu l'un. Que dis-je ? ah ! malheureux Titus !
Parle : ai-je encore un fils ?

TITUS.

Non, vous n'en avez plus.

BRUTUS.

Réponds donc à ton Juge, opprobre de ma vie.
( *il s'affied.* )
Avais-tu réfolu d'opprimer ta patrie ?
D'abandonner ton père au pouvoir abfolu ?
De trahir tes fermens ?

TITUS.

Je n'ai rien réfolu.
Plein d'un mortel poifon dont l'horreur me dévore,
Je m'ignorais moi-même et je me cherche encore ;

Mon cœur encor furpris de fon égarement,
Emporté loin de foi, fut coupable un moment;
Ce moment m'a couvert d'une honte éternelle,
A mon pays que j'aime il m'a fait infidelle :
Mais ce moment paffé, mes remords infinis
Ont égalé mon crime, et vengé mon pays.
Prononcez mon arrêt. Rome, qui vous contemple,
A befoin de ma perte et veut un grand exemple.
Par mon jufte fupplice il faut épouvanter
Les Romains, s'il en eft qui puiffent m'imiter.
Ma mort fervira Rome autant qu'eût fait ma vie;
Et ce fang en tout temps utile à fa patrie,
Dont je n'ai qu'aujourd'hui fouillé la pureté,
N'aura coulé jamais que pour la liberté.

BRUTUS.

Quoi! tant de perfidie avec tant de courage!
De crimes, de vertus, quel horrible affemblage!
Quoi! fous ces lauriers même, et parmi ces drapeaux,
Que ton fang à mes yeux rendait encor plus beaux,
Quel démon t'infpira cette horrible inconftance?

TITUS.

Toutes les paffions, la foif de la vengeance,
L'ambition, la haine, un inftant de fureur....

BRUTUS.

Achève, malheureux.

TITUS.

Une plus grande erreur,
Un feu qui de mes fens eft même encor le maître,
Qui fit tout mon forfait, qui l'augmente peut-être.

C'eſt trop vous offenſer par cet aveu honteux,
Inutile pour Rome, indigne de nous deux.
Mon malheur eſt au comble, ainſi que ma furie;
Terminez mes forfaits, mon déſeſpoir, ma vie,
Votre opprobre et le mien. Mais ſi dans les combats
J'avais ſuivi la trace où m'ont conduit vos pas,
Si je vous imitai, ſi j'aimai ma patrie,
D'un remords aſſez grand ſi ma faute eſt ſuivie,

(il ſe jette à genoux.)

A cet infortuné daignez ouvrir les bras;
Dites du moins: Mon fils, Brutus ne te hait pas.
Ce mot ſeul me rendant mes vertus et ma gloire,
De la honte où je ſuis défendra ma mémoire.
On dira que Titus, deſcendant chez les morts,
Eut un regard de vous pour prix de ſes remords,
Que vous l'aimiez encore, et que malgré ſon crime
Votre fils dans la tombe emporta votre eſtime.

BRUTUS.

Son remords me l'arrache. O Rome! ô mon pays!
Proculus.......... à la mort que l'on mène mon fils.
Lève-toi, triſte objet d'horreur et de tendreſſe:
Lève-toi, cher appui qu'eſpérait ma vieilleſſe:
Viens embraſſer ton père: il t'a dû condamner;
Mais s'il n'était Brutus, il t'allait pardonner.
Mes pleurs, en te parlant, inondent ton viſage:
Va, porte à ton ſupplice un plus mâle courage;
Va, ne t'attendris point, ſois plus romain que moi;
Et que Rome t'admire en ſe vengeant de toi.

TITUS.

Adieu, je vais périr, digne encor de mon père.

(on l'emmène.)

SCENE VIII.

## SCENE VIII.

### BRUTUS, PROCULUS.

PROCULUS.

Seigneur, tout le Sénat, dans sa douleur sincère,
En frémissant du coup qui doit vous accabler....

BRUTUS.

Vous connaissez Brutus, et l'osez consoler ?
Songez qu'on nous prépare une attaque nouvelle.
Rome seule a mes soins, mon cœur ne connaît qu'elle.
Allons : que les Romains, dans ces momens affreux,
Me tiennent lieu du fils que j'ai perdu pour eux ;
Que je finisse au moins ma déplorable vie
Comme il eût dû mourir, en vengeant la patrie.

## SCENE IX et dernière.

### BRUTUS, PROCULUS, UN SENATEUR.

LE SENATEUR.

Seigneur....

BRUTUS.

Mon fils n'est plus ?

LE SENATEUR.

C'en est fait... et mes yeux...

BRUTUS.

Rome est libre : il suffit... Rendons grâces aux dieux.

*Fin du cinquième et dernier acte.*

*Théâtre.* Tome I. B b

# VARIANTES

## DE LA TRAGEDIE DE BRUTUS.

(*a*) N o u s joindrons ici ce morceau que M. de *Voltaire* a retranché dans les éditions poftérieures à 1738.

,, Au refte, Milord, s'il y a quelques endroits paffables dans cet ouvrage, il faut que j'avoue que j'en ai l'obligation à des amis qui penfent comme vous. Ils m'encourageaient à tempérer l'auftérité de *Brutus* par l'amour paternel, afin qu'on admirât et qu'on plaignît l'effort qu'il fe fait en condamnant fon fils. Ils m'exhortaient à donner à la jeune *Tullie* un caractère de tendreffe et d'innocence, parce que fi j'en avais fait une héroïne altière qui n'eût parlé à *Titus*, que comme à un fujet qui devait fervir fon prince; alors *Titus* aurait été avili, et l'ambaffadeur eût été inutile. Ils voulaient que *Titus* fût un jeune homme furieux dans fes paffions, aimant Rome et fon père, adorant *Tullie*, fe fefant un devoir d'être fidelle au Sénat même dont il fe plaignait, et emporté loin de fon devoir par une paffion dont il avait cru être le maître. En effet, fi *Titus* avait été de l'avis de fa maîtreffe, et s'était dit à lui-même de bonnes raifons en faveur des rois; *Brutus* alors n'eût été regardé que comme un chef de rebelles; *Titus* n'aurait plus eu de remords; fon père n'eût plus excité la pitié.

,, Gardez, me difaient-ils, que les deux enfans de *Brutus* paraiffent fur la fcène; vous favez que l'intérêt eft perdu quand il fe partage. Mais fur-tout, que votre pièce foit fimple; imitez cette beauté des Grecs, croyez que la

multiplicité des événemens et des intérêts compliqués,
n'eſt que la reſſource des génies ſtériles qui ne ſavent
pas tirer d'une ſeule paſſion de quoi faire cinq actes.
Tâchez de travailler chaque ſcène, comme ſi c'était la
ſeule que vous euſſiez à écrire. Ce font les beautés de
détail , &c. &c.

( *b* ) Edition de 1738.

＊ Je devenais romain , je ſortais d'eſclavage.

( *c* ) *Ibid.*

＊ Quoi ! le fils de Brutus, un ſoldat, un romain
＊ Aime , idolâtre ici la fille de Tarquin !
＊ Coupable envers Tullie , envers Rome et moi-même ,
＊ Le Sénat que je hais , ce fier objet que j'aime ,
＊ Le dépit , *&c.*

( *d* ) *Ibid.*

＊ Hélas ! ne vois-tu pas les fatales barrières,

( *e* ) *Ibid.*

＊ J'attendais un deſtin plus digne et plus heureux.

# N O T E S.

(1) IMITATION de ces vers de Cinna.

. . . . . . . . . et par tous les climats
Ne font pas bien reçus toutes fortes d'Etats.
Chaque peuple a le fien conforme à fa nature,
Qu'on ne faurait changer fans lui faire une injure.
Telle eft la loi du ciel dont la fage équité
Sème dans l'univers cette diverfité.
Les Macédoniens aiment le monarchique,
Et le refte des Grecs la liberté publique.
Les Parthes, les Perfans veulent des fouverains,
Et le feul confulat eft bon pour les Romains.

(2) *Curius* répond aux ambaffadeurs des Samnites qui lui offraient des richeffes :

J'aime mieux commander à ceux qui les pofsèdent.

(3) Imitation de ces vers d'*Acomat* dans Bajazet :

Je fais rendre aux fultans de fidèlles fervices ;
Mais je laiffe au vulgaire adorer leurs caprices,
Et ne me pique point du fcrupule infenfé
De bénir mon trépas, quand ils l'ont prononcé.

(4) Ces vers ont été imités dans Warwick, par M. de *la Harpe*.

Et s'il faut encor plus pour réveiller leur foi,
Dis que le fier Warwick a pleuré devant toi.

..is-moi, venge-toi, venge la mort d'un pere ;
Reconnois-moi, mon fils : frappe & punis ta mere.

*Eryphile acte 4. Sc. 5.*

*J.M. Moreau le je inv.*          1787          *Triere Sculp.*

# ERYPHILE,

## *TRAGEDIE.*

Repréfentée, pour la première fois, le
7 mars 1732.

# AVERTISSEMENT

## DES EDITEURS.

CETTE pièce fut jouée avec succès en 1732, quoique l'ombre d'*Amphiaraüs* et les cris d'*Eryphile* immolée par son fils, ne pussent produire d'effet sur un théâtre alors rempli de spectateurs. Malgré ce succès, M. de *Voltaire*, plus difficile que ses critiques, vit tous les défauts d'Eryphile; il retira la pièce, ne voulut point la donner au public, et fit Sémiramis.

Nous donnons Eryphile d'après un manuscrit trouvé dans les papiers de M. de *Voltaire*. Il ne peut y avoir d'autres variantes dans cette tragédie, que les changemens faits par l'auteur entre les représentations. Nous en avons rassemblé les principales, d'après les copies les plus correctes.

On a indiqué par des astérisques * les vers d'Eryphile que M. de *Voltaire* a placés dans d'autres tragédies.

# DISCOURS

*Prononcé avant la repréſentation d'Eryphile.*

JUGES plus éclairés que ceux qui dans Athène
Firent naître et fleurir les lois de Melpomène,
Daignez encourager des jeux et des écrits
Qui de votre ſuffrage attendent tout leur prix.
De vos déciſions le flambeau ſalutaire
Eſt le guide aſſuré qui mène à l'art de plaire.
En vain contre ſon juge un auteur mutiné
Vous accuſe ou ſe plaint quand il eſt condamné ;
Un peu tumultueux, mais juſte et reſpectable,
Ce tribunal eſt libre et toujours équitable.

Si l'on vit quelquefois des écrits ennuyeux
Trouver, par d'heureux traits, grâce devant vos yeux,
Ils n'obtinrent jamais grâce en votre mémoire :
Applaudis ſans mérite, ils ſont reſtés ſans gloire ;
Et vous vous empreſſez ſeulement à cueillir
Ces fleurs que vous ſentez qu'un moment va flétrir.
D'un acteur quelquefois la ſéduiſante adreſſe,
D'un vers dur et ſans grâce adoucit la rudeſſe ;
Des défauts embellis ne vous révoltent plus :
C'eſt *Baron* qu'on aimait, ce n'eſt pas *Régulus*.
Sous le nom de *Couvreur*, *Conſtance* a pu paraître :
Le public eſt ſéduit, mais alors il doit l'être :
Et ſe livrant lui-même à ce charmant attrait,
Ecoute avec plaiſir ce qu'il lit à regret.

Souvent vous démêlez, dans un nouvel ouvrage
De l'or faux et du vrai le trompeur aſſemblage :

On vous voit tour à tour applaudir, réprouver,
Et pardonner fa chute à qui peut s'élever.

Des fons fiers et hardis du théâtre tragique,
Paris court avec joie aux grâces du comique.
C'eft là qu'il veut qu'on change et d'efprit et de ton:
Il fe plaît au naïf; il s'égaie au bouffon;
Mais il aime fur-tout qu'une main libre et fûre
Trace des mœurs du temps la riante peinture.
Ainfi dans ce fentier, avant lui peu battu,
Molière en fe jouant conduit à la vertu.

Folâtrant quelquefois fous un habit grotefque,
Une mufe defcend au faux goût du burlefque:
On peut à ce caprice en paffant s'abaiffer,
Moins pour être applaudi que pour fe délaffer.
Heureux ces purs écrits que la fageffe anime,
Qui font rire l'efprit, qu'on aime et qu'on eftime!
Tel eft du Glorieux le chafte et fage auteur:
Dans fes vers épurés la vertu parle au cœur.
Voilà ce qui nous plaît, voilà ce qui nous touche;
Et non ces froids bons mots dont l'honneur s'effarouche,
Infipide entretien des plus groffiers efprits,
Qui font naître à la fois le rire et le mépris.
Ah! qu'à jamais la fcène, ou fublime, ou plaifante,
Soit des vertus du monde une école charmante!

Français, c'eft dans ces lieux qu'on vous peint tour à tour
La grandeur des héros, les dangers de l'amour.
Souffrez que la terreur aujourd'hui reparaiffe;
Que d'Efchyle au tombeau l'audace ici renaiffe.
Si l'on a trop ofé, fi dans nos faibles chants,
Sur des tons trop hardis nous montons nos accens,

Ne découragez point un effort téméraire.
Eh ! peut-on trop ofer, quand on cherche à vous plaire ?
Daignez vous tranfporter dans ces temps, dans ces lieux,
Chez ces premiers humains vivans avec les dieux :
Et que votre raifon fe ramène à des fables
Que Sophocle et la Gréce ont rendu vénérables.
Vous n'aurez point ici ce poifon fi flatteur
Que la main de l'Amour apprête avec douceur.

Souvent dans l'art d'aimer Melpomène avilie,
Farda fes nobles traits du pinceau de Thalie.
On vit des courtifans, des héros déguifés
Pouffer de froids foupirs en madrigaux ufés.
Non, ce n'eft point ainfi qu'il eft permis qu'on aime ;
L'amour n'eft excufé, que quand il eft extrême.
Mais ne vous plairez-vous qu'aux fureurs des amans,
A leurs pleurs, à leur joie, à leurs emportemens ?
N'eft-il point d'autres coups pour ébranler une ame ?
Sans les flambeaux d'Amour, il eft des traits de flamme ;
Il eft des fentimens, des vertus, des malheurs
Qui d'un cœur élevé favent tirer des pleurs.
Aux fublimes accens des chantres de la Gréce
On s'attendrit en homme, on pleure fans faibleffe ;
Mais pour fuivre les pas de ces premiers auteurs,
De ce fpectacle utile, illuftres inventeurs,
Il faudrait pouvoir joindre en fa fougue tragique,
L'élégance moderne avec la force antique.
D'un œil critique et jufte il faut s'examiner,
Se corriger cent fois, ne fe rien pardonner ;
Et foi-même avec fruit fe jugeant par avance,
Par fes févérités gagner votre indulgence.

# PERSONNAGES.

ERYPHILE, reine d'Argos.

ALCMEON, fils inconnu d'*Amphiaraüs* et d'*Eryphile*.

HERMOGIDE, prince du fang d'Argos.

LE GRAND PRETRE de Jupiter.

POLEMON, officier de la maifon de la reine.

THEANDRE, cru père d'*Alcméon*.

ZELONIDE, confidente d'*Eryphile*.

EUPHORBE, confident d'*Hermogide*.

L'ombre d'*Amphiaraüs*.

Suite de la reine.

Suite du grand prêtre.

Soldats de la fuite d'*Alcméon*.

Soldats de la fuite d'*Hermogide*.

Chœur d'Argiens.

*La fcène eft à Argos.*

# ERYPHILE,

## *TRAGEDIE.*

## ACTE PREMIER.

### *SCENE PREMIERE.*

LE GRAND PRETRE, THEANDRE,
Suite du Grand Prêtre.

LE GRAND PRETRE.

ALLEZ, Miniſtres ſaints, annoncez à la terre
La juſtice du ciel et la fin de la guerre.
Des pompes de la paix que ces murs ſoient parés.
Quelle paix! Dieux vengeurs!.. Théandre, demeurez.
Le ſort va s'accomplir : la ſageſſe éternelle
A béni de vos ſoins la piété fidelle. (*a*)
Alcméon déformais eſt le ſoutien d'Argos;
La victoire a ſuivi le char de ce héros;
Et lorſque devant lui deux rois vaincus fléchiſſent,
De ſa gloire ſur vous les rayons rejailliſſent :
Alcméon dans Argos paſſe pour votre fils.

THEANDRE.

Depuis qu'entre mes mains cet enfant fut remis,
Ses vertus m'ont donné des entrailles de père.
Je m'indigne en ſecret de ſon deſtin ſévère ;
J'oſe accuſer des dieux l'irrévocable loi
Qui le fit naître eſclave avec l'ame d'un roi ;
Qui ſe plut à produire au ſein de la baſſeſſe
Le plus grand des héros dont s'honora la Gréce.

LE GRAND PRETRE.

Aux yeux des immortels et devant leur fplendeur,
Il n'eft point de baffeffe, il n'eft point de grandeur.
Le plus vil des humains, le roi le plus augufte,
Tout eft égal pour eux ; rien n'eft grand que le jufte.
Quels que foient fes aïeux, les deftins aujourd'hui
De leurs ordres facrés fe repofent fur lui.
Songez à cet oracle, à cette loi suprême
Que la reine autrefois a reçu des dieux même :
" Lorfqu'en un même jour deux rois feront vaincus,
" Tes mains prépareront un fecond hyménée :
" Ces temps, ce jour affreux feront la deftinée
" Et des peuples d'Argos, et du fang d'Inachus. "
Ce jour eft arrivé. Votre élève intrépide
A vaincu les deux rois de Pilos et d'Elide.
Tous vos chefs divifés qui défolaient Argos,
Ce puiffant Hermogide et tous ces rois rivaux,
Dans une ombre de paix ont affoupi leur haîne ;
Ils ont remis leur fort à la voix de la reine ;
Et l'hymen d'Eryphile eft bientôt déclaré.
Vous, fi du dernier roi le nom vous eft facré ;
D'Amphiaraüs encor fi vous aimez la gloire,
Si ce roi malheureux vit dans votre mémoire,
Dans le cœur d'Alcméon gravez ces fentimens :
Conduifez fa vertu.... mais tremblez....

THEANDRE.
Dieux puiffans !
Que nous annoncez-vous !

LE GRAND PRETRE.
Voici le jour peut-être
Qui va redemander le fang de votre maître.

La Vengeance implacable et qui marche à pas lents
Defcend du haut des cieux après plus de quinze ans.
Gardez que d'Alcméon le courage inutile
Contre ces dieux vengeurs ne protége Eryphile.

THEANDRE.

Quoi! ce jour qui femblait marqué par leurs bienfaits...

LE GRAND PRETRE.

Jamais jour ne fera plus terrible aux forfaits,
Il faut d'Amphiaraüs venger la mort funefte ;
Dans une obfcure nuit les dieux cachent le refte.

THEANDRE.

Il n'eft donc que trop vrai : ce prince infortuné,
Ce grand Amphiaraüs eft mort affaffiné.
Quoi! fa femme elle-même aurait pu..... la barbare !
Hélas ! quand de bons rois le ciel toujours avare
A fes triftes fujets ravit Amphiaraüs,
Il m'en fouvient affez ; un murmure confus,
Quelques fecrètes voix que je croyais à peine,
De cette mort funefte ofaient charger la reine.
Mais quel mortel hardi pouvait jeter les yeux
Dans la nuit qui couvrait ce myftère odieux.
Nos timides foupçons ont tremblé de paraître ;
Ce bruit s'eft diffipé.

LE GRAND PRETRE.

　　　　　Le ciel l'a fait renaître.
La Vérité terrible, avec des yeux vengeurs,
Vient fur l'aile du Temps et lit au fond des cœurs.
Son flambeau redoutable éclaire enfin l'abyme
Où dans l'impunité s'était caché le crime. ( 1 )

T H E A N D R E.

O mon maître! ô grand Roi lâchement égorgé,
Je mourrai fatisfait fi vous êtes vengé! (b)
Comment dois-tu finir, folennelle journée
Que le deftin fixa pour ce grand hyménée?
Ah! pour ce nouveau choix quel étrange appareil!
Ce matin, devançant le retour du foleil,
La reine était en pleurs, interdite, éperdue;
Elle a d'Amphiaraüs embraffé la ftatue;
Dans fon appartement elle n'ofait rentrer;
Une fecrète horreur femblait la pénétrer.
Tel eft des criminels le partage effroyable:
Ciel! qu'elle doit fouffrir fi fon cœur eft coupable!

L E   G R A N D   P R E T R E.

Bientôt de ces horreurs vous ferez éclairci.
Suivez-moi dans ce temple:

T H E A N D R E.

Ah, Seigneur, la voici!

## S C E N E   I I.

ERYPHILE, ZELONIDE, LE GRAND PRETRE,
THEANDRE, Suite de la reine.

(*Eryphile paraît accablée de trifteffe.*)

Z E L O N I D E  *à la Reine.*

Princesse, rappelez votre force première:
Que vos yeux fans frémir s'ouvrent à la lumière.

E R Y P H I L E.

Ah Dieux!

ZELONIDE.

Puiffent ces Dieux diffiper votre effroi !

ERYPHILE *au Grand Prêtre.*

\* Eh quoi, Miniftre faint, vous fuyez devant moi !
Demeurez ; fecourez votre reine éperdue.
Ecartez cette main fur ma tête étendue.
\* Un fpectre épouvantable en tous lieux me pourfuit ;
\* Les dieux l'ont déchaîné de l'éternelle nuit.
\* Je l'ai vu, ce n'eft point une erreur paffagère
\* Que produit du fommeil la vapeur menfongère :
Le fommeil à mes yeux refufant fes douceurs,
N'a point fur mon efprit répandu fes erreurs.
Je l'ai vu, je le vois... Cette image effrayante
A mes fens égarés demeure encor préfente.
Du fein de ces tombeaux de cent rois mes aïeux,
Il a percé l'abyme, il marche dans ces lieux.
Ces voiles malheureux qu'ici l'hymen m'apprête,
Sanglans et déchirés femblaient couvrir fa tête,
Et cachaient fon vifage à mon œil alarmé :
D'un glaive étincelant fon bras était armé.
J'entends encor fes cris et fes plaintes funeftes.
Vous, confident facré des volontés céleftes,
Répondez : quel eft donc ce fantôme cruel ?
Eft-ce un dieu des enfers, ou l'ombre d'un mortel ?
\* Quel pouvoir a brifé l'éternelle barrière
\* Dont le ciel fépara l'enfer et la lumière ?
\* Les manes des humains, malgré l'arrêt du fort
\* Peuvent-ils revenir du féjour de la mort ?

LE GRAND PRETRE.

\* Oui : du ciel quelquefois la juftice fuprême
\* Sufpend l'ordre éternel établi par lui-même.

\* Il permet à la mort d'interrompre ſes lois,
\* Pour l'effroi de la terre et l'exemple des rois.

ERYPHILE.

Hélas ! lorſque le ciel à vos autels m'entraîne,
Et d'un ſecond hymen me fait ſubir la chaîne,
M'annonce-t-il la mort, ou défend-il mes jours ?
S'arme-t-il pour ma perte, ou bien pour mon ſecours ?
Que veut cet habitant du ténébreux abyme ?
Que vient-il m'annoncer ?

LE GRAND PRETRE.

Il vient punir le crime.

(*il ſort.*)

## S C E N E  I I I.

### ERYPHILE, ZELONIDE.

ERYPHILE.

Quelle réponſe, ô Ciel ! et quel préſage affreux !

ZELONIDE.

Ce jour ſemblait pour vous des jours le plus heureux.
De ces rois ennemis l'audace eſt confondue ;
Par les mains d'Alcméon la paix vous eſt rendue ; (*c*)
Ces princes qui briguaient l'empire et votre main,
D'un mot de votre bouche attendent leur deſtin.

ERYPHILE.

Le bras d'Alcméon ſeul a fait tous ces miracles.

ZELONIDE.

Les deſtins à vos vœux ne mettront plus d'obſtacles.

Songez

Songez à votre gloire, à tous ces rois rivaux :
A l'hymen qui pour vous rallume fes flambeaux.

ERYPHILE.

Moi, rallumer encor ces flammes déteftées !
Moi, porter aux autels des mains enfanglantées !
Moi, choifir un époux ! ce nom cher et facré
Par ma faibleffe horrible eft trop déshonoré :
Qu'on détruife à jamais ces pompes folennelles.
Quelles mains s'uniraient à mes mains criminelles !
Je ne puis...

ZELONIDE.

Raffurez-votre cœur éperdu :
Hermogide bientôt....

ERYPHILE.

Quel nom prononces-tu ?
Hermogide, grands Dieux ! lui de qui la furie
Empoifonna les jours de ma fatale vie.
Hermogide ! ah, fans lui, fans fes coupables feux,
Mon cœur, mon trifte cœur eût été vertueux.

ZELONIDE.

Quel trouble vous faifit : quel remords vous tourmente ?

ERYPHILE.

Pardonne, Amphiaraüs, pardonne, Ombre fanglante !
Ceffe de m'effrayer du fein de ce tombeau :
Je n'ai point dans tes flancs enfoncé le couteau :
Je n'ai point confenti... que dis-je ? miférable !

ZELONIDE.

Quoi, vous ! de quels forfaits feriez-vous donc coupable ?

ERYPHILE.

Je n'ai pu jufqu'ici t'avouer tant d'horreurs.
Les malheureux fans peine exhalent leurs douleurs,

*Théâtre.* Tome I.                    C c

Mais, hélas! qu'il en coûte à déclarer sa honte! (2)

Z E L O N I D E.

Une douleur injuste, un vain effroi vous dompte;
La vertu la plus pure eut toujours tous vos soins:
Votre cœur n'aime qu'elle.

E R Y P H I L E.

Il le voudrait du moins.

Tu n'étais pas à moi, lorsqu'un triste hyménée
Au sage Amphiaraüs unit ma destinée.

Z E L O N I D E.

Vous sortiez de l'enfance, et de vos heureux jours
Seize printemps à peine avaient marqué le cours.

E R Y P H I L E.

C'est cet âge fatal et sans expérience,
Ouvert aux passions, faible, plein d'imprudence,
C'est cet âge indiscret qui fit tout mon malheur.
Un traître avait surpris le chemin de mon cœur:
Hélas! qui l'aurait cru que ce fier Hermogide,
Race des demi-dieux, issu du sang d'Alcide,
Sous l'appât d'un amour si tendre, si flatteur,
Des plus noirs sentimens cachât la profondeur.
On lui promit ma main: mon cœur faible et sincère,
Dans ses rapides vœux soumis aux lois d'un père,
Trompé par son devoir et trop tôt enflammé,
Brûla pour un barbare indigne d'être aimé;
Et lorsqu'à l'oublier on voulut me contraindre,
Mes feux trop allumés ne pouvaient plus s'éteindre. (d)
Amphiaraüs parut et changea mon destin;
Il obtint de mon père et l'Empire et ma main.
Il régna: je l'armai de ce fer redoutable,
Du fer sacré des rois, dont une main coupable

Ofa depuis... enfin je lui donnai ma foi ;
Je lui devais mon cœur, il n'était plus à moi.
Ingrate à ce héros qui feul m'aurait dû plaire,
Je portais dans fes bras une amour étrangère.
Objet de mes remords, objet de ma pitié,
Demi‑dieu dont je fus la coupable moitié,
Quand tu quittas ces lieux, quand ce traître Hermogide
Te fit abandonner les champs de l'Argolide,
Pourquoi le vis‑je encor? Trop faible que je fuis,
Mon front mal déguifé fit parler mes ennuis.
L'aveugle ambition dont il brûlait dans l'ame
De fon fatal amour empoifonna la flamme ;
Il entrevit le trône ouvert à fes défirs ;
Il expliqua mes pleurs, mes regrets, mes foupirs,
Comme un ordre fecret que ma timide bouche
Héfitait de prefcrire à fa rage farouche.
Je t'en ai dit affez ; et mon époux eft mort.

ZELONIDE.

Le roi dans un combat vit terminer fon fort.

ERYPHILE.

Argos le croit ainfi ; mais une main impie,
Ou plutôt ma faibleffe a terminé fa vie.
Hermogide en fecret l'immola fous fes coups.
Le cruel, tout couvert du fang de mon époux,
Vint armé de ce fer, inftrument de fa rage,
Qui des droits à l'Empire était l'augufte gage :
Et d'un affaffinat pour moi feule entrepris
Aux pieds de nos autels il demanda le prix.
Grands Dieux ! qui m'infpirez des remords légitimes,
Mon cœur, vous le favez, n'eft point fait pour les crimes ;

Il eft né vertueux : je vis avec horreur
Le coupable ennemi qui fut mon féducteur ;
Je déteftai l'amour et le trône et la vie.

ZÉLONIDE.

Eh ! ne pouviez-vous point punir fa barbarie ?
Etiez-vous fourde aux cris de ce fang innocent ?

ERYPHILE.

Celui qui le verfa fut toujours trop puiffant ;
Et fon habileté fecondant fon audace,
De ce crime aux mortels a dérobé la trace.
Je ne pus que pleurer, me taire et le haïr.
Le ciel en même-temps s'arma pour me punir ;
La main des dieux fur moi toujours appefantie,
Opprima mes fujets, perfécuta ma vie.
Les princes de Cyrrha, d'Elide et de Pylos,
Se difputaient mon cœur et l'empire d'Argos.
De nos chefs divifés les brigues et les haines
De l'Etat qui chancelle embarraffaient les rènes, (e)
Le barbare Hermogide a difputé contre eux
Et le prix de fon crime et l'objet de fes feux.
Et moi, fur mon hymen, fur le fort de la guerre,
Je confultai la voix du maître du tonnerre :
A fa divinité, dont ces lieux font remplis,
J'offris en frémiffant mon encens et mes cris.
Sans doute tu l'appris : cet oracle funefte,
Ce trifte avant-coureur du châtiment célefte,
Cet oracle me dit de ne choifir un roi
Que quand deux rois vaincus fléchiraient fous ma loi ;
Mais qu'alors, d'un époux vengeant le fang qui crie,
Mon fils, mon propre fils m'arracherait la vie.

ZELONIDE.

Jufte Ciel! Eh! que faire en cette extrémité?

ERYPHILE.

O mon fils! que de pleurs ton deftin m'a coûté! (*f*)
Trop de crainte peut-être, et trop de prévoyance
M'ont fait injuftement éloigner fon enfance.
Je n'ofais ni trancher, ni fauver fes deftins;
J'abandonnai fon fort à d'étrangères mains;
Il mourut pour fa mère : et ma bouche infidelle
De fon trépas ici répandit la nouvelle.
Je l'arrachai pleurant de mes bras maternels,
Quelle perte, grands Dieux! et quels deftins cruels!
J'ôte à mon fils le trône, à mon époux la vie;
Et ma feule faibleffe a fait ma barbarie.
Mais tant d'horreurs encor ne peuvent égaler
Ce déteftable hymen dont tu m'ofes parler.

# SCENE IV.

ERYPHILE, ZELONIDE, POLEMON.

ERYPHILE.

Eh bien! cher Polémon, que venez-vous me dire?

POLEMON.

J'apporte à vos genoux les vœux de cet empire;
Son fort dépend de vous : le don de votre foi
Fait la paix de la Gréce et le bonheur d'un roi.
Ce long retardement à vous-même funefte,
De nos divifions peut ranimer le refte.

Euryale, Tydée, et ces rois repouſſés,
Vaincus par Alcméon ne ſont point terraſſés.
Dans Argos incertain leur parti peut renaître ;
Hermogide eſt puiſſant, le peuple veut un maître :
Il ſe plaint, il murmure, et prompt à s'alarmer,
Bientôt malgré vous-même il pourrait le nommer.
Veuve d'Amphiaraüs, et digne de ce titre,
De ces grands différends et la cauſe et l'arbitre,
Reine, daignez d'Argos accomplir les ſouhaits.
Que le droit de régner ſoit un de vos bienfaits !
Que votre voix décide, et que cet hyménée
De la Gréce et de vous règle la deſtinée !

ERYPHILE.

Pour qui penche ce peuple ?

POLEMON.

Il attend votre choix :
Mais on ſait qu'Hermogide eſt du ſang de nos rois.
Du ſouverain pouvoir il eſt dépoſitaire ;
Cet hymen à l'Etat ſemble être néceſſaire.

ERYPHILE.

On veut que je l'épouſe et qu'il ſoit votre roi.

POLEMON.

Madame, avec reſpect on ſuivra votre loi.
Prononcez : un ſeul mot réglera nos hommages.

ERYPHILE.

Mais du peuple Hermogide a-t-il tous les ſuffrages ?

POLEMON.

S'il faut parler, Madame, avec ſincérité,
Ce prince eſt dans ces lieux moins cher que redouté.
On croit qu'à ſon hymen il vous faudra ſouſcrire,
Mais, Madame on le croit plus qu'on ne le déſire.

ERYPHILE.

Alcméon ne vient point! l'a-t-on fait avertir?

POLEMON.

Déjà du camp, Madame, il aura dû partir.

ERYPHILE.

Ce n'eſt qu'en ſa vertu que j'ai quelque eſpérance.
Puiſſe-t-il de ſa reine embraſſer la défenſe!
Puiſſe-t-il me ſauver de tous mes ennemis!
O Dieux de mon époux! et vous, Dieux de mon fils!
Prenez de cet Etat les rènes languiſſantes;
Remettez-les vous-même en des mains innocentes:
Ou ſi dans ce grand jour il me faut déclarer,
Conduiſez donc mon cœur, et daignez l'inſpirer.

*Fin du premier acte.*

# ACTE II.

## SCENE PREMIERE.

### ALCMEON, THEANDRE.

THEANDRE.

ALCMEON, j'ai pitié de voir tant de faibleffe.
L'erreur qui vous féduit, la douleur qui vous preffe,
De vos défirs fecrets l'orgueil préfomptueux,
Eclatent malgré vous et parlent dans vos yeux;
Et j'ai tremblé cent fois que la reine offenfée
Ne punît de vos vœux la fureur infenfée.
Qui ? vous! jeter fur elle un œil audacieux?
Vous cherchez à vous perdre. Ah! jeune ambitieux,
Faut-il vous voir ôter par vos fougueux caprices
L'honneur de vos exploits, le fruit de vos fervices,
Le prix de tant de fang verfé dans les combats!

ALCMEON.

Cher ami, pardonnez : je ne me connais pas.
La reine; oui, je l'avoue, oui, fa fatale vue
Porte au fond de mon ame une atteinte inconnue.
Je ne veux point voiler à vos regards difcrets
L'erreur de mon jeune âge et mes troubles fecrets.
Je vous dirai bien plus : l'afpect du diadême
Semble emporter mon ame au-delà de moi-même.
J'ignore pour quel roi ce bras a triomphé :
Mais preffé d'un dépit avec peine étouffé,

A mon cœur étonné c'eſt un ſecret outrage
Qu'un autre emporte ici le prix de mon courage.
Que ce trône ébranlé, dont je fus le rempart,
Dépende d'un coup d'œil, ou ſe donne au haſard.
Que dis-je? Hélas! peut-être il eſt le prix du crime!
Mais non, n'écoutons point le tranſport qui m'anime;
Banniſſons loin de moi le funeſte ſoupçon
Qui règne en mon eſprit et trouble ma raiſon.
Ah! ſi la vertu ſeule, et non pas la naiſſance....

T H E A N D R E.

Ecoutez : j'ai moi-même élevé votre enfance;
Souffrez-moi quelquefois, généreux Alcméon,
L'autorité d'un père auſſi-bien que le nom.
Vous paſſez pour mon fils, la fortune ſévère,
Inégale en ſes dons, pour vous marâtre et mère,
De vos jours conſervés voulut mêler le fil
De l'éclat le plus grand, et du ſort le plus vil.
J'ai d'un profond ſecret couvert votre origine;
Mais vous la connaiſſez; et cette ame divine,
Du haut de ſa fortune et parmi tant d'éclat,
Devrait baiſſer les yeux ſur ſon premier état.
Gardez que quelque jour, cet orgueil téméraire
N'attire ſur vous-même une triſte lumière;
N'éclaire enfin l'envie, et montre à l'univers
Sous vos lauriers pompeux la honte de vos fers.

A L C M E O N.

Ah! c'eſt ce qui m'accable et qui me déſeſpère.
Il faut rougir de moi, trembler au nom d'un père :
Me cacher par faibleſſe aux moindres citoyens,
Et reprocher ma vie à ceux dont je la tiens.

Préjugé malheureux ! éclatante chimère
Que l'orgueil inventa, que le faible révère,
Par qui je vois languir le mérite abattu
Aux pieds d'un prince indigne, ou d'un grand fans vertu.
* Les mortels font égaux : ce n'eft point la naiffance,
* C'eft la feule vertu qui fait leur différence.
C'eft elle qui met l'homme au rang des demi-dieux ;
* Et qui fert fon pays n'a pas befoin d'aïeux.
Princes, Rois, la fortune a fait votre partage,
Mes grandeurs font à moi ; mon fort eft mon ouvrage :
Et ces fers fi honteux, ces fers où je naquis,
Je les ai fait porter aux mains des ennemis.
* Je n'ai plus rien du fang qui m'a donné la vie ;
* Il a dans les combats coulé pour la patrie ;
* Je vois ce que je fuis et non ce que je fus,
* Et crois valoir au moins des rois que j'ai vaincus.

THEANDRE.

Alcméon, croyez-moi, l'orgueil qui vous infpire,
Que je dois condamner, et que pourtant j'admire,
Ce principe éclatant de tant d'exploits fameux,
En vous rendant fi grand, vous fait trop malheureux.
Pliez à votre état ce fougueux caractère
Qui d'un brave guerrier ferait un téméraire :
C'eft un des ennemis qu'il vous faut fubjuguer.
Né pour fervir le trône et non pour le briguer ;
Sachez vous contenter de votre deftinée ;
D'une gloire affez haute elle eft environnée :
N'en recherchez point d'autre. Eh ! qui fait fi les dieux
Qui toujours fur vos pas ont attaché les yeux,
Qui pour venger Argos, et pour calmer la Gréce,
Ont voulu vous tirer du fein de la baffeffe,

N'ont point encor fur vous quelques fecrets deffeins ?
Peut-être leur vengeance eft mife entre vos mains.
Le fang de votre roi dont la terre eft fumante,
Elève encore au ciel une voix gémiffante ;
Sa voix eft entendue : et les dieux aujourd'hui
Contre fes affaffins fe déclarent pour lui.
Le grand prêtre déjà voit la foudre allumée,
Qui fe cache à nos yeux dans la nue enfermée.
Enfin, que feriez-vous fi les arrêts du ciel
Vous preffaient de punir un meurtre fi cruel ?
Si, chargé malgré vous de leur ordre fuprême,
Vous vous trouviez entre eux, et la reine elle-même ?
S'il vous fallait choifir...

## SCENE II.

### ALCMEON, THEANDRE, POLEMON.

POLEMON.

LA reine en ce moment
Vous mande de l'attendre en cet appartement.
Elle vient : il s'agit du falut de l'Empire.

THEANDRE à part.

Prête à nommer un roi, qu'aurait-elle à lui dire ?
D'Amphiaraüs, ô Dieux, daignez vous fouvenir !

ALCMEON.

Pour la dernière fois je vais l'entretenir.

## S C E N E   I I I.

### E R Y P H I L E, A L C M E O N, Z E L O N I D E.

#### E R Y P H I L E.

C'E ST à vous, Alcméon, c'eft à votre victoire
Qu'Argos doit fon bonheur, Eryphile fa gloire.
C'eft par vous que, maîtreffe et du trône et de moi,
Dans ces murs relevés je puis choifir un roi.
Mais prête à le nommer, ma jufte prévoyance
Veut s'affurer ici de votre obéiffance.
J'ai de nommer un roi le dangereux honneur :
Faites plus, Alcméon, foyez fon défenfeur.

#### A L C M E O N.

D'un prix trop glorieux ma vie eft honorée :
A vous fervir, Madame, elle fut confacrée.
* Je vous devais mon fang, et quand je l'ai verfé,
* Puifqu'il coulait pour vous, je fus récompenfé.
Mais telle eft de mon fort la dure violence,
Qu'il faut que je vous trompe ou que je vous offenfe.
Reine, je vais parler : Des rois humiliés
Briguent votre fuffrage et tombent à vos pieds.
Tout vous rit ; que pourrais-je, en ce féjour tranquille,
Vous offrir qu'un vain zèle, et qu'un bras inutile ?
Laiffez-moi fuir des lieux où le deftin jaloux
Me ferait, malgré moi, trop coupable envers vous.

#### E R Y P H I L E.

Vous me quittez ! ô Dieux, dans quels temps !

ALCMEON.

Les orages

Ont ceffé de gronder fur ces heureux rivages.
Ma main les écarta : la Gréce en ce grand jour
Va voir enfin l'Hymen , et peut-être l'Amour,
Par votre augufte voix nommer un nouveau maître.
Reine , jufqu'aujourd'hui vous avez pu connaître
Quelle fidélité m'attachait à vos lois ;
Quel zèle inaltérable échauffait mes exploits.
J'efpérais à jamais vivre fous votre empire :
Mes vœux pourraient changer , et j'ofe ici vous dire
Que cet heureux époux , fur ce trône monté ,
Eprouverait en moi moins de fidélité ;
Et qu'un fujet foumis , dévoué , plein de zèle ,
Peut-être à d'autres lois deviendrait un rebelle.

ERYPHILE.

Vous me quittez ! eh quoi ! pourriez-vous donc penfer
Qu'Eryphile héfitât à vous récompenfer ?
Que craignez-vous ? parlez : il faut ne me rien taire.

ALCMEON.

Je ne dois point lever un regard téméraire
Sur les fecrets du trône , et fur ces nouveaux nœuds
Préparés par vos mains pour un roi trop heureux ;
Mais de ce jour enfin la pompe folennelle ,
De votre choix au peuple annonce la nouvelle.
Ce fecret dans Argos eft déjà répandu :
Princeffe , à cet hymen on s'était attendu. (g)
Ce choix fans doute eft jufte , et la raifon le guide ;
Mais je ne ferai point le fujet d'Hermogide.
Voilà mes fentimens : et mon bras aujourd'hui
Ayant vaincu pour vous , ne peut fervir fous lui.

Puniffez ma fierté, d'autant plus condamnable,
Qu'ayant ofé paraître, elle eft inébranlable.

E R Y P H I L E.

Alcméon, demeurez; j'attefte ici les dieux,
Ces dieux qui fur le crime ouvrent toujours les yeux,
Qu'Hermogide jamais ne fera votre maître;
Sachez que c'eft à vous à l'empêcher de l'être:
Et contre fes rivaux, et fur-tout contre lui,
Songez que votre reine implore votre appui.

A L C M E O N.

Qu'entends-je! ah! difpofez de mon fang, de ma vie.
Que je meure à vos pieds en vous ayant fervie!
Que ma mort foit utile au bonheur de vos jours!

E R Y P H I L E.

C'eft de vous feul ici que j'attends du fecours.
Allez: affurez-vous des foldats dont le zèle
Se montre à me fervir auffi prompt que fidèle.
Que de tous vos amis ces murs foient entourés,
Qu'à tout événement leurs bras foient préparés.
Dans l'horreur où je fuis, fachez que je fuis prête
A marcher s'il le faut, à mourir à leur tête.
Allez.

# S C E N E   I V.

E R Y P H I L E,   Z E L O N I D E.

Z E L O N I D E.

QUE faites-vous? Quel eft votre deffein?
Que veut cet ordre affreux?

E R Y P H I L E.

Ah! je fuccombe enfin.

Dieux! comme en lui parlant, mon ame déchirée
Par des nœuds inconnus se sentait attirée!
De quels charmes secrets mon cœur est combattu!
Quel état!.. Achevons ce que j'ai résolu.
Je le veux: étouffons ces indignes alarmes.

ZELONIDE.

Vous parlez d'Alcméon, et vous versez des larmes!
Que je crains qu'en secret une fatale erreur...

ERYPHILE.

Ah, que jamais l'amour ne rentre dans mon cœur!
Il m'en a trop coûté : que ce poison funeste
De mes jours langüissans n'accable point le reste!
Jours trop infortunés, vous ne fûtes remplis
Qu'à pleurer mon époux, qu'à regretter mon fils!
* Leur souvenir fatal a toutes mes tendresses.
* Malheureuse! est-ce à toi d'éprouver des faiblesses?
Pénétré des remords qui viennent m'alarmer,
Ce cœur plein d'amertume est-il fait pour aimer?

ZELONIDE.

Pourquoi donc à son nom redoublez-vous vos plaintes?
Pardonnez à mon zèle, et permettez mes craintes.
Songez que si l'amour décidait aujourd'hui...

ERYPHILE.

* Non, ce n'est point l'amour qui m'entraîne vers lui;
Non, un dieu plus puissant me contraint à me rendre.
L'amour n'est pas si pur, l'amour n'est pas si tendre.
Non, plus je m'examine, et plus j'ose approuver
Les sentimens secrets qui m'ont su captiver.
* Ce n'est point par les yeux que mon ame est vaincue.
Ne crois pas qu'à ce point de mon rang descendue,

\* Ecoutant de mes fens le charme empoifonneur,
\* Je donne à la beauté le prix de la valeur.
Je chéris fa vertu, j'aime ce que j'admire.

ZELONIDE.

Ah, Dieux! oferiez-vous le nommer à l'Empire? (h)

ERYPHILE.

En de fi pures mains ce fceptre enfin remis
Deviendrait refpectable à nos dieux ennemis.
Mais une loi plus fainte et m'éclaire et me guide;
Je chéris Alcméon, je détefte Hermogide.
Et je vais rejeter, en ce funefte jour,
Les confeils de la haine et la voix de l'amour.
Nature, dans mon cœur fi long-temps combattue,
Sentimens partagés d'une mère éperdue,
Tendre reffouvenir, amour de mon devoir,
Reprenez fur mon ame un abfolu pouvoir.
Moi, régner! moi, bannir l'héritier véritable!
Ce fceptre enfanglanté pèfe à ma main coupable.
Réparons tout: allons; et vous, Dieux dont je fors,
Pardonnez des forfaits moindres que mes remords.
Qu'on cherche Polémon. Ciel! que vois-je? Hermogide!

## SCENE V.

### ERYPHILE, HERMOGIDE, ZELONIDE, EUPHORBE.

HERMOGIDE.

Madame, je vois trop le tranfport qui vous guide;
Je vois que votre cœur fait peu diffimuler;
Mais les momens font chers, et je dois vous parler.

Souffrez

Souffrez de mon refpect un confeil falutaire,
Votre deftin dépend du choix qu'il vous faut faire.
Je ne viens point ici rappeler des fermens
Dictés par votre père, effacés par le temps ;
Mon cœur ainfi que vous doit oublier, Madame,
Les jours infortunés d'une inutile flamme ;
Et je rougirais trop, et pour vous et pour moi,
Si c'était à l'amour à nous donner un roi.
Un fentiment plus digne, et de l'un et de l'autre,
Doit gouverner mon fort et commander au vôtre.
Vos aïeux et les miens, les dieux dont nous fortons,
Cet Etat périffant fi nous nous divifons,
Le fang qui nous a joints, l'intérêt qui nous lie,
Nos ennemis communs, l'amour de la patrie,
Votre pouvoir, le mien, tous deux à redouter,
Ce font-là les confeils qu'il vous faut écouter.
Banniffez pour jamais un fouvenir funefte ;
Le préfent nous appelle, oublions tout le refte.
Le paffé n'eft plus rien : maîtres de l'avenir,
Le grand art de régner doit feul nous réunir.
Les plaintes, les regrets, les vœux font inutiles :
C'eft par la fermeté qu'on rend les dieux faciles. (i)
Ce fantôme odieux qui vous trouble en ce jour,
Qui naquit de la crainte, et l'enfante à fon tour,
Doit-il nous alarmer par tous fes vains preftiges ?
Pour qui ne les craint point, il n'eft point de prodiges :
Ils font l'appât groffier des peuples ignorans,
L'invention du fourbe, et le mépris des grands.
Penfez en roi, Madame, et laiffez au vulgaire
Des fuperftitions le joug imaginaire.

ERYPHILE.

Quoi ! vous...

*Théâtre.* Tome I.                    D d

H E R M O G I D E.

H E R M O G I D E.

Encore un mot, Madame, et je me tais.
Le feul bien de l'Etat doit remplir vos fouhaits :
Vous n'avez plus les noms, et d'époufe, et de mère ;
·Le ciel vous honora d'un plus grand caractère.
Vous régnez ; mais fongez qu'Argos demande un roi.
Vous avez à choifir : vos ennemis, ou moi.
Moi, né près de ce trône, et dont la main fanglante
A foutenu quinze ans fa grandeur chancelante :
Moi, dis-je, ou l'un des rois, fans force et fans appui,
Que mon lieutenant feul a vaincus aujourd'hui.
* Je me connais, je fais que blanchi fous les armes,
* Ce front trifte et févère a pour vous peu de charmes.
* Je fais que vos appas, encor dans leur printemps,
* Devraient s'effaroucher de l'hiver de mes ans ;
* Mais la raifon d'Etat connaît peu ces caprices ;
* Et de ce front guerrier les nobles cicatrices
* Ne peuvent fe couvrir que du bandeau des rois.
Vous connaiffez mon rang, mes attentats, mes droits ;
Sachant ce que j'ai fait, et voyant où j'afpire,
Vous me devez, Madame, ou la mort, ou l'Empire.
Quoi ! vos yeux font en pleurs ; et vos efprits troublés...

E R Y P H I L E.

Non, Seigneur, je me rends ; mes deftins font régles.
On le veut ; il le faut ; ce peuple me l'ordonne ;
C'en eft fait : à mon fort, Seigneur, je m'abandonne.
Vous, lorfque le foleil defcendra dans les flots,
Trouvez-vous dans ce temple avec les chefs d'Argos.
A mes aïeux, à vous, je vais rendre juftice :
Je prétends qu'à mon choix l'univers applaudiffe ;

Et vous pourrez juger fi ce cœur abattu
Sait conferver fa gloire, et connaît la vertu.

### HERMOGIDE.

Mais, Madame, voyez...

### ERYPHILE.

Dans mon inquiétude,
Mon efprit a befoin d'un peu de folitude;
Mais jufqu'à ces momens que mon ordre a fixés,
Si je fuis reine encor, Seigneur, obéiffez.

## SCENE VI.

## HERMOGIDE, EUPHORBE.

### HERMOGIDE.

DEMEURE : ce n'eft pas au gré de fon caprice
Qu'il faut que mon courage et que mon fort fléchiffe ;
Et je n'ai pas verfé tout le fang de mes rois,
Pour dépendre aujourd'hui du hafard de fon choix.
Parle : as - tu difpofé cette troupe intrépide,
Ces compagnons hardis du deffin d'Hermogide?
Contre la reine même ofent - ils me fervir?

### EUPHORBE.

Pour vos intérêts feuls ils font prêts à périr.

### HERMOGIDE.

Je faurai me fauver du reproche et du blâme
D'attendre pour régner les bontés d'une femme.
Je fus quinze ans fans maître, et ne puis obéir.
Le fruit de tant de foins eft lent à recueillir.

Argos n'a plus de rois, et c'était trop attendre
Pour les fuivre aux enfers , ou régner fur leur cendre.
Je n'ai plus , il eft vrai , ce fer fi révéré
Qu'on croit ici du trône être un gage affuré ;
Mais je conferve au moins , de cette augufte place
Des gages plus certains , la conftance et l'audace.
Mon deftin fe décide , et fi le premier pas
Ne m'élève à l'Empire , il m'entraîne au trépas.
Entre l'Empire et moi tu vois le précipice :
\* Allons , que ma fortune y tombe ou le franchiffe !

*Fin du fecond acte.*

# ACTE III.

## SCENE PREMIERE.

HERMOGIDE, EUPHORBE, Suite d'Hermogide.

HERMOGIDE.

ENFIN donc, voici l'heure où dans ce temple même,
La reine avec fa main donne fon diadême.
Euphorbe, ou je me trompe, ou de bien des horreurs
Ces dangereux momens font les avant-coureurs.

EUPHORBE.

Polémon de fa part flatte votre efpérance.

HERMOGIDE.

Polémon veut en vain tromper ma défiance.

EUPHORBE.

Eh ! qui choifir que vous ? Cet Empire aujourd'hui
Demande un bras puiffant qui lui ferve d'appui.
Que dis-je ? Vous l'aimiez, Seigneur, et tant de flamme...

HERMOGIDE.

Moi ! que cette faibleffe ait amolli mon ame !
Hermogide amoureux ! Ah ! qui veut être roi,
Ou n'eft pas fait pour l'être, ou fait régner fur foi.
* A la reine engagé , je pris fur fa jeuneffe
* Cet heureux afcendant que les foins, la foupleffe,
* L'attention, le temps, favent fi bien donner
* Sur un cœur fans deffeins , facile à gouverner.
Le bandeau de l'amour, et l'art trompeur de plaire,
De mes vaftes deffeins ont voilé le myftère.

D d 3

Mais de tout temps, crois-moi, la foif de la grandeur
Fut le feul fentiment qui régna dans mon cœur.

E U P H O R B E.

Tout vous portait au trône, et les vœux de l'armée,
Et la voix de ce peuple, et de la renommée,
Et celle de la reine en qui vous efpériez.

H E R M O G I D E.

Par quels funeftes nœuds mes deftins font liés !
* Son époux et fon fils, privés de la lumière,
* Du trône à mon courage entr'ouvraient la barrière,
* Quand la main de nos dieux la ferma fous mes pas.
Je fais que j'eus les vœux du peuple et des foldats ;
Mais la voix de ces dieux, ou plutôt de nos prêtres,
M'a dépouillé quinze ans du rang de mes ancêtres.
Il fallut fuccomber aux fuperftitions,
* Qui font, bien plus que nous, les rois des nations ; (k)
Et le zèle aveuglé d'un peuple fanatique
Fut plus fort que mon bras et que ma politique.

E U P H O R B E.

En faveur de vos droits ce peuple enfin s'unit ;
Du trône devant vous le chemin s'applanit ;
Argos, par votre main fait à la fervitude,
Long-temps de votre joug prit l'heureufe habitude :
Nos chefs feront pour vous.

H E R M O G I D E.

    Je compte fur leur foi,
Tant que leur intérêt les peut joindre avec moi.
L'un d'eux, je l'avoûrai, me trouble et m'importune ;
Son deftin qui s'élève, étonne ma fortune.
Je le crains malgré moi.

EUPHORBE.

Quoi! ce jeune Alcméon,
Ce foldat qui vous doit fa grandeur et fon nom?

HERMOGIDE.

Oui, ce fils de Théandre, et qui fut mon ouvrage,
Qui fous moi de la guerre a fait l'apprentiffage,
Maître de trop de cœurs à mon char arrachés,
Au bonheur qui le fuit les a tous attachés.
Par fes heureux exploits ma grandeur eft ternie;
Son afcendant vainqueur impofe à mon génie:
Son feul afpect ici commence à m'alarmer.
Je le hais d'autant plus qu'il fait fe faire aimer,
Que des peuples féduits l'eftime eft fon partage;
Sa gloire m'avilit et fa vertu m'outrage.
Je ne fais, mais le nom de ce fier citoyen,
Tout obfcur qu'il était, femble égaler le mien.
Et moi, près de ce trône où je dois feul prétendre,
* J'ai laffé ma fortune à force de l'attendre.
Mon crédit, mon pouvoir adoré fi long temps,
N'eft qu'un coloffe énorme ébranlé par les ans,
Qui penche vers fa chute, et dont le poids immenfe
Veut, pour fe foutenir, la fuprême puiffance; ( 3 )
Mais du moins en tombant je faurai me venger. ( l )

EUPHORBE.

Qu'allez-vous faire ici?

HERMOGIDE.

Ne plus rien ménager.
Déchirer, s'il le faut, le voile heureux et fombre
Qui couvrit mes forfaits du fecret de fon ombre:
Les juftifier tous par un nouvel effort,
Par les plus grands fuccès, ou la plus belle mort;

D d 4

Et dans le défefpoir où je vois qu'on m'entraîne,
Ma fureur. . . . Mais on entre, et j'aperçois la reine.

## S C E N E  I I.

ERYPHILE, ALCMEON, HERMOGIDE,
POLEMON, EUPHORBE, Chœur d'Argiens.

#### A L C M E O N.

O u i, ce peuple, Madame, et les chefs, et les rois,
Sont prêts à confirmer, à chérir votre choix;
Et je viens, en leur nom, préfenter leur hommage
A votre heureux époux, leur maître et votre ouvrage.
Ce jour va de la Gréce affurer le repos.

#### E R Y P H I L E.

Vous, Chefs qui m'écoutez, et vous, Peuple d'Argos,
Qui venez en ces lieux reconnaître l'empire
Du nouveau fouverain que ma main doit élire,
Je n'ai point à choifir : je n'ai plus qu'à quitter
Un fceptre que mes mains n'avaient pas dû porter.
Votre maître eft vivant, mon fils refpire encore.
Ce fils infortuné, qu'à fa première aurore
Par un trépas foudain vous crûtes enlevé,
Loin des yeux de fa mère en fecret élevé, (m)
Fut porté, fut nourri dans l'enceinte facrée
Dont le ciel à mon fexe a défendu l'entrée.
Celui que je chargeai de fes triftes deftins,
Ignorait quel dépôt fut mis entre fes mains.
Je voulus qu'avec lui renfermé dès l'enfance,
Mon fils de fes parens n'eût jamais connaiffance.
Mon amour maternel, timide et curieux,
A cent fois fur fa vie interrogé les cieux;

Aujourd'hui même encore, ils m'ont dit qu'il respire.
Je vais mettre en ses mains mes jours et mon Empire.
Je sais trop que ce dieu, maître éternel des dieux,
Jupiter dont l'oracle est présent en ces lieux,
Me prédit, m'assura que ce fils sanguinaire
Porterait le poignard dans le sein de sa mère.
Puisse aujourd'hui, grand Dieu, l'effort que je me fais
Vaincre l'affreux destin qui l'entraîne aux forfaits!
Oui, Peuple, je le veux : oui, le roi va paraître :
Je vais à le montrer obliger le grand prêtre.
Les dieux qui m'ont parlé veillent encor sur lui;
Ce secret au grand jour va briller aujourd'hui.
De mon fils désormais il n'est rien que je craigne;
Qu'on me rende mon fils, qu'il m'immole, et qu'il règne.

HERMOGIDE.

Peuple, Chefs, il faut donc m'expliquer à mon tour :
L'affreuse vérité va donc paraître au jour.
Ce fils qu'on redemande afin de mieux m'exclure,
Cet enfant dangereux, l'horreur de la nature,
Né pour le parricide, et dont la cruauté
Devait verser le sang du sein qui l'a porté :
Il n'est plus. Son supplice a prévenu son crime.

ERYPHILE.

Ciel !

HERMOGIDE.

Aux portes du temple on frappa la victime.
Celui qui l'enlevait le suivit au tombeau. (n)
Il fallait étouffer ce monstre en son berceau;
A la reine, à l'Etat son sang fut nécessaire;
Les dieux le demandaient : je servis leur colère.
Peuple, n'en doutez point : Euphorbe, Nicétas,
Sont les secrets témoins de ce juste trépas.

J'attefte mes aïeux et ce jour qui m'éclaire,
Que j'immolai le fils , que j'ai fauvé la mère ;
Que fi ce fang coupable a coulé fous nos coups ,
J'ai prodigué le mien pour la Gréce et pour vous.
Vous m'en devez le prix ; vous voulez tous un maître ;
L'oracle en promet un , je vais périr, ou l'être ;
Je vais venger mes droits contre un roi fuppofé ,
Je vais rompre un vain charme à moi feul oppofé.
Soldat par mes travaux , et roi par ma naiffance ,
De vingt ans de combats j'attends la récompenfe.
Je vous ai tous fervis. Ce rang des demi-dieux
Défendu par mon bras, fondé par mes aïeux,
Cimenté de mon fang , doit être mon partage.
Je le tiendrai de vous , de moi , de mon courage ,
De ces dieux dont je fors, et qui feront pour moi.
Amis, fuivez mes pas , et fervez votre roi.

(il fort fuivi des fiens.)

## SCENE III.

**ERYPHILE, ALCMEON, POLEMON,**
Chœur d'Argiens.

ERYPHILE.

Ou fuis-je ? De quels traits le cruel m'a frappée ?
Mon fils ne ferait plus ! Dieux , m'auriez-vous trompée !
( à Polémon. )
Et vous que j'ai chargé de rechercher fon fort....

POLEMON.

On l'ignore en ce temple , et fans doute il eft mort.

A L C M E O N.

Reine , c'eft trop fouffrir qu'un monftre vous outrage :
Confondez fon orgueil et puniffez fa rage.
Tous vos guerriers font prêts , permettez que mon bras...

E R Y P H I L E.

Es-tu laffe , Fortune ? Eft-ce affez d'attentats ?
Ah! trop malheureux fils , et toi , cendre facrée ,
Cendre de mon époux de vengeance altérée ,
Manes fanglans , faut-il que votre meurtrier
Règne fur votre tombe et foit votre héritier !
Le temps , le péril preffe , il faut donner l'Empire.
Un dieu dans ce moment , un dieu parle et m'infpire;
Je cède , je ne puis , dans ce jour de terreur ,
Réfifter à la voix qui s'explique à mon cœur.
C'eft vous , maître des rois et de la deftinée ;
C'eft vous qui me forcez à ce grand hyménée.
Alcméon , fi mon fils eft tombé fous fes coups....
Seigneur..... vengez mon fils , et le trône eft à vous.

A L C M E O N.

Grande Reine , eft-ce à moi que ces honneurs infignes....

E R Y P H I L E.

Ah! quels rois dans la Gréce.en feraient auffi dignes ? (o)
Ils n'ont que des aïeux , vous avez des vertus.
Ils font rois , mais c'eft vous qui les avez vaincus.
C'eft vous que le ciel nomme et qui m'allez défendre :
C'eft vous qui de mon fils allez venger la cendre.
Peuple, voilà ce roi fi long-temps attendu ,
Qui feul vous a fait vaincre , et feul vous était dû ,
Le vainqueur de deux rois , prédit par les dieux même.
Qu'il foit digne à jamais de ce faint diadême !

Que je retrouve en lui les biens qu'on m'a ravis,
Votre appui, votre roi, mon époux et mon fils!

## SCENE IV.

ERYPHILE, ALCMEON, POLEMON,
THEANDRE, Chœur d'Argiens.

### THEANDRE.

QUE faites-vous, Madame? Et qu'allez-vous réfoudre?
Le jour fuit, le ciel gronde : entendez-vous la foudre?
De la tombe du roi le pontife a tiré
Un fer que fur l'autel fes mains ont confacré.
Sur l'autel à l'inftant ont paru les furies :
Les flambeaux de l'Hymen font dans leurs mains impies.
Tout le peuple tremblant, d'un faint refpect touché,
Baiffe un front immobile, à la terre attaché.

### ERYPHILE.

Jufqu'où veux-tu pouffer ta fureur vengereffe,
O Ciel! Peuples, rentrez : Théandre, qu'on me laiffe.
Quel jufte effroi faifit mes efprits égarés!
Quel jour pour un hymen!

## SCENE V.

ERYPHILE, ALCMEON.

### ERYPHILE.

AH! Seigneur, demeurez.
Eh! quoi! je vois les dieux, les enfers et la terre
S'élever tous enfemble et m'apporter la guerre :

Mes ennemis, les morts contre moi déchaînés ;
Tout l'univers m'outrage, et vous m'abandonnez !

ALCMEON,

Je vais périr pour vous, ou punir Hermogide :
Vous servir, vous venger, vous sauver d'un perfide.

ERYPHILE.

Je vous fesais son roi : mais, hélas ! mais, Seigneur,
Arrêtez ; connaissez mon trouble et ma douleur.
Le désespoir, la mort, le crime m'environne ;
J'ai cru les écarter en vous plaçant au trône.
J'ai cru même apaiser ces manes en courroux,
Ces manes soulevés de mon premier époux.
Hélas ! combien de fois de mes douleurs pressée,
Quand le sort de mon fils accablait ma pensée,
Et qu'un léger sommeil venait enfin couvrir
* Mes yeux trempés de pleurs et lassés de s'ouvrir ;
Combien de fois ces dieux ont semblé me prescrire
De vous donner ma main, mon cœur et mon Empire.
Cependant, quand je touche au moment fortuné
Où vous montez au trône à mon fils destiné,
Le ciel et les enfers alarment mon courage ;
Je vois les dieux armés condamner leur ouvrage ;
* Et vous seul m'inspirez plus de trouble et d'effroi
* Que le ciel et ces morts irrités contre moi.
* Je tremble en vous donnant ce sacré diadême ;
* Ma bouche en frémissant prononce, je vous aime.
* D'un pouvoir inconnu l'invincible ascendant
* M'entraîne ici vers vous, m'en repousse à l'instant ;
* Et par un sentiment que je ne puis comprendre
* Mêle une horreur affreuse à l'amour le plus tendre.

A L C M E O Ń.

Quels momens! quel mélange, ô Dieux qui m'écoutez,
D'étonnement, d'horreurs, et de félicités !
L'orgueil de vous aimer, le bonheur de vous plaire,
Vos terreurs, vos bontés, la célefte colère,
Tant de biens, tant de maux me preffent à la fois,
Que mes fens accablés fuccombent fous leur poids.
Encor loin de ce rang que vos bontés m'apprêtent,
C'eft fur vos feuls dangers que mes regards s'arrêtent.
C'eft pour vous délivrer de ce péril nouveau,
Que votre époux lui-même a quitté le tombeau.
Vous avez d'un barbare entendu la menace;
Où ne peut point aller fa criminelle audace ?
Souffrez qu'au palais même affemblant vos foldats,
J'affure au moins vos jours contre fes attentats;
Que du peuple étonné j'apaife les alarmes;
Que prêts au moindre bruit, mes amis foient en armes.
C'eft en vous défendant que je dois mériter
Le trône où votre choix m'ordonne de monter.

E R Y P H I L E.

Allez: je vais au temple, où d'autres facrifices
Pourront rendre les dieux à mes vœux plus propices.
Ils ne recevront pas d'un regard de courroux
Un encens que mes mains n'offriront que pour vous.

*Fin du troifiéme acte.*

# ACTE IV.

## SCENE PREMIERE.

### ALCMEON, THEANDRE.

#### ALCMEON.

Tout eft en fureté : ce palais eft tranquille,
Et je réponds du peuple, et fur-tout d'Eryphile.

#### THEANDRE.

Penfez plus au péril dont vous êtes preffé ;
Il eft rival et prince, et de plus offenfé.
Il fonge à la vengeance : il la jure : il l'apprête :
J'entends gronder l'orage autour de votre tête :
Son rang lui donne ici des foutiens trop puiffans,
Et fes heureux forfaits lui font des partifans.
Cette foule d'amis qu'à force d'injuftices....

#### ALCMEON.

Lui, des amis! Théandre, il n'a que des complices,
Plus prêts à le trahir que prompts à le venger ;
Des cœurs nés pour le crime, et non pour le danger.
Je compte fur les miens : la guerre et la victoire
Nous ont long-temps unis par les nœuds de la gloire,
Avant que tant d'honneurs fur ma tête amaffés,
Traînaffent après moi des cœurs intéreffés.
Ils font tous éprouvés, vaillans, incorruptibles ;
La vertu qui nous joint nous rend tous invincibles ;
Leurs bras victorieux m'aideront à monter
A ce rang qu'avec eux j'appris à mériter.

Mon courage a franchi cet intervalle immenſe
Que mit du trône à moi mon indigne naiſſance;
L'Hymen va me payer le prix de ma valeur;
Je ne vois qu'Eryphile, un ſceptre et mon bonheur.

THEANDRE.

Mais ne craignez-vous point ces prodiges funeſtes
Qu'étalent à vos yeux les vengeances céleſtes?
Ces tremblemens ſoudains, ces ſpectres menaçans,
Ces morts dont le retour eſt l'effroi des vivans? (p)
Du ciel qui nous pourſuit la vengeance obſtinée,
Semble ſe déclarer contre votre hyménée.

ALCMEON.

Mon cœur fut toujours pur; il honora les dieux:
J'eſpère en leur juſtice, et je ne crains rien d'eux.
De quel indigne effroi ton ame eſt-elle atteinte?
Ah! les cœurs vertueux ſont-ils nés pour la crainte?
Mon orgueilleux rival ne ſaurait me troubler,
Tout chargé de forfaits c'eſt à lui de trembler.
C'eſt ſur ſes attentats que mon eſpoir ſe fonde;
C'eſt lui qu'un dieu menace; et ſi la foudre gronde,
La foudre me raſſure; et le ciel que tu crains
Pour l'en mieux écraſer la mettra dans mes mains.

THEANDRE.

Le ciel n'a pas toujours puni les plus grands crimes;
Il frappe quelquefois d'innocentes victimes.
Amphiaraüs fut juſte, et vous ne ſavez pas
Par quelles mains ce ciel a permis ſon trépas.

ALCMEON.

Hermogide!

THEANDRE.

THEANDRE.

Souffrez que, laiſſant la contrainte,
Seigneur, un vieux ſoldat vous parle ici ſans feinte.

ALCMEON.

Tu fais combien mon cœur chérit la vérité.

THEANDRE.

Je connais de ce cœur toute la pureté.
Des héros de la Gréce imitateur fidelle,
Vous jurez aux forfaits une guerre immortelle ;
Vous vous croyez, Seigneur, armé pour les venger,
Gardez de les défendre et de les partager.

ALCMEON.

Comment! que dites-vous?

THEANDRE.

Vous êtes jeune encore :
A peine aviez-vous vu votre première aurore,
Quand ce roi malheureux deſcendit chez les morts.
Peut-être ignorez-vous ce qu'on diſait alors,
Et de la cour du roi quel fut l'affreux langage.

ALCMEON.

Eh bien?

THEANDRE.

Je vais vous faire un trop fenſible outrage ;
Mais je vous trahirais à le diffimuler :
Je vous tiens lieu de père, et je dois vous parler.

ALCMEON.

Eh bien! que diſait-on? achève.

THEANDRE.

Que la reine
Avait lié ſon cœur d'une coupable chaîne ;

*Théâtre.* Tome I.                    E e

Qu'au barbare Hermogide elle promit fa main;
Et jufqu'à fon époux conduifit l'affaffin.

ALCMEON.

Rends grâce à l'amitié qui pour toi m'intéreffe;
Si tout autre que toi foupçonnait la princeffe,
Si quelque audacieux avait pu l'offenfer...
Mais que dis-je? toi-même, as-tu pu le penfer?
Peux-tu me préfenter ce poifon que l'envie
Répand aveuglément fur la plus belle vie?
J'ai peu connu la cour, mais la crédulité
Aiguife ici les traits de la malignité.
Vos oififs courtifans que les chagrins dévorent,
S'efforcent d'obfcurcir les aftres qu'ils adorent.
Là, fi vous en croÿez leur coup d'œil pénétrant,
Tout miniftre eft un traître, et tout prince un tyran;
L'hymen n'eft entouré que de feux adultères,
Le frère à fes rivaux eft vendu par fes frères;
Et fitôt qu'un grand roi penche vers fon déclin,
Ou fon fils ou fa femme ont hâté fon deftin.
Je hais de ces foupçons la barbare imprudence,
Je crois que fur la terre il eft quelque innocence;
Et mon cœur, repouffant ces fentimens cruels,
Aime à juger par lui du refte des mortels.
Qui croit toujours le crime, en paraît trop capable.
A mes yeux comme aux tiens Hermogide eft coupable;
Lui feul a pu commettre un meurtre fi fatal.
Lui feul eft parricide.

THEANDRE.

Il eft votre rival:
Vous écoutez fur lui vos foupçons légitimes;
Vous trouvez du plaifir à détefter fes crimes.

Mais un objet trop cher...

ALCMEON.

Ah! ne l'outragez plus;
Et gardez le filence ou vantez fes vertus.

## S C E N E  I I.

E R Y P H I L E, A L C M E O N, T H E A N D R E,
Z E L O N I D E, Suite de la Reine.

ERYPHILE.

Roi d'Argos, paraiffez et portez la couronne;
Vos mains l'ont défendue, et mon cœur vous la donne.
Je ne balance plus : je mets fous votre loi
L'empire d'Inachus, et vos rivaux, et moi.
J'ai fléchi de nos dieux les redoutables haines;
Leurs vertus font en vous, leur fang coule en mes veines,
Et jamais fur la terre on n'a formé de nœuds
Plus chers aux immortels, et plus dignes des cieux.

ALCMEON.

Ils lifent dans mon cœur : ils favent que l'empire
Eft le moindre des biens où mon courage afpire.
Puiffent tomber fur moi leurs plus funeftes traits,
Si ce cœur infidelle oubliait vos bienfaits!
Ce peuple qui m'entend, et qui m'appelle au temple,
Me verra commander pour lui donner l'exemple;
Et, déjà par mes mains inftruit à vous fervir,
N'apprendra de fon roi qu'à vous mieux obéir.

ERYPHILE.

Enfin la douce paix vient raffurer mon ame :
Dieux! vous favorifez une fi pure flamme!

Vous ne rejetez plus mon encens et mes vœux!
Suivez mes pas : entrons...

*Le temple s'ouvre; l'ombre d'Amphiaraüs paraît dans une
posture menaçante.*

L' O M B R E.

Arrête, malheureux!

E R Y P H I L E.

Amphiaraüs lui-même! Où fuis-je?

A L C M E O N.

Ombre fatale,
Quel dieu te fait sortir de la nuit infernale?
Quel est ce sang qui coule? et quel es-tu?

L' O M B R E.

Ton roi.
Si tu prétends régner, arrête, obéis-moi.

A L C M E O N.

Eh bien, mon bras est prêt; parle, que faut-il faire?

L' O M B R E.

Me venger sur ma tombe.

A L C M E O N.

Eh! de qui?

L' O M B R E.

De ta mère.

A L C M E O N.

Ma mère! que dis-tu? quel oracle confus!
Mais l'enfer le dérobe à mes yeux éperdus.

*(le temple se referme.)*

Les dieux ferment leur temple!

THEANDRE.

O prodige effroyable !

ALCMEON.

O d'un pouvoir funefte oracle impénétrable !

ERYPHILE.

A peine ai-je repris l'ufage de mes fens !
Quel ordre ont prononcé ces horribles accens ?
De qui demandent-ils le fanglant facrifice ?

ALCMEON.

Ciel ! peux-tu commander que ma mère périffe !
Que prétendez-vous donc, manes trop irrités ?
Je commence à percer dans ces obfcurités :
Je commence à fentir que les deftins font juftes,
Que mon fort eft trop loin de ces grandeurs auguftes.
J'euffe été trop heureux ; mais les manes jaloux
Du fein de leurs tombeaux s'élèvent contre nous,
Préviennent votre honte et rompent l'hyménée,
Dont s'offenfaient ces dieux de qui vous êtes née.

ERYPHILE.

Ah ! que me dites-vous ? hélas !

ALCMEON.

Souffrez du moins
Que je puiffe un moment vous parler fans témoins.
Pour la dernière fois, vous m'entendez peut-être,
Je vous avais trompée et vous m'allez connaître.

ERYPHILE.

Sortez. De toutes parts ai-je donc à trembler ?

Ee 3

## S C E N E   I I I.

### E R Y P H I L E,   A L C M E O N.

A L C M E O N.

IL n'eft plus de fecrets que je doive céler.
Théandre jufqu'ici m'a tenu lieu de père;
Je ne fuis point fon fils, et je n'ai point de mère.
Madame, le deftin qui m'a trahi toujours,
M'a ravi dès long-temps les auteurs de mes jours.
Connu par ma fortune et par ma feule audace,
Je cachais aux humains la honte de ma race. (q)
J'ai cru qu'un fang trop vil, en mes veines tranfmis,
Plus pur par mes travaux était d'affez grand prix;
Et que lui préparant une plus digne courfe,
En le verfant pour vous j'anobliffais fa fource.
Je fis plus : jufqu'à vous l'on me vit afpirer,
Et, rival de vingt rois, j'ofais vous adorer.
Ce ciel enfin, ce ciel m'apprend à me connaître;
Il veut confondre en moi le fang qui m'a fait naître,
La mort entre nous deux vient d'ouvrir fes tombeaux,
Et l'enfer contre moi s'unit à mes rivaux.
Sous les obfcurités d'un oracle févère,
Les dieux m'ont reproché jufqu'au fang de ma mère.
Madame, il faut céder à leurs cruelles lois;
Alcméon n'eft point fait pour fuccéder aux rois.
Victime d'un deftin, que même encor je brave,
Je ne m'en cache plus, je fuis fils d'un efclave.

E R Y P H I L E.

Vous, Seigneur?

ALCMEON.

Oui, Madame, et dans un rang si bas,
Souvenez-vous qu'enfin je ne m'en cachai pas;
Que j'eus l'ame assez forte, assez inébranlable,
Pour faire devant vous l'aveu qui vous accable;
Que ce sang, dont les dieux ont voulu me former,
Me fit un cœur trop haut pour ne vous point aimer.

ERYPHILE.

Un esclave!

ALCMEON.

Une loi fatale à ma naissance
Des plus vils citoyens m'interdit l'alliance.
J'aspirais jusqu'à vous dans mon indigne sort.
J'ai trompé vos bontés, j'ai mérité la mort. (r)
Madame, à mon aveu vous tremblez de répondre?

ERYPHILE.

Quels soupçons! quelle horreur vient ici me confondre! (s)
Dans les mains d'un esclave autrefois j'ai remis...
M'avez-vous pardonné, Destins trop ennemis!
Voulez-vous ou finir, ou combler ma misère?
Alcméon, dans quel temps a péri votre père?
Quel fut son nom? Parlez.

ALCMEON.

J'ignore encor ce nom,
Qui ferait votre honte et ma confusion.

ERYPHILE.

Mais comment mourut-il? où perdit-il la vie?
En quel temps?

ALCMEON.

C'est ici qu'elle lui fut ravie,

E e 4

Après qu'aux champs thébains le célefte courroux
Eut permis le trépas du prince votre époux.

E R Y P H I L E.

O crime !

A L C M E O N.

Hélas ! ce fut dans ma plus tendre enfance
Qu'on m'enleva, dit-on, l'auteur de ma naiffance.
Au pied de ce palais de tant de demi-dieux,
D'où jufque fur fon fils vous abaiffiez les yeux,
Là, près du corps fanglant de mon malheureux père,
Je fus laiffé mourant dans la foule vulgaire
De ces vils citoyens, trifte rebut du fort,
Oubliés dans leur vie, inconnus dans leur mort.
Un prêtre de ces lieux fauva mes deftinées;
Il renoua le fil de mes faibles années.
Théandre m'éleva : le refte vous eft dû.
J'ofai trop m'élever, et je me fuis perdu.

E R Y P H I L E.

M'alarmerais-je en vain? Mais cet oracle horrible...
Le lieu, le temps, l'efclave... ô Ciel, eft-il poffible!
Qu'on cherche le Grand Prêtre. Hélas! déjà les dieux,
Soit pitié, foit courroux, l'amènent à mes yeux.

S C E N E  I V.

ERYPHILE , ALCMEON, LE GRAND PRETRE
*une épée à la main.*

L E  G R A N D  P R E T R E.

L'HEURE vient, armez-vous, recevez cette épée.
Jadis de votre fang un traître l'a trempée.

Allez : vengez Argos , Amphiaraüs , et vous.

E R Y P H I L E.

Que vois-je? c'eft le fer que portait mon époux,
Le fer que lui ravit ce barbare Hermogide.
Tout me retrace ici le crime et l'homicide;
La force m'abandonne à cet objet affreux.
Parle; qui t'a remis ce dépôt malheureux?
Quel dieu te l'a donné?

LE GRAND PRETRE.

Le dieu de la vengeance.

( à *Alcméon.* )

Voici ce même fer qui frappa votre enfance,
Qu'un cruel, malgré lui miniftre du deftin,
Troublé par fes forfaits, laiffa dans votre fein.
Ce dieu qui dans le crime effraya cet impie,
Qui fit trembler fa main, qui fauva votre vie,
Qui commande au trépas, ouvre et ferme le flanc,
Venge un meurtre par l'autre, et le fang par le fang,
M'ordonna de garder ce fer, toujours funefte,
Jufqu'à l'inftant marqué par le courroux célefte.
La voix, l'affreufe voix qui vient de vous parler,
Me conduit devant vous pour vous faire trembler.

E R Y P H I L E.

Achève : romps le voile; éclaircis le myftère.
Son père, cet efclave?

LE GRAND PRETRE.

Il n'était point fon père;
Un fang plus noble crie.

E R Y P H I L E.

Ah! Seigneur: ah! mon roi!
Fils d'un héros...

ALCMEON.

Quels noms vous prodiguez pour moi !

ERYPHILE *se jetant entre les bras de Zélonide.*

Je ne puis achever, je me meurs, Zélonide.

LE GRAND PRETRE, *à Alcméon en lui donnant l'épée.*

Je laiffe entre vos mains ce glaive parricide :
C'eft un don dangereux ; puiffe-t-il déformais
Ne point fervir, grands Dieux, à de nouveaux forfaits!

## SCENE V.

ALCMEON, ERYPHILE.

ERYPHILE.

* Eh bien ! ne tarde plus, remplis ta deftinée :
* Porte ce fer fanglant fur cette infortunée.
* Etouffe dans mon fang cet amour malheureux
* Que dictait la nature en nous trompant tous deux;
* Punis-moi, venge-toi, venge la mort d'un père,
* Reconnais-moi, mon fils : frappe et punis ta mère.

ALCMEON.

Moi, votre fils : grands Dieux !

ERYPHILE.

C'eft toi dont, au berceau,
Mon indigne faibleffe a creufé le tombeau ;
C'eft toi qui fus frappé par les mains d'Hermogide,
C'eft toi qui m'es rendu, mais pour le parricide :
Toi mon fang, toi mon fils, que le ciel en courroux,
Sans ce prodige horrible, aurait fait mon époux.

ALCMEON.

De quel coup ma raifon vient d'être confondue !
Dieux ! fur elle et fur moi puis-je arrêter la vue ?
Je ne fais où je fuis : Dieux, qui m'avez fauvé,
Reprenez tout ce fang, par vos mains confervé.
Eft-il bien vrai, Madame ? on a tué mon père !
Il veut votre fupplice, et vous êtes ma mère !

ERYPHILE.

* Oui, je fus fans pitié : fois barbare à ton tour,
* Et montre-toi mon fils en m'arrachant le jour.
* Frappe. . Mais quoi ? tes pleurs fe mêlent à mes larmes ?
* O mon cher fils ! ô jour plein d'horreur et de charmes !
* Avant de me donner la mort que tu me dois,
* De la nature encor laiffe parler la voix :
* Souffre au moins que les pleurs de ta coupable mère
* Arrofent une main fi fatale et fi chère.

ALCMEON.

Cruel Amphiaraüs ! abominable loi !
La nature me parle et l'emporte fur toi.
O ma mère !

ERYPHILE, *en l'embraffant.*

O cher fils que le ciel me renvoie,
Je ne méritais pas une fi pure joie.
J'oublie, et mes malheurs, et jufqu'à mes forfaits ;
Et ceux qu'un dieu t'ordonne, et tous ceux que j'ai faits.

## S C E N E  V I.

### E R Y P H I L E, A L C M E O N, Z E L O N I D E, P O L E M O N.

#### P O L E M O N.

Madame, en ce moment l'infolent Hermogide,
Suivi jufqu'en ces lieux d'une troupe perfide,
La flamme dans les mains affiége ce palais.
Déjà tout eft armé, déjà volent les traits.
Nos gardes raffemblés courent pour vous défendre;
Le fang de tous côtés commence à fe répandre.
Le peuple épouvanté, qui s'empreffe ou qui fuit,
Ne fait fi l'on vous fert, ou fi l'on vous trahit.

#### A L C M E O N.

O Ciel! voilà le fang que ta voix me demande;
La mort de ce barbare eft ma plus digne offrande.
Reine, dans ces horreurs ceffez de vous plonger;
Je fuis l'ordre des dieux, mais c'eft pour vous venger.

*Fin du quatrième acte.*

# ACTE V.

## SCENE PREMIERE.

ALCMEON, THEANDRE, POLEMON, Soldats.

ALCMEON.

Vous trahirai-je en tout, ô cendres de mon père!
Quoi, ce fier Hermogide a trompé ma colère!
Quoi, la nuit nous sépare, et ce monstre odieux
Partage encor l'armée, et ce peuple, et les dieux!
Retranché dans ce temple, aux autels qu'il profane
* Il me brave : il jouit du ciel qui le condamne! (1)
        ( à Polémon. )
Allez.

POLEMON.

    Et qu'avez-vous, Seigneur, à ménager?
Tous les lieux font égaux, quand il faut fe venger;
Vous régnez fur Argos...

ALCMEON.

            Argos m'en eft plus chère;
Avec le nom de roi, je prends un cœur de père.
Me faudrait-il verser dans mon règne naissant,
Pour un feul ennemi tant de fang innocent?
Eft-ce à moi de donner le facrilége exemple
D'attaquer les dieux même et de fouiller leur temple?
Ils pourfuivent déjà ce cœur infortuné
Qui protége contre eux ce fang dont je fuis né.

Va, dis-je, Polémon, va, c'est de ta prudence
Que ton maître et ce peuple attendent leur vengeance.
Agis, parle, promets, que sur-tout d'Alcméon
Il ne redoute point d'indigne trahison;
Fais qu'il s'éloigne au moins de ce temple funeste.
Rends-moi mon ennemi, mon bras fera le reste.

*( Polémon sort. )*

*( à Théandre. )*

Et vous, de cette enceinte, et de ces vastes tours
Avez-vous parcouru les plus secrets détours?
Du palais de la reine a-t-on fermé les portes ?

THEANDRE.

J'ai tout vu; j'ai par-tout disposé vos cohortes.
Cependant votre mère...

ALCMEON.

A-t-on soin de ses jours ?

THEANDRE.

Ses femmes en tremblant lui prêtent leur secours ;
Elle a repris ses sens; son ame désolée,
Sur ses lèvres encore à peine est rappelée.
Elle cherche le jour, le revoit et gémit. ( 5 )
Elle vous craint, vous aime ; elle pleure et frémit.
Elle va préparer un secret sacrifice
A ces manes sacrés armés pour son supplice.
Son désespoir l'égare, elle va s'enfermer
Au tombeau de ce roi qu'elle n'ose nommer,
De ce fatal époux, votre malheureux père,
Dont vous savez...

ALCMEON.

Grands Dieux ! je sais qu'elle est ma mère. (u)

THEANDRE.

Les dieux veulent fon fang. Dans un tel défefpoir
Quels confeils déformais pourriez-vous recevoir?

ALCMEON.

Aucun. Quand le malheur, quand la honte eft extrême,
Il ne faut prendre, ami, confeil que de foi-même.
Mon Père!... Que veux-tu? chère Ombre! apaife-toi! (x)
Le nom facré de fils eft-il affreux pour moi?
Je t'entends, et ta voix m'appelle fur ta tombe!
De tous tes ennemis y veux-tu l'hécatombe?
Tu demandes du fang... demeure, attends, choifis,
Ou le fang d'Hermogide, ou le fang de ton fils!

## SCENE II.

ALCMEON, THEANDRE, POLEMON.

ALCMEON.

EH bien! l'as-tu revu cet ennemi farouche?
A lui parler d'accord as-tu forcé ta bouche? (y)
Les dieux le livrent-ils à ma jufte fureur?
Sait-il ce qui fe paffe?

POLEMON.

Il l'ignore, Seigneur.
Il ne foupçonne point quel fang vous a fait naître;
Il méprife fon prince, il méconnaît fon maître;
Furieux, implacable, au combat préparé,
Et plus fier que le dieu dans ce temple adoré:
Mais il confent enfin de quitter fon afile,
De vous entendre ici, de revoir Eryphile.

Il veut qu'un nombre égal de chefs et de foldats
Egalement armés, fuivent de loin vos pas.
Il reçoit votre foi qu'à regret je lui porte;
Je règle votre fuite; il nomme fon efcorte.

ALCMEON.

Il va paraître.

POLEMON.

Il vient; mais a-t-il mérité
Que vous lui conferviez tant de fidélité?
Doit-on rien aux méchans? et quel refpect frivole
Expofe votre fang...

ALCMEON.

J'ai donné ma parole.

POLEMON.

A qui la tenez-vous? A ce perfide?

ALCMEON.

A moi.

THEANDRE.

Et que prétendez-vous?

ALCMEON.

Me venger, mais en roi.
Argos à mes vertus reconnaîtra fon maître.
Mais près du temple, ami, ne vois-je pas le traître?

THEANDRE.

Un dieu pourfuit fes pas et le conduit ici:
Il entre en frémiffant.

ALCMEON.

Dieux vengeurs! le voici.

*SCENE III.*

## SCENE III.

HERMOGIDE *dans le fond du théâtre*, ALCMEON, THEANDRE, POLEMON *fur le devant*, Suite d'Hermogide.

### HERMOGIDE.

D'où vient donc qu'en ces lieux je ne vois pas la reine ?
Quel filence ! eft-ce un piége où mon deftin m'entraîne ?
Rien ne paraît : un lâche a-t-il furpris ma foi ?
Qui ? moi, craindre ! Avançons.

### ALCMEON.

Demeure, et connais-moi. (z)
Connais ce fer facré : l'ofes-tu voir encore ?

### HERMOGIDE.

Oui, c'eft le fer d'un roi qu'un fujet déshonore.

### ALCMEON.

Te fouvient-il du fang dont l'a fouillé ta main ?

### HERMOGIDE.

Peux-tu bien demander...

### ALCMEON.

Malheureux affaffin,
Quel efclave a percé ces mains de fang fumantes ?
Quel enfant innocent... Eh quoi, tu t'épouvantes !
Tu t'en vantais tantôt, tu te tais ; tu frémis !
Meurtrier de ton roi, fais-tu quel eft fon fils ?

*Théâtre.* Tome I.                                    F f

HERMOGIDE.

Ciel! tous les morts ici renaiſſent pour ma perte.
Son fils !

ALCMEON.

De tes forfaits l'horreur eſt découverte,
Revois Amphiaraüs, vois ſon ſang, vois ton roi.

HERMOGIDE.

Je ne vois rien ici que ton manque de foi.
Tremble, qui que tu ſois; et devant que je meure,
Puiſque tu m'as trahi...

ALCMEON.

Non, barbare, demeure.
Connais-moi tout entier : ſache au moins que mon bras
Ne ſait point ſe venger par des aſſaſſinats.
Je dois de tes forfaits te punir avec gloire;
J'attends ton châtiment des mains de la victoire :
Et ce ſang de tes rois, qui te parle aujourd'hui,
Ne veut qu'une vengeance auſſi noble que lui.
Sans ſuite ainſi que moi, viens, ſi tu l'oſes, traître,
Chercher encor ma vie, et combattre ton maître.
Suis mes pas.

HERMOGIDE.

Où vas-tu ?

ALCMEON.

Sur ce tombeau ſacré,
Sur la cendre d'un roi par tes mains maſſacré.
Combattons devant lui; que ſon ombre y décide
Du ſort de ſon vengeur et de ſon homicide.
L'oſes-tu ?

H·E·R·M·O·G·I·D·E.

Si je l'ofe! en peux-tu bien douter?
Et les morts, ou ton bras font-ils à redouter?
Viens te rendre au trépas; viens, jeune téméraire,
M'immoler ou mourir, joindre ou venger ton père.

A·L·C·M·E·O·N.

(*le Grand Prêtre entre.*)

Qu'aucun de vous ne fuive, et vous, Prêtre des dieux,
Ne craignez rien; mon bras n'a point fouillé ces lieux.
Allez au dieu d'Argos immoler vos victimes,
Je vais tenir fa place en puniffant les crimes.

## S C E N E   I V.

LE GRAND PRETRE, THEANDRE, POLEMON.

T·H·E·A·N·D·R·E.

Ciel! fois pour la juftice, et nos maux font finis.

L·E   G·R·A·N·D   P·R·E·T·R·E.

Nos maux font à leur comble! il le faut... je frémis... (*aa*)
L'ordre eft irrévocable... ah! mère malheureufe!
C'eft la mort qui t'amène à cette tombe affreufe.

T·H·E·A·N·D·R·E.

Hermogide...

L·E   G·R·A·N·D   P·R·E·T·R·E.

Il expire: Alcméon eft vainqueur.
C'en eft affez, reviens, fuis de ce lieu d'horreur:
Amphiaraüs te fuit; il t'égare, il t'anime,
Il t'aveugle; et le crime eft puni par le crime.

F f 2

T H E A N D R E.

C'eſt la voix de la reine.

P O L E M O N.

Ah! quels lugubres cris!

L E   G R A N D   P R E T R E.

Crains ton roi, crains ton ſang.

E R Y P H I L E, *derrière le théâtre.*

Epargne-moi, mon fils!

A L C M E O N, *derrière le théâtre.*

Reçois le dernier coup, tombe à mes pieds, perfide.

( *on entend un cri d'Eryphile.* )

Ciel! qu'eſt-ce que j'entends?

L E   G R A N D   P R E T R E.

La voix du parricide.

## S C E N E   V.

ALCMEON, THEANDRE, LE GRAND PRETRE, POLEMON.

A L C M E O N.

Je viens de l'immoler : il n'eſt plus; je ſuis roi.
Dieux! diſſipez l'horreur qui s'empare de moi.
Mon bras vous a vengés, vous, ce peuple, et mon père,
Hermogide eſt tombé, même aux pieds de ma mère; (*bb*)
Il demandait la vie; il s'eſt humilié;
Et mon cœur une fois s'eſt trouvé ſans pitié.
Rendez-moi cette paix que la juſtice donne!
Quoi! j'ai puni le crime, et c'eſt moi qui friſſonne!

Ah ! pour les fcélérats quels font vos châtimens,
Si les cœurs vertueux éprouvent ces tourmens ?
Eryphile, témoin de ma jufte vengeance,
Viens régner avec moi ! Quoi, tu fuis ma préfence ?
Tu crains ton fils : tu crains ce bras enfanglanté,
Et cet horrible arrêt que le ciel a dicté.
Vous, courez vers la reine et calmez fes alarmes :
Dites-lui que nos mains vont effuyer fes larmes.
Mais non, je veux moi-même embraffer fes genoux ;
Allons, je veux la voir...

## S C E N E  I V  et dernière.

ERYPHILE, *foutenue par fes femmes*, ALCMEON,
LE GRAND PRETRE, THEANDRE,
POLEMON, Suite.

### LE GRAND PRETRE.

Ah! que demandez-vous? (*cc*)

### ALCMEON.

Je vais mettre à fes pieds le prix de mon courage ;
Oui, je veux... quel objet... que vois-je ?

### ERYPHILE.

Ton ouvrage.
Les oracles cruels enfin font accomplis,
Et je meurs par tes mains quand je retrouve un fils ;
Le ciel eft jufte. (*dd*)

### ALCMEON.

Ah! Dieux! parricide exécrable !
Vous ! ma mère ! elle meurt... et j'en ferais coupable !

Ff 3

Non, je ne le fuis pas, Dieux cruels! et mon bras
Dans mon fang à vos yeux...

(*on le défarme.*)

E R Y P H I L E.

Mon fils, n'achève pas.
Je péris par ta main; ton cœur n'eft pas complice.
Les dieux t'ont aveuglé pour hâter mon fupplice.
Je meurs contente... Approche... après tant d'attentats
Laiffe-moi la douceur d'expirer dans tes bras.

(*il fe jette aux genoux d'Eryphile.*)

Indigne que je fuis du facré nom de mère,
J'ofe encor te dicter ma volonté dernière.
Il faut vivre et régner : le fils d'Amphiaraüs
Doit réparer ma vie à force de vertus.
Un moment de faibleffe, et même involontaire,
A fait tous mes malheurs, a fait périr ton père.
Souviens-toi des remords qui troublaient mes efprits :
\* Souviens-toi de ta mère... ô mon fils... mon cher fils...
C'en eft fait... (*ee*)

A L C M E O N.

Elle expire... impitoyable père!
Sois content : j'ai tué ton époufe et ma mère.
Viens combler nos forfaits, viens la venger fur moi,
Viens t'abreuver du fang que j'ai reçu de toi.
Je renonce à ton trône, au jour que je détefte,
A tous les miens... ta tombe eft tout ce qui me refte.
Manes qui m'entendez! Dieux! Enfers en courroux,
Je meurs au fein du crime, innocent malgré vous!

*Fin du cinquième et dernier acte.*

# VARIANTES

## D'ERYPHILE.

(a) CET enfant par mes mains à la mort arraché,
Ce préfent des deftins, chez vous long-temps caché,
Par des exploits fans nombre aujourd'hui juftifie
L'œil pénétrant des dieux qui veilla fur fa vie.

(b)                    THEANDRE.
Qu'avec étonnement cependant je contemple
Les couronnes de fleurs dont vous parez le temple !
La publique allégreffe ici parle à mes yeux
Du bonheur de la terre, et des faveurs des dieux.
             LE  GRAND  PRETRE.
La Gréce ainfi l'ordonne ; et voici la journée
Que pour ce nouveau choix elle a déterminée.
Hermogide, et les rois d'Elide et de Pylos,
Qui briguaient cet hymen et défolaient Argos,
Sufpendant aujourd'hui leur difcorde et leur haine,
Ont remis leurs deftins à la voix de la reine ;
Elle doit en ces lieux difpofer de fa foi,
Se choifir un époux, et nous donner un roi.
                 THEANDRE.
O Ciel ! fouffririez-vous que le traître Hermogide
Reçût ce noble prix d'un fi lâche homicide ?
             LE  GRAND  PRETRE.
La reine héfite encore et craint de déclarer
Celui que de fon choix elle veut honorer.
Mais quel que foit enfin le deffein d'Eryphile,
Les temps font accomplis ; fon choix eft inutile.
                 THEANDRE.
Pour un hymen, grands Dieux, quel étrange appareil !
Ce matin, devançant le retour du foleil,
J'ai vu dans ce palais la garde redoublée ;
La reine était en pleurs, interdite, troublée ;
Dans fon appartement elle n'ofait rentrer :
Une fecrète horreur femblait la pénétrer.

Elle invoquait les dieux ; et tremblante, éperdue,
De son premier époux embrassait la statue.

( c ) Vous êtes libre enfin.

ERYPHILE.

La liberté, la paix,
Dans mon cœur déchiré ne rentreront jamais.

ZELONIDE.

Aujourd'hui cependant, maîtresse de vous-même,
Vous pouvez disposer de vous, du diadême.
Songez....

( d ) D'un autre hymen alors on m'impofa la loi ;
On demanda mon cœur : il n'était plus à moi.
Il fallut étouffer ma paffion naiffante ;
D'autant plus forte en moi qu'elle était innocente,
Que la main de mon père avait formé nos nœuds,
Que mon fort en changeant ne changea point mes feux ;
Et qu'enfin le devoir, armé pour me contraindre,
Les ayant allumés, eut peine à les éteindre.
Cependant, tu le fais, Athènes, Sparte, Argos,
Envoyèrent à Thèbe un peuple de héros.
Mon époux y courut ; le jaloux Hermogide
S'éloigna fur fes pas des champs de l'Argolide ;
Je reçus fes adieux : ô funeftes momens,
Caufe de mes malheurs, fource de mes tourmens !
Je crus pouvoir lui dire, en mon défordre extrême,
Que je ferais à lui fi j'étais à moi-même.
J'en dis trop, Zélonide : et faible que je fuis,
Mes yeux mouillés de pleurs expliquaient mes ennuis.
De mes foupirs honteux je ne fus pas maîtreffe ;
Même en le condamnant je flattais fa tendreffe.
J'avouais ma défaite. . . .

( e ) Plus terrible qu'eux tous, plus grand, plus dangereux,
Sûr de fes droits au trône, et fier de fes aïeux,
Mêlant à fes forfaits la force et le courage,
Et briguant à l'envi ce fanglant héritage,
Le barbare Hermogide. . . .

(*f*) Je chériffais mon fils : la crainte et la tendreffe
De mes fens défolés partageaient la faibleffe.
Mon fils me confolait de la mort d'un époux :
Mais il fallait le perdre ou mourir par fes coups.
Trop de crainte peut-être. . . .

( *g* ) On ne s'étonne point que l'heureux Hermogide
L'emporte fur les rois de Pylos et d'Elide ;
Il eft du fang des dieux et de nos premiers rois.
Puiffe-t-il mériter l'honneur de votre choix !
Ce choix fans doute. . . .

( *h* ) Préférer à des rois un fimple citoyen !
Déshonorer le trône !

ERYPHILE.
Il en eft le foutien ;
Et le fang dont il eft , fût-il plus vil encore ,
Je ne vois point de rang qu'Alcméon déshonore.
En de fi pures mains. . . .

( *i* ) Devons-nous redouter un fantôme odieux ,
Vivant, je l'ai vaincu : mort, eft-il dangereux ? (*)
D'un œil indifférent , voyons ces vains prodiges.
Que peuvent contre nous les morts et leurs preftiges ?

( *k* ) Tel eft l'efprit du peuple endormi dans l'erreur ;
Un prodige apparent, un pontife en fureur ,
Un oracle , une tombe , une voix fanatique,
Sont plus forts que mon bras et que ma politique.
Il fallut obéir aux fuperftitions ,
Qui font , bien plus que nous, les rois des nations ;
Et loin de les braver , moi-même avec adreffe ,
De ce peuple aveuglé careffer la faibleffe.

( *l* ) Crois-tu que d'Alcméon l'orgueil préfomptueux
Jufqu'à ce rang augufte osât porter fes vœux ?
Penfes-tu qu'il afpire à l'hymen de la reine ?

(*) Dans Alzire , *Gufman* en parlant de *Zamore :*

Vivant , je l'ai vaincu : mort, doit-il être à craindre?

EUPHORBE.

Il n'aura point fans doute une audace fi vaine.
Mais, Seigneur, cependant, favez-vous qu'aujourd'hui
Eryphile en fecret a vu Théandre ici ?
Qu'elle les a quittés les yeux baignés de larmes ?

HERMOGIDE.

Tout m'eft fufpect de lui : tout me remplit d'alarmes :
Ce feul moment encore il faut la ménager :
Dans un moment je règne, et je vais me venger.
Tout va fentir ici mon pouvoir et ma haine :
Je faurai. . . . Mais on entre, et j'aperçois la reine.

(m) Par l'efclave Corèbe en fecret élevé,
Fut porté, fut nourri dans l'enceinte facrée,
Dont le ciel à mon fexe a défendu l'entrée ;
Dans ces terribles lieux, qu'ont fouvent habité
Ces dieux vengeurs, ces dieux dont je tiens la clarté.
C'eft là qu'avec Corèbe, enfermé dès l'enfance,
Mon fils de fon deftin n'eut jamais connaiffance.
Mon amour maternel. . . .

(n) Et le prince et Corèbe ont ici leur tombeau.
J'étouffai malgré moi ce monftre en fon berceau ;
J'enfonçai dans fes flancs cette royale épée,
Par fon père autrefois fur moi-même ufurpée ;
Et foit décret des dieux, foit pitié, foit horreur,
Je ne pus de fon fein tirer le fer vengeur.
Sa dépouille fanglante en mes mains demeurée,
De cette mort fi jufte eft la preuve affurée.
La reine qui m'entend, et que je vois frémir,
Me doit au moins le jour qu'un fils dut lui ravir.
J'attefte mes aïeux. . . .

(o) Et près de vous enfin, que font-ils à mes yeux ?
Vous avez des vertus, ils n'ont que des aïeux.
J'ai befoin d'un vengeur, et non pas d'un vain titre.
Régnez : de mon deftin foyez l'heureux arbitre.
Peuple. . . .

(p) D'une timide main ces victimes frappées,
Au fer qui les pourfuit dans le temple échappées ;

Ce silence des dieux, garant de leur courroux;
Tout me fait craindre ici, tout m'afflige pour vous.
Du ciel, &c.

( q ) Je cachais aux humains le malheur de ma race;
Mais je ne me repens, au point où je me voi,
Que de m'être abaissé jusqu'à rougir de moi;
Voilà ma seule tache et ma seule faiblesse.
J'ai craint tant de rivaux dont la maligne adresse
A d'un regard jaloux sans cesse examiné
Non pas ce que je suis, mais de qui je suis né;
Et qui de mes exploits rabaissant tout le lustre,
Pensaient ternir mon nom quand je le rends illustre.
J'ai vu que ce vil sang dans mes veines transmis. . . .

( r ) Mais du rang que je perds et du cœur que j'adore
Songez que mon rival est plus indigne encore;
Plus haï de nos dieux, et qu'avec plus d'horreur
Amphiaraüs en lui verrait son successeur.
Madame. . . . .

( s ) Un esclave! . . . son âge. . . . et ses augustes traits. . . .
Hélas! apaisez-vous, Dieux vengeurs des forfaits!
O criminelle épouse, et plus coupable mère!
Alcméon dans quel temps a péri votre père?
Quel fut son nom? parlez.

( t ) Achevez sa défaite; achevez vos projets:
Venez, forcez ce traître. . . .

ALCMEON.

Epargnons mes sujets.
De ce moment je règne, et de ce moment même,
Comptable aux citoyens de mon pouvoir suprême,
Au péril de mon sang je veux les épargner:
Je veux, en les sauvant, commencer à régner.
Je leur dois encor plus : je dois le grand exemple
De révérer les dieux et d'honorer leur temple.
Je ne souffrirai point que le sang innocent
Souille leur sanctuaire et mon règne naissant
Va, dis-je, Polémon. . . .

( *u* ) Les dieux veulent fon fang.

ALCMEON.

Je ne l'ai point promis.
Cruels, tonnez fur moi, fi je vous obéis!
Le malheur m'environne et le crime m'affiége :
Je deviens parricide, ou me rends facrilége. (*)
Quel choix , et quel deftin !

THEANDRE.

Dans un tel défefpoir. . . .

( *x* ) Chère Ombre , apaife-toi , prends pitié de ton fils.
Arme , et foutiens mon bras contre tes ennemis.
Dans le fang d'Hermogide apaife ta colère ,
Ne me fais point frémir de t'avouer pour père.
Quoi ! de tous les côtés plein d'horreur et d'effroi ,
Le nom facré de fils eft horrible pour moi !

( *y* ) Peut-il bien fe réfoudre à me voir en ces lieux ,
Aux portes de ce temple , à l'afpect de ces dieux ,
Dans ce parvis facré , trop plein de fa furie ,
Dans la place où lui-même attenta fur ma vie ?
Les dieux le livrent-ils ? . . .

( *z* ) Vois-tu ce fer facré ?

HERMOGIDE.

Que vois-je ? le fer même
Qu'Amphiaraüs reçut avec fon diadême !

ALCMEON.

Te fouvient-il du fang dont l'a fouillé ta main ?

HERMOGIDE.

Qu'ofes-tu demander ?

( *aa* ) Nos maux font à leur comble. Alecto , Néméfis ,
Du crime et du malheur meffagères fatales ,
Portent vers ce tombeau leurs torches infernales.

( * ) *Séide* dans Mahomet.

De fentimens confus une foule m'affiége ,
Je crains d'être un barbare , ou d'être facrilége.

L'orgueil des fcélérats ne peut les défarmer ;
Les pleurs des malheureux ne peuvent les calmer :
Il faut que le fang coule , et leurs mains vengereffes
Puniffent les forfaits , et même les faibleffes.

THEANDRE.

Ciel ! d'un roi vertueux daigne guider les coups !

LE GRAND PRETRE.

Le ciel entend nos vœux , mais c'eft dans fon courroux.
O confeils éternels ! ô févères puiffances !
Quelles mains forcez-vous à fervir vos vengeances !

POLEMON.

C'eft la voix de la reine ! ah ! quels lugubres cris !

LE GRAND PRETRE.

Infortuné , quels dieux ont troublé tes efprits !
Que vas-tu faire ? Et toi , mère trop malheureufe ,
Garde-toi d'approcher de cette tombe affreufe :
Les morts et les vivans y font tes ennemis !
Reine , crains ton époux , crains encor plus ton fils.

ERYPHILE, *derrière le théâtre.*

Mon fils , épargne-moi !

ALCMEON.

Tombe à mes pieds , perfide.

(*bb*) Ce monftre enfin n'eft plus : Argos en eft purgé.
Les dieux font fatisfaits , et mon père eft vengé.
J'ai vu fur cette tombe Eryphile éperdue ;
D'où vient qu'en ce moment elle évite ma vue ?

(*cc*) Je vais mettre à fes pieds ce fer fi redoutable. . . .
Que dis-je ! où fuis-je ! ou vais-je , et quelle horreur m'accable !
D'où vient donc que le fang qui rejaillit fur moi
Si juftement verfé m'infpire un tel effroi ?
Je n'ai point cette paix que la juftice donne ;
Quoi ! j'ai puni le crime et c'eft moi qui friffonne !
Dieux ! pour les fcélérats quels font vos châtimens ,
Si les cœurs vertueux éprouvent leurs tourmens !

(*dd*) ALCMEON.

Hélas ! parricide exécrable !

Vous , ma mère. . . . elle meurt. . . . et j'en ferais coupable !
Moi ! moi ! Dieux inhumains !

ERYPHILE.

Je vois à ta douleur
Que les dieux malgré toi conduisaient ta fureur ;
Ta main, qu'ils ont guidée, a méconnu ta mère.
Ta parricide main ne m'en est pas moins chère !
Ton cœur est innocent ; je te pardonne. . . . Hélas !
Laisse-moi la douceur d'expirer dans tes bras. . . .
Ferme ces tristes yeux qui s'entr'ouvrent à peine.

ALCMEON *à ses genoux.*

J'atteste de ces dieux la vengeance et la haine :
Je jure par mon crime et par votre trépas,
Que mon sang devant vous. . . .

ERYPHILE.

Mon fils, n'achève pas ;
Indigne que je suis du sacré nom de mère,
J'ose encor te dicter ma volonté dernière :
Il faut vivre et régner.

(*ee*) LE GRAND PRETRE.

\* La lumière à ses yeux est ravie.
\* Secourez Alcméon : prenez soin de sa vie.
Que de ce jour affreux l'exemple menaçant
Rende son cœur plus juste et son règne plus grand.

# NOTES.

( 1 ) *Polifonte* dans Mérope :

Je croirais que ses yeux ont pénétré l'abyme
Où dans l'impunité s'était caché son crime.

( 2 ) Dans Brutus , *Titus* dit à *Messala :*

On confie aisément des malheurs qu'on surmonte ;
Mais qu'il est accablant de parler de sa honte !

( 3 ) On trouve une imitation de ces vers dans la mort de César.

( 4 ) Imitation de ce vers de l'Enéïde.

*Quæsivit cælo lucem , ingemuitque repertâ.*

*Fin du Tome premier.*

# TABLE

## DES PIECES

### CONTENUES DANS CE VOLUME.

Fin de la Table du Tome premier.

VOLTAIRE

I

THEATRE

TOM I